El circo de las luces

Primera edición: marzo de 2024
Título original: *The First Bright Thing*

© J.R. Dawson, 2023
© de la traducción, Marina Rodil Parra, 2024
© de esta edición, Futurbox Project, S. L., 2024
Todos los derechos reservados.

Ilustración de cubierta: Katie Klimowicz
Adaptación de cubierta: Taller de los Libros
Corrección: Gemma Benavent, Raquel Luque

Publicado por Wonderbooks
C/ Roger de Flor n.º 49, escalera B, entresuelo, despacho 10
08013, Barcelona
info@wonderbooks.es
www.wonderbooks.es

ISBN: 978-84-18509-74-2
Thema: YFH
Depósito Legal: B 2480-2024
Preimpresión: Taller de los Libros
Impresión y encuadernación: Liberdúplex
Impreso en España – *Printed in Spain*

J. R. DAWSON

EL
CIRCO
DE LAS
LUCES

Traducción de
Marina Rodil Parra

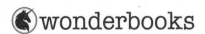 wonderbooks

Para los niños que imitan a los adultos y que reconocen los nombres de estas ciudades, la calidez de esta familia y las sombras de estos villanos.

Y para J.
Este libro es una historia de amor.

«… los inadaptados, los rebeldes, los soñadores, los dichosos… ingeniárosla para acercaros al circo».

Anuncio del Circo de los Fabulosos de
Windy Van Hooten, abril de 1926.

LA JEFA DE PISTA, 1926

El circo de los chispas llegó a la ciudad un martes a primera hora de la mañana. El deteriorado convoy recorrió con sigilo las vías de las afueras mientras los pájaros se despertaban y el amanecer atravesaba las dormidas sombras de los árboles envueltos en una neblina temprana.

Los apasionados de los trenes no vieron que se acercaba hasta que lo tuvieron casi encima, hasta que apareció en un abrir y cerrar de ojos y se adentró de forma repentina en la ciudad, con los vagones rojos, dorados y azules, y un nombre escrito en el lateral: Circo de los Fabulosos de Windy Van Hooten. Los dos últimos eran morados y dorados, con flores pintadas en el grueso y recio revestimiento, y las ventanas estaban tapadas con cortinas rojas.

Hoy, en Des Moines, el tren tenía una vía sobre la que aparecer. Otros días, en otras ciudades, se plantaba en mitad del campo sin ningún raíl a la vista en kilómetros a la redonda. Como por arte de magia.

Pero no, no era magia, era la Chispa.

Como todos los circos, El Circo de los Fabulosos trabajaba con pago por adelantado, una planificación meticulosa, aunque flexible, y unos anuncios bien situados. Pero, más allá de la programación de la temporada, había algo en particular que movía a este tren. El circo de los chispas siempre llegaba en el momento y lugar oportunos, incluso aunque solo una persona necesitara ver su espectáculo esa noche.

En una década en la que el pasado era una pesadilla y el futuro, un sueño, el presente representaba una especie de estación desconocida en la que todo el mundo parecía un poco perdido. Algunos recordarían su visita al Circo de los Fabulosos como un claro punto de inflexión en sus vidas; otros, simplemente, se sentirían inspirados para hacer las cosas mejor y pensar de forma diferente, sin un catalizador que los impulsara hacia delante, pero probablemente recordando aquella vez que acudieron al circo.

Hoy, 8 de junio de 1926, era el turno de Des Moines, en Iowa.

Para cuando la ciudad despertó, el circo ya estaba montado en la explanada que habían alquilado junto a las vías. Algunos de los habitantes se saltaron el trabajo y la mayoría de los niños huyeron de sus tareas para observar, desde los alrededores de la parcela, a los chispas, que salían de los vagones para levantar la gran carpa y el paseo central. Uno de ellos se transformó en un animal, otro se multiplicó para hacer las cosas más rápido y el tercero levantó varias carretas sobre su cabeza. Los vecinos podrían haberlos temido, pero, a medida que el día avanzaba, los carteles se colgaban por toda la ciudad y, al contemplarlos con creciente fascinación, se dieron cuenta de que esta podría ser su única oportunidad de ver algo extraordinario, por lo que acudieron al circo.

El paseo central aglutinaba a la juventud de las noches nubladas de julio y la sensación de un cuerpo lozano al bajar a toda velocidad una colina muy empinada. Algo en las luces eléctricas que colgaban de los cables, en el repiqueteo musical de las atracciones y en los puestos de dulces evocaba ese lugar seguro que todo el mundo parecía recordar, pero que nunca era capaz de localizar. Hasta esta noche.

Se escuchó un griterío, acompañado por la aparición de una pequeña estampida de niños seguidos de sus madres por un pequeño puente de madera que conducía a las atracciones secundarias, diseñadas para todos los públicos, no solo para los señores. Y no se trataba de una instalación barata. Aunque quizá solo estuviera compuesta de madera contrachapada y pintura luminiscente, aún había algo emocionante en la forma en que invitaba a la gente a atravesarla y explorarla a su manera. A mitad de camino, los niños se reían y brincaban sobre un puente de caucho elástico, y sus padres permanecían, estupefactos, en el interior de un túnel que parecía girar por el espacio sideral. Era una tecnología trabajada y movida por engranajes de madera, como si hubiera salido de los sueños de George Méliès.

Pero la gran carpa —el elemento arquetípico principal— no era especial, ni mucho menos. De hecho, tenía un aspecto mucho más maltratado que la de otros circos ambulantes a los que los vecinos habían acudido antes. La carpa consistía en una lona y una muselina roja y blanca que, a pesar de estar hechas jirones, estaba cosida de forma austera pero profesional. Los asientos del público solo eran bancos en graderíos, colocados en círculo por fuera de los endebles bordillos de serrín pintado, con zonas al nivel del suelo para aquellos que tuvieran problemas para subir los tambaleantes escalones. El terreno era de un polvo fácil de transitar, pero que manchaba las botas, las ruedas y los bonitos zapatos de domingo por igual. Las luces eran demasiado nítidas y escasas, y solo parecían acentuar lo sucio y desvencijado que estaba el interior de la gran carpa. Pegada con saliva y pegamento, más que por clavos, se asemejaba más a un granero que a un teatro.

Pero todo esto solo precedía al espectáculo.

Cuando se apagaron las luces, el público se quedó en silencio y el foco principal se encendió. Bajo un halo de luz, apareció la Jefa de Pista.

Mientras daba órdenes con una brillante chaqueta roja de terciopelo, contemplaba al público desde el centro de una amplia pista. De mediana edad y con aspecto de leona, la Jefa de Pista tenía una salvaje mata de pelo castaño-dorado que se encrespaba con el calor, no se secaba lo bastante rápido con el frío y, de alguna manera, siempre le caía sobre el rostro blanco que, o estaba plagado de miles de pecas por el sol, o era tan pálido como el de un fantasma en invierno. Tenía los ojos negros, algo inaudito, que brillaban llenos de expectación o se apagaban con la densidad de un agujero negro. Algunos pensaban que era hermosa, otros que era descarada, pero lo que no podía negarse era que los haría vivir aventuras.

Cuando sonrió, a los espectadores les dio la impresión de que ella vislumbraba el mundo por primera vez. Era como si nunca antes los hubiera visto, como si distinguiera el fulgor de sus corazones y supiera las cosas maravillosas que habían hecho y que harían en el futuro. Esa sonrisa era un abrazo sincero; lo primero que brillaba en aquel lugar oscuro y polvoriento.

—¡Bienvenidos! —dijo a todas las personas del público—. ¡Bienvenidos a casa!

La Jefa de Pista había dirigido el espectáculo, de primavera a otoño, durante los últimos seis años. El ritmo variaba ligeramente de temporada en temporada, ofreciendo espacio para nuevos artistas —nuevos chispas— a medida que la familia crecía, la tienda se deslucía y la Jefa de Pista aprendía lo que hacía. Porque eso nunca debía olvidarlo: no sabía lo que hacía.

Se arregló los puños de la chaqueta y le hizo una pequeña reverencia al público, con la que el sombrero de copa apareció de repente en una mano. El público emitió un ligero murmullo de sorpresa y la sonrisa de la Jefa de Pista se extendió.

—Es un honor para nosotros pasar con ustedes esta hora tan maravillosa. —En un extremo, la Jefa de Pista vio que la intérprete repetía sus palabras en lengua de signos. Parecía un baile lleno de confianza—. Antes quizá les pareciéramos unos desconocidos. Después, es posible que nunca volvamos a vernos. Pero lo que suceda esta noche permanecerá en la memoria de todos y, así, nos convertiremos en una familia. Las actuaciones que están a punto de ver quizá parezcan sobrepasar los límites de este mundo, pero les aseguro que este circo es tan real como ustedes y yo. Cuando soñamos con que algo sea hermoso, puede serlo. Cuando deseamos cosas imposibles, lo imposible puede volverse posible… si hacemos el ruido suficiente.

Esa era la entradilla del señor Calíope. Era un hombre hecho de tubos y cuerdas que ahora hacía sonar de forma pesada sus huesos de latón, creando un viento que se transmitía en acordes y cadencias. El sonido envolvió al público en un oportuno *crescendo* cuando el desfile de artistas salió de entre bambalinas hacia la pista bailando al son de la música.

Kell se arrojó con sus alas.

Tina, una plétora de fieras en una sola persona, se transformó de un animal a otro.

La arquera escupefuego, los acróbatas que flotaban en el aire, los payasos que aumentaban y disminuían de tamaño... Era como estar en un sueño.

Todos se lanzaban, volaban, cantaban, resonaban con los vítores del público. La Jefa de Pista no veía sus rostros más allá del foco, pero sentía la energía que irradiaban hacia el escenario.

Era maravilloso.

La Jefa de Pista levantó los brazos, como si quisiera envolver al público en un abrazo.

—¡Esta noche la celebración es en nuestro honor! ¡Y en el suyo! ¡En lo que todos podemos hacer juntos!

En ese momento, Odette, la trapecista con media melena rubia que parecía una muñeca de porcelana, echó a volar. En la plataforma, junto a ella, apareció Mauve, con la piel oscura envuelta en sedas moradas, cantando con una voz tan suave como la de una violinista profesional. Alcanzaba cada nota y después se deslizaba a la siguiente mientras Odette planeaba entre sedas.

A la Jefa de Pista le encantaba ver a Odette contenta. La trapecista exhibía su felicidad como si fuera uno de sus trajes de lentejuelas: resplandecía, brillaba y reflejaba la luz en sus curvas, como si fuera una estrella que estallaba para conectar con el mundo oscuro que la rodeaba. Odette tenía un alma amable y optimista. Y la Jefa de la Pista tenía la suerte de ser la dueña de su corazón.

La Jefa de Pista corrió hacia donde Odette no tardaría en aterrizar. Agarró el extremo de la tela de seda y lo balanceó en espiral mientras ella bailaba en lo alto. La luz del foco atravesó el polvo para iluminarlas a ambas con los mechones de pelo sueltos como si fueran coronas de oro.

La Jefa de Pista sujetó la tela con fuerza mientras Odette volaba en círculos. El desfile de los artistas finalizó y regresaron entre bambalinas, mientras Mauve seguía cantando en lo alto. La Jefa de Pista sabía que los demás se estaban preparando para su siguiente salida a escenario, así que este era el momento de la trapecista.

Allí, al amparo del amor de Odette, se encontraba la vida que a la Jefa de Pista nunca le prometieron. Mientras se aferraba a la tela, se imaginó a sí misma sobre una montaña, mirando colina abajo para ver lo lejos que había llegado. Cuando en su momento empezó a subirla, jamás se habría imaginado que alcanzaría a disfrutar de estas vistas. Y tampoco sabía cuándo había logrado llegar allá arriba, cuándo había crecido y había afianzado la bondad que la rodeaba. Ya no gritaba. Ya no se despertaba con la sensación de que el mundo era un cartón que se arrastraba por una acera de hormigón.

En la mayoría de las ciudades del Medio Oeste siempre había alguna calle resquebrajada llena de baches y hierbas secas. Una calle sin sombra, ardiente y paralizada, como una aburrida tarde de domingo antes de un lunes estresante acompañada por la sensación de que no había agua suficiente y de que estabas muy lejos de encontrarla. Así es como la Jefa de Pista había sentido que era su vida antes: un chaleco áspero compuesto de tardes de domingo.

Pero ahora había aprendido a dar la alegría por supuesta.

Odette se deslizó poco a poco por la tela de seda, casi de un modo sensual, hasta caer en los brazos expectantes de la Jefa de Pista.

—Lo estás haciendo estupendamente, Rin —susurró Odette.

Rin era como la llamaban los que la conocían mejor, y su mujer lo hacía mejor que nadie.

Sostuvo las firmes caderas de Odette y palpó con los dedos los ásperos dobladillos de lentejuelas. Odette, con las mejillas sonrosadas cubiertas de sudor, sonrió y soltó una risa entrecortada mientras el público estallaba en aplausos. Rin había estado a punto de olvidar que había más gente en la tienda.

—Un trabajo impresionante —susurró Rin.

—Te quiero —dijo Odette, y le apretó la mano antes de dar un brinco para saludar de forma enérgica al público con la mano. Hizo una reverencia y Rin se sintió como si recibiera un puñetazo en el estómago. Si Rin u Odette hubieran sido un muchacho, se habrían besado delante de toda esa gente. De hecho, seguro que la multitud se habría derretido con la pareja. Les habrían silbado y canturreado mientras se abrazaban.

Pero incluso con todo el amor que las unía, Rin se recordó que no podía retener a Odette en sus brazos durante mucho tiempo mientras fueran el centro de atención.

El público estaba encantado con ellas; con su magia, sus diferencias. Pero un beso rompería el hechizo y la gente se daría cuenta de que no había magia, de que esto era real. Y no había problema en ser diferente... hasta que pasaba.

Las mismas personas que animaban a los chispas en la gran carpa podrían enviarlos a los manicomios, el lugar en el que terminaban todos los ocupantes de los brillantes carromatos amarillos. Las mismas personas del público que sentían la calidez de estas luces podrían marcharse a casa, caer en la cuenta de que les habían inculcado que los chispas no eran especiales, que eran unos raritos, y que si los raritos no se habían marchado a la mañana siguiente, habría problemas.

Rin sabía que había líneas que no se podían cruzar.

Pero eso no significaba que no pudiera sonreír, así que eso hizo. Habían hecho del circo un hogar, a pesar de que el mundo se negara a que lo encontraran.

Claro que estaban a punto de arrebatárselo todo.

Mientras sonreía y contemplaba al público, Rin sintió una mirada penetrante, fría y fija entre la multitud de ojos que la observaba por detrás de los focos. Como si un hielo le recorriera la espalda. La rapidez con la que el miedo había vuelto a su corazón, la facilidad con la que el pasado había irrumpido en el presente, resultaba perturbadora.

Rin solo logró ver los rostros de los espectadores durante un instante, mientras el foco iba de ella a Mauve, cuya actuación empezaba. Era el público de siempre: familias con niños, jóvenes en una cita, mujeres mayores que contemplaban la belleza con asombro, hombres viejos que se esforzaban por no llorar. Pero allí había alguien más, alguien en pie, firme, que la miraba fijamente.

Una frente oscura y familiar. Ojos de una mirada intensa y enfadada. Un hombre peligroso. El Rey del Circo.

Algo se apoderó de ella. Aguardó mientras el foco pasaba de largo y las sombras los cubrían. Pero cuando el resplandeciente rayo de luz volvió a pasearse por esa sección, él ya había desaparecido.

No estaba. Rin le estaba permitiendo infiltrarse en lugares a los que jamás llegaría. Era un fantasma, un efecto de la luz. No era real.

«Te encontraré. Te encontraré y acabaré contigo».

El espectáculo siguió adelante.

Rin no podía permitir que su recuerdo siguiera asustándola. Él no lo conseguiría. No formaba parte de su vida. Rin había construido un lugar nuevo para ella, lejos de él y de cualquier cosa que él hubiera visto. Esta era su historia; su circo. Lleno de radiantes luces de colores como arcoíris, disfraces de lentejuelas que brillaban como prismas y hermosos caballos que se convertían en bellas mujeres que eran capaces de volar tan alto como las palomas.

Esta era su casa.

✳

Hacia el final del espectáculo, los chispas se quedaron inmóviles y mantuvieron sus posiciones finales mientras el señor Calíope emitía un último acorde triunfante. Justo en ese instante, tres réplicas de Maynard apagaron todas las luces: las de los focos, las del cartel y la inoportuna de forma elíptica que no cooperaba con dicho cartel. En la pista, los artistas disponían de quince segundos entre los aplausos y el apagón para largarse, de manera que salieron por patas y se esfumaron tan rápido como habían aparecido en escena.

Cuando las luces volvieron a encenderse, Rin se quedó mirando a la multitud que se dispersaba, y se detuvo a comprobar el atrezo y los objetos de las actuaciones con la intención de descubrir cualquier jugarreta que el circo se estuviera guardando. Algunos circos no permitían que el público se quedara a nivel de pista tras el espectáculo, pero formaba parte de su ritual nocturno: observar, entre bambalinas, a la multitud mientras esta se desparramaba por la pista como al final de los partidos de béisbol, embriagada y vigorizada por lo que acababa de presenciar. La magia, en verdad, era como una bebida fuerte.

Pero esta noche había una joven que no miraba el escenario. Su vista se perdía más allá de la grada, de la pista, y sus ojos conectaban directamente con Rin, que permanecía a un lado.

La muchacha iba vestida con un blusón rojo que no era de su talla. Sus ojos estaban tan vacíos que podría haber sido una muñeca. El blusón que llevaba puesto no era suyo, sino de Rin. La Jefa de Pista lo había dejado atrás hacía mucho tiempo, pero ahí estaba ahora, resucitado en el cuerpo de alguien como si fuera un augurio, una amenaza.

Algo en su interior le dijo que diera media vuelta, que huyera. Si Rin reconocía la presencia de esa mujer, sus mundos colisionarían y las apariencias terminarían.

Razón por la que dio un paso al frente.

—Hola —dijo Rin—. ¿Estás bien?

La muchacha sonrió, como una marioneta con demasiados hilos tirando de las mejillas y de los rabillos de los ojos, hasta que su rostro se asemejó al de... él.

—Ahí estás —susurró la joven.

Todo era real.

La Jefa de Pista esperó a que la muchacha sacara un cuchillo. A que la atacara. A que la hiriera. A que, enfadada, hiciera algo impredecible. A que explotara de la ira.

Pero no lo hizo. Se limitó a darse la vuelta y alejarse.

Antes de que Rin pudiera reaccionar, con un grito o yendo detrás de ella, la muchacha se escabulló entre la muchedumbre.

—¡Espera! —Rin escuchó su propia voz como si proviniera de un lugar lejano—. Espera...

Habría sido más fácil si la joven la hubiera apuñalado, le hubiera dado un puñetazo o... algo. Rin recordó la familiaridad con la que él se elevaba sobre ella sin decir nada. Le sonreía, alimentándose de su pavor, mientras ella aguardaba a que se moviera o le hablara. Pero él nunca tuvo que hacer nada; siempre había sabido que Rin era suya... y conseguiría que se pudriera.

No podía respirar. Se tambaleó hacia atrás y Odette la recogió cuando empezaba a desmayarse.

—Rin, cariño, ¿qué ocurre? ¿Qué ha pasado?

Rin sacudió la cabeza mientras miraba frenética los rostros de la multitud que se marchaba. Él estaba aquí. Aquí, en su casa. Había estado en su circo.

—Sabe que estoy viva —dijo Rin.

EDWARD, 1916

Nadie sabe por qué apareció la Chispa. Pero ocurrió durante la guerra.

Edward lo presenció porque tenía diecisiete años y estaba atrapado en la guerra, en el frente occidental. No sabía qué era lo que estaba viendo, porque no sabía nada sobre la Chispa. Como tampoco sabía mucho de la guerra antes de cambiar Londres por las trincheras.

Creía que le esperaba la gloria. Que sería un héroe. Sentado en casa de su padrastro, salpicado de moratones en todas las partes posibles, había dirigido la vista a las calles llenas de muchachos orgullosos que desfilaban listos para luchar. Y pensó que aquello se parecía a la libertad, al poder.

Le habían dicho que si excavaba la tierra y se sentaba sobre ella, alcanzaría la gloria.

Pero le habían mentido.

Edward había aprendido que los hombres con poder no se hundían con el miedo, sino que lo provocaban. La tierra no estaba para excavarla; los muchachos no estaban para meterlos en esos agujeros y esperar a que los enterraran. Se pasaba los días en una trinchera muy profunda, no muerto del todo pero apartado de cualquier vida que reconociera. Los campos estaban silenciosos… hasta que dejaban de estarlo. En algún lugar más allá de donde alcanzaba la vista, acercándose lentamente, escuchó el atronador silbido de los morteros y las ametralladoras.

No podía respirar. Apenas pudo tragarse el vómito producido por el olor rancio del aire turbio; un olor a la sangre y sudor de los hombres, a la tierra abierta y bombardeada, y a la carne muerta de las ratas fundiéndose sobre sus huesos. Pólvora, tabaco, orina. Aviones por arriba; mierda por debajo.

En algún lugar de la trinchera, Edward escuchó a dos muchachos que se reían por una partida de póquer. O, más bien, se reían de él.

Parecía que no encajaba. Ni aquí ni en ninguna parte. El primer día, en el andén de King's Cross, todo el mundo tenía alguien de quien despedirse, pero Edward se había quedado allí de pie, solo. Y cuando se montaron en el tren para partir hacia aquella patraña de aventura, no había dado con nadie al que saludar. Todos se habían emparejado: antiguos compañeros de clase o nuevos amigos que, al parecer, habían aprendido a hablar y a moverse siguiendo el mismo manual. Edward se sentía como un alienígena, invisible y a miles de pasos de allí.

¡Ojalá siguiera siendo invisible! Ahora, el resto de chicos sabía que era débil, de mecha corta y fácil de hacer llorar.

Por lo tanto, era comprensible que todo esto pesara en su mente mucho más que lo que estaba ocurriendo a su alrededor: un chico con una máscara cavaba una nueva parte de la trinchera cuando golpeó algo que echó chispas como un pedernal. Algo pequeño y suave (¿o era pequeño y afilado?) centelleó con el resplandor de un rayo. Entonces, como si se tratara de un diminuto fantasma que se elevaba de una tumba al descubierto, la luz se propulsó hacia lo alto y se entremezcló con la brisa del mundo.

Aquello era la Chispa. Aunque Edward no lo sabía entonces; nadie lo sabía.

—¡Eh, Eddie! —lo llamó uno de los chicos—. Wallace te dio una buena paliza ayer, ¿eh?

Edward dejó de cavar y se las ingenió para respirar hondo y volverse.

—No me llames Eddie.

—¡Uuuh! ¡Ja, ja, ja! —Se rieron.

Ya verían cuando regresaran a casa, se las pagaría por...

La tierra estalló.

El silbido llegó antes que la caída. Después, la explosión, los gritos, el fin del mundo.

Los oídos le crujieron. Sintió una oleada que ascendió desde el suelo, se introdujo en su corazón y salió por las puntas de los dedos de las manos. La tierra voló por los aires, y muchas cosas que no podrían repararse se quebraron.

—¡Gas! —gritó alguien.

Edward cayó sobre el barro. No sentía nada, así que comprobó sus extremidades. ¿Qué había ocurrido? Su cuerpo estaba intacto, podía moverse.

«No pienses en el peligro, piensa en lo siguiente que debes hacer».

Pero entonces vio la lata de gas. Parecía el sonajero de un bebé gigante. Rebotó contra la trinchera y cayó con un ruido sordo sobre el barro, golpeando contra un charco denso. El humo empezó a salir, sibilante, como una serpiente. Un fantasma amarillo que venía en busca de almas. Los jóvenes treparon hacia la batalla y después cayeron sobre el barro, chillando y aullando, mientras el humo los envolvía y poseía. Se sacudieron; estaban muriendo. El humo, con su espeluznante destrucción química, los destrozó desde dentro.

Edward gritó y gateó hasta sostenerse sobre sus entumecidos pies. El agua ensangrentada le salpicó la cara; necesitaba la máscara. La cogió cuando la nube de gas se aproximaba serpenteante como una avalancha apocalíptica. Pero cuando se la puso, no notó la asfixia, las lentes neblinosas… la manguera.

Comprobó el tubo. Estaba roto.

—¡Mi máscara! —gritó, quitándosela de golpe y volviendo a ver el mundo. Echó a correr—. ¡Maldita sea, mi máscara! ¡Dadme otra!

Y en un movimiento altruista que Edward no tuvo tiempo de comprender, un joven llamado Nathan le dio la suya junto a su respirador.

Edward la tomó y se la puso mientras echaba a correr para alejarse de la concentración de humo. Las balas y los cuerpos estallaron.

Más hombres se desperdigaron por el campo de batalla en lugar de permanecer allí sentados para que sus pulmones se llenaran de agua y ácido. Pero entonces, sus cuerpos se destrozaron. Explotaron como una carnicería.

Los tanques se aproximaron. El humo espeso se plagó de gritos en alemán; del tañido de las plegarias británicas; de las palabras hermosas y completamente fuera de lugar en francés; de los gritos ahogados, y de muerte. Y entre todo ello, una muchacha con un vestido azul y los ojos muy abiertos...

¡Un segundo!

Edward parpadeó con fuerza bajo la máscara. Debía de estar sufriendo alucinaciones.

No. Ahí estaba: una joven con un vestido azul, el pelo recogido en trenzas, las mejillas blancas y unos ojos grandes que lo miraban fijamente. El barro le cubría las botas hasta los tobillos y parecía estar en trance... o conmocionada.

—¡*Aide-moi*! —gritó Edward a través de la máscara. Pero ella no dijo nada... ¿no era francesa?—. ¿¡Cómo has llegado hasta aquí!? —Edward se derrumbó, chillando, aterrado y empapado en sudor—. ¡No te quedes ahí parada! ¡Ayúdame! ¡Márchate! ¡Haz algo!

Cuando la joven le escuchó, toda duda y miedo escaparon de sus ojos. Se lanzó hacia él con la determinación de un médico cualificado y extendió el brazo para tocarle el hombro.

Entonces todo desapareció.

Con un pequeño estallido y una luz.

✳

Edward estaba sobre la arena blanca, y el sol se ponía delante de él y de la joven. Las olas rompían con un ritmo relajante sobre sus botas cubiertas de barro. Las palmeras se balanceaban en lo alto. Tras la cabeza de la muchacha, sobre unas montañas, se extendía una jungla en la que Edward distinguió varias cascadas que se precipitaban al vacío hasta desaparecer. Parecía una ciudad en las nubes.

A Edward le flaquearon las rodillas y cayó al suelo.

—Estoy muerto —murmuró a través de la máscara.

La joven se arrodilló a su lado y se la quitó. Edward aguantó la respiración pero entonces se percató de lo absurdo que resultaba. Ella estaba viva y respiraba, y esto no era Francia; no podía serlo.

—¿Qué coño está pasando? —Trató de apartarse de ella gateando, pero las extremidades le fallaron. Se quedó allí sentado, en la arena, temblando y llorando—. ¿Dónde estamos?

La muchacha estudió su rostro. Ella también temblaba, pero su voz era firme.

—¿Dónde estábamos? —corrigió. Su acento... no era británico ni francés.

—Eres estadounidense —dijo Edward débilmente—. ¿Cómo...?

—¿Eso era la guerra? —preguntó.

—Sí —respondió él.

La joven abrió bien los ojos.

—Pues verás, yo... me preguntaba por qué de repente me sentía diferente, como si hubiera bajado una colina a toda prisa en bicicleta, a pesar de seguir sentada en casa. Y de pronto... ya no estaba allí. ¿Qué ha pasado?

—¿Qué ha pasado? ¿Me lo preguntas a mí? —dijo Edward, exasperado—. ¿Qué diablos has hecho?

La joven sacudió la cabeza con ímpetu y Edward se dio cuenta de que estaba tan asustada como él.

—No lo sé. Tan solo he pensado en un lugar más tranquilo que en el que estábamos hace un instante. Siempre he querido venir aquí.

—¿Entonces este sitio es real?

—Es una isla de la Polinesia —respondió ella.

—Estamos en... ¿dónde has dicho? ¿La Polinesia? —preguntó con la voz ronca y entrecortada—. ¿Ahora eres un barco a vapor?

—No, no, yo... no sé qué... ha ocurrido. Yo nunca he hecho esto... Nunca he oído que nadie pudiera... hacer esto... —Apartó la mirada despacio de la fabulosa playa y se le llenó de preocupación—. No sé qué hacer. Mi madre... Tengo que volver con ella.

—¿Dónde está tu madre?

La joven levantó la vista hacia una palmera. El labio le tembló al hablar.

—En Nueva York —dijo, desesperada.

Se quedaron sentados en la playa un rato más. Nada de esto tenía sentido. A lo mejor Edward sí que estaba muerto —a lo mejor ambos lo estaban—, pero parecía poco probable. El muchacho aún llevaba puestas las botas cubiertas de barro y estaba seguro de que al menos, en el más allá, habrían estado limpias.

—Me llamo Edward —dijo.

—Yo soy Ruth —respondió ella, en voz baja.

—¿Cuántos años tienes?

—Casi dieciséis.

—Yo tengo diecisiete —dijo él—. Vamos, que apenas eres una quinceañera.

—Y tú eres un viejo de diecisiete.

Volvieron a quedarse en silencio mientras el mar avanzaba y se alejaba. La marea subió, pero nadie vino a buscarlos. Estaban solos. Edward contempló la puesta de sol y, pasado un rato, se dio cuenta de que ella hacía lo mismo.

—Me has elegido —comentó al fin el muchacho mientras en el rostro de Ruth se reflejaban los tonos morados y naranjas del final de algo—. ¿Por qué me has traído contigo?

Ruth sacudió la cabeza, incrédula, pero mostró verdadera sinceridad cuando dijo:

—Era como si necesitaras que te salvara. —Se mordió el labio—. Es probable que este lugar sea de alguien; tenemos que irnos. Deberíamos volver a Francia. Deberíamos tratar de salvar a los demás.

Podrían hacerlo, pero algo en su interior le oprimió con fuerza. Sabía que si volvía, se quedaría paralizado, desaparecería. Y si el gas, o los tanques, lo alcanzaban, moriría.

Edward tomó a Ruth de la mano.

—No, por favor —dijo—. No, olvídate de salvar a los demás. No podemos volver, es demasiado peligroso. Llévanos a Nueva York.

Ruth lo miró con su dulce rostro. Comprendía el miedo que sentía. No dijo nada, sino que se limitó a entrelazar sus dedos con los de él y cerró los ojos. Este la imitó y respiró hondo mientras sentía que el sol se desvanecía y el viento lo despeinaba.

Entonces la playa se quedó desierta.

LA JEFA DE PISTA, 1926

Hacía años que la guerra había terminado. La pena se había entremezclado con la vida cotidiana y los circos habían regresado.

Y con los circos, había surgido la Jefa de Pista.

Necesitaba recordarlo mientras esperaba a Odette y Mauve sentada en la oscuridad del vagón de cola. Necesitaba recordar que las cosas eran distintas a la última vez que lo vio. Habían pasado los años y ella había crecido más de lo que le correspondía.

Fijó la mirada en el espacio entre su cama y la pared. No debía alargar el brazo hacia lo que tenía escondido allí abajo. No le hacía falta; era lo bastante fuerte sin ello. Pero, ¿por qué debía serlo?

Sacó la pequeña petaca de su escondite y desenroscó el tapón. No obstante, algo la detuvo antes de llevársela a los labios: le había prometido a Odette que lo intentaría.

Dejar que se filtrara hasta su cerebro y detuviera la electrizante preocupación supondría un alivio. Rin tenía un pie en los recuerdos oscuros y otro en el miedo que sentía por lo que estaba a punto de suceder, pero trató de aferrarse a la cordura del aquí y el ahora.

Con un solo trago, un pequeño sorbo, podría respirar. No era el alcohol lo que la atraía, sino lo que este le daría: paz... y el dolor que se merecía.

Aun así, volvió a enroscar el tapón. Miró fijamente el edredón que tenía debajo, con la cabeza apoyada en la pared de detrás. Por la ventana, el paisaje se alejaba de Des Moines y se introducía mágicamente en Omaha desde el oeste. Rin los había llevado volando hasta Kearney y después había dejado que el convoy recorriera a toda prisa las vías, como si fuera un tren normal, un tren real, sin nada extraordinario.

Todo iría bien.

Rin ya no era la persona que él había conocido. De hecho, deseaba con todas sus fuerzas que él la hubiera creído muerta y enterrada. Eternamente fuera de su alcance.

El pasado pertenecía a la guerra, al hombre que había dirigido la historia de Rin durante una temporada. Pero ella se había reivindicado a sí misma, había levantado muros de defensa con amor y belleza hasta sentirse, no nueva del todo, pero sí recuperada. Como un mueble viejo: intacto y con un nuevo propósito.

Claro que, reivindicada y recuperada o no, seguía recogiendo su circo y huyendo. Se habían marcado un John Robinson,* y la celebración tras el espectáculo en el paseo central y en la gran carpa había finalizado de forma abrupta por la sensación de peligro inminente. Aun así, todo había ido como la seda, tal y como Rin había ensayado con su *troupe* cuando la preparó para algo que pensó que nunca sucedería. Los artistas metieron prisa a los espectadores que quedaban para que salieran por la puerta. Maynard se multiplicó y recogió de forma apresurada las carpas, el paseo central, los carromatos y las atracciones secundarias, y lo metió todo en catorce vagones enganchados a una locomotora Mountain 4-8-2. El señor Weathers, el jefe del tren, trabajó con Francis, el fogonero, e Yvanna, para encender los carbones y poner el tren a punto. Cuando todo el mundo estuvo a bordo, el convoy se apresuró a sumergirse en la noche. Y cuando las ruedas empezaron a girar y ganaron velocidad, Rin conectó con su Chispa y se obligó a concentrarse el tiempo suficiente para trasladar con rigidez el tren entero desde Des

* En el mundo del circo, el término «John Robinson» significa acortar el espectáculo por cualquier motivo: climático, en previsión de un viaje largo... o por problemas con los matones del pueblo *(N. de la T.)*.

Moines a las vías al oeste de Lincoln, avanzando hacia el este, en dirección a Omaha.

Entonces, solo quedó la espera; la incertidumbre ocupaba el espacio misterioso y oscuro mucho más adelante de ellos. El amplio cielo de Nebraska sobre sus cabezas, los campos negros e inertes que los rodeaban, demasiado alejados para que las luces del tren los iluminaran.

«Te crees muy lista, pero el listo siempre he sido yo. Sé que tienes miedo».

Levantó con esfuerzo su envejecido cuerpo de la cama, aún con la petaca en la mano y apretando los dientes, mientras ponía a funcionar su pierna de mentira. Con los dedos rígidos, agarró la piel negra de metal con torpeza.

Le había prometido a Odette que no lo haría. Habían pasado seis años.

Odette y Mauve estarían de camino al vagón de cola, asegurándose de que todo el mundo estuviera cómodo y comiera algo en el coche restaurante, puesto que se habían marchado a toda prisa antes de cenar después de la actuación. Aparecerían en cualquier momento para organizar los planes para Omaha. Pero Rin se sentía a miles de años de ellas y a millones de kilómetros de distancia.

Mauve y Odette no habían conocido al Rey del Circo. Sabían su nombre porque lo habían visto en los carteles y habían oído las historias, pero nunca le habían mirado a los ojos. Rin no solo lo había conocido, sino que lo había amado.

Sintió el peso de la petaca negra en la palma de la mano. En algunas ocasiones, la Jefa de Pista se creía lo bastante fuerte, pero en otras, pensaba que lo mejor sería desaparecer por completo hasta no ser nada.

«No eres nada».

La voz monótona de la muchacha con el vestido rojo de Rin aún susurraba en sus oídos. «Ahí estás».

Con su nombre inscrito y abandonado en una tumba para que él la encontrara, el Rey del Circo creía que Rin había muerto. Años atrás, en un cementerio de Chicago, había cauterizado las heridas de todo lo que había sucedido antes y, en lo que respectaba al mundo, estaba muerta. Podía dejarlo atrás, empezar de nuevo, volver a intentarlo. Y, aunque sabía que este truco no la protegería siempre, le había permitido dormir por las noches.

Había funcionado durante un tiempo, pero ahora él sabía que había estado equivocado y que ella seguía vivita y coleando.

—¿Rin?

Odette y Mauve aparecieron en el umbral, con el vestíbulo y la oscura noche a sus espaldas. La puerta de metal se cerró con un fuerte golpe.

Odette vio la petaca y Rin tomó aire y se la tendió. Su mujer entrecerró los ojos.

—No he bebido —dijo Rin.

Sabía que Odette la creía, pero aun así, la trapecista volvió a salir al vestíbulo. A pesar de que Rin no la veía, sabía que la estaba vaciando en la gravilla por la que iban pasando.

—Rin —dijo Mauve—. ¿Estás lista?

Tenía que estarlo. Habían completado un espectáculo, pero quedaba otro la noche siguiente. Eran más de las doce de la noche, lo que significaba que no tardarían en llegar a Omaha, que disponían de poco tiempo para planificar y dormir, y que después tendrían que levantarse y empezar a descargar los carromatos. Normalmente, era algo emocionante y que les hacía ilusión, como un perfecto día de cielo azul.

Rin miró por la ventana trasera, más allá de los raíles que recorría el último vagón, como si viera al Rey del Circo siguiéndoles el rastro.

—Sabíamos que esto sucedería en algún momento —murmuró Odette.

—Y ha sucedido —dijo Rin.

—No puede robarnos la alegría —continuó Odette—. Este circo no es suyo. No puede asustarnos.

—Ahora es más poderoso —dijo Rin.

—¿Qué te hace pensarlo? —preguntó Odette.

—Que yo también lo soy —respondió Rin, mirándola. Quiso creer que, bajo la oscuridad, sonaba resuelta, firme, impertérrita—. Soy lo bastante fuerte, aunque solo sirva para huir.

Odette le tomó la mano enguantada. Incluso después de todos estos años, Rin no podía permitir que su mujer le tocara con las manos desnudas a no ser que fuera para curarla. Porque lo único que separaba a la Chispa del Rey del Circo de la de Odette eran las buenas intenciones.

—Estamos aquí, contigo —susurró Odette—. No estás sola en esto.

Eso la hizo sentir peor. Porque no tendría que haber involucrado a nadie más.

—Si viene, me ocuparé de él —dijo Rin—. Pero vosotras dos cogeréis el circo y saldréis corriendo.

Mauve le acarició el pelo.

—Si no te apetece que nos pongamos con nuestra sesión, podemos dejarlo pasar esta noche. Odette y yo nos encargaremos.

—No —dijo Rin—. Pongámonos a ello.

«Mi pequeño estornino, estás mintiendo. Estás aterrada y lo sé. Voy de camino».

—Vamos —dijo Rin.

Las tres se sentaron en la cama, una al lado de la otra. Odette, quien los mantenía unidos y con vida; Mauve, su financiera y navegante, y la Jefa de Pista, que trataba con todas sus fuerzas de parecer una líder.

Los dos últimos vagones hacían las veces de despacho y vivienda de las propietarias, y en la privacidad del que iba al final, era donde se sentían como en casa. El tren era largo, con plataformas para los mástiles, carretas y lonas, vagones litera para los artistas, e incluso habían añadido un vagón restaurante cuando consiguieron dinero extra la primavera pasada. Habían logrado que su casa ambulante de catorce vagones resultara bastante acogedora.

Las tres mujeres estaban sentadas sobre la cama de Rin y Odette, cubierta con las coloridas colchas que contaban la historia de sus años juntas, con las piernas cruzadas y respirando hondo. Mauve sorbió por la nariz para despejarla y después se quedó mirando al frente, como si un proyector se le hubiera encendido detrás de los ojos. Los entrecerró como si buscara en una enciclopedia la entrada que necesitaban pero que no lograba encontrar.

Su aspecto era el típico de una viajera en el tiempo. Llevaba el cabello natural en un peinado que combinaba la moda actual y lo que ella llamaba un «pelo a tazón» del futuro. Los tirabuzones le enmarcaban el delicado rostro oscuro. Ahora mismo no sonreía, pero cuando lo hacía, mostraba una gran sonrisa con unos dientes perfectos y una risa contagiosa. Sus mejillas eran grandes y redondas. Tenía unos cálidos ojos marrones que contemplaban el mundo como si acabara de aparecer en él y le encantara todo lo que veía. Claro que no era una recién llegada; sabía lo mal que podían ponerse las cosas. Pero eso no le impedía seguir admirando el mundo como si hubiera algo en él que mereciera la pena.

La Chispa de Mauve le permitía contemplar todas las épocas como si tuviera un libro abierto delante, algo que era demasiado para una sola persona. Rin a veces temía que Mauve se perdiera, recordando el pasado, el presente y el futuro a la vez. Aunque quizá aquellos que tienden a dejarse llevar más, son los que toman más precauciones para mantenerse atados.

Odette, por su parte, caminaba como si estuviera hecha de aire, pero tenía un cuerpo robusto y un espíritu fuerte. Con el tiempo, Rin había aprendido que Odette nunca se rendía. No solo por su bien, sino también por el de su mujer.

Algo flotó en el interior de Rin; una calidez como la de una hoguera en verano. Odette era preciosa. Incluso en esta noche aterradora, llena de peligro y oscuridad, la presencia de su esposa centelleaba. Era alguien que la seguiría sin dejar de luchar, alguien que no tenía miedo, alguien que sabía cómo amar. Era su historia favorita.

«Te dejará. Y yo te encontraré».

El amor escalofriante que él le había inculcado se esforzaba por reemplazar la promesa hecha por su mujer. El cerebro quería decirle que Odette no era real, pero el Rey del Circo sí. Odette era demasiado buena para ser verdad y el Rey del Circo era demasiado terrible para no existir.

—¡Oh! —dijo Mauve con una voz que entremezclaba los acentos de Nueva Orleans y el Medio Oeste; su infancia y su madurez. Alargó el brazo hacia un lado de la cama y tomó unas palomitas dulces. Se las metió en la boca, aún con la mirada fija al frente, como si estuviera ensimismada en un libro—. Vale, la veo.

Todas las noches antes del espectáculo, Mauve veía a alguien —«el invitado especial», lo llamaban—, alguien cuya vida cambiaría si lograba ver una chispa de esperanza o el truco de magia correcto. Con las indicaciones de Mauve, descifraban qué necesitaba ver dicho invitado especial y lo introducían en el espectáculo de la tarde. La semana anterior había sido un muchacho llamado Henry Dodds. Esa noche, un hombre que Rin esperaba que hubiera conseguido lo que necesitaba, incluso aunque el Rey del Circo hubiera aparecido para meterse en su cabeza.

El Rey del Circo... él mismo se había puesto ese nombre. Disponía de carpas negras como la medianoche, carteles publicitarios rojos como la sangre y unos peones y una *troupe* cuyas chispas estaban bajo su control. Nada bueno sucedía cuando las carpas negras llegaban a la ciudad. Y nada mucho mejor le pasaría al Circo de Windy Van Hooten si se encontraba con ellas.

Mauve parpadeó; el rollo de la película había llegado a su fin. Sacudió la cabeza y fijó la mirada en Rin, que también la observó. Mauve no estaba lejos, pero había un mundo entre ellas. Rin agarró la colcha de la cama con manos temblorosas. No importaba lo que dijera Mauve, podría con ello. Así lo habían hecho siempre: juntas.

—Es algo oscuro —dijo Mauve, con voz ronca—. Algo malo. La cubre... a la invitada. Una oscuridad los envuelve a ella y a su hermano, y se extiende hasta nosotros y más allá.

—Sus ojos volvieron al rollo de película que solo ella veía y, a pesar del calor de Nebraska, Rin sintió un escalofrío. Sus sesiones de evaluación seguían un patrón. Mauve localizaba a la persona que brillaba en la ciudad, enumeraba hechos sobre su vida y sus necesidades, Rin proponía números —actuaciones— que entrelazaran los hilos de la vida de la persona en distintas direcciones, Mauve echaba un vistazo para comprobar que funcionara y Odette decía que se estaba haciendo tarde. Escogían un número, se daban las buenas noches y se iban a dormir.

Para Henry Dodds, la semana anterior, Mauve había indicado que estaba solo, asustado y que su cerebro tenía dificultades para distinguir entre lo que era real y lo que no. Trazaron un plan y lo ejecutaron. Henry tenía que recordar por qué amaba la vida antes de ir a las trincheras, de manera que, en su número, Mauve entonó una canción sobre una madre y un hijo, y los payasos actuaron cinco minutos más. Después, cuando Henry se acercó a la Jefa de Pista tras el espectáculo, las tres mujeres le ofrecieron ayuda médica del siglo XXI. Pero el guion no se estaba desarrollando así esta noche.

—Hay algo importante en el futuro —decía ahora Mauve—. No afecta solamente a una persona, sino a todas las que veo.

Mauve no alcanzaba a contemplarlo todo, pero sí distinguía el polvo asociado a su propio hilo de vida, y su poder había aumentado hasta lograr ver el polvo de los hilos de aquellos a los que quería. Ahora, había pulido su Chispa hasta conseguir vislumbrar al público y a cualquier persona que conociera, hubiera conocido o fuera a conocer. Esta habilidad era crucial en lo referente al circo que llevaban.

Pero en cuanto Mauve abrió bien los ojos, y la boca, miró alrededor de la habitación como si todos los muertos del planeta la rodearan. Tenía miedo. Rin nunca la había visto tan asustada.

El Rey del Circo desapareció de la mente de Rin solo para que lo sustituyera algo más aterrador. Rin había visto la guerra, había presenciado la pandemia. Recordaba cómo el mundo entero se detuvo, hasta quedar espeluznantemente en silencio, e incluso ahora, años después, cuando conocía a algún extraño con el que no tenía nada más en común, a ambos les acompañaba la guerra y la pandemia.

Odette tomó la mano de Rin, que volvió la vista en su dirección. Los ojos de la trapecista estaban fijos en los diseños de la colcha y su boca formaba una pronunciada línea. Ella también lo sabía. Algo había cambiado, algo iba mal, algo se aproximaba.

—Y cuando… —continuó Mauve con voz firme— trato de mirar más allá, a otro invitado especial, simplemente para hacer una lista preliminar del resto de la temporada, esto, sea lo que sea, sigue apareciendo de la nada, una y otra vez, desde todos los ángulos. —Mauve titubeó y estudió el ambiente como si este le hablara, como si le mostrara un pequeño agujero a través del tiempo. A Rin también le gustaría visualizarlo—. Después nos veo a nosotros. A este tren, a todas las personas que duermen en él, a dónde conducen sus hilos. Y todo lleva al mismo sitio: a un lugar oscuro y terrible.

—¿Al Rey del Circo? —preguntó Rin, pero Mauve se limitó a negar con la cabeza.

—No lo sé.

—Tenemos que seguir adelante para ver esta oscuridad —dijo Rin—. Tenemos que saber qué es.

—¿Por qué? —preguntó Odette—. No tenemos razones para saltar a ningún sitio esta noche. Estoy segura de que este futuro oscuro puede esperar, al menos, hasta mañana.

—Solo lo veo a través de hilos y briznas —dijo Mauve—. Estoy de acuerdo; si saltamos, podemos conseguir una imagen más clara de lo que está pasando exactamente.

—No —respondió Odette bajando las piernas, lista para alejarse de la cama y disipar esta sensación tan tenebrosa—. Sea lo que sea, el circo ha sobrevivido al mundo exterior miles de veces. Aquí estamos a salvo.

—No lo estamos —dijo Mauve—. Creo que tenemos que averiguar qué es porque, ahora mismo, nadie parece estar a salvo.

Odette tenía el aspecto de alguien involucrado en un accidente a cámara lenta del que no puede escapar. Miró a Rin a los ojos como si aquella fuera la última vez que fueran a verse antes de esa carnicería. Estaba completamente inmóvil; era evidente que no quería ir.

Y Rin tenía el terrible presentimiento de que la amenaza del Rey del Circo, omnipresente minutos antes, sería preferible a lo que los acontecimientos siguientes fueran a traer consigo.

La Jefa de Pista desvió la mirada de Odette a Mauve. Algunas personas terminaban agotadas cuando utilizaban su Chispa, pero otras, como Mauve, se sentían estimuladas. Y Rin veía esa energía en los ojos de Mauve, como si le permitiera quedarse despierta toda la noche o los días que hiciera falta si fueran necesarios. Mauve no iba a dejarlo pasar. Y esa era la razón por la que se llevaban tan bien: porque Rin tampoco lo olvidaría.

—Vale —dijo Rin, pues esta noche decidía el desempate: eran dos contra una.

Así que irían. Odette, la sanadora, Mauve, la vidente, y Rin, la saltadora. Nunca solas, siempre juntas.

Esta no era, ni mucho menos, la primera vez que saltaban. A lo largo de los años, lo habían hecho para mantener al circo a salvo y para ayudar a las personas que acudían a él.

Cuando alguien quería unirse al espectáculo itinerante de Windy Van Hooten, Rin le preguntaba si, en el caso de que pudiera cambiar algo de su vida, seguiría queriendo unirse al circo. Y, si podían ayudar a esa persona en particular, lo hacían.

Solo había una norma para los saltos en el tiempo: no podían retroceder más allá de 1918. El pasado conservaba un cementerio en Chicago, donde Rin había dejado su nombre para que el Rey del Circo lo encontrara. Pero también se haya el comienzo de la Chispa, y, aunque no la comprendía, todas habían llegado al acuerdo de que era un regalo que no pondrían en peligro.

En silencio, Rin se sacó una pulsera del bolsillo y se apretó con fuerza el cordel de cáñamo alrededor de la muñeca. Llevaba unida una astilla de madera tallada a mano que decía: «Hoy no». Respiró hondo.

La realidad en la que estaban a punto de introducirse solo era un borrador; no era el hogar de Rin. Y tampoco era la realidad, aún no. Cualquier cosa que sucediera podía cambiarse.

Se quedaron allí paradas un instante y Rin pensó que debían parecer un conjunto de singularidades. La Jefa de Pista, con sus pecas y su abrigo de terciopelo rojo, Odette, con sus finos leotardos brillantes y la media melena rubia y reluciente, y Mauve, con su chal favorito mientras sus ojos buscaban en el mapa el sitio por el que debían desaparecer.

Parecían una sucesión de Fibonacci en un cuadro del Renacimiento; el aquelarre de brujas de una obra de teatro escocesa cuando se levanta el telón. Eran tres mujeres estúpidas en un mundo mucho más grande que ellas.

«Haciéndote la importante».

Odette rozó la mano de Rin con suavidad.

—Todo irá bien —susurró.

«Confía en nosotras», le había dicho hacía tiempo, hacía un año, semanas, días. «Confía en ti misma».

Pero ahora mismo, el futuro aguardaba. Y el futuro era mucho más extenso que ella, Odette, Mauve o las tres juntas.

Rin debía despejar la mente. Tenía que seguir las palabras que Mauve le susurraba mientras le tocaba el hombro.

—Una playa, en los años posteriores a una noche de cristal.

La visión de Rin atravesó las paredes y las sombras, la luz y la alfombra. Contempló el tiempo como si fuera un túnel con varios hilos y trató de seguirlos. En teoría, los entresijos del tiempo y el destino tenían un aspecto diferente para cada persona y, en ocasiones, incluso la misma persona podía verlos de forma distinta en momentos diferentes.

Para Mauve eran más como un libro invisible situado entre las corrientes de aire, en el que podía consultar las páginas y localizar los momentos e imágenes que estaba buscando. A veces, sin embargo, decía que se parecían más a miles de películas en un solo cine, con imágenes que se superponían de forma incomprensible. Normalmente, para Rin era como estar rodeada de música, con una orquesta al completo, delante y detrás, a la que podía ver y escuchar. Todo hecho de luz y colores.

Y esta noche, a través del túnel que su Chispa le permitió abrir en el tiempo, veía la playa que Mauve mencionaba. Vislumbraba cómo brillaba al final de una larga senda a unos veinte años de distancia.

¡Veinte años! Por lo general, trabajaban con cosas diminutas, pequeños atisbos del futuro. Pero esto parecía mucho más grande que cualquier cosa a la que ninguna estuviera acostumbrada, así que no podía mostrarse dudosa. Debía permanecer concentrada. Y, según lo hacía, el túnel y la luz visible en su extremo se convirtieron en un cordel. Se extendía como una cuerda a través del tiempo y de las grietas y pliegues de los momentos que Rin aún no conocía. Se aferró a ella en su mente y se preparó para saltar.

—La tengo —dijo Rin.

Mauve y Odette se sujetaron a sus hombros y Rin exhaló. Sintió que su cuerpo se cargaba, se llenaba de vida. Saltó y dejó atrás la gravedad.

Echó la cabeza hacia delante. Advirtió que el tren desaparecía y vio un túnel de fuegos artificiales, momentos, la realidad entre bastidores. Soltó un berrido, un grito de batalla, pero se quedó atrapado en el viento mientras volaban. Mientras volaban de verdad.

La Jefa de Pista, Odette y Mauve planearon por el tiempo.

LA JEFA DE PISTA, 1944

Rin se plegó a través de calles estrechas, amplios océanos, promesas profundas, corazones rotos, mañanas de los cerca de siete mil años que faltaban por llegar.

Aterrizarían donde se suponía que debían hacerlo. Odette y Mauve se aferraban con fuerza.

Delante de ella, Rin vio el final de la cuerda, atada a la lejana playa que se aproximaba velozmente a ellas como si estuvieran cayendo desde un avión. Con un rugido, Rin lanzó las manos hacia delante con todo su empeño; su cuerpo al completo las impulsó a aterrizar de pie.

Soltó un grito de satisfacción.

—¡Como la seda! —bramó, llena de energía y lista. Odette le dio unas palmaditas en la espalda y Mauve se rio, pero después tropezó en la arena.

—Tacones… —gruño y se quitó los zapatos.

El cielo estaba gris y el océano rugía a su lado. Pero Rin vio algo en las colinas que no encajaba: había un tanque en lo alto. En la playa había grandes bloques en forma de equis por todas partes y alambre de espino…

Entonces, todo explotó.

Odette se lanzó sobre Rin y Mauve.

Disparos desde lo alto, proyectiles abrasadores sobre la arena voladora.

Rin echó un vistazo desde debajo de Odette, que las envolvía en un abrazo mortal. Los hombres se acercaban corriendo desde el mar y emergían como almas perdidas que caían de la barca de Caronte, arrojándose desde las profundidades, cayendo, muriendo, destrozados, avanzando. El agua se tragaba sus cuerpos y sangraba. Y las armas resonaban sin fin sobre su cabeza con su «ra-ta-tá».

Otra explosión. Calor… Calor que se enroscaba en los huesos y las hacía sentir como si se estuvieran resquebrajando. Un pitido en el oído de Rin. Estupefacción. No podía moverse. Los hombres caían como moscas, agachados tras las equis, golpeados, cubiertos de agujeros y hechos pedazos como si fueran conejos en una cacería.

No había ninguna trinchera en la que esconderse. No había nada salvo una guerra, con todas sus letras, en un mundo amplio.

¿Era el mundo entero un campo de batalla?

Entonces algo golpeó a Rin en la pierna y la hizo gritar. Mauve le agarró la mano y Rin la miró, ambas con el rostro cubierto de arena mojada. Odette seguía tapándolas. Entonces, dolorida, Rin tiró de ambas hacia abajo. Sintió cómo se filtraban a través de la arena, del aire, hacia abajo, más y más abajo…

Distinguió otro hilo, que iba de la batalla hasta alguien que dormía en la litera de un tren. Rin veía el tren abajo y la playa arriba, el espacio negro entre ambos y los hilos, unidos, resplandecientes y dorados, que conducían a alguna parte. Era como un sueño. Pero hacía tiempo que había aprendido que esto nunca era un sueño.

Alargó el brazo hacia el hilo del tren. Era grueso y dorado, estaba atado a su corazón y las sacaba y las llevaba más allá de este lugar. Lo agarró y se aferró a él mientras oscilaban por el tiempo y aterrizaban…

… en alguna parte que no reconoció.

Pero había seguido el hilo del tren. Se suponía que tendrían que estar de vuelta en él, así que, ¿dónde narices se encontraban?

Habían aterrizado directamente sobre sus espaldas, rodeadas de oscuridad, contra un hormigón duro que se había desmenuzado en grietas y bordes puntiagudos. Rin escuchó que algo se partía en el cuerpo de Odette. La curandera respiró hondo entre dientes, cerró los ojos y se concentró. Lo que se había roto volvió a crujir cuando volvió a su sitio. Odette se incorporó para sentarse. Rin no le preguntó qué se le había roto, pues ya estaba arreglado.

—Emergencia, voy a quitarme un guante. —Odette se deshizo de él y colocó la mano sobre la pierna de Rin, que no tuvo tiempo de ver la herida de bala antes de que desapareciera.

Odette siseó mientras absorbía el dolor de Rin. La sangre seguía estando fresca y caliente sobre el gemelo de su mujer, que alargó la mano para tocarla y reconfortarla. Odette volvió a ponerse el guante y tiró de Rin y Mauve para que se acercaran.

—¿Dónde demonios estamos?

Era un apartamento. O al menos lo había sido. Era como si hubieran lanzado un enorme bloque de hormigón sobre un montón de gravilla y unos dientes grandes lo hubieran roído. Además, algo ardía fuera. Sin embargo, lo más espeluznante de todo eran la caja de cereales y los dos cuencos sobre la encimera de la cocina, como si el desayuno se hubiera pausado cuando las personas empezaron a morir.

Este lugar no tendría que haber sido el blanco de las balas. No era una trinchera; era un hogar.

Algo silbó en el exterior. Y después se escuchó una explosión. El mundo entero volvió a sacudirse.

Odette puso en pie a Mauve y a Rin, y las tres salieron en desbandada hacia una esquina. Rin procuró que no se le olvidara respirar.

—¿Por qué estamos aquí? —le preguntó Mauve, alterada. La Jefa de Pista negó con la cabeza.

—No lo sé —respondió—. Yo... seguí un hilo que me rodeaba y que llevaba de vuelta al circo... —No había nada salvo los gritos distantes que rebotaban en las calles diezmadas, seguidos de los sonidos de los disparos, acentuados por el chisporroteo del fuego. Olía a pelo quemado y Rin tenía ganas de vomitar.

—¿Quién anda ahí? —preguntó una nueva voz desde la otra habitación.

Rin la reconoció.

—Maynard —susurró Mauve—. Es Maynard.

—Tienes razón —dijo Rin, que trató de mantener el equilibrio.

—Rin… —empezó a decir Odette.

Pero Rin atravesó la estancia a toda velocidad y tropezó con bloques de hormigón roto con las botas, con la boca y la nariz cubiertas de la ceniza que flotaba en el aire —como si unas telarañas se hubieran desintegrado—, con los huesos doloridos por el agotamiento. Se acercó al marco de la puerta y se agarró a la madera astillada con las manos cortadas para equilibrarse. Echó una ojeada a la habitación: la cama seguía intacta y las mantas y los almohadones estaban colocados como si alguien fuera a dormir entre ellos esa noche, pero algunos tablones de madera del suelo y desechos cubrían las flores bordadas del edredón. No había nada a salvo.

—No —dijo la voz ronca de Maynard desde la esquina más oscura y alejada.

El corazón de Rin se detuvo, como si el hilo que se suponía que debía llevarla a casa la estuviera guiando ahora hacia esa esquina.

Allí había un pelotón de soldados acurrucados unos contra otros, temblando bajo el uniforme militar. El que se levantó para hablar con ella, el de la voz, era Maynard.

Estaba más mayor, envejecido alrededor de los ojos, y su pelo pelirrojo había desaparecido casi por completo. Tenía cicatrices en los brazos y apósitos a lo largo de la mejilla. Pero seguía siendo Maynard, con moratones oscuros sobre la piel blanca y esa mirada seria y cuidadosa con la que la estudiaba como si Rin fuera un fantasma.

—Eres tú —susurró Maynard, como si fuera más joven y acabara de unirse al circo mágico que llevaba desaparecido mucho más tiempo del que había existido.

Con sus palabras, los cuerpos amontonados en la esquina levantaron las cabezas y Rin vio sus rostros. Notó un nudo en la garganta y soltó un leve grito ahogado de incredulidad. Ahí estaba el señor Weathers, más viejo, con un ala escondida detrás de él y la otra desaparecida. Vio a Tina, con las mejillas blancas demacradas y los ojos fríos, algo completamente opuesto a ese brillo jovial tan característico de ella. Y también estaban Wally, Ford, Jess, Ming-Huá y Esther. Rin apenas podía procesar lo que estaba viendo: era la *troupe* de su circo.

Pero ya no eran un circo. Eran un pelotón, aglutinado con sus cascos, uniformes y armas, los ojos abiertos como platos y los rostros inexpresivos.

El hilo enrollado en su corazón eran las personas del tren, no el propio tren. La había conducido a otro lugar del futuro, no de vuelta al pasado. A lo mejor esto era lo que su corazón había querido ver realmente: lo que iba a pasar.

—No —susurró Rin.

Se dio cuenta de que Maynard tenía su arma apoyada en el marco de la puerta, apuntando hacia ella. Esperó a que la bajara para acercarse, pero no lo hizo. Lo inteligente habría sido pensar que era un truco —después de todo, estaban muy familiarizados con el poder de la magia—, pero Rin se dio cuenta de que algo en él quería creer que se trataba realmente de la Jefa de Pista.

—¿Qué...? —dijo Maynard—. ¿Cómo...? ¿Jefa? ¿De verdad eres tú?

—¿Rin? —Una mujer detrás de Maynard se puso en pie de repente y se dejó ver. Tenía el pelo negro, el rostro pálido y unos grandes ojos azules que se empañaron de lágrimas cuando la vio.

Rin no la conocía, pero era evidente que ella sí.

—¿Rin? —exclamó. Se lanzó sobre ella sin mostrar el titubeo de todos los demás. Su rostro se relajó y se cubrió de lágrimas, como si hubiera estado aguantando la respiración y ahora pudiera dejarla salir—. ¿Cómo es que estás...?

Entonces algo golpeó a la mujer directamente en el pecho y una luz azul empezó a emanar de ella. Otro disparo, hacia el pelotón. Algo los asfixió, a todos; algo los estaba matando. Algo que no era normal.

Rin trastabilló hacia delante.

—¡No! —gritó.

Vio cómo la mujer de los ojos grandes la miraba fijamente, rogándole. Su rostro empezó a despellejarse lentamente y se desintegró como si la luz azul la hubiera partido en miles de piezas; como si la hubiera prendido en llamas.

Rin tenía que salvarla.

Pero Odette la agarró y tiró de ella para alejarla de aquella carnicería azul.

—¡Tenemos que irnos! —dijo Mauve, enganchándolas a las dos—. ¡Llévanos a casa!

—¡Se están muriendo! —gritó Rin.

Mauve agarró a la Jefa de Pista y le rodeó el rostro con las manos.

—¡Céntrate! —le pidió—. ¡Sácanos de aquí! ¡Ahora! ¡O no podremos cambiarlo!

Rin recordó la pulsera y la notó alrededor de la muñeca. «Hoy no».

Abrazó a Odette y a Mauve y tiró de ellas hacia atrás, saltando desde el hormigón a la oscuridad, regresando a…

… la cama. Como si el mundo hubiera liberado todas las leyes de la física y ahora, de repente, las obligara a seguir las reglas de nuevo. La magia se disipó.

Se escuchó el sonoro ruido metálico de las vías. Bajo los cuerpos de las tres mujeres y la cama de matrimonio, el convoy del circo atravesaba a toda velocidad la noche, silbando y surcando los vientos ondulantes y oscuros de Nebraska. Rin sintió que sus rígidas extremidades se hundían en el colchón de plumas de ganso.

La playa había desaparecido, así como las habitaciones de hormigón, pero mientras depositaba lentamente las botas sobre el suelo de madera del vagón, notó la arena bajo el talón y los dedos.

Se arrancó la pulsera de la muñeca como si estuviera maldita.

Se escuchó a sí misma emitiendo alguna clase de sonido, algo entre un grito ahogado y un rugido, y se tranquilizó. El olor a quemado aún se le arremolinaba en la nariz, le bajaba por la garganta y le entraba en las entrañas.

Oyó que Mauve vomitaba en la papelera y, a continuación, las tres se quedaron en silencio. Esperando a que alguien dijera algo.

Rin se limitó a contemplar la salida del sol a través de la ventana. La terminal ferroviaria apareció con la luz de la mañana.

Estaban en Omaha.

—Rin… —dijo Mauve, que bajó la mirada hacia su pierna. La Jefa de Pista volvía a sangrar por un corte de metralla que sustituía a la herida curada de bala.

—¿Otra vez? —farfulló—. Esta noche eres un imán para los problemas, ¿eh? —le gruñó a su propia pierna.

—No pasa nada, queridas —dijo Odette. Rin la contempló mientras se reponía. Sin dejar de temblar, Odette se quitó los guantes—. Me los estoy quitando —anunció—. ¿Puedo tocaros a las dos?

La sanadora las despojaría del miedo y las heridas, los absorbería y se desharía de ellos en alguna parte profunda de su interior.

En eso consistía su Chispa. Ese era el bien que realizaba: sostenerlas cuando su dolor era insoportable. La trapecista soportaba los peores embates y los quemaba y convertía en cenizas en su interior. Las tres seguirían sobreviviendo porque tenían a Odette.

—No te lleves el miedo —dijo Rin—. Arregla solo la pierna. Necesito el miedo.

—Rin…

—No me vengas con lo de Rin —soltó—. Ya me has oído. Si no puedes hacerlo, ni siquiera me toques.

No pretendía ser borde. O a lo mejor sí. Acababa de ver su objetivo en años futuros. Sabía lo que tenía que hacer y ni de broma permitiría que nadie le arrebatara este impulso. Recordaría cada detalle insignificante de aquella habitación, del olor, de lo que podían perder.

«¿Esa es la razón por la que no quieres que te quite el miedo?», le susurró sibilante en el cerebro el escurridizo recuerdo de un hombre repugnante. «¿O es que, en lo más profundo de tu interior, sabes que ella podría ser como yo? ¿Cuánto de ti hay realmente en ti? ¿Cuánto me llevé conmigo? ¿Cuánto dejé? A lo mejor solo estás hecha de las cosas que los demás han permitido que te quedes. A lo mejor no eres suficiente para salvarlos, estornino».

Se clavó las uñas en las palmas de las manos para distraerse, pero cuando su mujer alzó la mano para tocarlas a ella y a Mauve, paró. Podía hacerse daño a sí misma, pero no podía hacérselo a Odette más de lo que ya lo haría en el futuro.

La pierna de Rin empezó a curarse despacio, la metralla desapareció de su piel, disolviéndose, y reapareció en la pierna de Odette mientras el dolor se reflejaba en su rostro. La piel de la trapecista asimilaba cualquier bala, esquirla o herida abierta.

Pero no podía absorber el recuerdo de aquella luz azul, la muerte que barrió la habitación...

—Era muy amplia —dijo Odette, con un estremecimiento. Después volvió a respirar hondo y, así, ella también se curó—. Muy amplia y plena. Salía de todas partes. ¿Qué era?

Rin lo sabía: era la guerra.

LA JEFA DE PISTA, 1926

La Jefa de Pista sabía qué aspecto tenía el mundo cuando la luz se agotaba.

Lo había visto después de la última guerra. Jóvenes con máscaras de hierro cuyos rostros ni siquiera habían terminado de crecer más que sus orejas. Lápidas sobre los cuerpos que nunca habían visto nada del mundo salvo el hogar de su madre y, después, una trinchera.

Lo había visto en el rostro gruñón y engreído del Rey del Circo cuando daba alcance a su presa y conseguía todo lo que quería de la forma en que los hombres malos siempre lo hacían.

Y lo había visto la noche anterior, cuando saltaron.

El pasado y el futuro la estaban asfixiando, aquí, en el presente. Era como si se abalanzaran sobre ella desde distintas direcciones, a través de la línea del tiempo, a punto de colisionar con ella y echarla de las vías.

Era demasiado. La luz azul, la mujer a la que no reconocía pero a la que había visto morir, el apartamento destrozado, la playa, el Rey del Circo, el vestido rojo…

Hoy no.

Por muy duro que fuera, no podía perder los nervios con la idea de que todos sus amigos fueran a morir; eso no les ayudaría. Así que se puso a caminar por el tren tratando de centrarse en el presente. Cerró los puños, notó sus propios dedos dentro de las gruesas botas y respiró el aroma a primavera de Omaha: madreselva, lilas, chimeneas, el olor lejano a parrilla en alguna parte. A esta ciudad le iba mal en invierno, pero ahora era un momento de celebración: había llegado el circo.

El sol salió por encima de la terminal ferroviaria, entre las estaciones de Burlington y Union. Las dos eran pilares de mármol separadas por una gruesa franja de tierra marrón y vagones manchados de lubricante. La parcela para el circo estaba justo al este de la de Union, encajada entre los raíles, la enorme maraña de almacenes y el río. Ya habían actuado allí antes. Conocían al arrendador bastante bien y, como estaban tan cerca del barrio de los almacenes, siempre conseguían un buen público. Por la estación pasaba gente de todas partes y en los almacenes había toda clase de trabajadores. Era un extraño revoltijo, como la pequeña familia del circo.

Rin vio cómo las réplicas de Maynard desenganchaban los carromatos mientras la señora Davidson, la payasa, y Cherry, la persona encargada de la cocina, salían para montar la cantina en el patio trasero. Su hogar siempre tenía el mismo aspecto en todas las parcelas, estaciones ferroviarias y ferias.

Sin guerra, ningún Rey del Circo les tocaría. Rin podría hacerlo: los protegería a todos. Cuando Odette la conoció años atrás, Rin no era nada salvo una dura coraza. Se había esforzado mucho para quitársela, para dejar que todos entraran en su corazón, para creer que ninguna sombra la seguiría. El mundo había seguido adelante y, ahora, en 1926, la gente sabía que el futuro sería brillante. Tenía que serlo. Nada podía ser tan malo como lo que habían pasado.

¿O acaso eran todos unos insensatos?

—¡Buenos días, Maynard! —escuchó que Mauve gritaba detrás de ella. Después apareció sigilosamente, bien envuelta en su chal. Rin y Mauve se encontraban todas las mañanas para caminar hasta el borde de la parcela y después se alejaban para asegurarse de que su invitado especial supiera que el circo había llegado.

Las dos se quedaron de pie en el extremo del vallado, contemplando Nebraska y sus calles adoquinadas con ladrillos y la especie de valle repleto de almacenes, hoteles y mercados al aire libre. Todo ello convertía al centro de la ciudad en un lugar industrial que parecía salido de otro mundo, con un pie en el progreso y otro en la pradera.

—Tienes cara de estar a punto de entrar en combate —comentó Mauve. Rin la miró. Su querida amiga; la mujer que nunca tenía miedo y que siempre iba dos pasos por delante de todo el mundo. Pero esta mañana, le temblaban las manos—. La buena noticia es que he examinado los hilos para ver si vamos a tener problemas con el Rey del Circo esta noche y creo que estamos a salvo.

Sí que era una buena noticia. Temporal, pero significaba que no tendrían que recoger y salir corriendo.

—No lo comprendo —dijo Rin, que no dejaba de darle vueltas a la cabeza—. Ya habíamos viajado al futuro. Hemos visto el futuro, pero ¿no hemos visto esto?

—Hemos visto fragmentos del futuro —añadió Mauve—. Horas sueltas aquí y allí. Una canción sonando en la radio en una barbería, un circo futurista, pequeñas cosas fuera de contexto. Y todas esas cosas pueden cambiar, Rin. Y tú lo sabes: el mundo sigue escribiendo su historia.

—Entonces puede cambiar —dijo Rin. No sabía si era una pregunta o una declaración. Mauve tampoco parecía saberlo, de manera que añadió—: Lo hacemos cuando ayudamos a la gente con el circo: puede cambiar.

—A modo introductorio, diré que no soy el fantasma de las navidades futuras —siguió Mauve—. Sabes que hay muchas cosas que no comprendemos, pero... sí. Los acontecimientos pueden cambiar. Me he quedado despierta casi toda la noche ojeando las páginas del futuro, tratando de ver cómo arreglarlo, y tengo algunas ideas. No he dormido nada, pero se me ha ocurrido algo. Así que al menos tenemos eso.

—Odette ha conseguido dormirse al fin —dijo Rin en voz baja mientras estudiaba el arco de la entrada sobre sus cabezas. Las bombillas descansaban sobre la madera contrachapada, aún dormidas y sin los colores que lucirían esa noche.

Ojalá Rin pudiera descansar también. Las tres habían regresado incluso al principio de la noche —un pequeño salto de cinco horas— con la esperanza de recobrar algo de sueño.

Pero había sido inútil. Rin se había pasado la noche mirando al vacío, acariciando la suave media melena de Odette. Se le habían despeinado los rizos y ahora parecía agotada. Cuando su mujer logró quedarse dormida, Rin las cubrió a las dos con una manta.

Y, de alguna forma, aun con el fin del mundo en el horizonte, tuvieron que levantarse al amanecer y ponerse a trabajar.

Ahora, al menos, la adrenalina había sustituido al miedo en su interior. El cerebro le gritaba que debía hacer algo, debía arreglarlo todo, y, por la forma en que Mauve apretaba la mandíbula, Rin sabía que se sentía exactamente igual.

—Estaban en un batallón —comentó Mauve, con la mirada a miles de kilómetros de allí. Se aclaró la garganta y sacudió la cabeza como si tuviera agua en el oído—. Van a reclutar a los chispas para la guerra. Todos nuestros hilos están teñidos de sangre.

Rin asintió.

—Tiene sentido —dijo.

—¿En serio? —preguntó Mauve.

—La Ley Prince —respondió Rin—. ¿Recuerdas el tipo ese con el que Odette trabajó durante la pandemia? ¿El doctor Prince? Acudió al congreso para negociar un *impasse*.

—¿En eso consiste la Ley? —preguntó Mauve—. Sé que se lo gritas a la gente cuando entra en nuestra propiedad.

—Ellos nos dejan tranquilos y nosotros no les damos una paliza —explicó Rin—. Les dejamos en paz y los misteriosos chispas pagados por nuestro gobierno desprovisto de Chispa no vienen a matarnos. Una tregua y nadie saldrá herido. —Una cuerda floja diplomática de la que Rin y el circo se mantenían al margen. Estaba el circo y, después, todo lo que había más allá de él. Estaban a salvo en su pequeño rincón del mundo, pero eso parecía estar cambiando.

—¿Y qué tiene que ver nada de eso con la guerra?

—Tú eres la vidente —dijo Rin, que se metió un palillo en la boca, un vicio que había adoptado cuando dejó de beber para no empezar a fumar. Algo a lo que darle vueltas, pero que no la matara—. ¿No puedes mirar a través de la línea temporal de algún modo y averiguarlo?

Mauve puso los ojos en blanco.

—Sí, claro, porque mi Chispa me permite leer las leyes de los hombres blancos.

—Los chispas podemos vivir libremente, siempre y cuando no convirtamos el mundo en nuestro patio de recreo personal y con la condición de que, si el mundo vuelve a necesitarnos...

—Rin mordió el palillo—. Bueno, en ese caso, tendremos que acudir al rescate.

—Imagino que luchar sus guerras por ellos cuenta, dadas las circunstancias. —Mauve soltó una pedorreta—. Un pequeño precio que pagar para no terminar en uno de los furgones de Pappa Pete, muchas gracias.

—Me sorprende que me sorprenda. —Rin se cruzó de brazos, se apoyó en uno de los postes de la entrada al paseo central y volvió la vista hacia las lonas. La gran carpa ya estaba en pie. Roja y blanca, en su mayor parte de vinilo. No era perfecta, pero mantenía la lluvia a raya.

—A mí no me sorprende que no me sorprenda —dijo Mauve, que se quitó unas pelusas de su chal y las dejó caer al suelo—. En absoluto.

—Nunca has ido más allá de lo que necesitamos saber para el circo. Nunca hemos hecho nada de esta magnitud. Estoy preocupada por ti y tu cabeza.

Mauve se rio.

—Sí, yo también, ponte a la cola. Y también me preocupas tú.

—Sabes que no puedo pasar por alto lo que vimos anoche —dijo Rin.

Mauve asintió.

—No esperaría menos de ti. Estoy segura de que ya tienes un plan de los tuyos rondándote la sesera.

—¿Crees que a Odette le parecerá bien?

—No —respondió Mauve—. Pero lo hará por la misma razón que yo.

—¿Qué razón?

Mauve la miró fijamente con esos ojos redondos. Era más bajita que Rin, pero siempre que le dedicaba esa mirada tan seria, parecía que crecía justo delante de sus narices.

—Las dos sabemos que si no lo hacemos, tú lo harás igualmente. Y estarás sola.

—¡Vale, vale, ya estoy despierto! —La escandalosa voz de Bernard se escuchó a sus espaldas a medida que este se acercaba—. ¿Preparadas?

—Buenos días, padre —dijo Mauve, y lo abrazó de medio lado. Bernard no se parecía en nada a Mauve: era un hombre grande, blanco y calvo. Ella había tenido dos padres: uno rico (el señor DesChamps) y otro, su mayordomo (Bernard). Uno biológico y otro que trabajaba para ellos y formaba parte de la familia en secreto. Uno que había muerto y otro que había huido al circo con ella.

Rin nunca había conocido a su propio padre, que falleció cuando todavía era pequeña. Pero si hubiera crecido con él, le habría gustado que hubiera sido como Bernard.

Este le dio a Rin un gran abrazo con el que la levantó del suelo como si aún tuviera diecinueve años y estuviera flacucha.

—¡Honorable jefa nuestra! ¿Dónde vamos hoy?

A Mauve y a Rin no les hacía falta hablar para saber que estaban de acuerdo en que no debían decirle una palabra a Bernard sobre el panorama infernal del futuro, y Rin se sintió aliviada cuando su amiga dijo:

—Pasado el hotel, a un callejón en el barrio de los almacenes.

Partieron hacia la ciudad. Hacia el Mundo Exterior, como lo llamaba la gente del circo. Era como si un ala protectora envolviera al circo. En cuanto abandonaban los terrenos y cruzaban la sombra del arco de la entrada, Rin empezaba a sentirse como un cervatillo en el campo.

En lo alto, la luz del sol quedaba bloqueada por las filas de edificios homogéneos. Cada ladrillo estaba colocado sobre el siguiente de una forma precaria, erosionada y poco equilibrada. Los muros agrietados y las ventanas sucias sobresalían por encima del suelo adoquinado.

Bernard caminaba detrás de ellas, examinando la zona. El centro de Omaha no era tan peligroso para dos mujeres como otras poblaciones que habían visitado. Había algunas ciudades en las que Mauve y Rin no eran bienvenidas. A lo mejor estaban de moda en clubs de Harlem o en salas de baile de Greenwich Village, pero esto no era Nueva York.

No obstante, a pesar de las miradas en la calle, estas mismas personas ocuparían las gradas de la gran carpa esa noche. Comprarían palomitas, respirarían polvo y, cuando las luces se apagaran, permanecerían en un glorioso silencio de anticipación. A la gente del circo se le permitía existir mientras resultara entretenida. Pero aquí, en los almacenes, toda clase de habitantes llenaban las puertas arqueadas de ladrillo para empezar su jornada de trabajo. Aquí, en esta pseudociudad, Rin y Mauve encajaban. De hecho, si Rin entrecerraba los ojos, podía fingir que había vuelto a Chicago. Omaha era una hermana pequeña —a seiscientos cincuenta kilómetros y un universo de distancia— que trataba de ser más grande de lo que lo era.

Sabía que, aunque este barrio fuera un crisol de personas, aunque todo el mundo fuera a acudir al circo, el resto de la ciudad, el resto del tiempo, estaba segregada. Seguía siendo Nebraska, al fin y al cabo, así que necesitaban a Bernard con ellas.

Tras un largo tramo sin hablar, dejaron atrás el hotel en el que algunos viajeros hacían una pausa para desayunar y tomar café en el patio. Había un olor fresco y amargo que resultaba delicioso.

—¿Puedes echar de menos algo que nunca has probado? —reflexionó Mauve en voz alta.

Rin arrugó la nariz.

—Sí… seguro que sí. ¿Qué echas de menos?

—Dentro de cinco años —dijo Mauve—, creo que es dentro de cinco años… descubriré un maravilloso café con sabor a avellana. Sé que suena discutible, pero, virgen santísima, me encanta. Aquí todavía no lo tenemos y quizá nunca llegue a existir, pero lo echo de menos. ¿Qué día es hoy?

—Miércoles, creo —respondió Rin.

—No me gustan los miércoles —dijo Mauve—. Vamos a saltárnoslo entero.

Rin sabía que estaba bromeando. Habían hecho el pacto de que mantendrían los pies en la tierra y vivirían cada día, incluso aunque no pararan de saltar de un lado a otro. Esa era la razón por la que Rin movía el tren a través de la geografía, no del tiempo.

Había algo en el tiempo que te humanizaba.

Rin comprobó su muñeca. No llevaba puesta la pulsera. Entonces esto era real.

—Estamos en junio de 1926 —dijo Rin, aturdida—. Todavía no han compuesto nuestra canción favorita.

—Sí —dijo Mauve—. Tenemos que comportarnos con toda la normalidad posible y decir que nuestra canción favorita es «Always». Un gran éxito. Aunque, en mi caso, no lo es ni lo será en toda mi vida. A lo mejor la última vida y la siguiente…

Rin tomó a Mauve de la mano.

—Nuestra canción favorita es «Always».

Mauve sacudió la cabeza, como si acabara de despertarse y cerrara un libro de golpe.

—Ya… —Suspiró. Mauve agarró a Rin de la muñeca—. Tengo unas ganas locas de que aparezca *Oz*. ¿Cuántos años faltan? No puedo evitar canturrearla en mi cabeza. —Después añadió—: Odette está preocupada por nosotras, por ti. —Siguió hablando como si se le hubiera olvidado que Rin podía intervenir en un diálogo—. Me pregunto a cuál de las dos le afectará más en la cabeza. Tú viajas físicamente y yo viajo con la mente. Tú puedes poner los pies en la tierra, pero nuestros cerebros siempre están volando.

—Bueno, Odette puede mantenernos en la tierra —comentó Rin.

Mauve levantó la barbilla, como si estuviera viendo una historia escrita en las nubes.

—Hay un día, un posible día, dentro de unos años que veo sin parar. Estoy en un porche, sola, y mi marido ha muerto. Todo el mundo ha muerto o se ha marchado y estoy sola. Sentada en un porche blanco que da al mar o quizá a los Grandes Lagos. Estoy mirando, pensando en el circo y… yo soy la última que queda.

Rin entrelazó su brazo en el de Mauve.

—Eso no será así durante mucho tiempo. Y podría cambiar. Todo puede cambiar, tú misma lo dijiste. Nunca antes habías visto la guerra, ¿verdad? No. Pues entonces quizá no vayas a estar sola.

—No estaría mal vivir algún día entero: principio, centro y final —dijo Mauve—. He oído que el resto del mundo no tiene toda su trayectoria rebotando en su cabeza a todas horas.

Se quedaron en silencio un instante.

—¿Y cuándo se supone que aparece tu marido? —preguntó Rin—. ¿Todavía no lo has conocido?

—No.

—¿Algo más que añadir?

—No —respondió Mauve.

—¿Y si ese futuro marido no aparece?

—Entonces no ha merecido la pena contarlo. —Y, en ese instante, dio un brinco—. Al menos, hoy es un día importante. Vamos, acaban de echar a la invitada especial de casa de su padre y está corriendo por el callejón a tres manzanas de aquí. Tenemos que llegar pronto si queremos ver su Chispa en acción y, créeme, es un espectáculo que no querrás perderte.

Las calles retumbaban con el repiqueteo de los cascos de los caballos sobre los adoquines. Los muros estaban cubiertos de los programas y carteles que Maynard había colocado antes del amanecer y que anunciaban el «Circo de los Fabulosos de Windy Van Hooten».

Rin los ignoró. No le gustaba verse en las ilustraciones. Sabía lo que decían los carteles, ella misma había ayudado a diseñarlos. No le hacía falta ver su propio rostro plasmado en ellos, donde aparecía más hermoso que el suyo propio, más joven... o quizá solo hubieran captado lo vieja y simple que era.

Pasaron por delante de la sucursal que el Manicomio para chispas de Petersen tenía en Omaha, un edificio colorido pintado para que pareciera un museo infantil con camiones de helado aparcados fuera, solo que no contenían helados. Se parecían a los furgones policiales y se presentaban en las casas cuando los padres entregaban a sus hijos a los cazadores de chispas... para arreglarlos.

Rin tragó saliva.

—¿Meredith te contó alguna vez cómo eran esos manicomios? —le preguntó a Mauve.

Meredith era la joven que estaba aprendiendo acrobacias aéreas de Odette. Era callada, pero, de vez en cuando, Mauve y ella habían mantenido alguna conversación.

—Sí —respondió Mauve, sin ofrecer ninguna otra explicación.

—¿Y es cierto? ¿Todo lo que hemos escuchado? —preguntó Rin. Mauve no dijo nada—. Vale, bueno, pero no les matan, ¿verdad?

—No tienes que arrebatarle la vida a alguien para matarlo —comentó Mauve—. Fue una conversación privada, pero Meredith sí que me dijo que intentan extraerte la Chispa.

¿Cómo? ¿Cómo podía alguien arrebatártela? No era como un dedo del pie o de la mano, era algo en lo más profundo de tu interior. Nadie sabía cómo llegaba hasta allí, así que ¿cómo iba alguien a fingir que sabía cómo extraerla?

Siguieron andando. Rin sintió que su cuerpo quería ser más grande, más fuerte. Quería apartar la mirada del manicomio.

La Ley Prince existía, pero Pappa Pete también. Cualquiera podía ingresar allí por voluntad propia, pero ¿cómo iban a hacerlo los niños? La única persona de la que nadie podía salvar a un menor era de sus padres.

—Esta muchacha a la que vamos a conocer... —empezó Mauve—. Los furgones de Pappa Pete van tras ella. Su nombre es Josephine Reed, pero la llaman Jo.

—¿Y qué es lo que necesita? —preguntó Rin.

—A ti.

Rin miró a Mauve, pero esta no extrapoló nada más.

—Si te lo cuento todo, ¿cómo va a ser elección tuya y no la mía? —respondió al tiempo que le devolvía la mirada a Rin y sacaba la barbilla de forma burlona—. Ahora sigamos, el espectáculo está a punto de comenzar.

Como si estuviera esperando, un coro de gritos se elevó en un callejón delante de ellas.

—¡Vamos a acelerar el paso, Bernard! —gritó Rin por encima de su hombro.

Y con Bernard detrás de ellas, Rin y Mauve se apresuraron, entre el laberinto de almacenes, para volver la esquina y darse de bruces con una tormenta.

Rin vio a tres hombres de los furgones, vestidos a rayas blancas y rojas, atrapados en el barullo y tratando de mantener el orden mientras se lanzaban sobre una joven.

La muchacha era delgaducha, con una pálida piel blanca y el pelo negro, grasiento y recogido en unas descuidadas trenzas. Un mono demasiado grande para ella y una camisa blanca y sucia que claramente pertenecía a un hombre adulto, engullían su constitución de espantapájaros. Un niño se agazapaba a su espalda. La joven se había interpuesto entre este niño y los hombres del furgón.

Había algo familiar en su actitud, algo que conmovió a Rin. La forma en que doblaba las rodillas, como si estuviera lista para lanzarse hacia delante, para luchar. Como si abandonara su fachada de niña pequeña para convertirse en la peor pesadilla de aquellos hombres.

La joven cerró los ojos mientras chasqueaba sus delgados dedos. De las puntas sucias de sus dedos brotaron tonos rojos y naranjas que salieron disparados con un chillido. ¿Un pájaro de fuego? ¿Cómo lo hacía? Solo era una cría, su Chispa no podía haberse desarrollado tanto. Todos habían convivido con ella la misma cantidad de tiempo, ¿habría estado practicando?

No, no había ninguna clase de práctica en esta furia. Era puro poder, pura rabia. La joven era fuerte, talentosa, pero no había ningún control. El pájaro de fuego chilló a los hombres como si fuera una *banshee* moribunda. Entonces, por debajo de sus alas llameantes, la muchacha formó un tornado de adoquines de Nebraska. Empezó a mover los brazos en círculos y los dedos le rozaron los codos como si removiera un caldero. Conjuró una tormenta a su alrededor, con truenos y una lluvia tan negra como el alquitrán.

Rin se agachó con el corazón a punto de salírsele del puñetero pecho.

—Nada de esto es real —dijo Mauve—. Solo es una ilusión.

Pero la joven no parecía tenerlo bajo control ni ser consciente de lo que estaba haciendo. Daba igual lo que fuera o cómo hubiera llegado allí, era suficiente como para aterrorizar a los hombres que amenazaban con hacerle daño.

—¡Que os den a todos! —gritó la muchacha. A los hombres del furgón les fallaron las piernas y cayeron sobre el suelo de adoquines dándose un fuerte golpe en el culo.

Bueno, no estaba mal.

La joven —con sus palabras vulgares y las trenzas grasientas— estaba exigiendo un espacio para su coraje en el callejón.

Rin apreciaba a los terremotos dispuestos a brillar en el Mundo Exterior, donde tanto temían a cualquiera que les recordara que no lo podían controlar todo, que las cosas seguían tan inestables como les había parecido durante la Gran Guerra.

Pero el descontrol también podía resultar liberador.

Esta joven salvaje arrebató las sombras de los altos edificios de Omaha sobre la calle bajo sus pies y las enroscó en el aire, enrollándolas como si fueran cables alrededor de las extremidades de los hombres, que gritaron e hicieron que algo se despertara en el interior de Rin. Tenía que pararla, estaban asustados. Esto no terminaría bien.

Pero no se movió. Los hombres tenían miedo, pero habían arrinconado a esta niña, la habían herido. Ella también estaba asustada y, a veces, del miedo aparecían las sombras.

La joven les escupió.

—¡A ver si ahora podéis tirar más piedras! —gritó—. ¡Venga, intentadlo de nuevo, tontos del culo!

Alardeó demasiado pronto: un cuarto hombre apareció por el callejón detrás de ella y la derribó. Sus sombras desaparecieron y él la arrastró del cuello de la camisa hasta el furgón de Pappa Pete que estaba esperando.

En ese instante, el niño salió disparado hacia el hombre para atacarlo. Un niño escuálido, del mismo tamaño que la chica, pero con el pelo rubio como la paja que le enmarcaba un rostro de nariz aguileña y unos ojos tristes como los de un leal perro *Basset*.

—¡Suelta a mi hermana!

El hombre le golpeó con fuerza, pero al niño le dio igual. Tiró de su hermana y la protegió con su cuerpo mientras el hombre protestaba a su espalda tratando de recuperarla, de atraparlos a los dos.

Entonces fue cuando Rin dio un paso al frente.

Pero Mauve tiró de ella.

—Limítate a observar —le dijo.

La muchacha gritó, rugió, y una onda expansiva de color verde oscuro salió disparada de su cuerpo. La propia Rin sintió que se quedaba sin respiración mientras veía cómo el verde atravesaba a todos los hombres del furgón, que gritaron y soltaron a la niña y a su hermano. Ambos salieron corriendo.

Y todo se quedó en silencio.

A Rin le ardía la nuca y era incapaz de parpadear. Dios bendito… eso no era una Chispa, era dinamita.

—Es probable que el niño también venga al circo —dijo Mauve—. Necesita a alguien del circo, pero no eres tú. La que te necesita es la pequeña.

—¿En qué consiste su Chispa? —le preguntó Rin a Mauve en un susurró.

—Ilusiones —respondió Mauve con calma—. Es muy interesante que me estés preguntando todo esto. Todavía no sabes nada.

—Sí, superinteresante —dijo Rin—. ¿No habías dicho que me necesitaba?

—Y así es.

—Pues parece que le va muy bien sola, pero vale —replicó Rin. Empezó a avanzar de nuevo y Mauve volvió a bloquearle el paso.

—Tiene que encontrar el circo por su cuenta —dijo—. Ambos, en realidad. Como hicimos todos. Tiene que ser su decisión. —Se sacó algunos panfletos publicitarios del vestido y los desperdigó por el suelo.

Rin observó cómo los carteles aterrizaban sobre el barro, lo que le sacó una gran sonrisa a Mauve, que dio un pequeño salto de emoción.

—Ten fe, sabrán encontrarnos.

Bernard las alcanzó y se secó el sudor de la calva.

—¿Ya es seguro para las personas sin Chispa? ¿Está todo el mundo a salvo? Ah, ¿ya está Rin otra vez intentando que la gente haga lo que quiere?

—Sí —respondió Mauve.

—No lo hagas, niña. —Bernard le revolvió el pelo a Rin, lo que resultaba absurdo porque cada vez tenía más canas y su cuerpo solo sería, tal vez, un año más joven que el de Bernard. Aunque no le gustaba que la llamaran niña, lo dejó pasar porque, viniendo de Bernard, resultaba enternecedor.

—Voy a pasarme por el mercado de vuelta —anunció Bernard—. ¿Queréis venir u os volvéis a la explanada?

—No debería forzar la rodilla —contestó Rin—. De momento se está comportando, pero tengo que preservarla en buen estado para esta noche. Yo me vuelvo.

—Sí, yo también —dijo Mauve.

No pertenecían al Mundo Exterior. O, más bien, el Mundo Exterior no quería que pertenecieran a él.

Los niños asomaron la cabeza entre las sombras, con cautela, para orientarse. Parecían muy solos y perdidos. Ambos descalzos como si hubieran huido en mitad de la noche.

Rin también iba descalza cuando escapó años atrás. No de un furgón, sino del hombre que ahora la acechaba y le enviaba precursores de sí misma ataviada con un vestido rojo. A lo mejor no había dejado de huir, como ellos.

—Ten fe.

Fe en que todo saldría bien. En que el circo estaría a salvo. En que Mauve, Odette y ella bastaban para convertirlo en un lugar seguro.

La joven echó un vistazo y la vio durante un instante. Algo en ella le resultaba familiar. Era una de esas personas que le parecía conocer de toda la vida. Lo había sentido con Mauve, con Odette y... con él.

Pero él había sido un engaño, nada más.

Claro que el destello de poder en los ojos de la muchacha... le recordó a él. Una Chispa tan poderosa como esa podría tener fines buenos o malvados.

La cría apartó la mirada y Rin agarró a Mauve del brazo mientras esta arrojaba el resto de panfletos del espectáculo que había traído con ella. Las dos se desvanecieron y dejaron tras de sí los anuncios flotando en el aire.

EDWARD, 1916

Edward lanzó el periódico sobre la mesa del restaurante, delante de las dos mujeres.

—Ahí, leedlo —dijo—. Aquí, en Nueva York, la gente lo llama Chispa; otros hablan de Peculiaridades. En la tribu de los zulúes, en el sur de África, lo llaman por un nombre que se traduciría como el Don. En Japón, sin embargo, se traduce como la Maldición. Pero es lo mismo en cualquier parte del mundo. Lleva pasando desde el último verano, incluso en los países que no están enfrascados en el Frente Occidental, y sigue aquí.

Ruth y la señora Dover contemplaron el periódico tirado sobre la mesa de mármol. Lo escanearon rápido con la mirada antes de abrir los ojos de par en par, incrédulos.

—Esto es una completa locura —dijo la señora Dover. Era una mujer de aspecto feroz que había representado con éxito a Medea y Goneril. Los críticos en Nueva York señalaban que era como si se hubiera convertido y fundido en los propios personajes sobre el escenario.

Y, bueno, era completamente cierto: la señora Dover era una mimetista de primera. Incluso ahora, su rostro se puso de un inquietante tono gris. No daba la impresión de que siempre fuera capaz de controlar su Chispa, y eso ponía a Edward de los nervios. ¿Y si los que los rodeaban se daban cuenta de que era una chispa? Nadie parecía haberlo notado… todavía.

—No sé si confío en los seres humanos con Chispa —comentó la señora Dover—. Ya he visto suficientes hombres con poder.

—También hay hombres buenos —dijo Edward con un resoplido—. Muchos lo estamos intentando. —Aunque era extraño pronunciar esa frase en presente, porque él ya no lo intentaba. Se estaba escondiendo en Nueva York y en casa lo daban por muerto—. ¿Necesita algo, señora Dover? Tiene un aspecto un tanto ceniciento.

El rostro de la señora Dover se puso blanco como el papel y después volvió a su rosado natural.

Ruth miró a la señora Dover, a Edward y de nuevo a la mujer.

—O sea, que tanto madre como yo tenemos la Chispa, pero ¿por qué? No tenemos ninguna conexión con la guerra.

—De algún modo u otro, todo el mundo tiene conexión con la guerra —dijo Edward—. Yo no tengo la Chispa, y estuve en ella.

Estuvo.

Pero también estaba vivo, no muerto en una trinchera. Era un cobarde, quizá no se mereciera la Chispa.

—No cabe duda de que ha ocurrido algo —dijo la señora Dover—. Es como si todo hubiera cambiado y se hubiera abierto de golpe. Trato de recordar qué estaba haciendo cuando mi cara se transformó por primera vez y... estaba ensayando una obra de teatro. Ruth, ¿qué estabas haciendo tú?

Ruth miró a Edward y después a la mesa.

—Me preguntaba por qué me sentía rara, qué estaría pasando en el mundo... vi un movimiento y seguí el hilo...

—Pero ¿por qué sucedió en un primer momento? —preguntó la señora Dover—. Si la magia pudiera asomar la cabeza...

—No es magia —dijo Ruth, y miró a Edward—, ¿verdad?

Él se encogió de hombros.

—A lo mejor la guerra ha desequilibrado el mundo y... ¿algo decidió que necesitábamos un poco de esperanza?

Estas dos mujeres le habían acogido en su casa en cuanto se lo pidió y, durante los últimos meses, se habían convertido en una familia.

La señora Dover se excusó para ir a por más té. Edward se quedó mirando a Ruth en silencio, que seguía llevando el pelo recogido en trenzas. Ella le devolvió la mirada.

—¿En qué estás pensando? —quiso saber ella.

—¿Puedo preguntarte algo? —dijo él.

—Sí, lo que quieras.

Edward se inclinó hacia delante, con los ojos fijos en la severa señora Dover pero se dirigió a Ruth.

—¿Por qué me acogisteis tú y tu madre? Ha pasado medio año y no me habéis pedido nada a cambio.

Ruth se miró las manos.

—Bueno, teníamos una cama de sobra y... el dinero extra nos ha venido bien —contestó—. Me... me preocupa que no tardes en cansarte de nosotras y regreses a Inglaterra.

La noche en que llegaron a Nueva York, cuando Ruth se lo llevó a toda prisa del frente, Edward se dio cuenta de que solo portaba uno de sus efectos personales. Todavía iba ataviado con su uniforme cuando conoció a la señora Dover y aún olía a vapores tóxicos y muerte. Le había solicitado un lugar seguro para cambiarse y la señora Dover había cumplido: le cedió la habitación de invitados, con un fuego ardiente encendido.

Se despojó de su uniforme en un segundo, como si mudara la piel, como si despertara de una pesadilla. Ojalá todo lo que le había ocurrido hubiera sido eso. A lo mejor lo había sido. Tenía una nueva oportunidad, una nueva vida. Edward nunca había estado en una habitación tan acogedora y opulenta, repleta de muebles de roble ornamentados y gruesas cortinas. Pasó una mano llena de cortes por los grabados del cabecero mientras con la otra agarraba el horrible uniforme.

Podía cambiarse el nombre y nadie lo sabría.

No, su padre le había puesto ese nombre, al menos eso lo mantendría.

Edward palpó sus nuevos pantalones. Había sacado la vieja navaja de su padre antes de quemar su ropa. Tenía las iniciales, el gastado mango de madera... Su padre había muerto y se había visto reemplazado al comienzo de la vida de Edward, pero el joven hallaba cierto consuelo en su navaja. Algo cálido salido de un hogar ruinoso y frío. Algo que podría haber sido más.

Algo que podría tener ahora.

Había lanzado el uniforme a la chimenea y había contemplado cómo la asquerosa y sucia tela marrón del ejército se enroscaba y desintegraba. Nadie sabría de dónde venía y él nunca tendría que volver a ver la sangre en aquellas mangas.

Y, ahora, Ruth estaba sentada frente a él, a kilómetros y kilómetros de distancia de los fantasmas de Inglaterra y Francia.

—Allí no me queda nada —dijo Edward, que se quedó sin voz.

Y Ruth sabía qué quería decir; seis meses es tiempo más que suficiente para conocer las heridas de otra persona.

—No tienes que volver a la guerra —dijo Ruth, y le tomó de la mano—. Y tampoco tienes que volver con él.

Edward tragó.

—Dime que no fue culpa mía.

—No fue culpa tuya, Ed —le aseguró Ruth—. Eres un buen hombre y no te merecías nada de lo que te dio, sino todo lo que no te dio. —Le apretó la mano con cariño—. Oye, mírame. —Edward levantó la vista—. Creo que tú y yo nos hemos conocido por una razón, ¿tú no?

De todos los hombres de la trinchera, le había elegido a él. Le había salvado a *él*. Algo la había guiado hasta él, y a él hasta ella. Estaban conectados por un largo cordel rojo que llevaban atado alrededor de los dedos.

Y Edward sabía que ninguno de los dos quería que ese hilo se rompiera.

Suponía que a veces ocurría así. Que dos desconocidos que se conocían entre el humo se reconocían de alguna forma que ninguno de los dos podía explicar.

Así que quizá no era un cobarde por haber huido del frente. Quizá aquí era donde se suponía que debía estar.

—¿Cuánta gente crees que tiene la Chispa? —preguntó Ruth en voz baja mientras caminaban por las calles de Nueva York más tarde esa noche. La señora Dover estaba con las representaciones preliminares de *La importancia de llamarse Ernesto* y ambos eran sus invitados especiales. Se habían puesto sus mejores zapatos y ahora parecían dos jóvenes amantes cuyas botas resonaban alegremente sobre el limpio suelo adoquinado. Las farolas zumbaban sobre sus cabezas y las del resto de parejas y familias que recorrían la ciudad a pie. Alguien estaba asando castañas en un puesto más adelante. ¿Cuántos de ellos tendrían la Chispa? ¿Qué cambios experimentaría el mundo?

—No lo sé —respondió Edward con sinceridad. Estaba celoso de los que la poseían. Anhelaba algo que le diera poder en un mundo en el que se sentía inútil. A veces, cuando la noche estaba silenciosa y algún motor resonaba con un pequeño estallido, se despertaba entre sudores. O, si la señora Dover estrellaba la tetera, se quedaba agarrotado.

Antes de la guerra, su padrastro siempre le decía que era un cobarde. Y después, hombres más poderosos que él le habían hecho partirse la espalda y le habían utilizado para cavar esas franjas a lo largo de Europa. De manera que ahora era un cascarón vacío tratando de descubrir cierta felicidad aquí, en la pacífica ciudad de Nueva York. Mientras entraban en el parque, contempló cómo la sigilosa nieve caía sobre los árboles helados. Era un lugar tranquilo. Pensó en Francia, donde la nieve cubría las trincheras y… No, no debía pensar en Francia. Estaba en Nueva York.

—Me pregunto si habrá cuerdas unidas a la Chispa. Cuando utilizas la tuya, ¿te quedas sin energía? ¿Te quita un año de vida? ¿Cuál es la trampa?

—No creo que haya ninguna —contestó Ruth.

—¿De dónde proviene? —prosiguió Edward—. Cuando utilizas tu Chispa, ¿qué sientes?

Ruth se detuvo y se volvió para mirarle directamente. Sonrió por debajo del mullido sombrero. Su sonrisa siempre parecía un secreto nuevo que compartían entre los dos, que solo era para él.

Se quitó los mitones y levantó las manos.

—Tócalas —dijo.

Y él lo hizo.

—Proviene de alguna parte profunda de mi mente —explicó—. Es como si viera un mapa al completo en mi cabeza y pudiera saltar a alguna parte de un extremo a otro. Como si mi imaginación se entremezclara con la realidad, descubriera la forma de llegar y todo se volviera dorado. —Sonrió—. Así que, ¿a dónde quieres ir, Ed?

—¡Oye! —Un hombre que caminaba en la dirección opuesta se había detenido y les observaba. Edward se tensó de inmediato y escudriñó al desconocido por si portaba armas. Quizá Edward hubiera quemado su uniforme, pero no podía acabar con el soldado que aún vivía en su interior.

El hombre estaba calvo y llevaba un viejo abrigo sobre su enorme barriga.

—Hola, señor, perdone, me había parecido reconocerle. No pretendía asustarle.

Ruth, que seguía agarrada a Edward, bajó las manos, pero este no tuvo tiempo ni de pensar antes de que el hombre sacara un arma y le apuntara directamente en el estómago.

—¿Podría entonces disponer de su bolso y su abrigo? —gruñó.

Enseguida, Ruth se quitó el bolso del hombro con manos temblorosas.

—Por favor, no nos haga daño —susurró.

Pero Edward sintió que algo se apoderaba de él. Algo que llevaba hirviendo con furia desde el momento en el que le habían introducido en el mundo de la pólvora. Agarró al hombre por el brazo y dijo en voz baja:

—Tendrías más suerte disparándote a ti mismo que apuntándome con un arma.

En ese instante, el hombre volvió el arma hacia sí mismo.

Ruth retrocedió.

La furia que sentía Edward se transformó rápidamente en miedo.

—¡Para! ¿Qué demonios estás haciendo?

El hombre se detuvo, como si fuera una estatua. Abrió la boca despacio y dijo:

—Me has dicho que tendría más suerte si me disparara a mí mismo.

—¿Estás borracho? —dijo Edward—. Ruth, vete, corre.

Ruth echó a correr.

Edward escudriñó el rostro del hombre. Tenía un aspecto desaliñado, era mucho más mayor que él y le faltaban algunos dientes. Era un simple y desesperado desconocido en la calle.

Edward observó a Ruth mientras corría.

Después, miró el arma y un recuerdo le asaltó a tal velocidad que parecía la luz de una bengala: Nathan, dándole su máscara; Nathan, que murió en mitad del humo tóxico que se abría paso desde las paredes y el terreno embarrados de una trinchera…

Edward colocó la mano sobre el brazo del hombre y dijo, despacio:

—Ahora tu nombre es Leonard. ¿Cómo te llamas?

—Leonard —respondió él.

—Vas a marcharte muy lejos y no volverás a molestarme. A partir de ahora, si me ves, te darás la vuelta y caminaras en dirección contraria. Y se acabó lo de apuntar a la gente con ese arma, ¿me oyes?

—Me llamo Leonard —repitió el hombre con calma, como si estuviera en trance. Edward retiró la mano y el tipo que ahora se llamaba Leonard se alejó.

Edward no podía moverse. Todo lo que podía hacer era ver cómo el hombre desaparecía. Su mente unió las piezas del puzle y colocó cada una de ellas en su sitio. Caminó hasta el teatro completamente absorto. No podía ser cierto, era imposible. No sabía si era una pesadilla o un sueño, pero no era real.

¿O sí lo era? ¿Y si tenía la solución para el mundo? ¿Y si… era un chispa?

Se rio hasta quedarse sin respiración.

—Un chispa… —musitó, asombrado, para sí mismo. No se había quedado atrás, no era un inútil: tenía poder.

Edward localizó a Ruth, de pie junto a la puerta del vestíbulo del teatro, llorando y rodeada de tres policías. La muchacha que estaba unida a él por un hilo rojo, la razón de su existencia. ¡Qué vida llevarían!

Ruth vio a Edward y se lanzó a sus brazos.

—Pensaba que te había disparado —sollozó ella—. Siento muchísimo haber salido corriendo y haberte dejado allí. No sé por qué lo he hecho. Lo siento mucho.

Edward sintió a Ruth en sus brazos, aferrándose a él, deseándole.

—Ruth —susurró—. Deja de llorar.

Y la joven lo hizo, de inmediato. Como si él se lo hubiera ordenado. No, debía de ser una coincidencia.

—Ríete, eres feliz —murmuró.

Y Ruth se rio como si él le hiciera cosquillas. Se lanzó incluso más a sus brazos, alegre y locamente enamorada.

Y así, el mundo se trastocó para Edward. Sabía por qué Ruth había huido. Sabía por qué le había acogido en su casa. Y sabía por qué le había salvado.

Vieron la obra desde sus asientos. Todo el mundo se reía salvo él.

Sí, tenía la Chispa. Sí, era una persona increíblemente poderosa.

Y sí, aquello le rompió el corazón.

LA JEFA DE PISTA, 1926

Maynard avisó de que faltaban treinta minutos para el comienzo del espectáculo.

Rin respiró hondo y emergió de entre las casetas del paseo central. Había llovido toda la tarde, y un circo sin público era algo deprimente. Pero las nubes siempre se quedaban sin agua en algún momento (y a Esther, una de las excepcionales chispas del circo, se le daba bien despejar el cielo).

El día se transformó en noche. La gente apareció lentamente en las calles mojadas y aceras encharcadas, y descendió por la colina hacia el recinto del circo.

Pasaron entre las verjas y bajo los arcos y la pancarta. Bernard recolectó sus entradas con su aprendiz, un joven llamado Wally que venía de Florida y estaba aprendiendo el oficio para, algún día, convertirse en su agente de prensa oficial (Maynard no podía encargarse de todo). A continuación, el público se encontró con un pregonero, un hombre llamado Ford que podía cambiar su voz para que sonara como quisiera. Esta noche resonaba bien alta, con un acento transatlántico y la cadencia de una canción en su voz de barítono.

Rin sonrió a los niños que saltaban en los profundos hoyos del terreno de la feria. Había entretenimiento para los más pequeños fuera de la gran carpa: juegos de feria, algodón de azúcar y el mágico señor Calíope.

Este momento estaba siendo bueno y esta tarde, tranquila. Rin se permitió quedarse allí en medio, oliendo el algodón de azúcar y las virutas de madera, disfrutando del resplandor del circo.

Era el sueño improvisado de tres chicas que, tras escapar de sus vidas, habían convertido en un circo.

Y ahora había llegado el momento de ir a hablar con una de esas chicas.

Rin abandonó las luces de colores y las bombillas Edison del paseo central y se introdujo en la zona de los artistas, instalada tras la taquilla, las atracciones secundarias y la gran carpa. El Patio Trasero era más arenoso que los lugares que el público veía y, en ocasiones, cuando Rin organizaba visitas para los colegiales, los alumnos le decían: «¿Por qué hay tanto polvo aquí detrás? ¡Nadie recoge lo que usa!».

«Cada cosa tiene su sitio, incluso aunque ese sitio no sea bonito», respondía ella. «En el Patio Trasero no tenemos que preocuparnos de que todo esté recogido porque se supone que vosotros no tenéis que verlo. Es solo para nosotros. Por eso es tan especial que hayáis podido volver hoy».

Entonces lo críos entonaban sus «¡oh!» y «¡ah!», y Rin los conducía hacia la cantina para que comieran algo.

No les sobraba mucho, pero tenían más que suficiente. Odette les mantenía a salvo, Mauve conseguía que el dinero no dejara de entrar y Rin mantenía el espíritu en marcha.

La carpa de ensayo estaba más allá de la de vestuario. Ambas eran menos extravagantes que la gran carpa: la de vestuario estaba decorada con baúles y espejos, y la de ensayo estaba repleta de viejas y gastadas plataformas, taburetes para elefantes, pelotas y cuerdas. Boom Boom estaba allí dentro, practicando su Chispa, que no paraba de explotar. Yvanna, la arquera, rodó sobre sus ruedas y se situó frente al tocador. Siempre se maquillaba de una forma encantadora, como si le salieran llamas de los ojos. De hecho, su silla estaba pintada con llamas doradas a juego. Y después, en el centro de la pista, parecía una auténtica diosa del fuego cuando encendía sus representativas flechas trucadas.

Como Rin había esperado, allí, en la tienda de ensayo, a veinte minutos de que empezara el espectáculo, y subida a lo alto de una cuerda fina, tensa y atada entre dos andamios, estaba Odette.

Mantenía el equilibrio con delicadeza, un pie estrecho sobre la pequeña cuerda como si fuera un loro sobre una cuerda de tender. Su sitio estaba allí, en el cielo.

El día que Rin conoció a Odette no era uno bueno. Ese primer día, Rin venía de un cementerio y estaba apesadumbrada. Pero incluso a través de la pena, logró ver que Odette resplandecía.

El día que se casaron, fue su favorito. El cielo estaba despejado, habían subido a las montañas y se habían situado en plena cumbre con las manos unidas, rodeadas de su familia. La familia que habían encontrado, la que las quería. Las leyes no tuvieron nada que ver, claro está, y fue un secreto. Pero, para ellas, contaba en sus corazones. Como muchísimos momentos de vivir al margen de la ley, no estaría escrito en papel, pero aquellos pocos elegidos que lo sabían y lo vieron con sus propios ojos lo recordarían. Odette había lucido una corona de flores y Rin se había puesto su chaqueta de terciopelo.

Era un día sin mucho entusiasmo. Odette no brillaba a la luz del sol, pero aun así, Rin quería estar a su alrededor.

Mauve también estaba en la carpa de ensayo, envuelta en un chal de seda y una bata, pero ya maquillada. Se paseaba de un lado a otro, practicando sonidos vocálicos y haciendo escalas para calentar, a pesar de que habían realizado ese número unas mil quinientas veces o, por lo menos, seis veces por semana, desde abril a octubre, durante los últimos cinco años. Además, mientras calentaba, lanzaba palomitas al aire e intentaba atraparlas con la boca. Rin jamás comprendería cómo podía comérselas antes de una actuación y seguir sonando perfectamente. Mauve decía que era para mofarse de un profesor de música de la infancia que le dijo que no conseguiría salirse con la suya. Por supuesto que podía. Mauve desprendía talento con cada nota que entonaba.

—¿Vas a enseñar tu verdadera Chispa esta noche? —preguntó Rin.

—Nadie quiere conocer el futuro —respondió Mauve, que se metió un grano de maíz en la boca mientras giraba sobre los pies.

—Cierto —dijo Rin.

Mauve no replicó ni le preguntó a Rin si ella mostraría su Chispa esa noche. Las tres sabían que no podía. Aunque, ahora que el Rey del Circo sabía quién era..., ya no parecía una precaución tan necesaria.

—Odette, ¿podemos hablar? —dijo Rin.

—No —recibió como respuesta desde las alturas. Mauve se rio por la nariz y estuvo a punto de atragantarse con las palomitas.

—Venga, Odette.

Su mujer colocó sus pequeños pies, uno delante del otro, con cuidado, siempre de forma fluida, siempre con firmeza.

—Estoy calentando —dijo.

Pero su cuerpo no necesitaba este tipo de calentamiento y Rin lo sabía. Tras respirar hondo y con un momento de calma, Odette estaría lista y preparada para actuar sin necesidad de estirar. La mayoría de los trapecistas solo podía realizar cierto número de agotadores trucos en un tiempo determinado, porque el cuerpo humano tenía sus límites. Pero el cuerpo de Odette no. Ella podía realizar tantas maniobras como necesitara sin dañarse ni un solo músculo y sin cansarse. Era un halo de resplandor y juventud interminable, y se aseguraba de que eso nunca cambiara.

Odette siguió colocando un pie delante del otro. Después levantó uno, bien alto; estaba hecha de extremidades fuertes. Giró sobre los dedos, con lo que sacudió la cuerda y la hizo vibrar. Pero ella se mantuvo firme.

—¿Por qué estás practicando justo hasta antes de empezar? —preguntó Rin—. ¿Nos estás evitando?

Odette no estaba callada porque estuviera enfadada, sino porque no sabía qué decir. Rin sabía que, a veces, cuando las cosas eran demasiado para ella, Odette necesitaba unos minutos o unas horas para sopesar las palabras exactas que quería pronunciar.

—He dicho que no quiero hablar —repitió—. Y, aun así, tú sigues y sigues, ajena a la meditación que estoy haciendo.

Vale, pues a lo mejor sí que estaba enfadada.

Odette arqueó la espalda hacia atrás despacio, como los hermosos dibujos animados que podían encontrarse en una rueca. Tocó la cuerda con los dedos de la mano, presionó con la palma el fino cordel y mantuvo el cuerpo en el aire mientras levantaba cada pierna con cuidado por encima de la cadera.

Rin conocía el cuerpo de su mujer, por fuera y por dentro, pero seguía sin entender cómo funcionaba.

—O sea, que ya estás con eso otra vez —dijo. Odette ensayaba sin descanso porque su cuerpo podía soportarlo—. Ya estás entrando en bucle.

—Le dijo la sartén al cazo —farfulló Odette, que se centró en arquear la espalda hasta convertirla en una pequeña ene cuando colocó los dedos de los pies en el alambre. Vale, sí, a veces Odette no sopesaba nada, se limitaba a soltar comentarios maliciosos.

—Menos porque Rin no puede curarse —comentó Mauve.

—Sí que puede —dijo Odette—, pero se niega a dejarme hacerlo. Razón por la que... —Presionó con un pie la cuerda y, de alguna manera, desafiando a la gravedad, levantó el pecho hacia lo alto y volvió a estar de pie—... ha envejecido, y nosotras no.

—Cariño, ya hemos hablado de esto —dijo Rin—. Me concedieron el tiempo que me concedieron.

—Y vas a malgastarlo todo tratando de detener esa supuesta guerra.

Rin no respondió.

Odette la miró directamente desde su posición elevada en la cuerda.

—Eso es de lo que quieres hablar, ¿no?

—Has dicho «supuesta guerra» —comentó Mauve—, pero es, claramente, una guerra.

—Se supone que la guerra ha terminado —dijo Odette, y Rin escuchó el tono de negación en su voz. Odette sabía que no era verdad, pero tenía que aferrarse a esa mentira como un equilibrista sin una red debajo—. Se supone que «la guerra que terminará con todas las guerras» acabó en 1918 y no volverá a repetirse. Eso es lo que dicen todos, ¿no? No más guerras ofensivas. No paran de decir que van a firmar algo y a hacerlo oficial. El presidente...

—O quizá —la interrumpió Mauve— sea la misma guerra y estemos en el ojo de la tormenta. —Entonces miró a su alrededor, como si viera el huracán que formaban el pasado y el futuro que rodeaban a la carpa. Rin sintió que un chute de adrenalina le recorría los hombros doloridos.

—Pues tenemos que detenerla —dijo Rin.

Odette interrumpió su rutina y, envuelta en un profundo sufrimiento, bajó la cabeza mientras se mantenía en equilibrio sobre Rin y Mauve. Parecía cansada.

—¿Y por qué tenemos que ser nosotras? —preguntó.

—Porque podemos —prosiguió Rin—. Porque tenemos la Chispa. Tenemos tres Chispas realmente poderosas. Así que, si disponemos de la forma de hacer algo bueno en el mundo, lo hacemos.

—Un mitzvá —murmuró Mauve.

—Eso es —dijo Rin, tratando de exhibir confianza. Un mitzvá. Algo que su madre le había inculcado. Volver a unir las partes quebradas del mundo era un trabajo del alma. Y Rin poseía una Chispa; poseía la energía, las manos, la cabeza, las piernas, el espíritu.

Era su responsabilidad, sobre todo teniendo en cuenta que, una vez, ella misma rompió muchas cosas.

Era culpa suya que los únicos fragmentos que conservaba del judaísmo provinieran de unos pocos recuerdos de su madre. No poseía ni una estrella de David, ni una mezuzá, ni siquiera unas velas de *Sabbat*. Porque cuando alguien se unía al Rey del Circo, perdía su identidad.

—Me encanta cuando las dos os compincháis —se quejó Odette—. Conozco esa cara, Rin. Si esto tiene algo que ver con la culpabilidad, lo del Rey del Circo no es culpa tuya.

—No se trata de él —mintió Rin. Porque era una mentira, ¿no? Igual todo esto sí que era por él. Odette comprendía un montón de cosas sobre su esposa, entre ellas la cara que ponía cuando pensaba en cosas malas. Pero, en realidad, no lo entendía. Nunca había conocido al Rey del Circo, ni tampoco a Rin cuando estuvo con él. No sabía la cantidad de vidas que se habían echado a perder, no conocía todo el dolor y el sufrimiento. No lo había visto, no lo había saboreado; para ella no era real.

No, todo esto era demasiado. Rin les dio la espalda a las dos mujeres y se cruzó de brazos, en silencio, mientras intentaba dejar la mente en blanco. Cuando los pensamientos y los miedos se entremezclaban de esta forma, necesitaba algo que los acallara. Pero, como no lo tenía, se quedaba ahí de pie con la esperanza de que alguna de las otras dos hablara y rellenara ese silencio.

—Como le he dicho a Rin —le dijo Mauve a Odette—, no podemos esperar a que los demás vengan a arreglarlo.

—Aja, ¿y qué hay de nuestro mitzvá? —preguntó Odette—. ¿Qué pasa con nuestro circo en el presente? Apenas podemos enfrentarnos al Rey del Circo. Y ahora sabe que estás viva. ¿Lo habías olvidado? Porque yo no. Anoche era incapaz de decidir qué me impedía conciliar el sueño: si el Rey del Circo o el regreso de la Gran Guerra.

—Fuiste la única que consiguió dormir algo —comentó Mauve.

—¡No lo suficiente! —declaró Odette.

Las tres mujeres eran muy menudas, y la guerra era inmensa.

—Podemos escapar del Rey del Circo —dijo Rin al fin—. Pero no podemos escapar de la guerra. Si no la detenemos, nos afectará a todos y a cada uno de nosotros. Y no solo eso, afectará a todas las personas del público. Nosotras sabemos que se acerca y nos preocupa, así que podemos cambiarlo.

—No estoy hablando de nuestro coraje o nuestra Chispa —replicó Odette—. Hablo de la realidad de la situación. ¿Acaso puede detenerla alguien?

—Podemos intentarlo —dijo la Jefa de Pista—. Ese es el primer paso: no dejárselo a otra persona y ser lo bastante valiente como para intentarlo. Odette, cambiamos la vida de alguien todas las noches. Podemos marcar la diferencia.

—Rin, hemos hecho cosas pequeñas. No hemos... detenido una guerra mundial.

—Todo son cosas pequeñas —dijo la Jefa de Pista con confianza—. Cosas pequeñas que se van amontonando hasta convertirse en cosas más grandes. Nosotras tres tenemos la oportunidad de cambiar esto. Mauve, ¿tú qué opinas?

—Podemos viajar por el tiempo —contestó Mauve—. Podemos curar. Podemos ser lo que está por llegar. Al menos, tenemos una oportunidad.

—Y nadie sospechará de nosotras —dijo la Jefa de Pista—. Pertenecemos a un circo ambulante. No somos políticos ni soldados.

—No, no, no y no —dijo Odette—. No, cariño. Vamos a partirnos la espalda tratando de cargar con el peso del mundo. Mírate, apenas puedes dormir. Anoche tuve que quitarte una petaca de las manos. Y deja de mirarme con esa sonrisa que reservas para el escenario, no formo parte de tu público, Rin. ¿Qué ocurrirá cuando nos maten y el circo se quede sin nosotras? ¿Se quede sin ti?

Rin sintió que algo oscuro le revolvía el estómago. Apretó los dientes y trató de alejar los malos pensamientos.

—Odette, lo siento —añadió Rin—. Te quiero, pero ¿de verdad podremos seguir adelante y vivir nuestra vida sin hacer nada? Tú no eres así. O, mejor dicho, nosotras no somos así. No podemos ser felices mientras todo el mundo se precipita hacia lo que hemos visto.

La trapecista apretó los labios en una fina línea.

—Odette —dijo Mauve—. Hace ocho años, ayudaste con la pandemia y eso marcó la diferencia. —Mauve cruzó las piernas bajo la falda y la bata, y apoyó los codos sobre las rodillas mientras levantaba la vista para mirar a Odette—. Como sanadora, fuiste de las personas más trabajadoras de Chicago. Y todo ese movimiento suscitó una confianza en los chispas que, ¿qué tuvo como consecuencia? Una tregua que, al menos, nos mantiene a salvo. Esa ley se creó gracias a ti y a la gente como tú.

Rin estaba tan tensa como la cuerda de Odette.

La trapecista no bajó la mirada. Brincó hacia la mitad de la cuerda. Solo que no eran brincos. Corría, como un atleta. Claro que los auténticos bailarines son los únicos capaces de lograr que el poder parezca polvo.

—Las dos vais a seguir adelante, ¿verdad? —preguntó Odette—. Diga lo que diga.

Rin asintió.

Odette levantó el brazo e inclinó los omóplatos para agarrar la gran cinta que colgaba en lo alto.

—¿Me quieres? —preguntó.

—Sí.

—¿Quieres a Mauve?

—¡Pues claro que me quiere! —dijo Mauve, que devolvió un grano de maíz sin abrir a su recipiente de cartón a rayas—. Todo el mundo me quiere.

—¿Te quieres a ti misma, Rin? —continuó Odette—. ¿Vales algo?

La Jefa de Pista agarró en silencio los puños de la chaqueta con los dedos y las palmas de la mano.

—Pues claro que valgo algo —mintió, y sus palabras sonaron planas, como si le hubieran obligado a leerlas de un guion.

Odette suspiró. No con tristeza, sino con desdén. Era la clase de suspiro que uno suelta cuando lleva un rato aguantando la respiración.

—Entonces, ¿por qué tu vida nunca importa?

—¿Por qué ha de ser más importante? —dijo Rin—. Si no hacemos esto, nuestro circo se verá acorralado y... Odette, no se trata de mí. Esto es por todo el mundo.

Esas palabras tomaron a Odette por sorpresa. Era como si le hubieran quemado con una cuerda y le hubieran rasgado la piel. Despacio, dejó atrás la cuerda floja y se enrolló la cinta alrededor del brazo, y después de la pierna. Se deslizó como el satén hacia el suelo. La punta del pie fue lo primero en aterrizar y los rizos de su media melena rubia los últimos que notaron el impacto.

—Odette...

—Imagino que no me dejarás borrar los años de más que te producirá todo esto —dijo mientras doblaba los dedos de los pies en el suelo—. Hablo de todos los saltos en el tiempo de más.

Hacía años que Odette había dejado de envejecer. Mauve solo se aferraba a los años que habría vivido de no haber sido por los saltos. Pero Rin... Rin lucía todos y cada uno de esos años en su cuerpo.

La Jefa de Pista se dio la vuelta, pero frunció los labios y arrugó el rostro como si fuera una de las cintas de Odette. Tenía que funcionar.

Mauve siempre decía que el futuro podía cambiar.

Más como el agua que como un hilo, había dicho.

Las actuaciones tenían una historia: un planteamiento, un nudo y un desenlace. El desenlace ya lo habían ensayado y acotado antes de que el público accediera siquiera a la carpa. El desfile era lo primero que veía la multitud: todo el argumento del espectáculo en una fila bien formada en orden cronológico. Una obertura. Pero en la vida real, la historia era diferente. En ocasiones, nunca terminaba.

—Iré con vosotras —murmuró Odette—. Pero tienes que prometerme que, cuando fracasemos, se lo contaremos a todo el mundo, les daremos la oportunidad de prepararse. Y tú no desperdiciarás el resto del tiempo que nos quede juntas.

—A mí me parece justo —comentó Mauve.

Rin asintió.

—Lo prometo. Pero vamos a detenerlo. Nada será tan malo como lo que ya ha sucedido.

En el rostro de Odette aparecieron miles de preguntas, pero no pronunció ninguna en voz alta. A lo mejor se apilaron en el interior de sus labios, como los trabajadores de Manhattan que vuelven, hacinados, a casa.

Ahora, sin embargo, había llegado la hora del espectáculo.

LA JEFA DE PISTA, 1926

Las artes escénicas eran mágicas, pero solo adquirían esta cualidad gracias a los profesionales que ensayaban y perfeccionaban su oficio tras el telón de fondo.

Rin lo había aprendido a una edad temprana, cuando tuvo un papel sin diálogo en un musical importante de Broadway. («No hay nada de lo que presumir», interrumpió a Mauve la primera vez que se lo contó, «éramos cerca de cien niños en el escenario. Dependía únicamente de quién estuviera disponible durante el verano, y nosotros estábamos en la ciudad»).

Recordaba que tenía seis años, llevaba puesto un disfraz incómodo con volantes y se quedó contemplando a los tramoyistas que, tras el escenario, trabajaban de una forma que parecía algo entre un *ballet* y un reloj. La gran luna de cartón estaba atada con cuerdas, unidas a su vez a las tramoyas, y un hombre grande del equipo se encargaba de tirar de ellas para que el público viera salir la luna. Entonces, un tipo incluso más corpulento subido a una caja alta, agarró la cuerda que estaba unida al arnés de la actriz principal en escena y saltó. Cayó, golpeándose el culo contra el sucio suelo de madera y, sin soltar la cuerda con sus grandes brazos peludos, tiraba sin parar de la cuerda hacia abajo para recogerla en su regazo como si fuera una serpiente encantada.

La pequeña Rin miró más allá de las telas negras... y vio a un ser humano volar. Se quedó boquiabierta. La actriz principal, disfrazada de hada, se elevó hacia lo alto mientras la luna descendía y el público gritaba de asombro entre aplausos.

Magia.

Todo eso sucedió antes de que apareciera la Chispa. Aquella fue la primera persona que Rin vio volando.

Ahora, sin embargo, la Chispa existía y Rin ya no formaba parte del elenco infantil; era la Jefa de Pista. Aun así, seguía existiendo ese baile entre bambalinas y ese esfuerzo por hacer magia para el público de seis años.

Años antes, Rin, Odette y Mauve estaban sentadas en una pequeña y lóbrega cafetería de Chicago dibujando miles de bocetos para su reunión como productoras. Después llegaron las contrataciones, la compra en subastas de objetos liquidados de circos que habían fracasado, la búsqueda de los cuarteles de invierno, los ensayos, los disfraces, los escenarios y el atrezo, más ensayos y más y más entrenamiento y, a continuación, la carretera. Durante los viajes, había ensayos, un espectáculo, inspecciones sorpresa... y después, otro ensayo, otro espectáculo, y así una y otra vez hasta que Rin fue capaz de llevar a cabo la danza ritual de detrás del escenario hacia delante, marcha atrás y hasta con una conmoción cerebral (algo que solo había ocurrido una vez). Luego, durante el previo, estaban los ensayos de las peleas, los simulacros de incendio, la inspección de las marcas de posicionamiento, los calentamientos y la apertura de puertas. Todo esto antes de que la multitud se acomodara.

La Chispa de Maynard le permitía dividirse y formar un equipo escénico, de iluminación y de gestión él solo. Cuando faltaban treinta minutos para la subida del telón y se habían abierto las puertas, el espectáculo dejaba de estar en las manos de Maynard y Rin. La entrada del público significaba que las solapas de tela de la gran carpa se habían abierto y que los espectadores empezaban a acceder.

Rin no había crecido en un circo como él. En el teatro, cuando el espectáculo estaba a punto de comenzar, era el director de escena el que se quedaba al mando, de manera que Rin se centraba en su papel como artista y en prestar atención para dar instrucciones cuando terminaran, y dejaba que Maynard se encargara de todo lo demás.

Cuando le llamaba director de escena, Maynard se reía y le decía:

—En el mundo del circo soy el gerente de producción, ¿lo sabías? Madre mía, como algún día trabajes para otro circo, se van a mofar de ti. Se pensarán que eres una novata.

—Menos mal que no pienso trabajar para otro circo —respondía ella, que viviría y moriría en este.

Maynard avisó de que quedaban cinco minutos para la subida del telón y todos contestaron dando las gracias. En el interior, el señor Calíope ya estaba tocando su fanfarria previa al espectáculo. En el exterior, los artistas formaban un círculo en el Patio Trasero, con los pies disfrazados colocados entre el césped parcheado y el barro medio seco. En este círculo había lentejuelas, pañuelos llamativos, las gigantescas alas blancas de Kell y el señor Weathers, los leotardos rojos y azules de Tina y toda la purpurina y maquillaje que podían ponerse en la cara. Los artistas estaban vestidos para los focos y había llegado la hora.

Se tomaron de las manos.

—En todos los teatros hay un fantasma —dijo Rin.

—Del pasado, el presente y el futuro —se unieron todos. El futuro...

—Y esta noche haremos que se sientan orgullosos —concluyeron juntos.

Entonces, con un zumbido grave y profundo, la *troupe* al completo —incluidos los que no sabían cantar— entonó la misma nota y la mantuvo al unísono. Cerraron los ojos. Aunque provenían de lugares dispares, ahora todos formaban parte de la misma historia. Rin agarraba las manos de Odette y Mauve. Sin embargo, hizo trampas para ver a todo el mundo concentrado.

Se suponía que en este momento, los artistas debían centrarse en la energía que estaban compartiendo. Era un viejo ejercicio que les había mantenido unidos en la época en la que apenas se conocían y en la que tuvieron que aprender a darse la vuelta y atraparse unos a otros bajo los focos. Todo el mundo tenía que imaginarse una bola de energía que después lanzaba al centro del círculo. Como es evidente, no era real, sino imaginaria, razón por la que Rin podía fingir que la veía, a pesar de no haberla sentido nunca.

—¿No sientes la bola de energía? —le había preguntado Odette una noche mientras se quitaba los pendientes antes de irse a la cama—. Y no me vengas con comentarios de listilla, ya sé cómo suena.

Rin se rio.

—No, solo es un ejercicio absurdo que aprendí de mi madre.

Solo tenía seis años cuando tomó a su madre de las manos y tarareó con el resto del elenco de doscientas personas. Doscientas voces que proyectaban su energía hacia el centro de un círculo. Rin había sentido que formaba parte de algo, pero no creció para merecérselo.

Había crecido para aprender que nunca debes cerrar los ojos alrededor de los demás incluso aunque los quisieras.

—Entonces, si no conectas con nosotros cuando estás en el círculo, ¿qué haces?

—Abro los ojos y espero a que terminéis —respondió Rin.

Odette se mordió el labio.

—Se supone que tienes que permanecer con los ojos cerrados. Todos confían en que lo hagas.

Por lo general, Rin respetaba el juramento de Odette de seguir las normas, a no ser que interfiriera con lo que quería hacer. Y ella quería ser consciente de lo que sucedía en el círculo en todo momento. Quería ver que todo estaba correcto, que todo iba según lo planeado, que nada saltaba de entre las sombras para hacerles daño.

«Ahí estás».

Rin se obligó a centrarse, a permanecer conectada con el círculo del que formaba parte en ese instante, en ese lugar. Miró a Odette, cuyos ojos permanecían cerrados. Su mujer le agarraba la mano con fuerza.

Esta noche, cuando saltaran hacia el futuro, también se darían la mano.

«Inténtalo, Rin. Cierra los ojos, respira hondo y confía en que nadie se lanzará a apuñalar a otro en la cara...».

—Que todos tengáis un espectáculo maravilloso, ¡mucha mierda! —dijo Rin, y todos abrieron los ojos mientras tomaban una gran bocanada de aire, como si hubieran disfrutado de un estupendo descanso.

—Hoy tampoco has cerrado los ojos —dijo Odette con una ceja enarcada.

—Estoy trabajando en ello —replicó Rin—. Sybill, ¿tienes todo lo que necesitas? —Sybill, la intérprete, hizo un gesto con la mano mientras se dirigía a su sitio. Su Chispa le permitía conocer todas las lenguas del mundo y, quizá, alguna más.

—Sé que estás en ello. —Odette se volvió hacia Rin, le tomó el rostro con las manos, la acercó y le dio un beso en los labios. Allí, en la oscuridad de la parte de atrás, podían hacerlo. Rin la mantuvo en sus brazos. Pasado, presente y futuro. Allí, en la penumbra de la carpa, podía fingir que no había futuro. Aunque todo estaba conectado con...

—Oye —dijo Odette—, vuelve a la Tierra, cariño. —La rodeó de forma cariñosa. Nadie daba abrazos como Odette. Salvo, quizá, la madre de Rin, pero hacía tiempo que esta había desaparecido.

Bueno, y Bernard, que apareció por detrás de ella y de Odette justo en ese instante y las envolvió a ambas en un abrazo de oso con sus fornidos brazos.

—¡Mis chicas! —dijo, y las sacudió—. ¡Mucha mierda a las dos!

Rin, con las costillas apretujadas, se quedó sin aire; Odette se rio.

—Gracias, Bernard —dijo.

—¿Está Mauve en su sitio? —preguntó Bernard—. ¿Mauve? ¿Dónde estás?

—¡Ya voy! —gritó Mauve, que se acercó a toda prisa.

—No puedo respirar. —Rin se separó y se volvió hacia el gran hombre regordete vestido con vaqueros y una camisa. Era la única reliquia de la vida de Mauve; el único progenitor de las tres que se había unido a la aventura. Los de Rin habían muerto y Odette había renegado de los suyos. Pero Bernard resplandecía de orgullo.

—Muy bien —dijo Bernard—. Maynard dice que está todo lleno, así que voy para allá.

—¡Prevenidos, dos minutos! —gritó Maynard desde lo alto.

—¡Prevenidos, gracias! —respondieron todos a coro.

Las luces brillaban en sus mástiles e iluminaban el polvo que parecía llevar en la carpa miles de años. Pero no era así: la habían montado a primera hora de la mañana y la quitarían en unas horas. Eran una máquina bien engrasada, una historia que duraría para siempre.

En cuanto todo el mundo se sentó y se cerró la lona de la marquesina, comenzó el espectáculo.

No hay lugar más vertiginoso que la oscuridad de la zona entre bastidores de un teatro instantes antes de levantar el telón. Y lo mismo sucedía con los circos en la oscuridad tras el control.* Se apagaron las luces mientras la gente susurraba sus últimos «mucha mierda». De repente, el mundo exterior se desvaneció y rodó bajo una ola de misticismo. Cuando las luces del escenario se encendieron, fue como si esta representación estuviera conectada con otra realidad en la que habitaban todos los actores y artistas de circo de la historia; siempre en un lugar de creación artística.

Odette decía que era como si encendieran una luz, pero a Rin le parecía más como lanzarse a un lago: una corriente de agua que la limpiaba, se llevaba lo que era y la transformaba en lo que podría ser.

Rin salió a la pista.

—¡Bienvenidos, todos y cada uno de ustedes! —bramó mientras se acercaba al centro. Ya no era simplemente una mujer, era el circo entero—. Esta noche, no verán ilusiones y trucos baratos de magia. —Alzó el brazo e hizo aparecer un largo látigo de la nada. O, mejor dicho, Paulie McKinley, el *portabilista,* que aguardaba entre bambalinas tras el público, había intervenido en el momento oportuno, como siempre.

El público no aplaudió. Al principio nunca lo hacían. Muchos nunca habían visto la magia y otros no creían en ella.

La Jefa de Pista miró por encima de sus cabezas, conectando con cada uno de ellos, pero nunca les miraba directamente a los ojos. Agitó el látigo y empezaron a aparecer humo y las luces de la carpa, los asientos y los alambres que colgaban de lo alto y de su propia chistera.

* El control es el telón de terciopelo que se coloca en las pistas de circo *(N. de la T.).*

Todo esto se lograba, por supuesto, gracias a Boom Boom (o Frank), que estaba cerca de Paulie en alguna parte más allá de la oscuridad. Incluso aunque no se vieran, se cubrían las espaldas el uno al otro.

Entonces llegaba el momento del desfile.

La música pasaba de un ruido de fondo a un sonoro y rítmico latido de corazón. Tina entraba rugiendo en la pista, seguida de los payasos, y el desfile daba vueltas alrededor de la Jefa de Pista, que se reía y saludaba con las manos. El señor Calíope, que entonaba una música deliciosa, dio la vuelta hasta colocarse en su pequeño sitio en un lateral. Sonaba como un piano retransmitido a través de una máquina; uñas, cuerdas y algo más profundo que golpeaban las notas al mismo tiempo en una rápida cacofonía.

Entonces, en el momento oportuno, Kell, ataviado con su disfraz, descendió por el poste principal de la carpa y cayó en picado hasta el suelo como un dios. Estampó el puño y la rodilla en el centro de la pista y sus alas se desplegaron en un amplio gesto parecido a un bostezo; una fila de plumas y polvo se erizaron y se agitaron bajo la tenue luz de la carpa. Era como si las líneas a lápiz de los compases musicales y de las marcas de posiciones ensayadas se borraran, y ahora completaran su participación con su alma, brotando con tanta naturalidad como la respiración o la risa.

En la pista, todos se convertían en personajes. Ahora eran mucho más grandes que antes. Eran el Ángel, la Trapecista, la Dama de la Casa de las Fieras, el Ruiseñor... con todas las palabras impresas en rojo afuera, en los enormes carteles propagandísticos. Rodeaban la pista mientras el público les observaba desde todos los lados. Saludaban y bailaban. Levantaban el polvo bajo las botas brillantes y los tacones de encaje, pero no parecían tocar realmente el suelo. Sí, la mayoría de ellos caminaba apoyando bien los pies en la tierra, pero era como si estuvieran en una de esas viejas películas en las que la cámara grababa el fondo real y después, los artistas recortaban figuras de hadas y astronautas y las pegaban en los fotogramas, creando algo fantástico, dibujado y etéreo sobre un fondo normal y corriente.

Y, en mitad de todo aquello, la multitud veía el personaje de la Jefa de Pista. La única cosa más llamativa que su estruendosa voz y la forma en que agitaba los brazos era la chaqueta de terciopelo rojo que le envolvía el grueso cuerpo. Por debajo, estaba sudando, y el calor del esfuerzo se apreciaba en sus rojas y pecosas mejillas. El abundante pelo le achicharraba la nuca, pero aquella mata de cabello caoba parecía más dramática cuando se la dejaba suelta y le caía alrededor del rostro y los hombros. Aunque estaba incómoda, era la clase de incomodidad que entremezclaba adrenalina, música, luces del escenario, olor a maquillaje, productos para el pelo y palomitas... y el placer contenido en una gran carpa de lona.

Desvió la mirada hacia sus amigos, su familia, que rodeaban la pista sonriendo, resplandeciendo y ofreciendo la mejor versión de sí mismos. Estaban felices; eran un cielo nocturno lleno de estrellas que brillaban mientras el público vitoreaba.

Entonces la música disminuyó y el desfile recorrió la pista del circo a cámara lenta, como si bailaran bajo el agua.

Había llegado la hora de añadir *pathos* al *logos* y al *ethos*.

—Somos el Circo de los Fabulosos de Windy Van Hooten —entonó la Jefa de Pista—, porque ese término, «Windy Van Hooten» —levantó la rodilla y la colocó en el bordillo de la pista, como si nunca le hubiera contado a nadie este secreto—, es especial para las personas del circo. Significa el circo perfecto, en el que se trata a todos con respeto y se les paga a tiempo. Pero, claro está, nada es perfecto. Y en este mundo —alzó la vista hacia la cuerda floja que tenía sobre la cabeza—, parece que se rompen muchísimas más cosas de las que se arreglan. No obstante, espero... —y ahí fue cuando les miró directamente a los ojos. Y lo hizo con toda la intención. Porque, a diferencia de otros jefes de pista, ella no se quedaba en el centro del círculo para que todo el mundo le aplaudiera o para convertir sus cualidades en el centro de atención. No; ella no tenía cualidades. Estaba allí para que la atención recayera en el resto de personas de la carpa.

Y esa es la razón por la que tenía al público agarrado por el pescuezo.

Se marcharían a casa con cierta clase de magia en los corazones y creyendo en ella.

—Espero —prosiguió—, que en la próxima hora, encuentren algo espectacular que puedan conservar con independencia de lo que pueda ocurrir cuando abandonen nuestra carpa. Esta hora, esta perfecta velada, les pertenece.

Desvió la mirada hacia el desfile, hacia el tornado de lentejuelas y color en el que sabía que dos mujeres increíbles la estaban escuchando. Habían oído discursos como este miles de veces. Cada noche, Rin añadía algo nuevo, pero siempre significaba lo mismo: esperanza.

—¡Esta noche! —exclamó—. ¡Esta noche verán cosa que nunca imaginaron que vivirían para ver! Caerán en la cuenta de que en este mundo hay sueños que están casi al alcance de la mano. —Y las luces se apagaron.

El desfile se detuvo.

La *troupe* al completo de esta familia circense levantó la vista en silencio hacia el cielo, como si rezara. El foco volvió a encenderse, con un chasquido que resonó a través de la gran carpa.

La Jefa de Pista apareció bajo su haz de luz y también miró hacia arriba.

—A veces —dijo en un susurro que colmó los oídos de todos—, lo único que necesitamos es saber dónde buscar.

El foco se desplazó con suavidad hacia lo alto del mástil fijo de la carpa —el mástil principal— y se detuvo en la equilibrista: la Trapecista. El centro de gravedad de un mundo caótico.

Unas cintas recorrieron las piernas de Odette y centellearon con sus leotardos dorados. Se envolvió en las dos sedas y se preparó para hacer una caída en estrella doble. Rin recordó a Odette durante los ensayos, mientras recitaba: «Brazos detrás de la cabeza, torso recto». Pero ahora, durante la actuación, era como si su mujer hubiera nacido enrollada en las cintas. Para ella era algo tan natural como caminar.

Esta era la norma que Odette había roto. Se habían prometido que no incorporarían al circo ninguna destreza que no se hubiera inventado todavía. Ni en la música, ni en los disfraces, ni en ninguna parte. Pero, como la mujer de Odette viajaba en el tiempo, en una ocasión fueron a un circo del futuro por el cumpleaños de la trapecista. Y en ese futuro que aún no existía, Odette había visto las cintas y se había enamorado hasta tal punto que su corazón las necesitaba. Así que negociaron entre ellas: nada de carteles, ningún registro escrito, nada que documentara que las cintas habían llegado al circo sesenta años antes de lo debido.

Aun así, seguía siendo un riesgo. Y seguía siendo hipócrita. Pero Rin sabía que cualquiera podía desechar la hipocresía cuando deseaba algo lo suficiente, incluso alguien tan dulce como Odette.

Ahora, Rin se preguntaba qué pasaría si una persona del público la veía enrollada en las cintas, se lo contaba a sus nietos y, más adelante, se inventaba la técnica. Quizá las cintas se enroscarían sobre sí mismas en un símbolo del infinito, como la argolla en la que Odette las anudaba cuando las guardaba en el tren.

Su circo parecía estar muy apartado de un mundo que cambiaban cada noche. Como ocurría ahora mismo.

Pero había algo más que la carcomía: habían viajado a ese circo del futuro y no había escuchado nada sobre una guerra. ¿Había sido en un futuro que ya no existía? ¿O había sido después de la guerra y todo el mundo trataba de seguir adelante y olvidar lo que había sucedido?

¿No era eso lo que habían intentado hacer todos desde 1918? ¿Volvería a suceder?

¿Destruirían su circo y caería en el olvido?

Odette se dejó caer, con sus movimientos ilegales, girando y girando, hasta quedar enganchada en un nudo antes de llegar al suelo.

Volteó hacia arriba y después se ató la cinta en un nudo de pie con una patada en abanico, un arabesco, otra patada en abanico y otro arabesco, sujetándose mientras giraba. A continuación, realizó una subida en rusa y, de alguna forma, consiguió que hasta eso pareciera difícil y elegante al mismo tiempo. Realizó un invertido rápido y aterrizó sobre la plataforma para empezar con la cuerda floja.

Cruzó el alambre haciendo cabriolas como si hubiera inventado las leyes de la física. Saltó, agarró uno de sus aros aéreos y mantuvo el equilibrio con la fuerza de un atleta y la gracia de una Princesa, girando y contorsionando lentamente los muslos, los pies y los dedos alrededor de aquel círculo en lo alto. Rin percibió que una parte del público quedaba impresionado por su belleza. La otra parte, probablemente, quería verla caer. Y a lo mejor, algún pedante suelto señalaría tras el espectáculo que los trapecistas y equilibristas eran dos cosas completamente distintas. Pero, al final, todos la adorarían tanto como Rin.

Entonces, sin nada alrededor de ella salvo el aire y un aro, Odette empezó a bailar.

En ocasiones, cuando Rin se dejaba atrapar por la música, se descubría a sí misma creyendo que Odette podía volar.

A lo mejor había música, o quizá esta procedía de los brazos robustos, los pies en punta, los muslos que daban vueltas y el cuello estirado hacia atrás, para formar medias lunas, de Odette. El aro flotó hasta un trapecio y Odette lo agarró.

Entonces se dejó llevar, volando entre los lugares seguros y el aire como si no pudiera caerse. A lo mejor no era capaz.

La carpa olía al suelo recién pulido, a ropa blanca nueva. Ver a Odette era como descender con un balanceo particularmente suave. Rin notó el vértigo en el estómago, relajó los hombros y la imagen de un césped verde durante un verano de la infancia le inundó el corazón.

La trapecista enganchó las piernas alrededor del último aro y abandonó el trapecio. Ya casi había terminado su triatlón, ¿o era un cuadratlón? Ni siquiera estaba cansada.

Se inclinó hacia atrás, hasta quedar colgada bocabajo con los brazos formando un perfecto arabesco. La Jefa de Pista levantó los brazos con las manos enguantadas y ambas respiraron la euforia que sentía toda la carpa.

Odette miró directamente a Rin y todo el mundo allí presente desapareció.

El foco se apagó, el público estalló en aplausos y el hechizo se rompió. Rin ayudó a Odette a bajar del aro y Odette cruzó la pista a toda prisa, ya no como una bailarina, sino como una trabajadora que trata de quitarse de en medio como sea.

Tres focos volvieron a encenderse. Jelly, el malabarista (conocido media hora antes como Ford, el pregonero, que estaba aprendiendo a convertirse en payaso), estaba jugando ahora con la señora y el señor Davidson, los payasos, mientras Boom Boom preparaba explosivos entre bastidores.

Rin aprovechó el momento para apartarse a un lado y contemplar al público.

De repente, la vio, con los ojos abiertos como platos y unas trenzas grasientas que le colgaban alrededor de la mandíbula relajada. Rin había estado actuando para ella.

La chiquilla del barrio de los almacenes, sentada junto a su hermano, contemplaba el circo embobada, como si llevara buscándolo toda la vida.

EDWARD, 1917

Edward se cubrió la nariz por el olor y esquivó al vagabundo que había delante de la joyería. A Nueva York le hacía falta una buena limpieza. Pero esa no era su responsabilidad; él ya tenía una misión.

Sabía que comprar el anillo antes de pedir permiso era arriesgado, sobre todo porque tendría que vigilar sus palabras esa noche.

Contempló el estuche iluminado con lámparas eléctricas. Estas cajitas con joyas llegaban hasta el fondo de la tienda, como si los diamantes y los rubíes fueran chuletas de cerdo y la plata fuera una gran salchicha. Qué extraño, tener una tienda tan solo repleta de riquezas.

Recordaba el día en que su padrastro le pidió matrimonio a su madre. O, mejor dicho, no lo recordaba porque le habían enviado a pasar el fin de semana con una amiga de la familia. Pero sí que se acordaba del día en que regresó y vio el anillo enorme en el dedo de su madre. Parecía barato, falso. Igualito a la sonrisa de su padrastro.

Pero no habría nada falso en él, en Ruth, en la familia que formarían juntos. Aunque Edward había sido un muchacho indefenso, ahora era un hombre adulto que debía afrontar su futuro.

Su madre y su padrastro estaban muertos para él. Que pensaran que había perecido en la guerra. Que lo lloraran, o no, durante el resto de sus vidas. Se lo merecían. Que se retorcieran ante el desconocimiento. Edward era huérfano.

O, más bien, había sido un huérfano hasta que Ruth le salvó. Ruth era la luz de su vida oscura y pensaba aferrarse a ella. Ya no estaba solo, y nunca más volvería a estarlo.

Alguien tosió a su lado y Edward fue dolorosamente consciente de la presencia de las otras personas en la tienda. Iban todos de punta en blanco, pero él… él ni siquiera llevaba puesta una chaqueta. Le hizo un gesto nervioso con la cabeza al hombre que, tan solo con su mirada, dejaba claro que Edward no pertenecía a ese mundo.

—¿Puedo ayudarle? —preguntó el joyero tras el mostrador. Parecía una morsa hinchada. Normalmente, Edward hubiera reconocido en sus palabras un gesto amable y normal del servicio al cliente, pero ahora le parecía que algo no encajaba. El joyero creía que venía a robar algo.

—Sí —respondió Edward, y se aclaró la garganta. Su voz sonaba demasiado baja—. Sí, me gustaría echarles un vistazo a los anillos de compromiso.

El joyero enarcó una ceja.

—Enhorabuena, caballero. Quizá podríamos empezar por allí —hizo un gesto hacia el fondo de la tienda—, donde tal vez haya algo más… adecuado para usted.

Edward entrecerró los ojos.

—Me gustaría mirar este de aquí. El que tiene forma de corazón.

—Caballero —pronunció el joyero, como si le hubiera llamado *muchacho* y fingiera que estaban jugando—, ese forma parte de nuestra colección platino. No puedo sacarlo de su estuche sin que hablemos del pago.

—No le encuentro ningún sentido —dijo Edward al darse cuenta de que el hombre que tenía al lado estaba escuchando. ¿Para qué? ¿Por si acaso necesitaban echarlo de la tienda? Volvió a intentarlo—. Quiero decir que, ¿cómo va a saber el cliente si un anillo es el anillo, si ni siquiera puede estudiarlo de cerca?

—Son las normas de nuestra tienda, caballero.

Edward asintió.

—Está bien. Entonces, ¿cuánto cuesta? Venga, ¿cuánto es?

—Ochocientos dólares.

Edward se lo quedó mirando.

—¿Perdone?

—Ese anillo —dijo el joyero— vale ochocientos dólares.

Edward sintió que algo se desinflaba en su interior y sacudió la cabeza.

—Debe estar de broma, ese anillo no puede valer tanto. ¡Nada cuesta tanto dinero!

—Estoy de broma —añadió el joyero—. Pues claro que nada cuesta tanto dinero.

Edward se apartó como si el mostrador con los estuches fuera una estufa ardiendo. El joyero lo miraba fijamente como si a Edward se le hubiera olvidado la frase de su guion.

No había tenido cuidado con sus palabras. Dios, lo había intentado. Siempre lo intentaba con todas sus fuerzas. Pero daba igual. Allí estaba, en la joyería, sin los ochocientos dólares, con un hombre trajeado soplándole en la nuca por si les robaba a punta de pistola, y el joyero esperando a ver cuánto pagaba Edward por el anillo.

De hecho...

Edward giró la cabeza despacio, hacia el hombre que lo había acorralado.

—Déjanos solos, ya —dijo.

El hombre asintió y se alejó.

Edward se volvió de nuevo hacia el joyero. Había tenido mucho cuidado. Debería ir a ver el resto de anillos, las falsificaciones baratas. Debería entender que había un lugar para él en este mundo y que era el de un hombre sin traje, un marido pobre para la pobre Ruth con su pobre anillo.

Pero ¿por qué le habían dado al hombre del traje ochocientos dólares y a él una guerra?

Porque ese hombre no había jugado siguiendo las reglas, era imposible.

O tal vez las reglas se habían redactado con ese hombre trajeado en mente.

Edward hizo un gesto afirmativo con la cabeza.

—En realidad, he venido antes y he pagado el importe completo de este anillo, así que me ofende que siga en su estuche. Vamos, démelo y olvidemos todo este asunto.

El joyero también asintió.

—Muy bien, caballero. Mis más sinceras disculpas.

Y así, el anillo fue suyo.

LA JEFA DE PISTA, 1926

Rin nunca salía al paseo central tras el espectáculo porque rompía la magia. El público necesitaba que ella formara parte del circo, no que fuera alguien que se paseara en busca de conversación. En persona sería una auténtica decepción.

De manera que se ocultaba tras las pancartas, esos grandes lienzos publicitarios con los diferentes números.

Un pasillo entre las atracciones secundarias y la gran carpa estaba cubierto con una pancarta de «La Trapecista» que parecía una puerta con una cortina que la separaba del escenario. Rin se empapó del sonido de la noche y de las risas de las familias que pasaban. Durante un instante, fingió que ella estaba allí con su propia familia, quizá con algún crío, o tal vez ella fuera la cría, ensartada entre los brazos de sus padres como si fueran un columpio que pudiera tocar el cielo.

El paseo central seguía lleno de gente que compraba sus últimos algodones de azúcar y se maravillaba con los carteles de los artistas que ahora ya reconocían. También había juegos, algunos para niños y otros para adultos. Uno de los favoritos de Rin era el estanque de patos, porque todo el mundo se llevaba un premio. Tirabas de uno de los patos, mirabas a ver si tenía algo debajo y ganabas algún cachivache.

El martillo de fuerza también albergaba un lugar especial en su corazón. La mujer forzuda de la *troupe*, Agnes Gregor, era una formidable mujer amazónica que hacía que Rin pareciera una enclenque. Llevaba el pelo castaño en una media melena y flexionaba esos fuertes brazos cuando levantaba el martillo y lo dejaba caer sobre el blanco. Agnes era una ligona; no con los hombres, sino con las mujeres, y eso la metía en problemas con los hombres. Pero también conseguía clientes: los novios y los maridos se sentían amenazados y se motivaban mucho más para intentar vencerla en el juego de la campana. Por lo general, perdían, aunque no siempre. Rin le decía que no era justo cobrarles después de la tercera ronda, y lo que era más importante, no era seguro. Agnes opinaba que Rin ponía freno a sus habilidades, pero no era estúpida, era una profesional. Nunca llevaba las cosas más allá de un jovial flirteo. No estaba allí para meterse en peleas, era todo por pura diversión.

—¡Oh, venga ya, Babe Ruth!* —Agnes se reía ahora de un hombre vestido con un uniforme de béisbol que parecía haber venido directamente de un partido. Rin les veía desde su escondite a través de los espejos que había al otro lado del paseo central, justo delante de las atracciones secundarias—. ¿Eso es lo mejor que puedes hacer? ¿Con esta señorita esperando a su oso panda de peluche? Hola, soy Agnes. —Rin se rio. Entonces sonó el tañido de la campana y «pequeña Ruth» ganó—. ¿Lo ve, señora? Su gran *bambino* es todo un campanero. Aquí tenéis, muchachos.

Entonces alguien caminó por delante de ella, proyectando una sombra sobre la parte de atrás de la lona. Con sus trenzas y sus bracitos raquíticos. Era su invitada especial.

Jo Reed.

Rin contempló en silencio el hueco entre la pancarta y la carpa. Una niña daba una vuelta con su hermano. Kell se acercó a ellos.

—¿Estáis esperando a alguien? —les preguntó. Los tres estaban a pocos centímetros de la pancarta.

La muchacha se sobresaltó al darse cuenta de que había estado a punto de chocar de espaldas con el chico de las alas grandes. Kell se había quitado el disfraz y se había puesto su cuidado mono

* Jugador de béisbol estadounidense que jugó profesionalmente entre 1914 y 1935, y al que se considera uno de los mejores de la historia en ese deporte. *(N. de la T.)*

vaquero sin camisa. Estaba más cómodo de esta forma, con sus grandes alas de plumas blancas, que le brotaban de los omóplatos marrón oscuro y que movió y plegó rápidamente sobre su cuerpo mientras estudiaba a los nuevos. Kell era más mayor que ellos, pero tampoco mucho. Se comportaba como si fuera un anciano, pero algo en sus ojos le delataba. Cuando su mirada sin prejuicios se posó sobre el niño, Rin vio que a Kell le importaba mucho. Era como si estuviera contemplando la chimenea a la espera de que Papá Noel apareciera en Nochebuena; era la anticipación por las cosas maravillosas que estaban por llegar.

—Hola —dijo el niño—. Me llamo Charles, y esta es Jo, mi hermana. Esta noche has estado… increíble.

—Gracias —contestó Kell. Le dio un mordisco a una manzana y se encogió de hombros como si nada, aunque sus ojos no se desviaron en ningún momento de Charles. Tenía el aspecto que Rin se había imaginado cuando habló por primera vez con Odette. Sonrió ligeramente.

Kell apartó la mirada y la centró en Jo a la espera de una respuesta.

—Entonces, ¿puedo ayudaros o algo?

—Sí —dijo la niña—. La mujer del pelo suelto en el centro de la pista. ¿Está al mando? Quiero hablar con ella.

—¿Con la Jefa de Pista? —preguntó Kell—. Eh, sí, está por aquí en alguna parte.

Rin dio un paso atrás. Aunque eran niños y ella era la Jefa de Pista, Rin supo que en cuanto conociera a Jo Reed, la magia se perdería un poco. Nunca estaría a la altura de lo que habían presenciado en el escenario.

«¿Qué es lo que necesita?», había preguntado.

«A ti», había respondido Mauve.

—Queremos unirnos al circo —anunció el niño llamado Charles.

A Rin no le sorprendió.

—¡Ja! —dijo Kell.

—¿Esas alas son reales? —preguntó Jo.

—Pues sí. —Siguió comiéndose la manzana y sus alas se retorcieron como si le picara algo—. ¿Dónde están vuestros padres?

—¿De verdad eres un ángel? —le preguntó Charles.

—Menuda tontería de pregunta —comentó Jo.

—En realidad no, solo tengo alas —respondió Kell—. Ese es mi nombre artístico. —Miró a Charles—. Pero si quieres considerarme un ángel... yo... —Se aclaró la garganta y cambió de tema—. ¿Cuántos años tenéis?

—Veinte, los dos —mintió Jo.

Kell sonrió.

—Si tenéis veinte, podéis escoger el camino que queráis en la vida. —Suspiró y tiró el corazón de la manzana a un cubo cercano—. Me llamo Kell. Y no se le puede dar permiso a alguien para unirse a una compañía si es menor de edad. A pesar de lo que hagan otros circos, en este nos tomamos muy en serio el consentimiento.

—Pues tú estás aquí —dijo Jo.

—¡Casi tengo diecisiete! —protestó Kell—. Además mi padre está conmigo, ¿veis? —Señaló con la cabeza hacia el otro lado del paseo central, donde estaba el señor Weathers, el viejo jefe del tren. Tenía el rostro repleto de arrugas y las manos juntas, con los grandes nudillos y los dedos cadavéricos, como si hubiera escrito a mano cada hora de su vida—. Él se encarga del tren y se asegura de que todos los mecanismos funcionen. Es el hombre más listo que conozco. También se llama Kell, pero podéis llamarle señor Weathers. ¡Eh, padre! —El hombre levantó la vista y alzó un brazo larguirucho por encima de la cabeza como si los convocara en la mar. Kell respondió a su saludo y después se volvió hacia Jo—. Mira su camisa y su abrigo, ¿ves que le sobresalen las alas? Lleva unos agujeros cortados. Somos iguales.

—¿Un rasgo familiar o qué? —preguntó Jo.

«No», pensó Rin. La Chispa no se heredaba. Cuando el señor Kell y su hijo se unieron, el joven Kell dijo: «Mi padre quería ser libre y yo quería ser como mi padre. Así que, un día, los dos nos levantamos con alas». El señor Weathers encontró la libertad en su hijo. Después de lo que había presenciado como parte de los Harlem Hellfighters,* aseguraba que mantenía ale-

*Apodo que recibió el regimiento de infantería de la Guardia Nacional de Nueva York que fue el primero en componerse principalmente de

jada la guerra de su cerebro contemplando la sonrisa de Kell. Ahora, a la luz del paseo central y en contraste con el crepúsculo del atardecer, Kell sonreía ampliamente.

—¿Y cuáles son tus alas, Charles? —preguntó.

—¿Espiando? —le susurró Odette a Rin por la espalda.

Rin pegó un brinco. Logró no caerse sobre la pancarta y se llevó las manos a la boca mientras jadeaba.

Odette le sonrió con picardía y le dio unas palmaditas en la espalda.

—Hazme hueco. —Vio a Kell y al joven Charles—. Oh, mira, somos nosotras.

—O sea que tú también lo ves —dijo Rin.

—Veo a Kell tratando de actuar como un gallito, pobrecillo. —Odette se rio y Rin resopló—. Me recuerda a ti, con toda esa afectación.

—Yo no actuaba con afectación.

—Sí lo hacías —dijo Odette. Miró a Rin de arriba abajo, empapándose de ella con sus grandes ojos. Como si tuviera memorizado cada rincón de la Jefa de Pista, pero aun así siguiera viéndola por primera vez.

—Hablando de afectación, esta noche le has dado un cambio radical a tu número —señaló Rin.

Odette curvó la boca en una media sonrisa y guiñó un ojo.

—Tengo que asegurarme de que no dejes de mirarme. —Le dio un tironcito a Rin en la mejilla—. Sigues actuando con afectación, por cierto.

—Vale, vale. —Rin le agarró la mano enguantada.

Odette contempló sus dedos entrelazados.

—¿Por qué vuelves a esconderte? ¿Acaso *él* ha…?

—No —respondió Rin—. No está aquí, y nadie se ha acercado a mí. —Tragó saliva—. Quiero creer que nos dejará tranquilos.

—Tendríamos mucha suerte.

—Ahora soy una vieja desgraciada —dijo Rin—. Estoy segura de que quiere a alguien más joven.

Odette puso los ojos en blanco.

---

afroamericanos y en luchar en el Frente Occidental de la Primera Guerra Mundial. *(N. de la T.)*

—Déjame soñar con que ha pasado página, ¿vale? —añadió Rin—. Tiene su propio circo; cada uno tenemos nuestra vida. Él... —Se interrumpió porque realmente no lo creía. Ninguna de las dos lo hacía. Pero la idea de que él le pusiera la mano encima a su circo...

De que cualquiera lo hiciera...

—No eres una desgraciada —dijo Odette. Hizo una pausa—. Yo creo que eres preciosa —añadió—. Y tenemos la misma edad. He estado a tu lado cada minuto que hemos viajado. Pero si nunca me dejas curarte, incluso aunque solo sea para contrarrestar esos viajes en el tiempo, dispondré de más minutos que tú. Lo que significa que tendré muchos más minutos sin ti. Y eso es... —Se detuvo, como si el pensamiento fuera demasiado oscuro para completarlo.

«Eso es egoísta», terminó Rin internamente, mordiéndose los carrillos. Asintió y miró a los jóvenes del otro lado de la pancarta. A lo mejor, algún día, Odette y Rin lograrían hablar de cosas felices en lugar de cosas serias.

—Entiendo la idea del mitzvá, de verdad, y estoy de acuerdo —dijo Odette—. Pero ¿acaso el mitzvá implica que no dejes de dar hasta que no te quede nada? Yo creo que no, Rin.

—Odette, ya lo hemos decidido.

—Si vas a salvar a todo el mundo —prosiguió Odette—, ¿cuándo te salvarás a ti misma? ¿Cuándo te salvará alguien?

—No necesito que me salven.

«No merece la pena salvarte».

—Rin, mírame —dijo Odette, pero ella no podía. Se sentía como una cometa con una cuerda larga, que se alejaba en el aire, tratando de no caer hacia atrás ni hacia abajo, de no sentir nada—. También deberíamos hablar de la petaca de anoche.

—No bebí —replicó Rin con brusquedad. Y después, con más suavidad, añadió—: Lo siento. Sé que no solo me pongo a mí misma en peligro, me arriesgué al tenerla cerca de cualquier parte de nuestro territorio.

—Eso no es lo que me preocupa...

—Lo siento —repitió Rin—. Fue una mala noche y yo... agradezco que me detuvieras. He... birlado algunas infusiones en la cantina para esta noche. ¡Manzanilla! Tu favorita.

Odette le apretó la mano con más fuerza a través del guante blanco.

—Por favor, avísame antes de que empieces a caer de nuevo —dijo—. No es... solo la bebida... Bueno, sí, lo es, pero es que sé lo que significa.

Y Rin entendía lo que Odette quería decir. Cuando la Jefa de Pista estuvo a punto de perder la cabeza, su anhelo no era el alcohol. Su cerebro se aferraba a una parte oscura en su interior que le provocaba ganas de herirse a sí misma, y la bebida hacía que el camino fuera más fácil de recorrer. Era una forma de dejarse llevar, de tocar un fondo que no quería abandonar.

—Estoy bien —dijo Rin, entre dientes y sintiéndose realmente avergonzada.

Odette se mordió el labio.

—Y no digo que no me importe el futuro, pero me preocupa que el presente no pueda con el peso del futuro.

—Puedo con el peso que tengo que soportar —dijo Rin con firmeza. Como si hubiera colocado unos ladrillos de cemento alrededor de sus huesos para enterrar lo que hubiera debajo y fortalecerse para seguir adelante.

—Cuando hablemos con estos dos granujas, pondremos el tren en marcha —dijo Rin—. Y después necesitaremos la noche para...

Pero sus palabras se vieron interrumpidas por una sirena. Sonó detrás de ellas, más allá de la magia de las carpas, de la cola de las entradas, del puente, y repicó en las escaleras de dicho puente, en el suelo y...

Sucedió muy deprisa. Los hombres de los furgones pasaron corriendo. Los que iban vestidos a rayas. Llevaban sombreros de paja que les cubrían los rostros y guantes gruesos para no tener que tocar a los niños. Para los transeúntes que no lo sabían, tendrían el aspecto de un irritado cuarteto a capela. Pero para cualquier chispa que lo entendiera, parecían monstruos.

Y en el paseo central, tras el espectáculo, quedó claro quién era un chispa y quién no. La gran parte de la multitud que quedaba no parecía muy afectada por el escándalo, aunque giraron la cabeza para localizar el incendio, el accidente, al ladrón o al anarquista comunista. Pero había otra parte que huía, se escondía, trataba de encajar... incluso, quizá, literalmente...

Al otro lado de la pancarta, Jo agarró a Charles y echó a correr, pero era demasiado tarde: unas manos los atraparon.

—¡Suéltame! —gritó Jo, y Charles se puso a chillar.

Unas manos enguantadas tiraron de ellos y los alejaron del chico con alas. La tierra les golpeó en la cara mientras los apartaban de las luces y la música. Charles alargó la mano hacia su hermana, que trataba de zafarse de los brazos de aquellos hombres grandes y siniestros.

—¡Ve a por Bernard! —le gritó Rin a Odette, que salió de detrás de las pancartas—. ¡Agnes! —Agnes se colocó rápidamente a su lado y Kell los siguió, lo que significaba que el señor Weathers también estaría cerca.

El paseo central se quedó en silencio. Incluso los niños habían dejado de gritar. Rin había aprendido que las cosas increíblemente aterradoras estaban rodeadas de silencio, no de gritos. Los chillidos significaban que todavía te funcionaban dos neuronas con las que hacer ruido. Pero el silencio significaba quedarse petrificado. Era un instante congelado en el tiempo.

Rin echó a correr mientras se llevaban a rastras a los niños más allá de la taquilla, demasiado cerca del límite con el Mundo Exterior.

—¡Invoco la Ley Prince! —gritó Rin.

Los hombres se detuvieron, pero no soltaron a los niños. Era como si un muro se hubiera interpuesto en su camino.

Uno de los hombres llevaba colgando a la pequeña Jo Reed, que, con el brazo a punto de salírsele de la articulación, estaba suspendida a unos incómodos centímetros del suelo, bocabajo.

Se palpaba la tensión. Rin sentía a la multitud a su alrededor. Con las luces del escenario apagadas, la magia del circo era simplemente una calabaza. Los soñadores de los carteles ya no eran espectaculares, sino sucios chispas. Y la Jefa de Pista solo era una mujer escandalosa.

Pero se habían parado. Nadie podía tocar a Rin; así, no.

—Hola —dijo Rin, en voz baja, mientras se acercaba. Era un rugido, pero pronunciado con calma, firmeza y precisión. Sin un atisbo de nervios. Porque la Jefa de Pista nunca se ponía nerviosa a pesar de lo que Rin sintiera—. ¿A dónde se lleva a mi domadora de elefantes y a su ayudante?

Los niños giraron la cabeza lo suficiente para ver a Rin, que sentía la presencia de Agnes y Kell a su lado, al señor Weathers, aproximándose y la estruendosa voz de Bernard gritando «¿dónde está?» en alguna parte detrás de ella mientras se acercaba al rescate.

—¿Su domadora de elefantes? —preguntó el hombre del furgón. Tenía la voz ronca, como si no la hubiera usado desde que empezara a envejecer y se le hubiera atrofiado. Además contrastaba con su atuendo a rayas de cuarteto a capela.

—Los he contratado a los dos para mi circo —informó la Jefa de Pista—. Mis empleados dicen que usted y los suyos se han colado sin pagar entrada en nuestros terrenos alquilados y que están secuestrando a mi gente delante de mis narices.

—Escuche, señora —dijo el hombre del furgón—. Estos dos están ahora bajo tutela del estado. Su papaíto los transfirió la pasada noche, tengo los papeles.

Rin procuró no pensar en las horribles implicaciones que tenía que un hombre vivo dejara huérfanos a sus hijos.

—Tienen al menos veinte años —dijo Kell.

Entonces, el hombre llamó a Kell por una palabra que ningún hombre bueno emplearía y este respiró hondo.

—¿Estás de broma? —le preguntó Kell.

—Dilo otra vez —exigió el señor Weathers, que dio un paso al frente y se colocó delante de su hijo.

—Esas palabras no son bienvenidas aquí —le dijo la Jefa de Pista al hombre del furgón cuando él también dio un paso al frente. Agnes se encaró con él. Iba a armarse jaleo—. Le pido que se marche de estos terrenos que hemos arrendado hasta que termine nuestro espectáculo.

—Y yo le pido, marimacho de circo, que se aparte de mi puto camino. Esos críos son míos y me los pienso llevar.

—¿Críos? —dijo la Jefa de Pista con frialdad—. Con veinte años son adultos y pueden hacer lo que quieran con su vida. A no ser que alguien los secuestre. Pero, a pesar de lo que su padre piensa, no tiene nada que opinar en el asunto de su paradero.

—Solo sigo órdenes.

—Apuesto a que sí —replicó el señor Weathers.

—Por mí como si sigue al maldito Jesucristo —dijo la Jefa de Pista—. Márchese ahora mismo de estos terrenos. Vuelva mañana tras el mediodía, cuando nuestro arrendamiento haya expirado, y ya no me importará dónde esté. Pero hasta entonces, este es nuestro terreno, nuestra *troupe* y nuestros peones. Adiós.

—Será mejor que vigilen lo que dicen —intervino el segundo hombre del furgón—. Vas de dura, zorra, pero todos sois unos chispitas y unos bichos raros. Una sola palabra y la ciudad reducirá a cenizas vuestro espectáculo de estrafalarios y os admitiremos a todos en nuestro centro.

—Según la Ley Prince de 1921, no sucederá nada de eso a no ser que ustedes provoquen una revuelta —explicó la Jefa de Pista—. Hemos arrendado estos terrenos, y ustedes están causando problemas de forma ilegal con varios chispas. Les doy diez segundos para largase de aquí o les echaré yo misma.

Los hombres dejaron caer a Jo y a Charles, y se marcharon corriendo hacia la calle.

Los chispas temían a los hombres del furgón, pero ellos tenían mucho más miedo de los chispas.

LA JEFA DE PISTA, 1926

La Jefa de Pista entrevistaba a posibles artistas en su despacho, que en realidad solo era una zona que le habían birlado al vagón restaurante, un área al fondo separada con una pared de contrachapado y cubierta con las huellas de las manos de todo el mundo. Tenía tres escritorios de roble, uno para cada una de las gerentes: Odette, Mauve y Rin. El despacho tenía una alfombra y unos adornos bonitos que delineaban el marco de la puerta que daba al vestíbulo, con algunos cachivaches repartidos aquí y allí para darle un aire hogareño.

No era mucho, solo una zona pequeña que olía a tinta de máquina de escribir y papel barato con paredes de contrachapado. Pero era un lugar importante en el tren; un sitio para los comienzos.

Mauve y Odette estaban sentadas en sus escritorios, la primera contaba la alfalfa y jugueteaba con la caja de seguridad mientras la segunda tomaba nota de los números que Mauve le iba dictando. Rin permanecía sentada tras su escritorio con las manos entrelazadas.

Jo y Charles Reed estaban en unas sillas plegables, viejas y duras, delante de la Jefa de Pista, cubiertos de suciedad y esforzándose al máximo por limpiarse el rostro con unas toallas. Delante de Rin, sobre el escritorio, había un informe de incidentes cumplimentado, con duplicados para los Weathers, Agnes y

Bernard. Ella y los niños permanecían sentados tratando de soltar la adrenalina y mirándose mutuamente en mitad del calor que iba disminuyendo en aquella noche de verano.

Jo Reed parecía muy nerviosa, aunque a Rin le daba la impresión de que era del tipo de persona que nunca lo reconocía. La energía emanaba de sus hombros, de sus duros ojos azules como el mar... Era como un cachorro abandonado. Uno que quería un abrazo cariñoso de forma desesperada, pero al que no pillarían ni muerto saliendo del porche bajo el que se ocultaba.

Rin parpadeó, sonrió y trató de no parecer imponente. ¿Qué necesitaba esta niña?

«A ti».

A Rin no le parecía que eso fuera suficiente, pero, de momento, la muchacha necesitaba a alguien.

—¿Os ha gustado el espectáculo?

La muchacha la miró estupefacta. Parecía un chihuahua tembloroso, pero su voz sonó plana y firme cuando soltó:

—¿Lo... lo dices en serio?

La Jefa de Pista hizo una pausa.

—¿Sí?

—No, no nos ha gustado nada un circo mágico... ¡pues claro que nos ha gustado el espectáculo! —Su rostro se animó como un dibujo y agitó las manos.

Mauve se rio por la nariz y Rin se permitió mostrar una sonrisa de verdad al reírse.

—Estupendo —dijo. No se había equivocado con esta cría, había miles de voltios de electricidad en ese cerebrito.

A lo largo de los años, Rin se había dado cuenta de que cada persona era una canción propia. Las había tranquilas, y las había que recordaban a otras canciones. Pero también las había de las que le evocaban el dramático sonido que se escuchaba en la sinagoga de su niñez. Algunas personas cambiaban las escalas, y las profundas y enternecedoras cuerdas se golpeaban con suavidad con un solo de piano.

Jo Reed llevaba una sinfonía dentro.

—Gracias por salvarnos —dijo Jo.

Rin asintió.

—Los peones están desmontando las carpas y preparando el tren para irnos mientras hablamos. Uno nunca puede ser lo bastante precavido con esos tipos.

—Tú has hecho que salgan corriendo —contestó Jo.

La Jefa de Pista sonrió ligeramente y se miró las manos.

—Sí, bueno, por desgracia siempre pueden dar media vuelta y volver en manadas. —Miró a Jo y a Charles por encima del escritorio—. Imagino que si los hombres del furgón os estaban buscando, es porque os parecéis mucho a nosotros. —Los niños no sabían que Mauve y ella les habían visto pelearse con esos hombres, sin ayuda, en plena ciudad.

Jo asintió.

—Y vosotros a nosotros; todos vosotros —dirigió la casi pregunta a Odette y a Mauve. La trapecista también asintió.

Charles todavía no había dicho nada.

—¿Estás bien? —le preguntó la Jefa de Pista.

—Sí, señora —respondió el niño, sobresaltado.

—Es mi hermano mellizo —dijo Jo—. Vamos juntos.

—Entonces, ¿de verdad tenéis veinte años? —preguntó la Jefa de Pista—. Porque creo que en realidad tendréis unos trece.

—Quince, pero sí, pongamos veinte en los registros —dijo Jo—. Y sí que somos mellizos. Cuidamos el uno del otro, siempre lo hemos hecho. Yo soy el cerebro y él, el músculo.

—Somos los más pequeños... —dijo Charles—. Bueno, en realidad... ahora somos los únicos... Yo era demasiado joven para la guerra y... qué bien para mí, ¿eh? Como Chispa, les gustaría utilizarnos para... —Se interrumpió cuando los ojos negros de Rin se posaron sobre él y lo atravesaron...

... para llegar a una playa con el alambre de espino repleto de chicos que morirían en el futuro.

—La guerra ha terminado —dijo Rin enseguida, y alejó todos esos pensamientos hacia un rincón recóndito de su cerebro—. Se acabó.

—Y la guerra nos convirtió, de alguna forma, en monstruos —dijo Jo—. Así es como todo esto pasó, ¿no? ¿Algo se torció? Al menos eso es lo que he oído.

La Jefa de la Pista se apartó el pelo de la cara, sacó una goma del bolsillo de su pantalón y empezó a recogerse la melena.

—El término correcto en Gran Bretaña es «Peculiaridades». «*Isiphiwo*» en zulú. Aquí, en el quinto pino, nos llamamos chispas, no monstruos.

—¿Y eso quién lo ha decidido? —quiso saber Jo—. ¿Os reunisteis todos y votasteis?

La Jefa de Pista entrecerró los ojos, pero su boca se curvó hacia arriba.

—Eres una listilla.

—Soy Jo —dijo—. Y este es Charles. Necesitamos transporte para salir de la ciudad y tú necesitas nuevos números.

—Conque sí, ¿eh?

—Sí. —Jo cruzó las piernas y estiró los brazos con indolencia y mucha teatralidad—. Tenéis un buen espectáculo montado, pero os falta peligro, magia. ¿Trapecistas? Los Hermanos Ringling tienen cinco o seis.

—Bah —dijo Odette.

—Sabes que Odette Paris puede hacer muchas más cosas que los cinco o seis equilibristas juntos de los Hermanos Ringling, ¿verdad? —añadió Rin—. Menospreciar otros números no va a ayudar.

—Vale, entonces nos equipararemos con lo que tienes. Con tu *equilibro... equilibra...* —No parecía capaz de pronunciarlo—. La señora que vuela. Se nos recordará por un número tan radiante como el suyo.

—¿La señora que vuela? —Odette sacudió la cabeza pero no se rio.

—La Ilusionista y el Demonio Indestructible —prosiguió Jo.

Charles era un chiquillo con cara angelical, demasiado joven para que cualquiera pensara en lo indestructible que era. Y, desde luego, tampoco era un demonio.

—¿En qué sentido eres indestructible, Charles? —preguntó la Jefa de Pista.

Charles sonrío resplandeciente.

—Dispáreme —dijo.

—Eh, no, gracias. —Rin se rio, pero Charles ya estaba en pie.

—No pasa nada —dijo Jo—. Adelante. ¿Tenéis un arma?

—Quieres que te dispare.

—A mí no —dijo Jo—. A él.

—Sí, asegúrese de que es a mí —dijo Charles—. O, si no, golpéeme con fuerza.

—¿Cómo lo descubriste? —preguntó la Jefa de Pista.

—Pues verá, señora, nuestro padre... —Jo le clavó el codo en las costillas raquíticas—. Prueba y error —se corrigió.

No añadieron nada más.

—El mismo hombre que os vendió a los de los furgones —dijo la Jefa de Pista. Los miró de arriba abajo. Sospechaba que la Chispa aparecía allá donde se la necesitaba. Que Charles no pudiera resultar herido le daba bastante información a Rin. Recordó esa mañana, cuando el chico había protegido a Jo con su cuerpo del mismo modo que Odette lo hacía. Charles había necesitado la Chispa, no para sí mismo, sino para convertirse en un escudo—. Entiendo —dijo Rin.

Esta mañana habían huido para salvar sus vidas. Charles era uno de los muchos niños que debían endurecerse, que debían crecer a toda prisa. Y Jo era una de las muchas niñas invisibles que trataban de desaparecer entre las rendijas del mundo.

Por suerte para Jo y Charles Reed, esos eran precisamente los márgenes por los que se movía el circo.

Era por donde Rin había desaparecido en todas las ocasiones que lo había necesitado. Y, durante años, sus carpas habían acogido a muchos otros náufragos que habían tenido que marcharse descalzos de sus hogares.

La Jefa de Pista se levantó y dejó atrás el escritorio. Se quitó la chaqueta de terciopelo y la colgó en el respaldo de la silla. Jo la miró, como si brillara. Rin pasó por delante de ellos y se dirigió al armario para sacar un par de Coca-Colas. Estaban en 1926, se recordó a sí misma mirándose la muñeca. Así tendrían que tomárselas calientes (la refrigeración no era algo por lo que Jo o Charles fueran a preocuparse).

—No voy ni a dispararte ni a golpearte —dijo la Jefa de Pista mientras trasteaba con la tapa de la botella. Esto sí que era algo que no soportaba del presente: no había tapones de rosca. Suspiró, regresó a su escritorio y revolvió un cajón en busca de un abrebotellas.

—Oh, no se preocupe —dijo Charles mientras tanto—. No rebota ni hiere a nadie más, simplemente cae al suelo. Y no me salen moratones...

—Sí, sí, venga, no seáis gallinas —dijo Jo.

—No —repitió la Jefa de Pista, y les dio una botella de refresco a cada uno—. Confío en tu palabra.

—Entonces estás de acuerdo —dijo Jo, que arrambló con la suya, se reclinó en la silla y dio un largo trago antes de decir—: Este es nuestro sitio.

La Jefa de Pista volvió a sonreír ligeramente.

—Os hace falta mucho más que una Chispa para formar parte de este circo, chicos. No solo entretenemos a la gente, tratamos de ayudarla.

—¿Cómo? ¿Recaudando fondos o algo? —preguntó Jo—. ¿Sois campaneros del Ejército de Salvación? ¿O una milicia secreta de luchadores de élite contra el crimen? ¿O coleccionistas de caucho racionado?

La Jefa de Pista no se rio.

—Nadie sabe por qué la Chispa surgió en algunas personas —dijo—. Vosotros debéis de ser de los más jóvenes que la tienen. No conocí a muchos que fueran críos por aquella época. Están Kell y Meredith, pero… vosotros sois incluso más pequeños.

—Pues tú eres una vieja —replicó Jo.

La Jefa de Pista arrugó la nariz.

—Gracias —dijo.

—Adivinad su edad y os doy una bola de chicle gratis —propuso Odette.

Rin la ignoró.

—¿Cuántos años teníais cuando surgió la Chispa?

—Ni idea —respondió Jo—. Ocurrió después de que nuestro hermano se fuera a la guerra.

Rin asintió.

—No sé si es porque todos nos quebramos o si estamos aquí para curarnos, pero prefiero pensar que es para marcar la diferencia. Para cambiar algo esencial… —Se miró las manos, con las que agarraba literalmente el tiempo—. Con el circo hemos encontrado un sitio en el que estar a salvo. No tenemos que luchar en guerras, ni meternos en política o en legislaciones. Hemos encontrado nuestro sitio y nos colamos por las rendijas del resto del mundo.

—¿Este circo sirve para esconderse? —preguntó Jo.

—No —respondió la Jefa de Pista tranquilamente—. No, hacemos mucho bien. Los imperios siempre han subestimado a los artistas, y eso funciona a nuestro favor. Nos hace poderosos. Nadie espera que cambiemos el mundo, así que es lo que hacemos. Y espero que, si os acepto, vosotros dos también lo hagáis. No pienso invertir en nadie que me ofrezca menos.

Ahora le tocaba sonreír a Jo.

—Yo no invertiría en alguien que quisiera menos.

¡Ja!

La Jefa de Pista enarcó una ceja, acomodó su maltrecha espalda en la silla y soltó una carcajada.

—¿Y tú, Charles? ¿Qué opinas?

—¡Oh, señora! ¡Encantado si nos acepta! —Charles sonrió ampliamente y Rin se dio cuenta de que, aunque no hablara mucho, eso no significaba que por dentro estuviera callado—. He sido un apasionado de este sitio desde que vimos los carteles. Es auténtico.

—Vaya, pensaba que ni nos parecíamos a los Hermanos Ringling —bufó Mauve.

—Yo creo que sois mucho mejores que ellos —dijo Charles.

—Gracias. —Mauve se quitó un sombrero invisible de la cabeza—. Al menos, uno de los dos nos aprecia.

Rin se aclaró la garganta.

—Bueno —dijo, entrelazando los dedos de las manos y colocando los codos sobre el escritorio—. Charles es un Demonio Indestructible con cara de ángel pero, ¿qué hay de Jo? ¿En qué consiste tu Chispa, niña? ¿Ilusiones? ¿Me explicas qué es eso?

—Puedo crear imágenes —dijo ella.

Daba la impresión de que era más que eso, pero la Jefa de Pista le siguió el juego.

—¿Cuál fue la primera imagen que hiciste? —preguntó. Sabía que Odette y Mauve estaban escuchando aunque fingieran lo contrario.

Jo tragó saliva.

—Estaba limpiando el suelo de la cocina —explicó—. Levanté la vista hacia la pared y había un cuadro con una imagen del agua. Empecé a pensar en las olas y en el océano, y entonces... —Jo miró a Charles y se remangó—. A ver, te lo voy a enseñar.

Jo no esperó a que la Jefa de Pista contestara; se puso en pie a toda prisa y adoptó una postura parecida a las de las artes marciales, de puntillas y con los brazos extendidos delante de ella. ¿A lo mejor iba a bailar?

Jo respiró hondo.

—Estoy visualizando imágenes que he visto de otros lugares —dijo—. Islas más allá de Nebraska, un amplio cielo despejado, unas palmeras inclinadas, la forma en que los peces se transparentan en el agua. Y... y puedo...

Entonces, de sus manos salieron unas olas blancas, que se enroscaron en sí mismas, como un océano aterrador y tranquilo al mismo tiempo. Tenía vida, como ella.

La Jefa de Pista vio cómo las frías olas salían volando de sus dedos. La magia parecía brotar de su corazón y de sus hombros, directamente hacia el espacio que tenía delante. La habitación se impregnó de agua y se convirtió, lentamente y con un estallido, en algo completamente distinto. Apareció el sonido de las gaviotas, el olor a sal, el brillante horizonte, la húmeda, atrayente y deslizante marea que mojaba la arena que se hundía bajo los pies de la Jefa de Pista.

Jo lo borró todo con una sacudida de las manos.

Entonces surgió el silencio, la sequedad. Un despacho hecho de contrachapado en uno de los extremos de un vagón restaurante de segunda mano. Como si nada milagroso hubiera ocurrido.

Rin notó que se había quedado boquiabierta. ¡Hala! No se le ocurría nada que decir, así que recuperó rápido la compostura y se limitó a asentir. Fue entonces cuando se dio cuenta de que Odette y Mauve se habían levantado y presentaban rostros igualmente perturbados.

Era como lo de esa mañana. Pero esta vez, Jo había mantenido el control y había sido espectacular. ¿Cómo podría haber estado tan asustada hacía unas horas, y ahora tan increíble?

Aunque así era la Chispa, ¿no? Podía ser terrible o terriblemente útil.

Jo volvió a sentarse en la silla junto a Charles, sin que nadie se lo ordenara, y las tres mujeres la miraron.

—Charles, ¿puedes tragar fuego? —preguntó la Jefa de Pista, rompiendo el silencio.

—No, señora —respondió este—. Solo funciona sobre mi piel. Pero quizá podría prenderme entero.

—Sí, eso funcionará —dijo la Jefa de Pista—. Pero en el momento en que algo se vuelva peligroso, para, ¿me oyes? Sigue mis indicaciones y estarás a salvo.

—¡Vale! —dijo Charles de forma alegre.

—Y Jo —prosiguió la Jefa de Pista—. Crearás exactamente lo que yo te diga cuando yo te lo diga.

—¿Y por qué eliges tú?

—Porque soy la Jefa de la Pista —contestó—. No te explicaré y discutiré nada más hasta que estés de acuerdo con los términos.

—Está bien —aceptó Jo.

La Jefa de Pista asintió.

—Hablemos entonces de vuestros contratos.

—No, no, no —dijo Jo—. No vamos a firmar ningún contrato, no somos idiotas.

Mauve sacó dos papeles de su escritorio y se los tendió.

—Este contrato es más para proteger vuestros derechos que los nuestros. Hola, me llamo Mauve. Soy la productora, el ruiseñor y la persona que os pagará.

—¿¡Nos van a pagar por esto!? —preguntó Jo.

—Sí —respondió Rin—. Eso es lo que dice el contrato. Os tratamos como profesionales. La cuestión es que sois muy jóvenes, lo que significa que esto, en realidad, sería un acuerdo sobre lo que se os debe y sobre cómo se os tratará. Si en cualquier momento os da la sensación de que se ha producido una infracción o que hay algún sitio mejor que este para vosotros, tenéis libertad para marcharos. Siempre la tendréis.

Jo asintió.

—Pero, si os marcháis, espero que me lo hagáis saber —añadió la Jefa de Pista—. Porque tendré que preparar otro número. ¿Os parece bien?

—Sí, bien.

—Os pagaremos cuarenta y cinco dólares a la semana todos los sábados por la tarde —explicó Mauve, que señaló el papel por encima de los hombros de ambos—. Después de vuestra primera temporada, se podrá negociar un aumento. Nos gustaría que os quedarais en nuestros cuarteles de invierno, para entrenar y ensayar, pero lo entenderemos si necesitáis buscar otro trabajo para llegar a fin de mes.

—¿¡Cuarenta y cinco dólares a la semana!? —exclamó Charles—. Repámpanos, ¿¡va en serio!?

—Cuarenta y cinco dólares a la semana por número —aclaró Mauve—. Vosotros tenéis un número cada uno, así que recibiréis cuarenta y cinco dólares por cabeza.

—¡Ja, me estás tomando el pelo! —chilló Charles.

—Tenéis derecho a pasaje y alojamiento —continuó Mauve, y la Jefa de Pista sonrió cuando los críos se fueron animando—. Tenéis derecho a un ambiente de trabajo seguro. Y nosotros tenemos derecho a que seáis respetuosos, considerados y responsables. Además de puntuales.

Eran muy jóvenes. Estudiaron el contrato con Mauve, a pesar de que Rin sabía que nada de eso era vinculante. Pero les pagarían, les cuidarían y, cuando llegara el momento, seguirían su propio camino.

Tanto Jo como Charles firmaron con los bolígrafos que les tendió Mauve. Después llegó el turno de la Jefa de Pista.

—Una cosa más —dijo Rin—. Siempre hacemos tres preguntas muy importantes antes de finalizar el contrato y firmarlo nosotras.

—Vale, adelante —dijo Jo.

La Jefa de Pista asintió.

—Primera pregunta: ¿estáis aquí por voluntad propia?

—Sí —respondió Jo de inmediato.

—Sí, señora —dijo Charles.

La Jefa de Pista estudió sus rostros, y continuó.

—¿Entendéis que la vida en un circo es dura?

—¿En qué sentido? —preguntó Charles.

—Horarios extraños, siempre en la carretera... no es como estar en casa.

—¡Qué alivio! Sí —dijo Jo.

—Sí, señora —dijo Charles.

Entonces, la Jefa de Pista se inclinó, con el rostro resplandeciente por la luz del farol que había sobre su mesa, como si fuera a compartir un oscuro y peligroso secreto.

—Tengo la habilidad de hacer que los sueños se hagan realidad —susurró—. Cualquier cosa que queráis. ¿Dinero? ¿Revivir a los muertos? ¿Fama? ¿Amor? Os concederé una cosa que mejore vuestras vidas, pero solo si no venís con nosotros. —Rin dejó que sus palabras flotaran unos segundos en el ambiente—. ¿Todavía queréis formar parte del circo?

No estaban preparados para esa pregunta. La oferta era auténtica. Tiempo atrás, cuando montó el circo, Rin decidió que nadie recurriría a ellos como último recurso. Si Rin podía viajar a través del tiempo y el espacio, significaba que podía cambiar los hilos. Aunque solo fueran pequeñas cosas: asegurarse de que a alguien no lo atropellaba un coche, mandar a alguien a otra época para que consiguiera la ayuda médica que necesitaba. Mauve se aseguraba con antelación de que las formas en las que cambiaban los hilos de una persona no alterarían nada más.

Rin aún recordaba al primer muchacho al que le había hecho esta pregunta. Su hermano y él habían terminado allí; eran trabajadores de una fábrica cercana. El hermano mayor del muchacho había intentado venderlo, pero este no quería unirse al circo. Cuando Rin le preguntó cuál era su deseo, el crío contestó que deseaba que volviera su madre. Odette dijo que era imposible, que lo echarían todo a perder en el universo. Pero Mauve explicó que los cambios no funcionaban así. Que, a veces, algo insignificante para el universo, significaba el mundo entero para una persona. Salvaron a la madre del muchacho del accidente. Las tres mujeres volvieron a la fábrica y nadie sabía nada de los hermanos. Su trabajo, por lo tanto, estaba hecho.

Ahora, Jo y Charles estaban sentados frente a Rin. Mauve había comprobado sus hilos y le había dado el visto bueno. Como en el circo, las tres mujeres trabajaban entre bambalinas, ensayando, entrenando, planificando, para que el presente no tuviera remiendos.

—¿Esa es tu Chispa? —preguntó Jo—. ¿Conceder deseos?

—Responded a la pregunta —dijo la Jefa de Pista.

—¿Puedes hacer que ocurra cualquier cosa? —preguntó Jo—. ¿Como que nunca estallara la guerra?

Esto sacudió a la Jefa de Pista. Rin no podía retroceder más allá del cementerio. No podía retroceder más allá de la Chispa.

Y, delante de ellos, aguardaba otra guerra. De manera que la Jefa de Pista permaneció en silencio.

—Entonces no puedes hacer que ocurra cualquier cosa —dijo Jo—. Me apunto.

Charles asintió.

—Sí, señora.

«Entonces no puedes hacer que ocurra cualquier cosa».

No. Rin volvió a agazaparse y dejó que la Jefa de Pista floreciera mientras forzaba una sonrisa y extendía los brazos.

—¡Bienvenidos al circo! —dijo.

Jo le tomó una mano y Charles la otra, y la Jefa de Pista les apretó los dedos como un tornillo de banco.

—Una última cosa —dijo—. ¿Os mantendréis alejados del Rey del Circo?

Jo trató de zafarse, pero no pudo. La Jefa de Pista era demasiado fuerte y hablaba muy en serio. Tenía miedo de asustarlos, pero no podía soltarles las manos.

—¿Quién narices es el Rey del Circo? —preguntó Jo—. ¿Alguna clase de competidor?

—Sí —respondió—. Dirige el otro circo de los chispas, solo que los suyos no son tan adorables como los nuestros. Nunca ha venido a por nosotros y hacemos todo lo que podemos para mantenernos a salvo. Pero ha habido… —Se detuvo. Les había contado a los demás integrantes del circo que había cierto peligro; todos lo sabían. Solo que antes era hipotético y ahora era un riesgo elevado—. El riesgo está aumentando y deberíais ser conscientes de ello.

—Oh, estamos acostumbrados a las cláusulas de competencia, señora —dijo Charles—. Hemos tenido trabajos de todo tipo…

—No he dicho que esta parte de la conversación fuera un intercambio de opiniones —dijo la Jefa de Pista—. Si veis al Rey del Circo o sus carpas negras, salís pitando como si no hubiera un mañana. Jamás podréis enfrentaros a su Chispa y a las de sus compinches. ¿Lo habéis entendido?

Jo entrecerró los ojos. Como si pudiera ver las profundas grietas que se abrían paso en alguna parte de la fachada de la Jefa de Pista, tras sus ojos, sus manos y su corazón.

Jo era una chica lista. Veía el dolor en los demás porque ella misma lo había albergado en su interior. Era parte de un pacto sobrentendido entre los que habían sobrevivido a algo.

—Vale —dijo la chica.

Charles asintió.

La careta de la Jefa de Pista volvió a su sitio.

—Bienvenidos al circo, niños —dijo.

—Estupendo, queridos. —Odette dio una palmada y se acercó prácticamente bailando sobre las puntas de los dedos mientras se contoneaba alrededor del abarrotado despacho—. ¿Estamos listos para ver las literas?

—¿Las literas? —Charles parecía confuso y Jo torció el labio. Enarcaron las cejas de la misma forma mientras se volvían el uno hacia el otro con cara de no entender nada. A lo mejor era típico de los mellizos.

—Los vagones litera —explicó Odette—. Nos marchamos ya, ¡así que vamos a instalaros!

Jo y Charles Reed siguieron a Odette a través del vestíbulo y salieron a la gravilla de la vía antes de girar hacia los vagones litera.

—Tenemos que ir a las literitas para que podamos *mimir*, hermanito querido —se escuchó decir a Jo mientras se alejaba.

Mauve miró a Rin, que se frotaba la cara como si se estuviera quitando el maquillaje. Esta se relajó, pero solo para volver a tensarse cuando vio a Mauve esperando.

—¿Necesitas algo? —preguntó Rin.

—O eres terrible con las caras o estás cansada o ambas cosas. ¿No la reconoces? —dijo Mauve—. Al principio, ni yo misma estaba segura, pero ahora que la he visto de cerca... es ella, sin duda.

Rin entrecerró los ojos.

—¿Jo Reed? Es la cría de esta mañana, nuestra invitada especial.

Mauve suspiró y sacudió la cabeza.

—Ay, Rin.

No todo el mundo la llamaba Rin. Mauve era de los pocos que, bajo la superficie de aquella chaqueta roja de la Jefa de Pista y esa gran sonrisa, la conocía lo suficiente como para llamarla...

La voz de Mauve se diluyó en sus oídos. Esos ojos azules, el pelo negro. La mujer... en el apartamento del futuro, delante de la bomba de luz azul. La mujer desconocida que se acercó corriendo a ella: «¿Rin?».

Algo impactó sobre Rin como si fueran las olas producidas por los dedos de Jo.

Recordó las lágrimas en los ojos de la mujer mientras la habitación de cemento estallaba. En ellos había algo de desesperación, dolor... pena.

—Jo Reed —dijo Rin de repente—. Es la muchacha que vimos en la guerra, la que morirá en el conflicto. Ese no puede ser su único futuro.

—Yo te cuento lo que veo para que podamos evitarlo, no para que tengamos miedo —dijo Mauve.

—¿Podemos detenerlo? —preguntó Rin—. ¿Podemos darle algo bueno? ¿O debería enviarla lejos? ¿Qué sería mejor para ella?

—¡No lo sé! —Mauve recogió su pañuelo con poca energía y se lo puso—. Con los niños, todo es posible. Pero en fin —añadió con un tono de voz alegre y forzado—, hoy has acaparado gran parte de mi tiempo, así que voy a por algo de comida antes de que nos marchemos. La recaudación vuelve a estar en la caja fuerte. Hemos conseguido una buena cantidad, lo que no está mal, porque no puedo seguir con estas grandes pérdidas en mi cuenta. Mantén las cifras así de altas en Lawrence. Buenas noches, señora, un placer hacer negocios con usted.

Mauve se marchó.

Y la Jefa de Pista se quedó sola contemplando la silla en la que Jo Reed había negociado su entrada en el circo.

Esos grandes ojos azules, cubiertos de lágrimas que la habían mirado en mitad del infierno. «Rin», la había llamado... o la llamaría. Como si hubiera visto a la única persona en el mundo a la que deseaba ver más que a nada. «Jefa de Pista» era su título, la mayoría de las personas la llamaba «Jefa» de manera informal, pero Rin... Rin era el nombre al que se aferraba tras muros y suelos falsos. Esta muchacha significaría algo para ella, y viceversa, lo que le retorcía el cerebro como un *pretzel*, pues acababan de conocerse, pero...

Ahora el futuro era el presente. Esos ojos azules estaban llenos de vida. La muchacha estaba sentada en un precipicio del que podría caerse o salir volando. A lo mejor Rin podría construirle un puente...

En otra ocasión, hubo otro niño cuya Chispa era como un rayo cayendo sobre la tierra.

—No —dijo Rin. Recogió la chaqueta y apagó la lámpara—. No voy a pensar en eso.

Con los niños, todo es posible.

EDWARD, 1917

Edward, hecho un manojo de nervios, estaba sentado entre la señora Dover y la puerta. En el salón se percibía una sensación de peligro.

La señora Dover llevaba puesta su chaqueta roja, una prenda maravillosa. Aunque estaba junto a la mesa con la vela, se movió lentamente hacia la chimenea de esta hermosa casa que se podía permitir gracias a su éxito en los escenarios. Vale que cuando conoció a Edward ya había llegado hasta Broadway, pero él la había convertido en una estrella en poco tiempo. Eran una familia; eso era real. Sí, se había producido alguna metedura de pata, como cuando a Edward se le olvidaba preguntar o decir cosas como «bueno, en mi opinión» antes de hablar, y algunas de esas cosas habían dado como resultado que la señora Dover consiguiera esta casa, que Ruth estuviera contenta los días de lluvia y que solo llegaran cosas buenas.

Pero esta pregunta tenía que ser auténtica. Edward debía ser más cuidadoso con sus palabras. Debía ser cauteloso con Ruth. Tenía que ser suya de verdad, desde lo más profundo de su corazón; nada de espejismos, nada de trucos.

Sería él, y no su Chispa, quien haría que Ruth se enamorara de él.

—Sé lo que quieres —dijo la señora Dover—. Lo sé hace tiempo. —Le miró con sus ojos severos. Esta noche, parecía el rey Lear—. Así que, ¿por qué no me lo pides?

—Porque quiero que usted quiera darme su bendición —dijo, con sinceridad.

Pero la señora Dover no sabía lo que era eso. Miró el mantel. Las imágenes de ella sobre todos los escenarios que siempre había deseado. Su Chispa se había portado bien con ella.

Y la de él se había portado bien con todos. No había nada por lo que sentirse culpable, nada que lamentar. Estaban en un hogar feliz y acogedor. Además, la Chispa no era más que una prolongación de la persona, ¿no? De manera que si su Chispa había hecho esas cosas, entonces él también las habría hecho. Él había conseguido que sucedieran y se merecía lo que tenía.

—Te he acogido como si fueras mi hijo —dijo la señora Dover—. Algo natural teniendo en cuenta que Ruth te sacó de tierra de nadie. Quizá haya sido una de las cosas más naturales que he hecho nunca. Y, aun así, no eres mi hijo. No eres el hermano de Ruth. Eso quedó claro desde el momento en que los dos aparecisteis en mi apartamento con arena en las botas embarradas y quemaduras del sol en las mejillas.

Edward podría haberla interrumpido. Ya no tenía que escuchar ninguna explicación ni ninguna lección condescendiente de nadie.

Pero no podía detenerla. Así es como debía suceder.

—Y, aunque sé que la quieres y que tienes buenas intenciones —siguió—, no puedo darte permiso para que te cases con mi hija.

Edward se levantó.

—¿Qué? —exclamó—. ¿Por qué? ¡Dígame por qué!

La señora Dover se llevó las manos al estómago y le miró de arriba abajo como si Edward fuera una mascota beligerante. ¡Cómo se atrevía!

—Sinceramente, Edward, porque me estás exigiendo que te conteste como si el mundo entero fuera tuyo.

Y claro que lo era. Podría arrebatarle de entre sus codiciosos dedos todo lo que le había dado y, además, hacer que le doliera.

Tomó aire.

—Quiero a Ruth y ella me quiere a mí. ¿Por qué no cree que eso sea suficiente?

Sus miradas se encontraron. Ahora era suya; ahora le contestaría.

—Porque —empezó a decir la señora Dover, con voz tranquila, como si estuviera en trance—, antes de que Ruth te conociera, no se encorvaba. No se acobardaba detrás de ti. No escuchaba cada palabra que le decía un hombre ni seguía sus indicaciones al pie de la letra. Tiene que convertirse por sí sola en una mujer, y me das miedo.

«Me das miedo».

Esas palabras le partieron el cerebro en dos. Una mitad pensaba «bien, que me tenga miedo», pero la otra, quizá la buena, se sintió como si le hubieran cruzado la cara. La mujer que le había tratado como a un hijo le temía.

—No lo comprendo —dijo Edward—. ¿Por qué le doy miedo?

La señora Dover le dio la espalda a la chimenea y también a Edward.

—Por las cosas que haces cuando crees que nadie te observa —dijo—. Las llevas dibujadas en las comisuras de la boca, como Dorian Gray. Piensas que no hay nada más importante que tú. Y, a pesar de que lo que opino sobre tu falta de amabilidad hacia el prójimo, mi hija se merece a alguien que la haga reír. Y tú, Edward, no la haces reír. Lo sabes, siempre lo has sabido.

Ese fue el final de la conversación. Edward salió como una exhalación por la puerta y atravesó el pasillo. Descansó en su cuarto durante unos instantes para tranquilizarse antes de abrir la puerta de Ruth de forma silenciosa. Se quedaron tumbados en la cama, abrazados. Edward tenía los ojos clavados en la pared, donde Ruth tenía colocados recortes de revistas y carteles de lugares hermosos de todo el mundo sobre el suave papel de pared verde. Había de Londres, Chicago, Nueva York, Islandia, las Montañas Rocosas y una playa familiar a la que Ruth les había conducido a ambos cuando escaparon de la trinchera.

Era el lugar más seguro, solitario y hermoso del mundo. Ese fue el día en que su vida volvió a comenzar. Tenía la posibilidad de ser feliz con Ruth. Nadie antes le había mostrado un mar tan azul y nadie más le había abrazado con tanta fuerza en su cama.

—No me deja casarme contigo —le dijo.

—¿Querías casarte conmigo? —preguntó Ruth.

—Sí.

—Entonces pregúntamelo a mí —añadió Ruth—. Yo soy la que importa. ¿Quién es ella para decirme lo que debo hacer con mi vida?

—Preferiría que me lo preguntaras tú a mí... —Edward se interrumpió—. Si... eso es lo que quieres. Solo si eso es lo que quieres.

Ruth se acurrucó aún más entre los brazos de Edward.

—¿Y qué haríamos? —dijo.

—Bueno —dijo Edward—, tengo mucha suerte. —Sí, en eso consistía su Chispa; en la suerte, nada más—. Podemos hacer lo que queramos. ¿Volar en una avioneta fumigadora? ¿Ver la Gran Muralla China? ¿Hacernos ricos y levantar nosotros mismos una mansión?

Ruth apoyó el rostro en el pelo oscuro y alborotado de Edward.

—Lo que tú quieras —dijo—. Nos marcharemos por la mañana antes de que madre se despierte.

—No es lo que yo quiera —replicó Edward—. Si vienes conmigo, todo lo que hagamos será porque los dos lo queremos.

—Está bien —dijo Ruth en voz baja, como si estuviera en trance.

—Quiero ver el mundo contigo —siguió Edward, y la abrazó con fuerza. Deslizó los dedos por el cabello de Ruth y ella lo envolvió en sus brazos—. Eres lo mejor que tengo en la vida, Ruth. Te quiero.

—Yo también te quiero.

—¿De veras? ¿Me quieres?

—Pues claro que sí. —Ruth le besó el pecho—. Despiértame dentro de unas horas. Soy muy rápida haciendo las maletas; solo llevaré una.

—Vale, te avisaré.

Y así, Ruth se quedó dormida. Pero Edward no era capaz de descansar. «Lo que quieras... Lo que tú quieras».

Debía de quererle. Se había quedado a su lado durante todos estos meses, todas las veces que habían salido a la calle o que habían ido a las tiendas favoritas de ambos. Aquel día en el museo de historia natural, y la visita al puerto de Boston, y las vacaciones en Maine. No podía ser todo falso, ¿no?

—¿Ruth? ¿De verdad me quieres? —preguntó de nuevo mientras ella dormía.

Pero estaba envuelta en las sábanas, respirando en silencio a través de su nariz pecosa. Y Edward solo podría mantenerla abrazada hasta que se despertara por la mañana.

Y por la mañana prepararon la maleta. Ruth tenía cosas más valiosas que él, que solo guardó algo de ropa y el anillo de compromiso. Por supuesto, mantuvo la navaja de su padre en los pantalones. Pero mientras intentaban escabullirse sin hacer ruido por la puerta principal, apareció la señora Dover.

—Veo que no te tomaste en serio nuestra conversación de anoche —le dijo a Edward.

Él permaneció con la boca cerrada. Más adelante rememoraría este momento y sabría que hubo algo más que sus propias palabras.

—Madre —dijo Ruth—. Quiero a Edward y nada nos va a impedir querernos.

—Ruth —respondió la señora Dover—. Yo sí que te quiero. Por favor, has confiado en mí toda tu vida y siempre he intentado hacer lo mejor para ti. Ruth, tú y yo tenemos que marcharnos y alejarnos de aquí.

—¿Marcharos? —dijo Edward. Los ojos de la señora Dover le atravesaron. Era como si su cuerpo al completo manifestara una sombra fría y oscura. El odio parecía filtrarse a través de las puntas de sus dedos, sus dientes, sus ojos. En ese instante, Edward se dio cuenta de que llevaba la navaja en el bolsillo y de que podía utilizarla.

—Por favor, Ed, no quiero dejarte —rogó Ruth. Él le agarró la mano con más fuerza—. Madre, por favor, por favor, le quiero.

Podría utilizar la navaja.

—Ruth, es peligroso —dijo la señora Dover—. Su Chispa no consiste en la suerte. —«No, no, no, por favor. No te lleves a Ruth»—. Es…

—Mírala. —Edward interrumpió sus oscuras palabras—. Es un monstruo, Ruth. ¿No lo ves? ¡Mírala!

No era un monstruo. Solo era la señora Dover, pero Ruth se tiró al suelo y comenzó a gritar.

La señora Dover se estremeció en su propia chaqueta y se precipitó sobre Ruth.

—Cariño...

Pero Edward bramó:

—¡No te muevas!

La señora Dover se detuvo.

A Edward no le hizo falta blandir la navaja. Era mucho más peligroso que cualquier cosa que alguien pudiera sujetar con la mano.

Fulminó a la señora Dover con la mirada y llegó a lo más profundo de su ser.

—Tengo tu corazón en la palma de mi mano —dijo, gesticulando—. No eres nada, vieja harpía ridícula. —Cerró el puño y la señora Dover se desplomó sobre sus rodillas.

Ruth chilló.

—¡Para, Ruth! —gruñó Edward, y ella lo hizo.

Ruth no le abandonaría jamás. Edward no se ahogaría en la oscuridad. Se aferraría a su luz y se salvaría si nadie más lo hacía. Los salvaría a los dos.

—¿Quieres estar conmigo? —le preguntó. Ella asintió, mirándole fijamente con aprensión y los ojos bien abiertos, como si estuviera hecho de espinas—. Dilo. Di que quieres marcharte conmigo. Di que me quieres.

—Quiero marcharme contigo. Te quiero.

—Dilo como si fuera de verdad —le rogó Edward.

—Quiero marcharme contigo, te quiero —le suplicó. Y lo decía de verdad. Los dos se volvieron hacia la señora Dover; Ruth asustada y Edward con verdadero odio. Estaban juntos, uno al lado del otro, un equipo que nadie separaría nunca. Estaban cosidos con hilos rojos por los bordes. Con un hilo rojo invencible. Edward, se había asegurado de ello.

La señora Dover se acurrucó, aterrada, entre el reloj de pie y las botas de Edward mientras se retorcía sobre la hermosa alfombra con los elefantes bordeando su rollizo y feo cuerpo.

—Señora Dover —bramó Edward—. Me llevo a su hija. Nos queremos y tendremos una buena vida. Nunca nos encontrará, ni siquiera aunque estemos delante de sus narices. No volverá a reconocernos. Pero eso no significa que vaya a dejar de buscarnos. Se volverá loca por tratar de encontrarnos sin fin.

La señora Dover chilló y lo atravesó con la mirada. Después, Edward se volvió hacia Ruth.

—Ruth —dijo—. Olvidarás esta mañana y recordarás lo que yo te diga que recuerdes. Tu madre trató de separarnos. Tú dijiste que querías marcharte conmigo. Fue cosa tuya, fue tu elección. Así que Ruth, voy a sacarte de aquí.

Ruth asintió, con los ojos bien abiertos y la boca colgando como si estuviera sonámbula. Tomó la mano de Edward. Este se la apretó y le rodeó los hombros con el brazo.

Mientras se marchaban, los gritos de la señora Dover se elevaron mucho más de lo que Edward creía posible. Podía escucharlos a través de la puerta. Cuando la rabia disminuyó, Edward se dio cuenta de lo terrible que debía ser sentir el lamento de una madre.

Se preguntó si su propia madre había sonado de aquella manera cuando se percató de que su hijo nunca regresaría a casa.

Pero todo eso pertenecía al pasado. Le dijo a Ruth que se animara. De nada servía aferrarse al pasado.

Tomaron el siguiente tren hacia el Oeste.

El Este no volvió a verlos nunca.

LA JEFA DE PISTA, 1926

Había llegado la hora de trasladar el tren.

Rin estaba sentada con las piernas cruzadas en el tejado de chapa del vagón dormitorio de Mauve. Contempló el Medio Oeste mientras lo dejaban atrás, las estrellas arriba y la amplia pradera debajo, el brillo de la media luna sobre sus hombros y las posibilidades que se extendían más allá.

Estaba volando.

—Esto te habría encantado, madre —les susurró Rin a las estrellas. En una ocasión, su madre la llevó al parque y le mostró las semillas de arce que giraban y daban vueltas en el aire. Rin le preguntó si los humanos podían volar. Su madre respondió que, si hubiera alguna forma de que las muchachas volaran, Rin sería la que lo averiguaría.

Tenía que recordar que hubo un tiempo en que su madre existió. Y ahora, este tren también existía, a pesar de lo que hallaran más allá esa noche. No podía olvidarse de respirar la felicidad.

Odette y Mauve treparon por la escalera.

—Nos imaginábamos que estarías aquí —dijo su mujer.

Tal vez al Rey del Circo le hubiera llevado tiempo descubrirla, pero desde el primer día de su vida nueva, Rin había estado a la defensiva. No seguía una ruta convencional para el circo. Hacía brincar el convoy entero desde la vía y lo aterrizaba en cualquier otra parte. Además, procuraba hacerlo por la noche para que la mayoría de la compañía estuviera durmiendo. Podría resultar desorientador, como un reloj que cambia de hora durante el largo viaje de un barco a vapor a través del océano. Te vas a dormir en un sitio el lunes por la noche y apareces tres estados más al oeste por la mañana.

El Rey del Circo podía ser poderoso, pero Rin también lo era. A pesar de lo que él creía, Rin podía mover trenes enteros simplemente con las manos.

—Vale —dijo Rin, remangándose. Odette y Mauve se sentaron. Rin se puso de rodillas y cerró los ojos.

Levantó las manos sobre su cabeza y sintió el azote del viento en la chaqueta y el pelo, como si surcara el aire de verdad. Sonrió.

Rin sintió que su Chispa radiaba a través de sus brazos. Estaba lista para el siguiente paso. La anticipación, la adrenalina, la energía que se agitaba y salía de un motor dentro de ella que no podía ver; se sentía electrificada.

Rin recordaba estar sentada con su madre en la sinagoga, incómoda en el balcón. No iban mucho, pero esa mañana, prestó una especial atención mientras el rabino decía: «¿Por qué estamos aquí? Estamos aquí para ayudar a la vida a cantar la canción para la que se creó. Estamos aquí para curar al mundo».

Había más magia en el universo que la que la Chispa les había concedido. Ellos eran la magia.

—Estoy lista —susurró.

Desplazó los brazos hacia delante formando un arco y estampó las palmas contra el metal que tenía debajo.

Entonces abrió los ojos y miró hacia el horizonte. La tierra se disipó a su alrededor. Desaparecieron en lo que parecía un desgarro, un túnel que se los tragó enteros mientras avanzaban cada vez más hacia la oscuridad salpicada de estrellas hechas de recuerdos, de cosas que ocurrirían y cosas que habían ocurrido, de cosas que aún podían pasar. Era como saltar del borde de un acantilado a otro; esa sensación de volar, caer, anhelar. Pero Rin no tenía miedo. Conocía el camino; siempre lo había hecho. Localizó su cuerda, fuerte, como un ancla que tiraba de ellos hacia delante. Kansas. Rugió y se lanzó hacia el vacío, pero nadie podía escucharla por encima del sonido de la velocidad…

Distinguió las vías del tren que buscaba justo delante. Se impulsó y, con ella, al vehículo, empujando la locomotora para que aterrizara perfectamente sobre las vías, con un sonido metálico y sin perder el ritmo.

Se adentraron en la nueva oscuridad y el túnel se cerró a sus espaldas.

Magia.

Odette ayudó a Rin a desdoblar las viejas rodillas para que se sentara a su lado. Después de utilizar su Chispa, Odette sentía cansancio, pero tras el salto, Rin se sentía revitalizada. Era como si se hubiera bebido tres tazas de café y fuera a quedarse despierta toda la noche.

—Impecable como el hielo —entonó, como siempre hacía.

Odette y Mauve ya se conocían todo esto. Estaban listas para los frenéticos alardeos que Rin se permitía en estos momentos, un desenfreno incontrolable que, por término general, habría abochornado a Rin. Pero no había nada de lo que avergonzarse ni nada que explicar. Porque la habían apoyado durante años, salto tras salto, y allí estaban de nuevo esta noche.

—Tus rodillas no te permitirán realizar esa maniobra siempre —dijo Odette.

—Bueno, mi Chispa sigue viva —añadió Rin.

Odette asintió.

Mauve suspiró.

—La próxima vez que empieces a sentir que no te necesitamos —dijo—, recuerda que yo no sé hacer saltar un tren y Odette tampoco.

—Y que el Rey del Circo está solo —añadió Odette—, pero tú no.

«Pero deberías estarlo. Los estás poniendo a todos en peligro».

Rin entrecerró los ojos. No podía pensar en él esta noche, tenían muchas cosas que hacer.

Bajaron la escalera y entraron en el último vagón. Todavía faltaban dos horas para el amanecer.

Tiempo de sobra para detener una guerra.

Esta noche viajarían al futuro desde la habitación de Mauve.

Mauve se había construido una estancia digna de una Princesa en un vagón de tren. Había enganchado y sujetado al techo una bandada de pájaros de cristal que colgaban de un sedal. Las paredes estaban hechas de espejos, y Rin vio su propia chaqueta de terciopelo, su curvada figura y su rostro serio y aviejado reflejado en ellos. No se reconocía. En su cabeza seguía siendo una joven que cabría en unos pantalones mucho más estrechos. Pero esta mujer que le devolvía la mirada desde miles de ángulos entre pájaros de cristal era una desconocida.

Mauve se tumbó sobre la cama de sábanas de seda rosa y apartó las mantas. Odette y Rin la siguieron. Se sentaron en un círculo en el colchón y las tres se dieron la mano.

—¿Cuál es el plan? —preguntó Odette.

—Pues... —Rin tragó saliva—. Tiene que haber alguna pequeña pieza que podamos mover. ¿Dónde empieza la guerra?

Mauve soltó una risilla.

—¿Dónde empiezan las guerras? En miles de lugares. No tenemos que descubrir dónde empieza, sino dónde podemos cambiar su curso. Ahora bien, nunca he mirado el futuro tan lejano de este circo, así que igual tardo unos segundos.

—Espera —dijo Odette—. No sabía que podías hacer eso. ¿Tu Chispa también ha aumentado?

—¿También? —se extrañó Mauve—. ¿Qué quieres decir con eso? ¿La tuya ha aumentado?

Odette intentó sonreír mientras hacía una mueca.

—Yo... puedo asimilar mucho más que antes.

Rin asintió en silencio. «Sí», fue todo lo que dijo.

—Da la sensación de que le está pasando a muchos chispas —dijo Mauve.

—¿Estás bien, Mauve? —preguntó Rin.

Ella se rio.

—Estoy revisando la guerra de los mundos a través del tiempo y tú me preguntas si estoy bien.

—No tenemos que hacer esto... —dijo Odette.

—Para —dijo Mauve—. Ya lo hemos decidido.

Mauve cerró los ojos con el entrecejo fruncido. Respiró hondo y, cuando los volvió a abrir, recorrió con ellos la estancia como si un millón de fantasmas la rodeara. Se suponía que solo era un rollo de película, pero parecía estar reproduciéndose en múltiples pantallas al mismo tiempo. Mauve tomó otra bocanada de aire y volvió a cerrar los ojos. Su cuerpo se sacudió con violencia, como cuando el tren viró bruscamente sin girar, y Rin se percató de que le estaba costando mantenerse agarrada.

—¿Mauve? —dijo—. Por favor, dinos cómo estás, si necesitas retroceder...

—Empieza en muchos sitios —informó Mauve, todavía con los ojos cerrados—. Hay tantos hilos que es como un telar... —Asintió para sí misma y volvió a abrir los ojos—. ¡Hala! —Los cerró de nuevo—. Ojalá pudiéramos contárselo a padre.

Bernard fue el que ayudó a Mauve cuando era pequeña y surgió la Chispa. Siempre contaba la historia de cómo había utilizado un libro para explicarle que, aunque podía sostener la historia entera en sus manos, debía centrarse en los capítulos de uno en uno. Además, decía que Mauve siempre había sido especial, que no hacía falta una Chispa para alegrar a la gente.

—Si pudieras tener una Chispa —le preguntó Mauve en una ocasión mientras todos comían en la cantina—, ¿cuál sería?

—Me quedaría con la tuya —respondió Bernard de forma casual, como si ya lo hubiera meditado antes—. Para que tú no tuvieras que utilizarla.

Ahora, Mauve tenía los ojos abiertos y la mirada fija en un punto de la habitación.

—En gran medida tiene que ver con la política —explicó con la mandíbula tensa—. Muchas conversaciones, mentiras, promesas y acuerdos, y titulares y gestos, y amenazas... Estoy intentado localizar a algún humano en este desastre... ¡Ahí! —Dio un pequeño brinco—. Hay un cobarde —dijo—. ¡Ja! ¡Funciona! ¡Qué buena soy!

—¿Estás segura de que estás bien? —le preguntaron Rin y Odette casi al unísono.

—Sí, sí, ya estoy dentro, dejad de incordiar. —Mauve tiró de las manos de ambas, como si fuera a apartarlas, pero no consiguió soltárselas—. Dejad que me centre en este tipo. Creo que es alguien importante en Inglaterra y está sacudiendo un pedazo de papel en el aire. El papel contiene una promesa. Ahora, todo tuyo, Rin.

Rin cerró los ojos y buscó el hilo correspondiente a esa imagen. Vio el hueco entre los pensamientos, las palabras, los momentos, en el fondo de su cerebro, justo detrás de los ojos. Se imaginó los calendarios, los hilos filtrándose entre las fechas de la línea temporal.

Un día tenía la apariencia de un reloj. Una semana, de un transportador de ángulos bocabajo. Un año, de un cuadrado redondeado. Un siglo, de una larga línea inclinada. Varios siglos eran líneas amontonadas unas encima de otras de forma correlativa. Dio vueltas en su cabeza, rodeada por la luz de las estrellas, flotando en su imaginación; los hilos entraban y salían de esos pentagramas musicales como... sí... como un telar. Ahora que Mauve lo había llamado así, veía el parecido.

Allí, en el pequeño espacio de la década de 1930, lo localizó. Un hombre con una corona de cabello cano alrededor de la cara, pero con el resto de mechones aún negros, separados claramente por una raya al centro. Aguzó la vista, como si tratara de zambullirse en el cuadrado del calendario. Le vio, borroso, como un sueño. Estaba contento. Las personas que lo rodeaban le vitorearon en el momento justo y él disfrutó de la sensación. El papel contenía dos firmas.

—Le veo —dijo Rin—. ¿Por qué está tan contento?

—Ha hecho un trato —dijo Mauve—, con el diablo. El diablo ha dicho que no empezaría la guerra.

—¿Y se lo ha creído? —preguntó Odette.

Mauve asintió.

—El diablo no va a mantener su palabra; nunca suele hacerlo.

—Pero no es literalmente el diablo —aclaró Rin—, ¿verdad?

—Oh, venga ya, Rin, claro que no —dijo Mauve—. A veces las cosas me llegan rodeadas de imaginería y metáforas. Aunque... —Mauve enarcó una ceja—, sería increíble que fuera literal. ¡Vayamos al infierno con espadas llameantes! ¡Yuju!

—Mauve entrecerró los ojos. Estaba mirando más o más lejos mientras Rin ponía un marcador mental sobre el momento en el que el feliz cobarde aparecía sentado sobre el telar.

—Necesita coraje —dijo Mauve—. Tiene que aprender a plantarle cara a un abusón. El diablo está mintiendo. No empezará la guerra ahora mismo, es demasiado débil. El cobarde tiene que armarse de valor y contraatacar antes de que todos se tranquilicen y el diablo pueda crecer y crecer y asolarlo todo... —Mauve parpadeó como si hubiera apagado el rollo de la película en su cabeza. Miró a Rin con una gran sonrisa—. Macbeth —dijo—. Macduff plantándole cara a un rey mentiroso. La representan ese año, ¿puedes identificarlo?

Rin asintió.

—Veamos... —Comprobó los hilos circundantes, todos los meses y semanas cercanos a la imagen del hombre. Trató de localizar el sentimiento que el disfraz de *lady* Macbeth de su madre le producía en la mejilla, el olor al hielo falso y a la niebla de bajo presupuesto.

Lo encontró. Cinco meses antes del pedazo de papel y la multitud: abril de 1938. Era martes, en la primera curva del transportador de ángulos, en la primera curva del cuadrado redondeado. Tenía a su objetivo.

—Lo tengo: 1938 —dijo. Rin miró a las dos mujeres que tenía a su lado, a los dos pilares de su vida—. ¿Nos vamos?

—No consigo saber si es... seguro, pero... —Mauve hizo una comprobación—. Con un poco de suerte será lo bastante seguro como para hacer una aparición rápida en un cóctel si no nos separamos.

Nunca había certeza de que fueran a estar a salvo. No fuera del circo. Pero al menos estarían juntas y tendrían su Chispa. Eso debía bastar.

—¿Un cóctel? —preguntó Rin.

—La señora Chamberlain está en un cóctel —dijo Mauve—. Quiere tomarse unas pequeñas vacaciones con su marido. Él es el hombre del pedazo de papel, el primer ministro: Neville Chamberlain. Está estresado.

—Muy bien —dijo Rin—. Pues llevemos a este cobarde al teatro.

—¿Ese es tu plan? —preguntó Odette mientras Rin se inclinaba hacia delante.

Su mujer sonrió.

—Siempre hemos cambiado el mundo con pequeños gestos de luces y sombras, cariño. ¿Por qué iba a ser diferente el futuro?

Sacó la pulsera de madera del bolsillo. «Hoy no».

Rin se pasó el cordel y la madera por los dedos hasta la muñeca y fijó la mirada en el frente para concentrarse. Distinguió el telar de hilos y pentagramas que se enrollaban y convertían en un túnel. Lanzó la cuerda hacia el cobarde y consiguió engancharla. Entonces proyectó el poder de sus brazos sobre las tres y desaparecieron de la cama, disolviéndose en el telar mientras...

... viajaban en espiral a través de los siguientes mil días, o más. Dejaron atrás una borrosa cantidad de momentos. Mientras recorrían el tiempo a toda velocidad, Rin se preguntó dónde estaría en, digamos, el verano de 1928. O en el invierno de 1932. A lo mejor ni siquiera seguía allí y por eso no aparecía en ninguna parte del otoño de 1936. No lograba verse a sí misma; apenas distinguía nada. Se encontraban en un lugar oscuro y rotatorio, como si fuera un sueño del que despertarse o, de alguna forma, estuvieran atravesando el espacio blanco entre las líneas de un libro. Pequeños destellos que después desaparecían, todo en menos de un segundo. Ya no parecían transportadores de ángulo ni cuadrados redondeados, ahora era la zona entre bambalinas del tiempo. Un vacío de estrellas y huellas de momentos. Rin no sabía qué veían Mauve y Odette, aunque sospechaba que Mauve lo veía todo. Durante un instante le preocupó lo que Mauve les había dicho esa noche, que su Chispa y su vista se estaban volviendo más fuertes, porque, ¿cuánto más podía soportar un humano? ¿Incluso aunque ese humano fuera un chispa?

Para Rin, este salto no resultaba tan liberador como cuando hacía saltar el tren. No sentía que fuera como volar entre acantilados, sino más bien como tomar una enorme bocanada de aire, aguantar la respiración y saltar de un trampolín. Era ese momento en el aire; no en el suelo, pero tampoco entrando en el agua. Sabía que el chapoteo estaba al caer. Veía cómo el mundo se movía a su alrededor y antes de que pudiera quedarse demasiado…

LA JEFA DE PISTA, 1938

… aterrizaron en el exterior de un elegante restaurante. El interior repicaba con el chocar de las copas y un cuarteto de cuerda. Era un bonito día de primavera, en algún momento del futuro: 30 de abril de 1938, para ser exactos. El aire era frío y seco, pero el invierno había terminado y la mejoría en el tiempo se intuía en los cuellos de aquellos que caminaban por Londres sin bufanda ni mitones.

Según el enorme reloj en el exterior de los grandes almacenes eran las 5.38 de la tarde. Mostrarse cuidadosas con el tiempo era importante.

A las seis en punto, las tres mujeres ya habían encontrado la ropa, tocados y joyería apropiados, y se habían introducido en el cóctel como si fueran las herederas de una fortuna o formaran parte de la aristocracia. Habían aprendido que a las mujeres no se las trataba bien en casi ningún momento de la línea temporal, y que además solo se las consideraba un escalón por encima del mobiliario, algo que, esta noche, parecía estar funcionando a su favor. ¿Qué clase de mujer se colaría en un cóctel para hablar con la esposa del primer ministro sobre teatro? Rin sintió esa sensación tan familiar de que las observaban, pero nadie las desdeñó. Esta vez no. Hacia las seis y veinte, Rin se había separado de Odette y Mauve, con una mirada seria y la advertencia silenciosa de su mujer de que no se acercara al bar.

A las 6:32 de la tarde, Rin ya se había acoplado junto a la mujer de Neville Chamberlain, quien no paraba de quejarse ante un grupo numeroso de que su marido, el primer ministro, quería tomarse unas vacaciones, pero que, si tenía que volver a caminar con él por la naturaleza durante ocho horas, quizá lo terminaría asesinando ella misma. La señora Chamberlain explicó que, cuando su marido echaba a andar, no había forma de pararlo. Como un juguete de cuerda, se imaginó Rin. Un pequeño juguete de cuerda con la cresta de pelo negro y el resto grisáceo. Un hombre al que estimulaban la naturaleza y los aplausos. «Menuda yuxtaposición», pensó Rin. La naturaleza era un digno motivador: ver todo el mundo que uno sea capaz. Pero los aplausos eran engañosos y desaparecían con facilidad.

No le dijo nada de esto a la señora Chamberlain.

A las 18:35, Rin le mencionó a la señora Chamberlain que Stratford-Upon-Avon tenía unas zonas maravillosas para caminar, pero nada demasiado elevado como para que se viera condenada a pasarse toda la tarde haciendo ejercicio. A continuación le comentó que la Royal Shakespeare Company estaba realizando una adaptación bastante buena de Macbeth y que su prima interpretaba a una de las brujas. Rin no tenía ninguna prima, pero ella misma era una actriz, antes que nada. Lo dijo con tanta discreción, sumisión y amabilidad que la señora Chamberlain se sintió intrigada por esta tímida nueva incorporación a su séquito vespertino y convenció a Rin para que le diera más información.

A las 18:43, la señora Chamberlain tenía el nuevo y maravilloso plan de llevar a su marido al teatro de Stratford-Upon-Avon para ver una obra de teatro sobre un hombre que debía trasladar, él solo, un bosque para plantarle cara a un tirano.* A las 19:01, Rin volvió a reunirse con Odette y Mauve, que habían fingido estar disfrutando de la música y las bebidas de la velada, y las tres se encaminaron hacia el tocador. Cerraron la puerta con pestillo y Rin miró a Mauve.

—¿Puedes comprobar si ha funcionado?

* Desde este párrafo en adelante se está aludiendo en todo momento a lugares, personajes y sucesos de *Macbeth*, de William Shakespeare. *(N. de la T.)*

Mauve se mordió el labio mientras escaneaba el papel floreado de la pared de este ornamentado cuarto de baño del futuro, y después dijo:

—Irá al teatro con él.

—¿Pero funciona? —preguntó Rin. Se puso a repasar las rosas esculpidas del marco de la puerta. No debía hacerlo, pero los nervios la estaban matando, sobre todo con el olor de los cócteles por todas partes. Rin se dio cuenta de que Odette la estaba observando, de que catalogaba cada uno de sus tics nerviosos.

No, todas estaban igual de nerviosas.

Pero pronto habrían terminado.

El rostro de Mauve se desencajó.

—Le veo en un avión, de camino a Múnich para hablar con el diablo. Baja la mirada y piensa en el bosque de Birman, que aparece en la obra de teatro. Le pregunta a un hombre cuántas bombas harían falta para destrozar Londres... cuánto se tardaría en matar a un millón de personas...

Rin conocía la obra lo suficiente como para saber qué había ido mal. Chamberlain no se veía a sí mismo como Macduff, sino como el desafortunado rey que vivía aterrado; el tirano que se pensaba que estaba a salvo y que se veía traicionado por las profecías de las brujas sobre bosques que se movían. Un hombre que no miraba hacia el futuro y que no hacía caso a su mortalidad.

—No lo comprendo —murmuró Rin—. Debería haber funcionado.

—No podemos obligar a la gente a ver lo que queremos que vean —dijo Mauve.

—Creo que es una persona con mucho estrés —comentó Odette.

—Es un cobarde. —A Rin le hervía la sangre. El cuarto de baño le parecía catastróficamente pequeño comparado con el oscuro futuro del que estaban hablando—. Volveré ahí fuera y le diré a la señora Chamberlain que preste atención a Macduff, o que su marido me recuerda a Macduff. Solo necesitan un empujoncito en la dirección correcta.

—No hay forma de que puedas volver a empezar esa conversación con soltura, Rin —dijo Mauve—. Es la mujer del primer ministro, no tu dama de honor. «Uy, holaaa, señora Chamberlain. Se me olvidó darle esta guía de estudio de la obra para que su país no termine en una playa salida del infierno. No es por nada, simplemente me apetecía dársela»—. Mauve sacudió la cabeza. Se volvió hacia el espejo y se dio unos golpecitos en el moño trenzado para asegurarse de que el cabello seguía en su sitio—. Tenemos que intentarlo en otro sitio.

—Volvamos a casa y recuperémonos —sugirió Odette.

—No —dijo Rin—. No. ¿Y si lo volvemos a intentar desde el principio de la escena? Puedo retroceder una hora y hacerlo de nuevo.

Mauve estaba hablando, pero Rin ya había fijado la vista más allá y trataba de localizar el hilo oculto entre los rayos de luz y las robustas paredes. Lo vio; el hilo que la mantenía allí y que también tiraba de ella para que retrocediera. Solo tenía que dar unos pasos atrás...

—Para —dijo Mauve, que, de repente, agarró a Rin del brazo y la devolvió al presente—. No lo hagas. Vas a terminar cargándote algo.

—Solo quiero volver e intentarlo de nuevo. —Pero Rin se dio cuenta de que el hilo ya estaba desapareciendo; la intuición de Mauve tenía razón. El hilo chasqueaba, fino, tenso y deshilachado, como si, en el caso de que volviera a intentarlo... Años y años con su Chispa y todavía no la comprendía. Los chispas no controlaban cómo funcionaban las cosas; el tiempo, el espacio y la realidad seguían teniendo sus propias reglas.

—Incluso aunque pudieras, ¿qué? —dijo Mauve—. ¿Vuelves y repites la escena y, si algo más sale mal, vuelves y repites la escena, una y otra vez, hasta que no seas nada en ninguna parte salvo un bucle atascado y perdido en el tiempo?

Rin regresó de alguna parte y sus ojos volvieron a centrarse en la habitación, en Mauve. Un bucle. Esa era la palabra que el señor Weathers había utilizado para describir los episodios malos de neurosis de guerra. Un día, Maynard apareció gritando en el suelo con todas sus fuerzas, como si fuera un animal herido. El señor Weathers le sacudió la cabeza y dijo: «No hay nada que hacer salvo dejarle que salga del bucle». De manera que Rin se había limitado a prepararle un chocolate a Maynard y a mantenerlo caliente mientras esperaba.

Él y el señor Weathers habían estado en la guerra y, según este último, nunca te librabas de los bucles.

Odette le acarició la espalda a Rin.

—Céntrate —dijo—. Quédate aquí con nosotras.

Pero esto de aquí no era su casa. Rin todavía llevaba puesta la pulsera alrededor de la muñeca: «hoy no». De manera que aún estaba trabajando.

—Si no podemos rehacer este momento concreto —empezó Rin—, tiene que haber otro sitio en el que podamos intentarlo. Solo uno más. ¿A dónde podemos ir? ¿Y si le damos otro enfoque? ¿Y si lo probamos con el propio diablo? ¿Quién es?

Mauve cerró los ojos de mala gana y volvió a sacudir la cabeza. Ojalá, por una vez, no lo hiciera. Rin se paseó entre la papelera del lavabo y el tocador. Al final, Mauve dijo:

—Hay un banquero al que podríamos salvar de un ataque al corazón y, quizá, eso detenga el alzamiento del diablo, pero… si te libras de un demonio, aparecerá otro. Si te libras de ese en concreto, surgirá otro. Hay una larga lista de seres humanos dispuestos a hacer cosas malas.

—Maldita sea. —Rin le dio una patada a la papelera.

—A ver, Rin, la guerra es complicada —dijo Mauve—. No es como salvar a la madre de Zachary Cooper o conseguirle a alguien la medicación que necesita de dentro de unas décadas. Son miles y millones de personas, cada una con su voluntad propia.

—¿Y si…? —Rin se calló—. ¿Y si…?

—Vámonos. —La voz de Odette sonó dulce y llena de preocupación. Le tocó el brazo a Rin, a la que le dolían los pies con las botas sobre aquellos pequeños azulejos blancos—. Ya pensaremos en los «¿y si…?» en casa. Ahora estamos encerradas en un cuarto de baño al otro lado del mundo y doce años en el futuro. —Colocó una mano enguantada sobre el hombro tenso de Rin y la otra alrededor de su muñeca, donde tenía la pulsera—. Tenemos tiempo, cariño. Necesitas dormir.

Rin fijó la mirada en la pulsera: «hoy no».

—Buscaremos un hotel aquí en Londres y…

—No —se negó Odette con dureza—. Llévanos a casa, Rin.

Rin apretó los dientes.

—Solo una oportunidad más, un intento más —dijo—. Mauve, por favor, encuentra solo un hilo más.

Mauve suspiró, pero cerró los ojos.

—A ver... ¿Berlín?

—¡Berlín! —Rin juntó las manos—. ¿Veis, chicas? Berlín. Siempre hemos querido ir a Berlín. Arte, cabarets, música, inadaptados por doquier; todo lo que nos encanta. ¿A qué año, Mauve?

—A 1933 —dijo Mauve—. Los universitarios se están concentrando en la plaza.

Rin cerró los ojos.

—Berlín —dijo.

LA JEFA DE PISTA, 1933

Edificios de columnas blancas. Una versión más distinguida del barrio de los almacenes de Omaha, en la otra punta del mundo.

Humo en el aire. Lo siguieron como si persiguieran el sonido de un disparo.

Una multitud se estaba concentrando en una amplia plaza. Una larga cola de jóvenes y muchachos en edad universitaria, algunos en uniforme, otros con ropa de calle, con aspecto de no ser mucho más mayores que cuando las tres mujeres fundaron el circo.

Un fuego abrasador lanzaba calor sobre sus rostros. Tosía con el humo y prendía la noche en llamas.

Rin echó un vistazo por encima de las cabezas.

—¿Qué festividad se está celebrando? —preguntó.

Mauve hizo una mueca y, tras mirar de reojo, dio un paso atrás.

—Esto no me gusta.

Rin se adentró un poco en la multitud, empujando como si las tres fueran Ebenezer Scrooge buscando entre todas las tumbas la suya. Entonces lo vio: papeles blancos, unidos, un libro surcando el frío aire del invierno para terminar en el fuego.

La hoguera estaba hecha de libros ardiendo. A pesar del frío que hacía fuera y el calor que irradiaba del fuego, Rin no sentía ninguna parte de su cuerpo. Las personas que las rodeaban no paraban de vitorear.

—Los libros... —dijo Mauve—. No son solo relatos. Son volúmenes de filosofía, ciencia, registros médicos... Y algunos de los del fondo son registros de personas como nosotras.

—¿Chispas? —preguntó Rin.

—Bichos raros —dijo Mauve—. Marginados.

—¿Marginados? ¿En Berlín?

Mauve señaló calle abajo con la cabeza, más allá de la hoguera, hacia un lugar fuera de la vista.

—Son de un hospital que han incendiado. Lo dirigía un judío homosexual y eso les enfurecía. No solo porque fuera homosexual, sino porque era judío.

Rin se sintió como si le hubieran soltado una bofetada. El futuro era el pasado. Una y otra vez. Y encima en Berlín. ¡En Berlín!

—En el futuro —siguió Mauve—, Berlín será un amasijo de escombros y se la conocerá como el epicentro. Puede ocurrir en cualquier sitio. Y esto solo es el principio —dijo—. Esto es una sola hoguera, una sola noche, en un solo lugar. Pero esta gente, la que nos rodea, verá y hará más cosas. Y algunos... —Mauve apartó la vista—. Veo una estrella... ¿cómo se llama la estrella que la gente lleva a veces al cuello? ¿Es judía?

—¿La estrella de David? —dijo Rin—. Sí, es judía. Tiene seis puntas por Hashem:* Torá, Israel, Creación, Redención, Revelación... —Un emblema de estudio y protección. Ese símbolo era su madre un viernes por la noche a la luz de las velas, atrayendo la luz hacia su rostro y recitando una oración para enseñársela a Rin. Una oración que Rin recordaba incluso años después de la última vez que la entonara en voz alta. No sabía mucho, pero sí se sabía la oración, la estrella. Su madre había dado el salto del teatro *yiddish* a los escenarios más reconocidos pero, después de eso, era como si ambas pasaran la mayor parte del tiempo rezando en privado. Cuando Rin era pequeña, había una sinagoga. Cuando Rin creció, había un apartamento. Y después... no había nada.

Pero siempre quedaba la estrella de David. Incluso ahora —después de perderse, del cementerio y de todos los años que se habían sucedido—, recordaba ese collar.

---

* Nombre con el que se designa a Dios en el judaísmo, puesto que no se les permite pronunciar el nombre de Dios. *(N. de la T.)*

—Es un buen símbolo —dijo.

Pero por la expresión de Mauve, Rin se percató de que al símbolo le ocurriría lo mismo que a Berlín: iba a cambiar.

—Creo que va a pasar algo —murmuró Mauve—. Las personas desaparecen. Las están asesinando.

No se parecía a lo que Rin había experimentado en la Gran Guerra, pero lo había visto antes, en la forma en que su madre había dejado de ir a la sinagoga. Lo había distinguido durante su infancia, en la forma en que su bisabuela agarraba el bastón con más fuerza y le preguntaba dónde había crecido y por qué se había ido. Era el bullicio de la atronadora oscuridad que vibraba bajo la luz del sol. Rin no era una ingenua. Sabía que el mundo era cruel. Sabía que las guerras no eran solo enfrentamientos en los campos de batallas y militares muriendo. Se luchaban guerras todos los días.

Pero su trabajo consistía en seguir creyendo, en seguir teniendo la esperanza de que el mañana sería mejor. Y, aun así, ahí estaba el mañana, justo delante de sus narices.

—Están intentando librarse de todo lo que no se parece a ellos —dijo Rin—. Eso es lo que está pasando.

—Lo están eliminando todo —añadió Mauve mientras contemplaba el futuro que tenía delante—. Lo veo, hilos disolviéndose, millones de ellos... y solo por esta hoguera. —El cansancio apareció en los ojos de Mauve; sus mejillas redondas se hundieron en una mueca desoladora—. Da la impresión de que esta no es la primera vez que ocurre algo así. Y, sin duda, no será la última.

Cuando Maynard se había puesto a gritar, el señor Weathers lo miró con ojos vidriosos y algo en el rostro que no era lástima, sino empatía. Sabía cómo se sentía. En 1926, abundaban las luces eléctricas con las que acallar las tinieblas. Antes de 1916, muchos de ellos no habían visto nunca una máquina de guerra. Pero hubo un tiempo en el que el mundo estuvo a punto de quebrarse, a punto de hacerse pedazos como un hilo roto.

Y estaba sucediendo de nuevo. No, este no sería el futuro que conseguiría para su familia. No, lo cambiaría. Un subidón de adrenalina le recorrió el cuerpo mientras cerraba los puños y se negaba a sentir el miedo.

—Tenemos que hacer algo —dijo.

Pero ¿qué? ¿Qué podían hacer?

—Si paramos esto —añadió Mauve, con la mirada perdida en las llamas y el humo que tenían delante—, sucederá de nuevo en Hamburgo en unos días, y si saltamos a través del tiempo para tratar de apagar todas las hogueras, nos perderemos la guerra. Pero si detenemos la guerra, pararemos todo esto.

A Rin le costó un poco seguir la lógica de sus palabras. Tenían que parar la guerra para que pararan las hogueras, pero ¿cómo iban a detener la guerra si no apagaban los fuegos?

—No, tenemos que intentarlo. Probablemente alguien tratará de dispararnos, pero podemos...

—Rin —espetó Odette—. Los libros están ardiendo. Estamos rodeadas.

—¿Qué vamos a hacer si no? —exigió saber Rin.

—No nos hables con ese tono —replicó Mauve.

—Perdonad —dijo Rin.

—No pienso ir más allá de esta multitud —agregó Mauve, mirando a todos los lados, allí y a través del tiempo mientras trataba de verlo todo al mismo tiempo—. En las afueras, más allá de este lugar, están ocurriendo cosas terribles... no voy a seguir mirando. Tenemos que irnos. Aquí no estamos seguras.

Ninguna se movió.

Mauve y Rin se tomaron de la mano. La Jefa de Pista miró a Odette, que a su vez volvió la vista hacia todo el mundo que vitoreaba a su alrededor. Tenía los ojos bien abiertos, turbada. Sacudió la cabeza, una y otra vez, incapaz de parar.

Rin la envolvió con un brazo y la atrajo hacia sí, abrazándola entre un mar de aplausos. Colocó la mejilla sobre la suave cabeza de Odette.

La única forma de que pudieran marcharse de ese sitio, de esa locura, era saltando en el tiempo. Estaban rodeadas por todas partes. Sus hombros chocaban con los de los desconocidos y el calor de la multitud ardía con las llamaradas de la hoguera.

—Están felices, quieren esto —susurró Odette—. Les estoy mirando a los ojos y les veo: no son malos, solo son personas. ¿Cómo es posible? ¿Cómo?

La maldad también tiene ojos. Tiene mejillas, labios, orejas, dedos de los pies que le contaron sus padres, fiestas tradicionales y una canción favorita. La maldad es humana. Te mira directamente a los ojos mientras te hace daño. A muchas personas les encanta tener una razón para hacer cosas malas y salirse con la suya.

Rin veía en los rostros de estos seres humanos un recuerdo, alejado de las noches de sabbat, de los libros ardiendo y de cualquier cosa tan imponente como el zumbido de la oscuridad. No, era una sombra más pequeña, aunque densa y desagradable. El Rey del Circo no estaba allí pero, en una ocasión, la había mirado a los ojos. «¡Tú también tienes la culpa!». Y el fuego se elevó desde la noria.

Y su madre moribunda…

—¿Rin? —dijo Odette.

Contemplaron las cenizas que se alzaban desde la hoguera, flotando a través del humo que tapaba las estrellas.

«¿Puedes hacer que ocurra cualquier cosa?», le había preguntado Jo. «¿Como que nunca estallara la guerra?».

—De momento, volvamos a casa —dijo Rin.

—De momento —repitió Mauve.

La multitud se había percatado de la presencia de Rin, Mauve y Odette. Eran diferentes y no estaban animando. Las olieron como si fueran lobos olisqueando a un perro. Entonces, tan rápido como habían llegado, las mujeres desaparecieron.

En el esquema de la historia y el tiempo, hasta los chispas eran criaturas diminutas.

LA JEFA DE PISTA, 1926

La mañana siguiente a la muerte de la madre de Rin, el mundo continuó moviéndose. Su madre había muerto y eso no se podía cambiar. Había cosas de las que debía ocuparse, pero Rin se limitó a quedarse sentada, atascada en la noche anterior.

Rin se había hundido en la pena que vio reflejada en los ojos de su madre mientras moría. Su madre había tratado de levantarse de la cama, con los ojos inyectados en sangre y bien abiertos, sin intención de morir y rogando por abrazar a alguien a quien pensaba que jamás volvería abrazar.

Pero Rin la había abrazado. Rin la abrazó con mucha fuerza, pero no sirvió de nada. Ser madre demostraba valentía: producir luz desde tu propia caja torácica, dejando que respire por sí misma, en su propio cuerpo, con su propia vida. Y mucho tiempo antes de estar en su lecho de muerte, Rin había cogido esa luz de su madre y la había apagado.

Rin habría hecho retroceder el mundo por su madre. Hubiera sostenido el tiempo entre sus dedos y lo habría asfixiado, congelado para siempre, si con eso hubiera evitado que su madre muriera. Pero no podía hacer nada.

Los cadáveres son algo extraño. Se quedan inmóviles y se ponen rígidos, sin un alma.

Habían enterrado a su madre con sus canciones y oraciones, y con todas las respuestas a las preguntas que Rin nunca le podría hacer. La estrella de David de su madre había desaparecido. Su madre se había marchado. Muchas más personas iban a morir en el futuro. Rin había visto los libros ardiendo, el olor a cenizas y papel humeante, el sonido de los vítores... ¿Cómo podía alguien vitorear cuando la gente estaba muriendo? ¿Cómo podría el circo seguir adelante con la certeza de un apocalipsis?

Vio el hilo delante de ella, detrás, cubierto por completo de un brillante rojo sangre; muerte en el pasado y muerte en el futuro. Rin quería estirar el brazo, atrapar el hilo, agarrar la muñeca de su madre, tirar de ella, atraerla, obligarla a que saliera a la superficie y...

—Rin —dijo Odette desde el otro extremo del último vagón, en algún punto lejano del presente.

La habitación empezó a tambalearse delante de ella.

No.

—Rin, quédate aquí —le pidió Odette, de la misma forma en que Rin colocaba a su mujer de lado mientras dormía cuando empezaba a roncar, con un pequeño reflejo habitual de protección.

Rin no estaba en aquella fría habitación llena de muerte. Veía el hilo, pero no estaba allí. «No saltes, Rin». Sintió la ligera sensación de alejarse flotando, el subidón de... no. «No saltes, quédate donde estás».

Rin se tocó la muñeca vacía. No llevaba la pulsera. No en ese momento.

Rin centró la vista. Odette la miraba desde el espejo en el que se arreglaba los rizos y el maquillaje. Rin estaba sentada en la cama, ataviada con la misma camisa que la noche anterior.

—Estoy bien —dijo.

—Mantén los pies en la Tierra, cariño mío —pidió Odette—. No salgas de paseo.

La camisa olía a hoguera. La había impregnado un futuro muy real.

No. No, el presente. Vamos, Rin.

El alba se coló por la ventana que tenían junto a la cama y Rin se quedó mirando la habitación. El último vagón bañado en los polvorientos rayos de sol de un amanecer a la seis de la mañana. Ahora estaban en el verano de 1926 y ella dirigía un circo.

Con expertos en piromancia a bordo del tren, no les había hecho falta un vagón cisterna, por lo que el último iba revestido de tarimas de madera («así, así, sigue centrándote»); cosas bonitas de encaje; un robusto y generoso mobiliario de roble, de los prácticos, y un batiburrillo de cachivaches que se habían regalado entre ellas durante su vida de aventuras. Era su espacio, el de Odette y Rin.

Esta era su casa: Odette, el último vagón. Aquí es donde se desarrollaba su historia. Hacía años que su madre había fallecido. La guerra aún no había llegado. Estaba en el presente, con Odette.

Había vivido la misma cantidad de días, pero su mujer revoloteaba como una mariposa y Rin era un perro viejo. Su cuerpo envejecido mostraba los días extra que había forzado sobre su vida. Incluso ahora se sentía reducida, como si su mente estuviera dividida entre el presente, el lecho de muerte de su madre y Berlín.

Para muchos de los chispas del circo, sus vidas habían comenzado cuando entraron a formar parte de él. Para Rin y Odette, empezaron cuando se conocieron.

Rin se puso en pie y le apartó el pelo de la cara a su mujer. Un gesto delicado, como las alas de un colibrí. Le pareció que los ojos de Odette brillaban como las galaxias.

—Cariño mío —dijo ella con una sonrisa amable. Tomó la mano de Rin con sus dedos enguantados y se la apretó con cariño, en un esfuerzo por mantenerla en el presente con la presión—. No puedes funcionar en un circo si no duermes. Yo me encargaré del entrenamiento de los niños hoy, tú necesitas descansar.

—No hace falta —dijo Rin—. Es mi trabajo y tú ya tienes el tuyo. Tengo que ganarme el sueldo, ¿sabes?

Odette le agarró la muñeca con delicadeza. Rin se detuvo a unos pasos de la puerta del vestíbulo y la trapecista la miró.

—Sabes que una de las cosas que me encantan de ti es tu obstinación, tu fuerza —dijo Odette—. Pero no tienes que ganarte el sueldo. Esta noche... esta semana ha sido muy dura. Entre la guerra y el Rey del Circo...

Era demasiado por ahora. El nombre del Rey del Circo despertaba un fuego en su interior que la hacía sentirse como una dragona. Pero no quería sentirlo; no quería oler el fuego. Rin obligó a sus desvencijados huesos a avanzar hacia la puerta y descolgó su chaqueta de terciopelo del perchero. También olía a humo y fuego. Volvió a dejarla donde estaba por el momento.

—Dormiré durante la comida, ¿vale? —dijo—. Voy a ponerles una rutina a los críos y volveré, ¿trato hecho?

Odette suspiró.

—Bueno, no parece que pueda detenerte. —Entonces añadió—: Perdona, no quería enfadarte.

—No me has enfadado —dijo Rin—. No pasa nada, no eres tú. Te quiero. Eres el gran foco de luz entre toda esta mierda.

Odette volvió a apretarle la mano con cariño.

—Y tú también.

«Mientes» bufó la voz dentro de Rin. «¿Qué tienes para que te quiera? ¿Por qué te pide perdón? La manipulas, la haces sentir mal, mírala a ella y mírate a ti...».

No, hoy no. Miró a través de las ventanas y vio el sol veraniego y cómo despertaban los terrenos del circo.

Las nuevas vidas de los hermanos Reed comenzaban hoy.

LA JEFA DE PISTA, 1926

Lawrence (Kansas) tenía uno de los terrenos de feria más grandes de la zona: Bismark Grove.

A Rin le gustaba esta explanada y se detenían en ella a menudo. Las otras opciones eran Woodland Park y los terrenos del instituto. El primero no permitía la entrada a los negros y el segundo estaba rodeado de casas, lo que significaba que no había salida de emergencia si alguien decidía que no le gustaban los chispas. Por no mencionar que Lawrence, en general, era peligroso para los «marginados» porque era el centro del Movimiento por la Templanza.*

Pero Bismark Grove era encantador. Unos años atrás, un Chispa compró la tierra y devolvió a los terrenos de feria su esplendor histórico. Bismark Grove había crecido paralelo al circo —eran contemporáneos—, y eso lo hacía especial. Se situaba a tres kilómetros al norte del centro de la ciudad, en línea recta desde la calle principal y pasando por el puente, a un pequeño paseo o trayecto en bicicleta de distancia, pero lo bastante apartado como para desaparecer si algo se torcía, y junto a las vías. Siempre les había tratado bien.

El tren, sobre los raíles, estaba situado en paralelo al paseo central. Los vagones descansaban tras algunas de las case-

---

* El Movimiento por la Templanza es el nombre con el que se conoce al movimiento social que defendía la abstinencia y que culminaría con la aprobación de la llamada Ley Seca. *(N. de la T.)*

tas de pegamento y serrín pintadas que componían la avenida principal. En el otro extremo de la tierra y la gravilla estaba la taquilla y, detrás, las carpas. Rin percibía el aroma a sirope y mantequilla derretida de la cantina desde la otra punta del paseo central.

Recorrió el camino con la mirada y vio que la gran carpa ya se elevaba hacia el cielo. Maynard siempre quería montarla antes del amanecer para que a los ciudadanos les pareciera más magia que esfuerzo físico.

Las banderas de tela blanca en lo alto del mástil principal ondeaban sobre el cielo azul de Kansas. Los colores significaban algo nuevo en Lawrence: los cielos azules eran un intenso y claro salto de alegría, y la hierba verde cortada contrastaba con el marrón y gris de los caminos.

El circo era un lugar en el que muchas personas pasaban el día más feliz de su vida.

Y Rin tenía la suerte de despertarse allí todas las mañanas.

El señor Calíope hizo sus ejercicios de calentamiento junto a la gran carpa, mientras Maynard abandonaba las tiendas de las atracciones secundarias y se guardaba de nuevo el martillo en su cinturón de herramientas. Daba la impresión de que ya había terminado.

Los circos en el centro del país tenían algo. La mayor parte del Medio Oeste estaba cubierto de campos humildes y calles polvorientas, además de algunos ríos embarrados y gruesas vías de tren engrasadas. Las casas de madera tenían salones que habitualmente estaban llenos de viejos muebles de liquidación con cojines de encaje. Cómodos, para aquellos que cupieran en los contornos del sofá y consiguieran ir a juego con las flores moradas del papel de la pared y las puertas con mosquiteras que daban a los amplios porches. Pero a veces existían peculiaridades como Jo y Charles, que habían nacido en las praderas pero no encajaban. Eran ruidosos, ocupaban demasiado espacio y su aspecto era diferente. Y, por ello, habían encontrado un hogar más adecuado aquí, entre los carteles propagandísticos y la gran carpa.

Todos necesitaban el circo. Ahora, la Jefa de Pista solo tenía que mantenerlo a flote por ellos.

«Buena suerte, ni siquiera has impedido la guerra».

151

En ese instante, ese día, la guerra no era más que un presagio, un aviso. Todavía no era real, de manera que la apartó de su mente. No podía pasarse el día pensando en detener el destino y ser jefa de pista al mismo tiempo. Se volvería loca, nada saldría adelante y todo el mundo contaba con que hiciera su parte.

«Morirás con ellos», siseó una voz. «O, peor, tú no».

Jo Reed aguardaba, con un tobillo sobre el otro y los brazos cruzados sobre el estómago, mientras contemplaba de soslayo el paseo central, con lo que Rin supuso que era una mirada de estar cero impresionada y posiblemente aburrida. Pero sabía que, como ella, Jo percibía la magia de aquel lugar.

—Buenos días —dijo Rin, que se detuvo y metió las manos en los bolsillos de los pantalones. Iba arremangada, con los tirantes por fuera para que todos los vieran, la camisa abotonada lo bastante alta para mostrar modestia pero lo suficientemente baja para que le diera el aire en las clavículas. Nunca se quitaba las botas cuando recorría el terreno porque había aprendido que con ellas se libraba del estrés de pisar cualquier cosa y, además, conservaba intactos los bajos de los pantalones. También había aprendido que si hablaba con energía y sonreía, los demás entendían que no estaba triste y conseguía esconder cualquier rendija que no quisiera que vieran.

Rin tomó una gran bocanada de aire; los olores a sirope y mantequilla se le metieron en la nariz. «¿Lo ves? No todo está perdido en el casi final de los tiempos». Las tortitas seguían existiendo.

—Buenos días —dijo Jo—. Estás sonriendo, ¿por qué?

—Es vuestro primer día aquí —explicó Rin.

—¿Y por qué estás contenta por eso? —preguntó Jo—. ¿Qué tiene que ver contigo?

—Sé todo lo que te espera —dijo Rin. Y, de repente, se le encogió el estómago. Sí, lo sabía con exactitud.

Para, para.

—¿Por qué hueles a humo? —preguntó Jo.

—¿Dónde está tu hermano? —dijo Rin, que trató de que no se le notara nada. En cuanto formuló la pregunta, Charles Reed apareció por el paseo central abrochándose la camisa y brincando como un labrador.

—¡Aquí! ¡Presente! —exclamó.

Se pusieron en marcha. Los granujas de los mellizos caminaban por el rugoso paseo central de gravilla, uno junto al otro, y a un paso por detrás de Rin.

La mañana brillaba con los suaves rayos de sol que se filtraban por los árboles que delimitaban la parcela. Rin no les quitaba el ojo de encima a Jo y a Charles, que se mantenían unidos y trataban de no parecer abrumados con el ajetreo del que todavía no formaban parte. Jo parecía fascinada con los jornaleros de Maynard que trabajaban en perfecta sincronía para montar la carpa de vestuario, por la que ahora estaban pasando. El golpeteo de los mazos le hacía daño en los oídos a Rin.

—¡Qué bien he dormido! —dijo Charles—. Era como si no voláramos por el aire.

—Míralos —le susurró Jo a su hermano, que no dudó en hacerlo.

—¿A quiénes?

Jo hizo un gesto con la cabeza en dirección a los calzadores, que golpeaban en grupo el mismo poste con un ritmo perfecto.

—Son la misma persona. —Hombres idénticos con profundos ojos verdes, brazos fuertes y un cabello rojo encendido, vestidos con tirantes marrones y verdes, y con sucias botas marrones.

—Sí —dijo Rin—. Todos son Maynard.

Rin había conocido a Maynard en su primera subasta. Su antiguo jefe estaba echando el cierre y liquidando sus bienes por un precio bajo. Era normal; un circo quiebra, otro engulle sus huesos y sus lonas. Maynard la ayudó a cargar la carpa ese día, y Rin le ofreció (les había ofrecido, a todos) un trabajo.

Maynard había aceptado, y ahora —con todas sus réplicas y la cantidad de trabajo que realizaban para convertir el circo en lo que era cada día— ganaba más dinero en conjunto que el resto.

—¡Oye! —le gruñó un Maynard a otro—, ¿qué le habéis hecho a este poste, desgraciados? ¡No entra bien!

—Yo no he sido —dijo otro Maynard con una voz más baja y dulce—. Venga, vamos a intentarlo otra vez. No le quitéis ojo al tío de la cuerda.

—Está bien —añadió otro, exasperado—. Está perfectamente bien.

153

Despacio, uno de ellos se irguió y silbó a los demás, que echaron a correr y chocaron contra él hasta que solo quedó uno. Entonces, Maynard cruzó el terreno como si no hubiera pasado nada y sin decirle nada de primeras a Rin y los niños. No porque estuviera enfadado, se recordó Rin a sí misma, sino porque probablemente ni se había fijado en ellos.

Maynard era un empleado de circo a la vieja usanza y Rin sabía que todavía la veía como una novata en este mundo, una intrusa salida del teatro, a pesar de que hacía más de media década que Mauve, Odette y ella trabajaban con él. Pero cinco años eran una nimiedad en la rica historia del circo como forma de arte. Maynard se mofaba de la jerga que Rin empleaba, escupía tabaco ante sus ansiosas decisiones y sabía mejor que nadie que, sin él, toda esta logística probablemente se caería por su propio peso.

—Buenos días, jefa. —Maynard la saludó con el sombrero cuando pasó por delante de ellos. Rin distinguió un destello azul en su rostro; un sueño, a pesar de estar despierta. Necesitaba dormir.

—¡Hala! —murmuró Jo, al ver cómo desaparecía.

—Su Chispa le permite multiplicarse —explicó Rin, que se centró de nuevo.

—¿Y cómo lo hace? —preguntó Jo.

Rin se encogió de hombros.

—¿Cómo haces tú para que los dibujos en el aire salgan de tus manos? ¿Y tú, Charles, cómo detienes las balas? Venga, entremos en la gran carpa —dijo con una de sus grandes sonrisas de Jefa de Pista y les guio por el recorrido.

El interior de la tienda de lona ya estaba lleno de polvo, a pesar de que Maynard la había erigido tan solo una hora antes. Una de las luces generales estaba encendida, junto a una luz fantasma, y Tina estaba trabajando en su número como elefanta.

—O sea, que hay animales en el circo —dijo Charles con entusiasmo en la voz.

—No —replicó Rin—. Son mimetistas. Personas que eligen estar aquí; los animales no tienen esa opción.

Tina saltó sobre uno de sus taburetes para elefantes y desapareció lentamente hasta volver a su jovial y sensual ser habitual cubierto de lentejuelas. Su trompa se convirtió en una delicada naricilla; su piel gris se volvió rosada; su pecho protegido, y sus gruesas patas se transformaron en un cuadro curvilíneo y voluptuoso del Renacimiento. Llevaba puestos unos leotardos y la envolvían unas plumas que parecían una capa. Saludó con la mano a Rin y a los mellizos.

—¡Jefa! —exclamó con su fuerte acento sureño—. ¡Pero bueno! ¿Quiénes son estos renacuajos?

Mientras Tina recorría a toda prisa la pista para reunirse con ellos en la entrada, Jo se volvió hacia Rin.

—Entonces ¿ella es todos los animales?

—Ella es nuestra Dama de la Casa de las Fieras, sí —respondió Rin—. ¡Buenos días, Tina!

Una sonrisa radiante apareció en el rostro pecoso y rosado de Tina. Eran las mismas mejillas pálidas y ruborizadas que tendría la noche de su muerte.

—Hola —dijo Tina, que se detuvo en la pista y le tendió una mano a Charles.

—Me llamo Charles, señora —se presentó, mientras se quitaba su viejo sombrero y olvidaba estrecharle la mano a Tina—. Esta es mi hermana, Jo.

¿Cómo lo hacía Mauve? ¿Mantener así la calma cuando sabía cómo terminarían las cosas?

—Entonces, ¿sois mellizos? —preguntó Tina—. ¿Cuál de los dos puede arder en llamas? No quiero confundiros.

—Yo, señora.

—¿Tú? —Tina pasó por encima del bordillo de la pista para acercarse más. Estaba descalza, pero seguía pareciendo una atracción principal. Porque lo era—. Pero, pequeño Charles, ¡si no eres lo bastante mayor como para haber jugado con fuego!

—Sí que lo somos, señora —mintió Charles—. Cumpliremos veinte el próximo marzo.

—Estamos en junio, querido.

—¿Puede usted convertirse en todos los animales? —le preguntó Jo.

—Puedo convertirme en cualquier animal, pero de uno en uno —explicó Tina—. Menuda sorpresa se llevó mi exmarido cuando apareció la Chispa y de repente tenía dos perros en lugar de uno. ¡Y después yo, en lugar de un marido, no tuve ninguno! —bromeó Tina, riéndose de su propio recuerdo.

Jo miró a Rin como si le pidiera ayuda.

—Solo les estoy mostrando la carpa a los recién llegados —comentó Rin—. ¿Te molestamos?

—Qué va —dijo Tina—. Solo estaba comprobando las nuevas posiciones para hacer el pino. Creo que ya lo he internalizado, pero tenía que verla *in situ,* no solo en la carpa de los ensayos. Dejad que sea yo la que deje de molestaros.

—Qué tengas un buen día, cielo —dijo Rin, y Tina los dejó atrás. La Jefa de Pista echó un vistazo a la gran carpa, ahora vacía. Incluso en completo silencio, aún podía escuchar la música que desprendía, como si el eco de la magia todavía resonara.

No había nada que temer en este lugar. Rin tenía que respirar hondo. Aún quedaba tiempo para salvar a Tina; nadie iba a morir.

En ese momento, a su espalda, sonó un ligero «pi-pi» y, a través de la entrada principal de la tienda, apareció en escena un pequeño coche de payasos.

Charles se estremeció.

—No me gustan los payasos.

—Calla —dijo Jo.

—Los payasos malos pueden ser aterradores —coincidió Rin—. Pero ¿y los realmente talentosos? Son la conexión entre el público y el corazón del circo. Te hacen reír, y esa es una de las cosas más complicadas de conseguir para un artista.

El coche, que era casi del tamaño de las sorpresas incluidas en las cajas de palomitas dulces Cracker Jack, se detuvo delante de ellos y una de las puertas se abrió. Rin se agachó y vio al señor y la señora Davidson, del tamaño de una aguja, mientras disfrutaban de su desayuno en el interior del vehículo, que parecía la bonita casa de muñecas de una pulga. El señor y la señora Davidson eran una pareja de piel blanca envejecida y brillantes mejillas rojizas. Salieron del cochecito y aumentaron de tamaño. Es decir, se estiraron hasta alcanzar lo alto del mástil principal y ocuparon el espacio como si fueran Alicia en casa del Conejo Blanco. A continuación, se inclinaron y tendieron sus manos.

—¡Qué payasos más grandes! —Charles levantó la vista hacia la pareja que, por la expresión aterrorizada del niño, poco a poco se dio cuenta de que su número no era para todo el mundo, y redujo su tamaño.

—¡Oh, no! —dijo la señora Davidson, mientras ambos payasos volvían a su tamaño habitual—. ¿Estabais utilizando la pista?

—Así es —contestó Rin—. Hace un minuto que Tina ha terminado su número. Volved en cinco minutos y será toda vuestra.

—¡Los nuevos! —soltó el señor Davidson con su risa gutural—. ¡Encantado de conoceros! Yo soy Oscar, y ella es el amor de mi vida, tan hermosa como hace cincuenta años, Susan —añadió, y le acarició con la nariz.

—¡Oscar! —Se rio la señora Susan Davidson, que se puso colorada como un tomate—. Además, llevamos casados cuarenta y ocho años, ¡no cincuenta, Oscar!

—Cincuenta —insistió él—. Yo empiezo a contar desde que la conocí. —Le plantó un gran y vergonzoso beso en la mejilla—. La perseguía, bailando, con nuestra canción favorita. Nunca dejé de hacerlo.

La señora Davidson soltó una risita mientras volvían a meterse en el coche, y se marcharon despidiéndose con la mano.

—Eso no me ha gustado mucho —comentó Charles.

—Cincuenta años —dijo Jo, viendo cómo el coche desaparecía—. Uf, eso es mucho tiempo. —Pero lo dijo con sinceridad en la voz, no con mofa. Como si pensara que era algo especial.

—Bueno —añadió Rin, que se metió las manos en los bolsillos y se subió al bordillo de la pista—. ¿Listos para aprender algo de vocabulario?

—Los dos dejamos la escuela —dijo Jo—. ¿Cuándo llegamos a la parte en la que podemos utilizar nuestra Chispa?

—Ser artista implica estar familiarizado con tu espacio. —Rin golpeó el talón de una de las botas con la punta de la otra y abarcó la tienda de lona con un movimiento del brazo—. Esta es la gran carpa. Fuera está el paseo central, donde trabajan los vendedores de dulces. También están las atracciones secundarias, pero son para todos los públicos, muy distintas a las

157

de otros circos. Las nuestras son más como una casa de la diversión. Pero vosotros no estaréis en el paseo central. Ambos estaréis aquí, en la gran carpa, en la pista. Algunos circos tienen tres pistas, pero nosotros solo tenemos una. —Señaló el gran redondel del medio—. Alrededor de la pista están estos bordillos. —Les dio un golpe con el pie—. Separan la pista de lo que llamamos el hipódromo, que es la parte en la que os encontráis ahora y que rodea por completo la pista, ¿lo veis? —Señaló el gran espacio de tierra que separaba la pista de las gradas del público—. En el hipódromo realizamos el desfile, los interludios y el final. El desfile es como una exhibición de todo el circo, una gran inauguración.

Movió los brazos hacia las gradas, unas planchas de madera de mala calidad, aunque resistente, que parecían listas para un partido de béisbol.

—Y ahí es donde se sienta el público. Algunas personas se refieren a ellos como los «paletos»; no los llaméis así. La pista es redonda, así que tenéis que aseguraros de girar el cuerpo y actuar para que todos os vean, con independencia de dónde estén sentados.

Jo asintió.

—¿Por qué tenéis una pista cuando dices que otros tiene tres?

—Si tienes tres pistas, eso implica que ocurren muchas cosas a la vez —explicó Rin—. Es un caos. Nosotros ya somos lo bastante caóticos solo con una.

—Qué divertido —comentó Jo con despreocupación. ¿O iba en serio? Uno nunca podía estar seguro con los adolescentes.

Rin bajó del bordillo. Charles la miró como si fuera el guardaespaldas de Jo, así que Rin retrocedió un paso. Después, dijo:

—Para que cualquier expresión artística colaborativa funcione, tienes que haber compartido unas condiciones, unas tradiciones, y unas viejas y estúpidas razones que te llegan a través de viejas y estúpidas historias. Así conseguimos que ese arte llegue a más de una persona. Por tanto, antes de empezar, hacemos un círculo de energía y dejamos la luz fantasma encendida por la noche, en caso de que necesitemos quedarnos en la carpa después del final del espectáculo sin los focos, y también para que, por una superstición, nos proteja de los espíritus errantes. ¿Comprendido?

Jo se encogió de hombros mientras observaba la bombilla colocada sobre una plancha de madera con ruedas.

—Claro: luz fantasma. —Una vez más, su tono de voz no parecía de mofa. Lo dijo como si lo estuviera memorizando.

Rin sentía curiosidad por saber por qué Jo no estaba soltando ningún comentario mordaz. La chica era tan astuta y sarcástica como una hiena, podría haberlo hecho, pero una parte de ella parecía interesada en aprender. A lo mejor Rin no estaba hablando para sí misma después de todo.

—¿Listos para ver el patio trasero?

Les condujo a la izquierda y señaló la gran boca hecha de cortinas recogidas mientras atravesaban la oscuridad.

—El túnel —lo llamó—. Nuestra entrada y salida de la parte de atrás del escenario.

Aparecieron en el exterior. El brillante sol de la mañana incidió en el rostro de Rin como una sombra que se aproximaba. El verano y su piel nunca habían sido una buena combinación y, hacia julio, ya estaba salpicada de pecas por todas partes. Además, el calor del pelo en la nuca era como una caldera. Pero una ligera brisa enfriaba el patio trasero, incluso con los fogones de la cantina encendidos a plena potencia.

En el cielo azul claro de Kansas, la zona de la parte trasera era tosca pero estaba llena de vida. Todo el mundo se apresuraba hacia la cantina para comer, interrumpiendo el aroma a sirope con los de los olores corporales, las pelucas viejas, la tiza, el aceite y la madera. Olía a magia teatral matutina.

Rin les mostró todos los entresijos del patio trasero: la carpa de vestuario, la de los ensayos, la cantina… Todo eran tiendas de lona blanca en un pequeño círculo a su alrededor. Y entre los olores y las vistas estaban los chispas, que correteaban de un lado a otro en un revoltijo de fantasía.

—Lau Ming-Huá —dijo Rin mientras esta se acercaba. Ming-Huá parecía dividida entre conseguir un buen sitio en la cola del desayuno o ser educada y pararse a saludar. Ganó la comida, así que les saludó torpemente con el brazo suelto que llevaba debajo del otro brazo mientras se apretujaba en la cola detrás de Wally y Ford. Se peinó el flequillo con el solitario brazo, cuyos dedos funcionaban a la perfección. Rin vio que Jo trataba de darle sentido a la Chispa de Ming-Huá que le permitía extraerse las extremidades.

—También le gusta la poesía —añadió Rin—. Tiene un verdadero don para no forzar las rimas. Yo no escribo, pero ha compuesto un poema sobre un tornado que...

—¿Te voló la cabeza? —dijo Jo.

—¡Hala! —dijo Charles.

Después, un grupo de hombres en edad universitaria pasó por delante de ellos sin tocar el suelo con los pies («Son Herb, Dom, Dyl, Dave, Wesley y Guy»). Sin embargo, no eran universitarios; los habían echado de la ciudad. Por lo menos, ahora que el tiempo había pasado, se reían más.

—Y ahí está Jess. —Rin hizo un gesto con la cabeza hacia la Espectacular Mimetista, que se estaba mirando en el espejo mientras se transformaba de un hombre a una delicada mujer—. Jess tiene un talento apabullante —dijo—. Suele montar sobre Tina, con la que ha estado trabajando en un impresionante número a caballo. Tampoco viene mal tenerlas de tu parte. Son personas tímidas, pero interrogadlas sobre juegos de cartas y se pasarán la noche entera enseñándoos todo lo que debéis saber sobre el Gin Rummy.*

Jess saludó con la mano y Rin le correspondió.

Kell también apareció, atajando entre las tiendas de lona. Cuando vio a Charles Reed, tropezó y una de sus alas chocó con uno de los soportes. Reprimió un alarido y les hizo un gesto con la cabeza como si no hubiera ocurrido nada. Charles, con una sonrisilla asomando en su joven rostro, también le saludó con la cabeza.

Rin sonrió.

—¡Buenos días, Kell! —exclamó. Kell volvió a saludar con la cabeza y siguió avanzando hacia la cola. Sus ojos seguían fijos en el rostro de Charles cuando se chocó con Mauve, que cruzaba la zona de la cantina, ataviada con una bata, mientras canturreaba y se arreglaba la toalla que llevaba alrededor de la cabeza.

* Juego creado en 1909 en Estados Unidos y que sigue la misma premisa que el chinchón en España. (N. de la T.).

—¡Más despacio, Kell! —dijo Mauve.

—Buenos días, Mauve —musitó Kell.

—¿Dónde está el gruñón de tu padre?

—Está durmiendo —dijo Kell—. Dijo que no le molestáramos y que hicieras lo que quisieras tú solita.

Mauve soltó una pedorreta y se alejó cantando una melodía llena de gorgoritos. Su voz sonaba preciosa mientras hacía piruetas.

—Somos un circo pequeño, no una feria ambulante —dijo Rin—. Las ferias ambulantes trabajan directamente en carreta y no son de fiar. Nosotros tratamos de quedarnos cerca de las vías por si acaso tenemos que salir pitando. No nos gustan los trayectos por carretera, bueno, quiero decir que no nos gusta vagar por las ciudades.

—¿La gente suele perseguirnos? —preguntó Charles.

—Hay muchas personas en el mundo que no sienten demasiado aprecio por nosotros —respondió Rin.

—Vale, tengo una pregunta —dijo Jo—. ¿Cómo es posible que no pare de llover durante todo el verano y cada vez que montáis las carpas, la lluvia se detenga?

Rin le guiñó un ojo.

—Hay una chica que escapó de uno de los manicomios y que trabaja en los recreativos.

—Un segundo —dijo Jo—. ¡¿Tienes a una persona que controla el tiempo y está escondida tras el juego de derribar las botellas de leche?!

—Bueno, en realidad está en el estanque de patos, pero sí —dijo Rin—. Y no controla el tiempo. Puede transformar el agua en distintos estados: líquido, sólido o gaseoso. Le gusta alisar el paseo central para que las personas con problemas de movilidad lo recorran con tranquilidad. De lo contrario, sería un gran charco de barro. Pero no le gusta su Chispa y no quiere hablar sobre ella, así que yo no preguntaría mucho.

—¿Cómo se llama?

—Se hace llamar Esther —dijo Rin—. No nos contó más y no pienso husmear. A veces, los secretos no son un misterio que nos toque desvelar a los demás, son el viaje en el que se ha embarcado una persona consigo misma. Todo lo que podemos hacer es respetarlo. Pero bueno —juntó las manos—, será mejor que comáis. Tenéis que alimentar vuestro cuerpo antes de utilizarlo. Id a por unas tortitas. —Se sacó dos vales del bolsillo y le dio uno a cada uno.

—Dame —dijo Charles, que extendió la mano. Jo le entregó los dos vales y su hermano se alejó dando saltos para unirse a Kell en la cola. Jo se encogió de hombros mientras le veía marcharse.

—Oh —dijo Rin—, ¿tú no comes?

—Charles se encarga. No me gusta que las multitudes me empujen —respondió.

Rin enarcó una ceja pero no preguntó nada, simplemente se quedó pensativa mientras Charles se dirigía a la fila, en una de esas formas sutiles en las que el muchacho cuidaba de su hermana. Claramente, era lo que llevaba haciendo toda la vida.

—Es un buen chico —observó Rin.

—Bueno, yo no soy imparcial —dijo Jo—. ¿La persona que cocina es una chispa?

—Sí.

—¿Y cocina con su Chispa?

—No —respondió Rin—. Es que es más veloz que un rayo. Cherry será la primera persona en confirmar que sus habilidades en la cocina son honradas.

Era cierto. Una vez, cuando Kell y el señor Weathers se unieron al circo por primera vez, el chico hizo un comentario sobre que la comida Chispeante estaba deliciosa. Cherry sacó su cuerpo de piel bronceada y huesos gruesos de detrás de la plancha, se plantó en un tris delante de Kell y bramó: «¡He ido a la escuela de cocina! ¡Era así de buena antes de la Chipa! ¡Cómo te atreves!».

A Rin siempre le había gustado Cherry porque era la clase de persona que obtenía una Chispa para recorrer el mundo en un abrir y cerrar de ojos, pero después se decía: «¿Sabes qué? En realidad, podría usarla para hacer lo que me gusta incluso más rápido».

—Entonces, ¿estás segura de que quieres quedarte con nosotros? —preguntó Jo—. ¿Y si nuestros ensayos no salen bien? ¿Nos echarás o algo? —Sus palabras desprendían cierto tono de broma, pero Rin se percató del miedo que escondían.

—Nosotros no echamos a la gente —dijo Rin, negando con la cabeza—. Somos una familia.

—Sé de familias que echan a la gente —respondió Jo.

Rin la miró.

—Esta no.

Y en ese instante, una gran mano se posó sobre su hombro. Los dedazos de Bernard hicieron que la colosal Rin pareciera un minúsculo ratón, y se metió en la conversación.

—¿Qué tenemos aquí? ¿Un nuevo número?

—Jo Reed, este es Bernard —dijo Rin—. Es el padre de Mauve y se encarga de la seguridad.

Bernard le tendió su gran mano, y Jo se la apretó con su manita escuálida.

—Démonos la mano, Jo Reed. Es un placer conocerte.

—Eres enorme —comentó Jo—. ¿En eso consiste tu Chispa?

—Yo no soy un chispa, ¡solo un simpatizante! —dijo Bernard—. Y consigo entradas gratis para los espectáculos. —Soltó su gran risa a carcajadas y después prosiguió hacia la cola de la comida—. Nos vemos luego, chicas chispas.

Rin observó a Jo mientras esta veía cómo se alejaba Bernard y, después, Jo volvió la mirada hacia ella.

—No me fío de la gente maja.

—Yo tampoco —dijo Rin con sinceridad—, pero sí de Bernard.

—¿Y te fías del resto de personas de aquí? —preguntó Jo—. Todo el mundo parece demasiado feliz para ser real. ¿Qué clase de secta diriges?

Rin sonrió ligeramente, como si sus labios se hubieran quedado atrapados al borde de la ansiedad. Tenía que creer que todo el mundo allí era de fiar, al igual que tenía que creer que ellos confiaban en ella. Y, sin duda, tenía que creer que iba a salvarlos a todos.

—Una secta con un buen desayuno —dijo Rin, y le dio un codazo a Jo.

Charles no tardó en regresar con un plato lleno de beicon, además de un par de lonchas que le asomaban por la boca. Rin no lo había probado nunca, así que nunca había tenido la necesidad de llevárselo a escondidas, pero entendía a la gente que se volvía loca con él.

Charles le dio a Jo un montón de tortitas que traía enrolladas en la mano a modo de periódico, y su hermana se las comió como si fueran un perrito caliente, claro está.

Después, se encaminaron hacia la carpa de los ensayos. Jo y Charles iban a entrar, pero la mano de Rin se interpuso en su camino.

—Charles trabajará en la carpa con nuestra arquera, Yvanna. Y tú, señorita Dedos Bonitos, trabajarás conmigo en el campo.

—Vaya, durante un segundo ha parecido una farsa. —Charles le dio unas palmaditas a Jo en la espalda—. Pues nada, buena suerte con el vocabulario. —El chico entró en la carpa y dejó a su hermana a solas con Rin—. Hola, señora —dijo, amortiguado por la lona—. ¡Estoy listo para que me prendan fuego!

Jo pasó el peso de un pie al otro y se acercó, nerviosa y lentamente, a la carpa en la que Charles acababa de entrar, como si un hilo invisible los conectara por las muñecas. ¿Cuándo habría sido la última vez que estuvieron separados?

—Todo irá bien —dijo Rin—. Cuando terminemos, podréis contaros cómo han ido los ensayos.

—¿Eh? —Jo regresó a la realidad—. Ah, no pasa nada... Solo me preocupo por él. A veces puede ser un poco tímido.

—Creo que Yvanna será una buena compañera para él —dijo Rin—. Entonces, ¿te gusta el circo?

—Supongo que no está mal, si te gustan esta clase de cosas, claro —dijo Jo, pero sus ojos la delataron. Estaban abiertos como platos y asimilaban todo el jaleo del patio trasero.

Rin sacó una mano del bolsillo y se la tendió.

—Entonces, ¿vamos a ensayar? —preguntó.

LA JEFA DE PISTA, 1926

El campo estaba alejado de las carpas del circo y del bullicio. Era una abundante extensión de hierba de Kansas que contrastaba con los frondosos árboles que delimitaban el terreno. Hoy hacía un buen día. Rin había visto Kansas bajo todas las climatologías, y no cabía duda de que el verano era una estación transformativa. En invierno no había nada, salvo hierba marrón y cultivos desiertos, pero en verano era un mar verde.

Rin respiró hondo. Esto, los espacios amplios bajo un cielo despejado, lejos de las costas y de las ciudades, y más allá de cualquier cosa que apareciera en los libros o películas... el Medio Oeste era su hogar.

Y Rin, la mujer de pelo alborotado y camisa de trabajo metida en los pantalones negros de tiro alto, estaba lista para darle la bienvenida a esta muchacha de vestido añil desgastado y almidonado que conjuntaba con sus ojos azul violeta. Eran un dúo.

—Muy bien —dijo Rin—. Esta noche será tu primera actuación, así que quiero que practiques los espejismos que tendrás que enseñar en la pista. Lo más importante, sin embargo, es que trabajemos en tu técnica.

—¿Esta noche?

—Querías formar parte del circo, ¿no?

—Sí, pero… —dijo Jo, lentamente—, acabo de llegar. —La pose sarcástica y descarada dio paso a una Jo más callada y sumisa. Sin su hermano, era como una cierva en una pradera, insegura al verse tan expuesta.

Rin se colocó el abundante pelo tras las orejas y se lo recogió.

—Mejor empezar cuanto antes, ¿no? —dijo—. He visto lo que puedes hacer, pero hemos venido hasta aquí porque necesito conocer las limitaciones. —Jo parecía confusa—. Quiero ver qué potencia alcanza. De lo que hay aquí, ¿con qué vamos a trabajar?

Jo contempló, nerviosa, el campo que la rodeaba.

—No son solo imágenes bonitas. Puede volverse… intenso.

Rin abarcó la pradera con un gesto de la mano.

—En ese caso… veámoslo de primera mano, ¿no? Voy a decirte una palabra para que conjures algo, ¿vale?

A pesar de que Jo, con el pelo negro agitándose al viento, parecía dudosa, siguió adelante. Tenía las manos situadas delante de ella, como si estuviera lista para pelearse con las palmas abiertas.

Siempre daba la impresión de estar lista para golpear o patear algo, o para abrirse camino a la fuerza por encima de un enemigo que solo ella veía.

—¿Cuál es el origen de tu Chispa? —preguntó Rin—. Ahora mismo, mientras te preparas para utilizarla.

—Nadie sabe cuál es el origen de la Chispa —respondió ella.

—No —dijo Rin—. Es importante para entenderlas. Me refería a cuál es su origen… dentro de ti. La mía sale de mi estómago y de mi columna vertebral. Mauve dice que la suya reside en su cabeza, y Odette que está en sus manos. Así que, ¿de dónde notas que procede tu energía?

—No sabía que esto fuera una ciencia.

—Nadie sabe lo que es —dijo Rin—. Ahora deja de desviar la atención y dime dónde la notas.

Jo respiró profundamente por la nariz, apretó los dientes y contempló el campo como si estuviera reflexionando, no sobre la procedencia de su Chispa (de eso Rin estaba segura), sino sobre si se lo contaba o no

—En el corazón —musitó.

Parecía sorprendida de que ese sentimiento saliera de ella, pero Rin no, porque reconocía esos dientes apretados, esa deliberación.

En su momento, la Jefa de Pista también había sido una joven que apretaba y rechinaba los dientes; en su caso, en el límite del cementerio en el que una tumba tenía grabado su nombre.

Y no quería que nadie más se sintiera así de solo jamás.

Rin vio que Jo colocaba los pies sobre el rico suelo marrón y que se concentraba en la hierba.

—¿Lista? —preguntó Rin.

Jo asintió.

—Vale, pues la palabra es «hogar» —dijo Rin.

Los ojos de Jo se cerraron.

Una luz emanó de la joven.

Un maremoto de luz solar y polvo de estrellas salió disparado de su alma a través de sus dedos. Ella sola era el amanecer.

Rin sintió que una corriente cálida pasaba a su lado. Se le agitó el pelo, pero ella se mantuvo inmóvil.

El campo se transformó en una habitación oscura, fría. Estaban en una granja de madera.

Delante de ellas había dos chiquillos sentados, un niño y una niña, que observaban la puerta principal desde la escalera. Había otro crío, mucho mayor, que no paraba de ir de un lado a otro de la cocina.

Había muchos años de diferencia entre ellos y su hermano, y esa diferencia sería la que dictaría quién iría a morir y quién se quedaría y viviría.

Rin observó a una Jo más pequeña en la escalera, que doblaba los pies descalzos hacia dentro. La fría madera astillada no emitió ni un solo ruido cuando el hermano mayor tomó el petate, se puso el sombrero y abrió la puerta.

Nada había cambiado. Esa noche —o más bien hoy, ahora—, todo sucedió como siempre: no podía hacer nada, salvo ver marchar a su hermano.

Rin sintió algo en su interior, como si este recuerdo fuera suyo; algo oscuro, efervescente. La habitación se sacudió. Las sombras se convirtieron en oscuros y peligrosos desconocidos.

El suelo de madera se desintegró y Rin cayó y cayó, gritando. Todo lo que jamás quería volver a sentir irradió de su cuerpo por todos los poros, enroscándose en los agujeros de su corazón como el veneno y, después, saliendo disparado como si fueran balas. Miedo; pena, mucha pena; ira. No era justo. ¿Qué clase de Dios habría matado a su hermano?

¿Hermano? Rin nunca había tenido un hermano.

Sintió el pánico en la garganta. Pero no era suyo, y la pena tampoco. Esta no era su mente.

—¡Jo! —gritó la Jefa de Pista—. ¡Céntrate! ¡Llévalo a tu interior!

Su voz sobresaltó a Jo, que volvió a la realidad. Cuando el hechizo se rompió, Rin sintió el suelo bajo sus pies, cuartos traseros y manos. Hierba, barro... Estaba húmedo por el rocío de la mañana. El resto era una ilusión, no era real.

Jo dejó caer las manos y todo desapareció. Rin permaneció donde se había caído. Se había acabado, solo había sido una pesadilla, pero le había parecido completamente real.

Se había parecido al pasado. A... él: al Rey del Circo.

Jo era poderosa. «Jo es peligrosa», le dijo una voz. Rin sintió que se alejaba de sí misma, que abandonaba su cuerpo, se alejaba, se insensibilizaba...

—Lo siento muchísimo —dijo Jo, que se acercó a toda prisa.

No, no era culpa de Jo. Rin no podía cerrarse en banda y dejar a esta niña sola. Por lo que había visto, Jo se sentía sola desde hacía tiempo.

La joven, espantada y con los ojos vidriosos, bajó la mirada hacia la Jefa de Pista. Solo era una cría con problemas. Entonces, Jo se echó a llorar.

Pero las dos no podían hacerlo; una de ellas tenía que levantarse, seguir adelante.

Jo solo era una cría.

«Él también fue un crío una vez».

Pero Rin había crecido, así que podía ponerse en pie.

—Soy un monstruo, lo siento mucho. —A Jo le temblaban las manos—. Yo...

Las lágrimas empezaron a brotar como si no hubiera llorado en años. Parecía lo bastante mayor como para tragarse los hipos, y su Chispa bastaba para hacer desaparecer un campo entero. Pero estaba temblando.

—No eres un monstruo —dijo Rin. Se arregló los tirantes y se subió las mangas—. Simplemente no tienes el control. Eso es todo. Si tu Chispa sale del corazón, es que tu corazón está sufriendo. Esas imágenes... —Hizo una pausa. Una parte de ella quería alejarse porque había algo que le resultaba demasiado familiar. Su circo era un buen sitio, un sitio agradable que nada tenía que ver con esto. Esto era como los horrores que exhibían las tiendas de lona negra, como la medianoche que les seguían los pasos.

Y si Rin no le enseñaba a Jo a hacerlo mejor, ahí es exactamente donde Jo terminaría. O en un sitio peor. Rin sabía que la luz azul en mitad de la guerra no era lo único que podía herir a esta muchacha.

—Esas imágenes eran de miedo —dijo Rin—. No eres un monstruo. Tú conoces a los monstruos.

Jo se limpió la nariz con el brazo. Era muy pequeña y escuálida, y la habían machacado muchísimo para luego dejarla abandonada. Era demasiado joven para estar sola.

Pero no lo estaba.

Rin alargó el brazo hacia el hombro de Jo.

—Quiero que lo hagas otra vez —dijo—, pero esta vez, no tengas miedo.

—¿Entonces quieres que disminuya mi Chispa? —preguntó Jo a la defensiva.

—No, no —dijo Rin—. Quiero que encuentres la felicidad en tu Chispa. ¿Dónde está la felicidad en la palabra «hogar»? Encuentra esos pensamientos alegres.

—Muy bien, Campanilla —bufó Jo, con las mejillas secas, los ojos aún enrojecidos y la sonrisa pícara de nuevo en su rostro.

—O sea, que conoces *Peter Pan* —dijo Rin—. Estupendo, pues entonces sí, justo como Campanilla. ¿Cuál es tu pensamiento alegre? ¿Qué te hace volar?

Jo cerró los ojos y, aunque Rin se quedó esperando a que le replicara, no lo hizo. Colocó firmemente los pies en el suelo a la anchura de los hombros, alzó la cabeza, abrió ligeramente los ojos y levantó las manos.

De las puntas de sus dedos salieron tonos morados y azules, nubes y cumbres nevadas, y una fila de niños pequeños trepando árboles al son de unas flautas. Más arriba había una niña y un niño que giraban el uno al lado del otro en grandes círculos, como si volaran, y se fundían lentamente en un baile.

Rin y Jo contemplaron con asombro la imagen, mientras esta aumentaba y pasaba de las manos de Jo a lo alto del cielo, como si los propios vientos la hubieran trazado y ahora fuera tan real como cualquier libro lo hubiera sido en la mente de la niña. Era como la música; un suave piano que sonaba cuando el mundo era más joven y seguro.

Ver al niño y a la niña bailar le recordó a Rin lo que era confiar en la gente.

Pero la imagen desapareció de un plumazo, como el humo de una vela disipándose en una habitación repleta de ventanas abiertas. La Jefa de Pista se quedó mirando aquel vacío con verdadera admiración.

Jo cerró los puños despacio y los sacudió, antes de frotarse las palmas sudadas en el vestido almidonado.

—Pues ya está —dijo.

La Jefa de Pista parpadeó poco a poco, como si se despertara de un sueño.

—¡Guau! —comentó Rin—. He olido el mar. Es el segundo océano que creas, pero nunca has estado, ¿verdad?

—Oh, ¿qué pasa? ¿Como soy de Nebraska nunca he visto el mar? —dijo Jo—. Pues no, nunca lo he visto.

—Entonces, ¿cómo sabes a qué huele?

—He mezclado un chaparrón primaveral con agua salada y con la peste que emite un lago cubierto de musgo —explicó, encogiéndose de hombros.

—¡No te encojas de hombros como si nada! —dijo Rin—. Jo, eso ha sido espectacular. Ha sido…

—¡Maaaagia! —canturreó Jo, con un pequeño baileteo. Rin se rio alegremente y le dio palmaditas en las manos.

—Eso, eras tú —dijo.

Jo se quedó paralizada. Puso una expresión de extrañeza, como si Rin le hubiera clavado algo en las costillas, pero decidió tomárselo a broma.

—Ya, claro —dijo, y dio unas pataditas al suelo con su gastado zapato negro. Después, añadió—: En realidad, la segunda imagen también era de la granja. Solo las partes buenas. Charles y yo jugábamos en el campo a que éramos Peter Pan. Era un lugar bonito... Marceline. Lo echo de menos. Aunque todo ello es Marceline, lo bueno y lo malo. Al igual que yo soy todo eso. Puedo ser el océano, pero también el resto de las cosas aterradoras, ¿verdad?

—Eres tú la que puede escoger lo que eres —dijo Rin.

—Ya, no creo que sea tan fácil —protestó Jo—. No puedo decir: «¡Eh! Quiero ser Babe Ruth», y de repente ¡puf!

—Has dicho que echas de menos Marceline, a pesar de que allí ocurrieron cosas tristes —dijo Rin.

Jo se ablandó.

—Era mi casa. Bueno... sigue siéndolo. —Se frotó un ojo—. Creo que siempre lo será.

Rin se aseguró de que Jo la miraba cuando le dijo:

—¿Quieres ser alguien que ayuda a las personas? ¿Quieres actuar en mi circo?

Jo asintió lentamente. Su grasiento flequillo se balanceó, su mandíbula estaba apretada y sus ojos mostraron determinación. Estupendo.

Rin le frotó la espalda, mientras contemplaba cómo el circo se extendía frente a la pradera y el sol seguía elevándose.

—Muy bien —dijo, secándose el sudor de la frente—. Esta noche te presentaremos como La Hiladora de Sueños.

EDWARD, 1917

Edward podía conseguirle a Ruth lo que quisiera. Fuera como fuera la vida que Ruth quería, lo único que tenía que hacer era tirar de los hilos detrás de la cortina y aparecía. Era un otorgante de sueños. Disponía de una tarjeta preferente que le daba acceso a los hoteles más bonitos, los mejores restaurantes y los regalos más caros. Mimaba a Ruth, y ambos disfrutaban de una anónima vida de lujos. Estaban solos, pero la vida que compartían era magnífica.

—No quiero quedarme en ningún sitio durante demasiado tiempo —dijo Ruth—. Quiero viajar por el país, ¡verlo todo!

—Como desees —concedió Edward.

Ruth brillaba como un faro, y Edward era su roca.

Pero ser la roca era complicado. Ruth era la que se mantenía en su sitio, la que era amable con los que la rodeaban, con la que los camareros se reían sin ningún esfuerzo, y a la que los conductores le daban la mano. Edward, por su parte, no pertenecía al club y no tenía claro cómo hacer sonreír a los demás. Y daba igual todo lo que Ruth le quisiera, no podía enseñarle.

A veces, Edward caminaba sin rumbo por la población de Ohio o por algún lugar remoto de Kentucky en el que hubieran aterrizado. Otras veces, se sentaba en un parque y veía a la gente pasar.

Algo iba mal. Algo que ardía en su interior con el deseo de conectar. Le recordaba a una vez que, durante su infancia, dejó escapar un globo y este no volvió a bajar. Cuando te desprendes de las cosas, nunca las recuperas. Y él hacía tiempo que había dejado marchar a todo el mundo que no fueran Ruth y él.

A veces, leía los periódicos. Se acercaba a las esquinas. Descubría a otras personas con Chispa. Y los observaba, como un aprendiz hambriento que conspiraba para superar a su maestro.

Algunas personas tenían una Chispa que ayudaba a los demás: podían curar o cultivar flores. Pero la Chispa de otras hería a la gente: podían convertir la carne en cenizas o gritar hasta que los árboles se derrumbaran.

Podían conseguir que la gente hiciera cosas.

Edward les susurraba algunas palabras a los desconocidos que pasaban por delante de él: «Aprieta el puño», «ríete escandalosamente», «golpea ese árbol». Puso a prueba sus dientes contra la lengua, las vibraciones de las palabras sobre los labios, como si fuera un experimento secreto.

¿Y si pudiera unir a todo el mundo en una especie de hermandad? ¿Y si pudiera ordenarles que utilizaran su Chispa en su beneficio y en el de Ruth? Serían imparables y resultaría encantador tener a un grupo de personas en las que pudiera confiar. Una familia, una que no se marchara nunca.

Un día despejado, Edward y Ruth pasearon juntos por uno de estos parques. Vieron a un chispa congelando un lago para convertirlo en una pista de patinaje.

—No creo que esto sea justo —dijo Edward—. Algunas Chispas son buenas y otras malas. Algunas personas pueden sacarte los huesos y otras pueden hacer pistas de patinaje.

—No estoy de acuerdo —respondió Ruth.

—¿Eh? —dijo Edward. Ruth se encogió de hombros y señaló el lago.

—Puede congelar cosas —dijo—. Eso no es ni bueno ni malo. Es él quien elige para qué usar su Chispa. Piénsalo. Podría congelar la ciudad entera, abrir cajas fuertes, asesinar personas… Pero, en su lugar, hace pistas de patinaje. A mí me pasa lo mismo: podría transportarme al interior de la caja fuerte de un banco, pero no lo hago.

—¿Crees que eres una buena persona?

Ruth lo miró.

—Sí, creo que lo soy.

Y ahí fue cuando algo empezó a arder en su interior. Algo le dio la vuelta a sus propios huesos. Esa cara engreída, esa paz interior… Ruth no era nada. Era una niña estúpida que había tenido suerte.

—No eres una buena persona —bramó Edward—. Solo eres una persona y punto.

Los ojos de Ruth se apagaron; Edward vio cómo se marchitaba.

Y no hizo nada por impedirlo.

Siguieron caminando y, cuando vieron a una familia paseando y admirando el día de nieve, Edward entrecerró los ojos.

El orgullo no llevaría a Ruth a ningún sitio en la vida.

Era mucho mejor que él, alguien que se preocupaba por ella, le bajara un poco los humos.

—Ve a tocar a uno de esos padres y a uno de esos hijos —ordenó Edward—. Mándalos a la otra punta del mundo.

Ruth ni siquiera lo miró. Era como si se le hubiera ocurrido a ella. Avanzó sin prisa y con un plan en mente. Tocó a la mujer y al niño pequeño, y desaparecieron con ella.

Cuando volvió, estaba sola.

El hombre gritó y la niña pequeña berreó.

—Sácanos de aquí —le ordenó Edward. Y ambos desaparecieron.

Aterrizaron en la habitación de su hotel.

—Creo que tienes razón —dijo Edward, que enarcó una ceja en un gesto engreído, como si hubiera ganado una apuesta—. Has demostrado tu argumento.

—¿Qué? —dijo Ruth, mirándose las manos. Aterrada de sí misma, empezó a temblarle el cuerpo.

—Cualquier Chispa puede utilizarse para el mal —explicó Edward.

—Yo no... No sé por qué he... —Ruth rompió a llorar—. Tengo que volver a por ellos. No valía la pena probarlo así. Lo siento tanto, ay Dios mío...

—No vayas a por ellos —dijo Edward—. Ven aquí, todo irá bien. —La envolvió en sus brazos, pero aun así temblaba—. ¿Qué vamos a hacer contigo, Ruth?

Ruth sollozó.

—No eres mejor que yo —soltó Edward mientras le acariciaba el pelo—. No paro de decirte que trato de ayudarte, pero te crees mucho más lista que yo. —Le tiró suavemente del pelo para que sus ojos se encontraran con los suyos—. No lo eres.

Los lloriqueos de Ruth se hicieron pesados después de un rato. Edward no quería que olvidara lo que había hecho, pero había que detener las lágrimas. Tenían que seguir adelante con el resto de la noche, de manera que Edward acortó su tristeza. Como un artista que perfecciona su obra de arte, le secó las lágrimas y dejó en su corazón los pequeños acordes que le había estado tocando.

Con las riendas de nuevo en sus manos, la abrazó mientras se dormían.

—Sobre lo del parque, querida, lo he estado pensando y no deberías empezar conversaciones filosóficas si tu temperamento no puede con ello.

Ruth asintió, recostada sobre su pecho.

—Hago todo lo que me pides —dijo Edward—. He convertido tu vida en nuestra vida. ¿Dónde estaría yo sin ti, Ruth? ¿Alguna vez te has preguntado qué quiero yo?

Ruth se quedó en silencio y, después, dijo en voz baja:

—¿Qué quieres?

Quería que Ruth le prendiera con esa llama que veía en sus ojos, que le diera todo lo que necesitara para que pudiera dormir por las noches. Quería que le hiciera brillar. A él y solo a él.

—Quiero que me quieras —dijo—. Por favor, bésame.

Ruth lo hizo.

Y los dos fugitivos se quedaron dormidos.

LA JEFA DE PISTA, 1926

Rin encontró a Mauve sentada en el exterior de su propio vagón, remendando su disfraz morado y canturreando para sí misma. La falda le cayó sobre las botas y las medias cuando se inclinó sobre la escalera del vestíbulo, y se puso de rodillas para tener mejor luz.

—Me alegro de que el ensayo haya ido bien —dijo Mauve antes de que Rin abriera la boca.

—¿Qué sentido tiene hablar contigo cuando ya sabes lo que he...?

—Ninguno —respondió Mauve, que alzó la cabeza para sonreírle a Rin—. Pero me gusta escuchar tu voz, así que te permito hablar. —Entonces se rio—. No, no tengo ni idea de qué vas a decir. Mis poderes no han aumentado tanto, te estoy tomando el pelo. —Estaba llena de energía, aquí, en el presente, no dejándose llevar adelante y atrás, arriba y abajo, a través del tiempo. Rin envidiaba la forma en que Mauve mantenía los pies en la tierra sin intentarlo. O quizá solo daba esa impresión.

Rin estaba agotada. Recordaba que cuando era joven podía ensayar durante horas, echarse a dormir veinte minutos sobre una tabla, y después estar perfectamente. Ahora le dolían todos los huesos de la espalda y, cuando se sentaba durante mucho rato, las rodillas se le resentían. Ahora, necesitaba descansar antes del espectáculo.

—¿Estás bien? —le preguntó Mauve.

—¿El circo estará a salvo esta noche? —dijo Rin en voz baja. No le hacía falta explicar de quién, Mauve ya lo sabía. La amenaza del presente. Tiendas de lona negra que cada vez estaban más cerca, trepaban por la columna vertebral de Rin como un escalofrío. La pregunta llevaba en su subconsciente toda la mañana. Hacer malabares era agotador, pero ahora que se había ocupado de Jo y Charles, ya podía (y debía) preocuparse por el Rey del Circo. Y cuando se ocupara del circo, podría preocuparse por el mundo. Algunos días, se sentía como una directora de orquesta a la que se le iban cansando los brazos, a pesar de estar lejos de la coda. Oía todos los instrumentos de su vida sonando desde distintas zonas del terreno, tratando de sacar música de una cacofonía.

Mauve desvió la mirada hacia el horizonte, como si estuviera reflexionando y, después, asintió con decisión.

—Hasta donde sé, estaremos a salvo del Rey del Circo esta noche —dijo—. Pero sí, veo algo más allá, una forma oscura, una grieta… tiene pinta de ser una situación interna. ¿Quizá alguien se emborrache? Veo un montón de imágenes de partes del cuerpo: un corazón, una columna vertebral… pero creo que son metafóricas. No dejo de preguntar si el espectáculo estará a salvo y la respuesta siempre es sí.

—Bueno, un poco siniestro pero también positivo, ¿no? Tampoco morirá nadie, ¿verdad?

—No —dijo Mauve—. No veo ninguna muerte.

Rin se inclinó hacia delante para que nadie la escuchara. No es que hubiera alguien particularmente cerca, pero veía a varias personas deambulando, colocando piezas metálicas, trasladando el atrezo de un lado a otro y apresurándose hacia la carpa de ensayo mientras se colocaban cinta alrededor de las muñecas… Eran tantos en la compañía que no estaba de más asegurarse.

—¿La grieta tiene que ver con… la guerra? Salimos de excursión de nuevo esta noche, ¿no?

—Odette me pidió que te recordara que eches una siesta antes del espectáculo. Y que disfrutes de tu noche de inauguración en Lawrence —dijo Mauve, que tiró de la aguja y el hilo a través del vestido morado—. Ya nos preocuparemos por el futuro después. Así que deja de fastidiar. Ya estoy bastante nerviosa como para que encima vengas a cargarme con tus inquietudes.

—¿Estás bien?

—Sí, no es que tenga un día malo, es que estoy inquieta.

—¿Necesitas algo?

—Dormir más —dijo Mauve—. Y recuérdame que beba agua.

—Hecho. —Rin notaba que Mauve no solo estaba repleta de energía, sino que también vibraba bajo la piel, sin perder el control—. ¿Cómo consigues mantener tan bien los pies en la tierra?

Mauve hizo una mueca con el hilo y la aguja en la mano.

—No los tengo en la tierra —dijo—. Los tengo en todas partes. A veces, cuando miro a alguien, lo veo como si hubieran pasado diez años y, otras veces, lo veo como si fueran a pasar diez años mientras, a la vez, recuerdo el maravilloso bocadillo que me comeré en tres. Y, lo que es peor, a veces les veo y sé cómo van a morir. No tengo los pies en la tierra, Rin.

La Jefa de Pista observó las manos firmes de Mauve tirando del hilo.

—Pareces muy tranquila —comentó.

Mauve se rio brevemente. Después dudó, hizo una pausa y dijo:

—No es la primera vez que el mundo sangra. Si cada vez que hay una guerra no mantengo la calma, no sería capaz de respirar. ¿Sabes lo que ocurrió en el verano de 1919?

—Fue cuando fundamos el circo —dijo Rin.

—Will Brown fue asesinado en Omaha —añadió Mauve—. ¿Sabes qué pasó en el verano de 1921? Tulsa. ¿Sabes lo que ha ocurrido cada día desde que la gente blanca puso un pie en este continente? ¿Sabes lo que pasa al otro lado del mundo? Dolor. La Gran Guerra fue un pestañeo. Todo ese dolor, toda esa pérdida, fue un simple parpadeo. ¿Por qué apareció la Chispa entonces? ¿Por qué no ocurrió cuando los esclavos se rebelaron en Nueva Orleans? ¿O en Wounded Knee? ¿O en el verano de 1919?

Rin negó con la cabeza.

—No lo sé —respondió. Mauve tenía que cargar con esto, verlo todos los días. Ese dolor era algo que formaba parte de la vida de Mauve y nadie, ni siquiera Odette, podía quitárselo.

Rin no encontraba las palabras adecuadas que decir. Conocía el dolor —ese tamborileo que no cesaba—, pero también sabía que había otro dolor que nunca conocería. A lo mejor no había palabras adecuadas, así que se quedó junto a la escalera, mientras que Mauve cosía y Rin respiraba, mientras que ambas contemplaban el sol que se ocultaba. En el otro extremo, las luces del paseo central se encendieron con un zumbido. El generador estaba en marcha gracias a Boom Boom. Todo resplandecía como un parque de atracciones, el material del que estaban hechos los sueños en verano. Amarillo, rojo y azul salpicaban el tenue tono cobalto del atardecer.

—Cuanto más tiempo tenemos las Chispas, más crecen. Y mi poder ha aumentado desde que nos conocimos, no cabe duda —dijo Mauve. Dejó de coser y miró al frente, hacia el final del paseo central—. Desde que descubrimos esta incipiente guerra del futuro... qué demonios. Se ha acentuado sobre todo desde entonces. Cuando no estoy concentrada exclusivamente en nuestro pequeño campamento, oigo los gritos de toda la humanidad.

—¿Cómo mantienes la cordura con una Chispa como esa? —preguntó Rin.

—¿Qué otra opción me queda, Rin? —dijo Mauve. Enrolló el hilo alrededor de un dedo y se puso a juguetear con él—. Si se declara la guerra, no será la última. Y si no se declara, habrá otra. Siempre habrá personas que traten de eliminar a otras, porque están asustadas, porque son idiotas o malvadas, o las tres cosas a la vez. —Cortó el hilo y anudó un extremo. Después, volvió a meter la aguja en su pequeño costurero—. Y nuestras vidas no se detienen por ello.

—No podemos impedir la guerra, ¿verdad?

—Si lo hacemos, será como un parpadeo —dijo Mauve—. Por supuesto, será nuestro parpadeo. —Se movió un poco para hacerle espacio a Rin, y esta aceptó la invitación. Permanecieron sentadas en la escalera del vagón, Mauve jugueteando con el hilo y Rin con los codos apoyados en las rodillas. Las botas

179

de Rin pesaban mucho. Envolvió a su amiga en sus brazos y esta hizo lo mismo. Delante de ellas, el circo se preparaba para la velada. Había suficiente espacio entre los carromatos y la taquilla para que distinguieran la actividad del paseo central desde su sitio. Algunos vecinos ya habían empezado a acercarse para echar un vistazo al trabajo y formaban una cola más allá de la puerta de la feria. Un grupo de artistas correteó por detrás y a lo largo del paseo central cuando el señor Calíope entonó su primer acorde. Se reían, se tiraban de las mangas los unos a los otros y mostraban sus últimos ejercicios de calentamiento. Lo bueno del circo era que no tenían que esconder la magia porque era real.

Kell bailaba con Charles Reed, a plena vista, porque allí estaban en casa, había esperanza y cualquiera podía ser quien quisiera bajo los zumbidos de las luces de la caseta de los recreativos.

Era un parpadeo, pero aun así era importante. A lo mejor había una razón por la que todos trabajaban en el circo todos los días.

—Todos morirán si no la detenemos —dijo Rin.

—Sí —coincidió Mauve—. Pero si se va al garete, seguimos teniendo esta noche. Y esta noche ocurrirá algo estupendo. —Los ojos de Mauve centellearon mientras se separaba de Rin, recogía su costurero y se ponía en pie sobre los escalones de acero—. Jo va a estar magnífica.

LA JEFA DE PISTA, 1926

Y, en efecto, Jo estuvo magnífica.

—¡Muy bien, el telón se levanta en cinco minutos! —gritó Maynard entre bambalinas, mientras todos salían en desbandada del patio trasero. Los focos, que zumbaban en lo alto como un crepúsculo eléctrico, se quedaron a oscuras y en silencio, bañando a toda la *troupe,* que esperaba con anticipación.

Aunque lo mejor sería entrar cuanto antes. Los mosquitos eran implacables esa noche, y a Rin le picaba la espalda por debajo de la chaqueta de terciopelo. Por alguna razón, no solían picarle, pero cuando lo hacían, era un infierno.

—¡Prevenidos, gracias! —respondió al unísono la compañía.

—¡Reunión! —exclamó Rin—. Ya basta, Tina, tienes el pelo genial. Vamos, vamos.

Toda la *troupe* se acercó mientras sus ojos se adaptaban a la luz. Se tomaron de las manos. Rin cogió la de Odette, y su mujer le acarició suavemente la palma con el pulgar. Rin se la apretó, pero no había tiempo de decir nada. Tenían que empezar con el espectáculo.

—En todos los teatros hay un fantasma —dijo Rin.

—Del pasado, el presente y el futuro —se unieron todos.

—Y esta noche haremos que se sientan orgullosos —concluyeron juntos.

Y entonces, con un zumbido grave y profundo, todos entonaron la misma nota, hasta los que no sabían cantar, y la mantuvieron al unísono. Cerraron los ojos. Aunque provenían de lugares dispares, ahora todos formaban parte de la misma historia. Rin apretó la mano de Odette, después la de Mauve, y, como era habitual, hizo un poco de trampas al abrir los ojos para ver a toda su compañía compartiendo este momento.

Pero esta noche vio algo... lo vio de verdad... en mitad del círculo.

Algo que nunca antes había estado ahí.

Una bola de luz amarilla iluminaba el oscuro patio trasero y danzaba por delante de la multitud de rostros que había en el círculo.

Se quedó allí flotando, como si todos los artistas y los peones la hubieran creado juntos.

Pero Rin sabía de dónde procedía. Sus ojos se desviaron hacia Jo, que iba vestida con unos leotardos y una toga inmaculada. La luz brilló tanto que todo el mundo abrió los ojos y la miró fijamente. No tenían miedo: estaban impresionados.

Jo se soltó de las manos, desconectándose del círculo, y la bola desapareció. Sus hombros se desplomaron y miró a los demás con una expresión entre pesarosa y avergonzada. Pero el señor Davidson, en un lado, y Agnes Gregor, en el otro, volvieron a agarrarle las manos. El señor Davidson, además, le hizo un gesto de asentimiento con la cabeza.

—Adelante, niña —dijo Rin—. Enséñanos de lo que eres capaz.

Jo, un solo de piano en mitad de una orquesta de chispas, miró hacia donde había estado la luz.

Todos empezaron a tararear y la luz volvió. Un choque de cuerdas; un ruido sordo en la percusión de sus corazones.

Y allí, en el centro del círculo, la Chispa de Jo convirtió la luz de todos en una realidad. Un brillo cálido, dorado y resplandeciente, tan mágico como la gente allí presente.

Rin sonrió.

—Mucha mierda para todos —dijo.

Cuatro minutos después, la gran carpa cobró vida.

El desfile. La música. El vestido morado de Mauve perfectamente remendado y su voz perfectamente afinada, entonando la canción de apertura desde lo alto de su posición elevada. Las acrobacias de Odette. Agnes levantando piezas antiguas de maquinaria agrícola. El señor y la señora Davidson. Los malabaristas y acróbatas. Kell y el señor Weathers. Todos los nombres revoloteaban juntos en círculos, de un número a otro, en un vertiginoso despliegue de imaginación. La multitud chilló en los momentos oportunos y se quedó sin respiración durante el espectáculo de los ponis, cuando Jess estuvo a punto de caerse de Tina; después, terminó entre aplausos cuando resultó que lo tenía todo coreografiado para terminar con un salto mortal.

Entonces llegó el momento de los debuts.

—Es la primera vez que mostramos lo que viene a continuación, y lo haremos para sus ojos. Así es; ustedes, ciudadanos de Lawrence, Kansas, serán los primeros en el universo en estar frente al Demonio Indestructible.

La actuación de Charles fue bien. El disfraz de demonio que habían improvisado con una vieja cortina ignífuga le hacía parecer un poco ridículo y a Charles no le salía natural ser un hombre de espectáculo, pero su piel lo compensó aguantando todas las flechas y espadas trucadas de Yvanna. La Chispa de Yvanna —hacerlo todo a la perfección a la primera (pero solo esa primera vez)— significaba que podía cambiar su número todas las noches o esforzarse mucho en una rutina hasta que, con la práctica, le salía perfecto. En lo referente al número de la flecha ardiendo, Yvanna había escogido el camino más difícil porque ella misma era puro fuego. Su personalidad incendiaria impresionaba al público lo suficiente para compensar la timidez de Charles y, como Rin había sospechado, hacían muy buena pareja. Yvanna había creado una silla de ruedas (a la primera) que funcionara sobre el suelo de tierra que Esther había preparado y, esta noche, engalanada en llamas pintadas, recorría con ella el borde exterior de la pista. Mantuvo al público en vilo mientras encendía la flecha («¡Un último golpe para el Demonio Indestructible!», exclamó), y se la lanzaba a Charles con una explosión de fuego. Con el disfraz y el pelo ardiendo,

Charles parecía un ave fénix, un demonio. Un auténtico Demonio Indestructible.

—Le hace falta un disfraz mejor —le murmuró la Jefa de Pista a Odette.

—Respira —respondió su mujer en voz baja—. Ya nos encargaremos después. —La Jefa de Pista tomó una gran bocanada de aire y la soltó lentamente. Si empezaba a analizar los entresijos de la actuación, perdería los nervios, como un pianista al darse cuenta de que está tocando una canción nota por nota, dedo con dedo, en mitad de una pieza complicada.

A Charles le siguió el número de Tina sin Jess, en el que Tina mostraba su gran colección interna de fieras. Un interludio con bailarines del coro ocupó el hipódromo.

El público estaba en el borde de sus asientos. El circo había encontrado su ritmo gracias a las pruebas y errores a lo largo de los años. La Jefa de Pista había aprendido a equiparar las historias con la brillantez de cada artista, todos conectados por las fluctuaciones de las sensaciones bajo el foco.

La Jefa de Pista se puso colorada con el calor de la carpa, mientras ella y el público aplaudían a Tina y al número de *ballet*.

Era perfecto.

—¡Otro estreno esta noche! —anunció Rin—. Nuestro propio Oráculo de Delfos, una Perséfone ilusionista... ¡la Hiladora de Sueños!

No era una descripción canónica, pero a la gente le encantaba todo lo relacionado con Perséfone. El foco abandonó a la Jefa de Pista y se movió hasta el centro de la Pista, donde una Jo temblorosa ya se había situado en su sitio. La Jefa de Pista había acotado —coreografiado— que la chica debía situarse en el centro con la esperanza de que todos sus espejismos fueran lo bastante amplios como para alcanzar a todo el público. Esta noche verían si funcionaba; a lo mejor debía colocarla a la izquierda, hacer que se desplazara, o quizá con algunos espejos...

Jo lucía una toga gruesa que la hacía parecer Hera a punto de acudir a una de las fiestas de Gatsby. Tenía unos penetrantes ojos azules, y el pelo negro le caía en ondas alrededor de la cara. Parecía incómoda con todos sus ademanes de marimacho ocultos. Tenían que encontrarle algo que le gustara ponerse; trabajarían en ello.

«Vamos, niña. Puedes hacerlo».

Jo levantó una mano y contempló a la multitud. En su rostro apareció un ligero atisbo de miedo que Rin ya conocía. Quería correr hacia ella, darle unas palmaditas en la espalda, decirle que no pasaba nada, que era válida.

Pero no podía hacer ninguna de esas cosas. Solo podía aguantar la respiración y prepararse para ayudar a Jo con alguna narrativa de apoyo («Y ahora, la Hiladora de Sueños hará que…, y después hará que…»); estaba acostumbrada a hacerlo con los artistas nuevos que todavía no estaban acostumbrados a los focos.

Pero la sensación de inseguridad desapareció, y una sonrisilla traviesa se dibujó en el rostro de la muchacha. Tenía la atención de todo el mundo centrada en ella y podía hacer lo que quisiera con esa energía.

Jo resultó ser una artista innata. Llevaba unos guantes de hilo dorado en las manos, los levantó y de ellos empezaron a manar colores. Con el dedo índice y el pulgar juntos, pellizcó el aire y tiró de un largo hilo azul, como si hilara el viento. Le dio la vuelta y formó un cielo cobalto, como el del atardecer de esa noche. Capturó el sentimiento de una noche de verano tras un largo partido de béisbol, con el *staccato* de las cigarras.

Entonces apareció el gris. La clase de gris que se forma por las tardes antes de una nevada consistente y limpia. Pintó el cielo de montañas a gran velocidad. Era toda una profesional.

Esta muchacha estaba repleta de facetas que se desparramaban desde su persona en profundas sombras de tinta y mucho más, como si las hubiera contenido en su interior durante años, añadiendo más y más espacios de almacenaje en su corazón a la espera de sorprender al mundo con su profundidad. Y esta noche, todo salió de golpe, cubriendo de lazos el ambiente e inundándolo, llenando la carpa, la respiración en los pulmones y el espacio dentro de las cabezas de todos.

Y Rin fue testigo de ello.

Había pasado mucho tiempo con Odette y con Mauve tratando de buscar un futuro mejor, y aquí tenía un pequeño atisbo. Era un futuro entrelazado con colores que nunca había percibido. Un suave rojo cálido junto a una hoguera. Olía a ropa recién lavada que una abuela comprensiva doblaba sobre su abdomen y colocaba en una cesta de mimbre limpia. Ese mundo estaba hecho de las sábanas suaves de una cama que solo ella preservaba. Era la culminación de un hogar desconocido pero deseado.

Un hogar para Jo.

La alegría brotó de cada centímetro de la sonrisa de la muchacha, que brillaba como un radiante faro a través de la niebla. Era una luz que Rin reconocía de su propia alma, como una canción que llevara años sin escuchar pero cuya letra todavía recordaba por completo. Su antiguo corazón estaba en la sonrisa de una niña pequeña.

Rin tuvo que obligarse a dejar de mirar la actuación para fijarse en el público. Sobre todo en un joven sentado en la fila delantera, que había perdido la compostura y sollozaba en silencio mientras se asombraba con el espectáculo que tenía delante.

Era exactamente lo que necesitaba ver, en el momento exacto en que necesitaba verlo.

—¿Ha funcionado? —Odette se acercó a Rin mientras esta última observaba cómo el público se marchaba y Maynard limpiaba los asientos. El espectáculo había terminado, y los filtros de papel de colores se estaban recogiendo y reemplazando por las luces generales. La Jefa de Pista estaba sentada en el bordillo de la pista y Mauve bebía un poco de té a su lado, en silencio. Odette se dejó caer junto a las dos, a la espera de una respuesta.

La Jefa de Pista miró a Mauve y esta asintió mientras daba otro sorbo de té.

—El chico volverá a casa —dijo—. Se ha olvidado la pistola en la habitación del hotel.

—¿Él y su chica harán las paces y se comportarán como es debido? —preguntó la Jefa de Pista.

—¿Quién sabe? —respondió Mauve—. Pero al menos ahora hay una posibilidad, ¿no? —Se llevó un dedo al ojo y se limpió un pegote de maquillaje que parecía amontonarse en sus pestañas— ¿Me lo he quitado o ahora parece que tengo el ojo amoratado?

Odette la miró.

—Te lo has quitado.

Las tres mujeres se apoyaron una contra la otra, respirando hondo, y contemplaron la carpa vacía. Aún se sentía el eco de los vítores, los fantasmas de aquellos que habían actuado un centenar de veces y de aquellos que lo harían en los días que estaban por llegar. También estaba repleta de cartones de palomitas tirados.

—¿Y bien? —Una voz rompió el momento de paz. Jo se acercó enseguida a ellas, sin la toga y, de nuevo, con los pantalones y la camisa. Charles iba un par de pasos por detrás con una expresión incómoda y apresurada. El pelo grasiento y negro de Jo le caía sobre el rostro mientras miraba frenéticamente a su alrededor—. La persona especial, ¿se ha marchado ya?

La Jefa de Pista asintió.

—Sí, se ha ido a casa.

—¿Ni siquiera podré conocerlo? —preguntó Jo—. He corrido lo más rápido que he podido. ¿Quién era? ¿Un senador?

—Madre mía. —Charles las alcanzó con el pelo sobre la cara—. ¿Era Charlie Chaplin?

—No —dijo Mauve—. Se llama Thomas. Sirvió en la guerra y se había olvidado de las montañas y los atardeceres. Tú se lo has recordado.

Jo parecía confundida.

—¿Ese era el invitado especial?

—Pones mucha dedicación en tu trabajo —dijo la Jefa de Pista con paciencia—. Las cigarras, las sombras de la nieve… las pequeñas cosas son las que hacen que tus espejismos sean reales. —Vio que Charles se animaba, expectante—. Charles, has estado completamente en llamas y has vivido para contarlo. Muy impresionante.

—¡Gracias, señora! —dijo Charles, radiante.

—Sí, gracias —dijo Jo, y siguió adelante con el tema—. Entonces… ¿los invitados especiales solo son gente al azar? ¿El circo ayuda a cualquier persona?

187

—Sí, eso es lo que hacemos —respondió la Jefa de Pista—. Ahora, Thomas podrá hacerse viejo. Tendrá la oportunidad de ser un miembro activo de su comunidad, tener hijos y plantar árboles. Una ola de bondad puede ocupar el espacio en el que podría haber surgido un agujero negro. —Se levantó y bajó la vista hacia la muchacha que la miraba—. Lo has hecho bien, niña.

—Sí, es una estrella. —Charles le dio unas palmaditas en la espalda a su hermana, orgulloso.

—Oh, maldita sea —soltó Jo con desprecio—. Vale, entonces hacemos actos de bondad, pero ¿cómo sabíais que el tal Thomas lo necesitaba?

—Mauve nos dice a dónde trasladar el circo —trató de explicar la Jefa de Pista—. Nos guía hasta las personas que necesitan esta luz en su vida. Y ahora, tú, Jo, eres una parte integral de nuestra misión. Perfeccionarás la imagen exacta que alguien necesita ver en el momento adecuado. Como es evidente, ninguno de nosotros puede controlar el mundo. Las personas a las que visitamos pueden seguir tomando sus propias decisiones, pero si deciden algo distinto o mejor, pueden cambiar muchas cosas. Un instante bonito en el arte puede hacer mucho más por el cambio que la fuerza bruta. —La Jefa de Pista contempló a Jo con cautela—. ¿Tiene sentido?

Aunque Jo parecía desconcertada, lo asimiló todo. Sacudió la cabeza, como si tratara de poner en orden sus pensamientos y, después, levantó la vista hacia Rin.

—Sí, capitana.

Rin se dio cuenta de forma dolorosa de que era una adulta a la que una niña estaba tomando como ejemplo. Era un gran peso que esperaba poder acarrear.

Kell asomó la cabeza al interior.

—¿Charles? —preguntó con timidez. Al muchacho se le iluminó el rostro.

—Te veré fuera, Jo —dijo él—. Te espero para los juegos, ¿vale?

Jo le vio marcharse, y después se giró de nuevo hacia las tres mujeres.

—¿Por quién fuisteis a Omaha? —preguntó.

—Por ti —respondió Mauve sin perder un segundo.

Jo volvió a arrugar el rostro.

—¿Por mí? —dijo—. ¿No por Charles?

—Por los dos —añadió Odette—. Charles está contento allá donde vayas tú. Eres la estrella que guía a tu reducido grupo, ¿lo sabías?

—Yo no soy importante.

—Todo el mundo lo es —la interrumpió la Jefa de Pista—. Y este circo te necesita.

Jo dio un paso atrás y le restó importancia entre risas.

—Evidentemente —dijo—. Vuestro tercer acto decayó mucho en Omaha. Necesitabais darle un buen meneo con esta servidora. —Se señaló, paró despacio y dio media vuelta sobre los talones—. No sé a qué ha venido eso... ¡Buenas noches! —Corrió hacia la salida para adentrarse en las luces del paseo central—. ¡Charles y Kell, como no me estéis esperando, os mato!

Unos segundos después, Rin estalló en una carcajada.

—Los dos son muy dulces —dijo Odette tranquilamente, mientras sujetaba a Rin del brazo y esta volvía a sentarse poco a poco—. Pero esa chica ha pasado por un infierno y no es tan resistente como su hermano. Tendremos que ir con pies de plomo.

—La cosa es que ha pasado por un infierno pero sigue brillando. —Rin se arregló los puños—. Mauve, me dijiste que era la invitada especial, pero no me contaste lo poderosa que era su Chispa.

—Lo siento —dijo ella, que claramente no lo sentía—. No puedo contártelo todo. Tienes que tomar decisiones según el momento; de lo contrario, tendré demasiado poder sobre ti y no lo quiero. Eres mi amiga.

—No lo sabías, ¿verdad? —dijo Rin con sequedad.

—No lo sabía.

—¿Debería preocuparnos que pueda ocupar toda la carpa con su Chispa? —preguntó Odette. Esa misma noche, a Rin le había preocupado que no fuera lo bastante fuerte para realizar el número que le habían preparado. Ahora le parecía una estupidez—. Rin, dijiste que perdió el control durante un instante y que no fue bonito.

Mauve se encogió de hombros.

—Solo sé que necesita estar aquí.

—Cuando otros le siguen la corriente, les cuestiona —dijo Rin—. Es valiente. Y si estoy en lo cierto, y Mauve también, vamos a necesitarla tanto como ella a nosotros.

Mauve se quedó callada.

—Hay luz y oscuridad a su alrededor —dijo—. Ambas posibilidades para ambos futuros. Pero le pasa a todo el mundo, ¿no?

—Es obstinada —añadió Rin. Ella también había vivido con un pie en la oscuridad y otro en la luz. Se acordaba de un vagón, muy lejos de allí, mientras lloraba en la puerta con una maleta en la mano.

«De verdad, mírate. ¿De verdad crees que te he obligado a hacer todo lo que has hecho? Cuando te marches y ya no estés conmigo, y hagas cosas de las que no estés orgullosa, ¿a quién vas a culpar, eh?».

¿A quién había culpado cuando siguió robando tras marcharse? ¿A quién había culpado cuando no dejó de apartar a Odette? ¿Cuando no podía dormir por las noches y recurría a la botella o lo pagaba con algún vecino? Le había pegado. Había violencia dentro de ella, malestar. Todos los pequeños momentos antes de Odette, e incluso después…

Jo nunca había visto la bondad y, aun así, era bondadosa. Así que había más esperanzas para Jo que las que tuvo Rin a su edad.

—Eso es lo divertido de las personas fuertes: tienen control sobre lo que les ocurre —dijo Odette.

—A veces —dijo Mauve—. No siempre. Está llena de furia, rabia, llamas al rojo vivo. —Parpadeó y entrecerró los ojos para ver algo lejos, algo que Rin todavía no veía—. Deberíamos irnos ya.

Odette se echó el pelo hacia atrás y se puso en pie.

—Estaría bien poder disfrutar de una noche hasta el final.

Rin encendió la luz fantasma y, después, se marcharon.

LA JEFA DE PISTA, 1941

Rin, Mauve y Odette estaban en la esquina de una calle, contemplando una larga fila de casas. Por la tecnología y la arquitectura, era evidente que estaban en el futuro. A Rin ni siquiera le hacía falta tocarse la pulsera de la muñeca.

Aun así, a pesar de que se encontraban en mitad de una guerra, daba la impresión de que este barrio se había librado del humo y la muerte. Las casas estaban impecables, todas perfectamente blancas y con colores primarios. El césped estaba cortado y lucía un profundo y rico tono verde, y los niños correteaban por un pavimento sin fisuras. El aire era tan fresco y limpio que podría haber sido un sueño. Este futuro olía a sopa y lilas, y Rin no se fiaba.

—Se han llevado a los chispas —susurró Mauve, como si eso explicara por qué habían aparecido en esa calle de apariencia tranquila y serena—. Y a los que no lo son, también. Se llevan a todos los que no les gustan.

—¿Qué quieres decir con que se los han llevado?

—Según ellos, están limpiando —dijo Mauve—. Están haciendo que todo sea «perfecto», «puro».

Distinguieron un gran camión negro con un motor que ronroneaba con más delicadeza que cualquier automóvil que Rin hubiera visto en su época. Apareció por el horizonte y se detuvo en el bordillo, frente a una bonita casa blanca con molduras azules. Un hombre en la casa de al lado regaba las plantas, y una mujer al otro lado de la calle jugaba con su bebé.

Rin pensaba que la oscuridad todavía no había alcanzado este barrio, pero ahora se daba cuenta de que todos los vecinos de la calle evitaban mirar hacia la casa de las molduras azules.

Había algo malo allí.

—¿Están recogiendo a algún niño con Chispa? —murmuró Rin. Mauve negó con la cabeza.

—No. —Mauve se quedó en silencio, inmóvil. Las tres mujeres parecían sombras en un fondo; lo bastante lejos para que nadie notara su presencia, pero lo bastante cerca como para ver todo lo que ocurría.

El camión negro apagó el motor. Ahora que estaba más cerca, Rin se fijó en que la parte trasera estaba cubierta con una lona como si fuera un pequeño circo. Dos soldados con armas iban sentados en la parte delantera. Se bajaron y desfilaron hasta la puerta. Desaparecieron en su interior. Cinco minutos después, una familia salió con maletas en las manos. La niña pequeña llevaba una muñeca de Blancanieves y la mujer todavía iba ataviada con ropa de estar por casa bajo el abrigo, como si los soldados hubieran interrumpido sus vidas en mitad de una frase, en mitad de una respiración, y no les hubieran dado tiempo a empezar a respirar de nuevo.

Los soldados no eran hombres del furgón. Eran críos, chicos embutidos en rígidos uniformes. Rin vio la estrella de David en los abrigos de la niña y la mujer que los seguían.

A Rin se le cayó el alma mucho más allá de los pies. Había algo siniestro, que rechinaba los dientes, que se escondía tras su tela amarilla. Algo espantoso, bajando la calle, más allá de ese lugar con casas blancas y azules.

La estrella de David se conocía en hebreo como *Maguén David*. «*Maguén*» significaba escudo. Pero ahora se había convertido en un objetivo. Rin lo sentía; el zumbido, el tamborileo del paso de los años.

Tenía que hacer algo. ¿Pero el qué? Podría trasladarlas a la semana siguiente. Podría... recibir un disparo. Podría llevárselas al lugar donde llevaba a algunos de los que acudían al circo en busca de ayuda, al futuro, pero ¿qué pasaría con las vacunas? No había dejado nada preparado... podría hacerlas retroceder... podría... conseguir que la mataran y, con ella, a Odette, Mauve y a esta familia.

Los vecinos no hicieron nada. Procuraban evitar el contacto visual, como si no se hubieran imaginado esta visita particularmente, pero también como si no les sorprendiera. Si los vecinos sabían lo que estaba pasando, y esto se llevaba a cabo como una danza... entonces esto ya había sucedido millones de veces antes y seguiría ocurriendo otras tantas. No se limitaba a esta familia.

Era algo que iba más allá de lo que veían; algo que, para la gente de esta época, ya se había incorporado a la monotonía del día a día.

A Rin le pareció que la madre la había visto al echar un vistazo hacia donde se encontraban las tres mujeres. No le suplicó nada a Rin, simplemente se la quedó mirando, como si sus ojos ya fueran los de una muerta.

—¿A dónde se las llevan? —le preguntó Rin a Mauve en un susurro.

Mauve sacudió la cabeza.

—No me pidas que te responda.

Con eso fue más que suficiente.

Y no serían solo estas dos personas. Si los soldados supieran lo que era Rin, ella también iría en ese camión. Y Odette y Mauve lo mismo. Ninguna de ellas estaba a salvo, ninguna encajaba.

Se acordó de su bisabuela, agarrada al bastón.

Y también recordó la luz azul en aquel pueblo destrozado por la guerra. El rostro de Jo...

Rin sintió que se le encogía el corazón y se le hacía un nudo en la garganta, por lo que había pasado y por lo que iba a ocurrir, y se quedó sin respiración. No le había parecido completamente real, había deseado que no lo fuera, pero... ahora que estaba aquí, en el futuro, lo veía, lo tocaba, lo escuchaba y... ¿por qué el aire olía tan bien en esa zona? Un apocalipsis no debía ser así de limpio. Un apocalipsis no podía ser silencioso, no debía ser nada. Pero era tan real como el circo, que olía a azúcar y a sudor, y sonaba a música y niños. ¿Cómo podían esos dos sitios coexistir en el mismo mundo?

No, no, un segundo. Todo esto no eran cosas que tuvieran que ocurrir, aún podían cambiar. Podían conseguir que los camiones negros nunca hubieran existido ni fueran a existir. Tenía una Chispa que podía utilizar, ¿no era así?

—Evitaremos que nada de esto ocurra —les dijo a Mauve y a Odette por centésima vez.

Ahora, las palabras sonaban a agotamiento. Un antiguo grito de guerra para un pelotón que ya había muerto a tiros.

—Rin...

—No —se negó Rin—. No vamos a quedarnos aquí paradas. Dime cómo detenemos ese camión. —Pero ella ya se había puesto en marcha. Si lo único que podía hacer era teletransportar ese camión a Tombuctú, lo haría.

—Podemos volver atrás en el tiempo —dijo Mauve—. Unos años. Avisar a la familia y... ¿esperar que nos escuchen? Veo que la madre tiene un primo en Londres, a lo mejor podrían irse allí. —Sin embargo, Mauve se detuvo, como si un animal gigante hubiera girado la cabeza delante de ella—. Muchísimos hilos se dirigen adonde va esta familia. Hay tanta gente... y no todos tienen primos en Londres.

Mauve puso los ojos como platos.

—Mauve —dijo Odette con brusquedad, preocupada, mientras la agarraba del brazo.

Mauve se recuperó enseguida y sacudió la cabeza.

—Podemos... podemos intentarlo.

Sería más de lo que los vecinos habían hecho.

Rin lanzó una mirada de odio hacia el camión, ahora cerrado con llave y cargado con la reducida familia. El hecho de que ahora se alejara no significaba que lo fuera hacer para siempre. Este no era el final.

Pero ¿qué utilidad tenía Rin, dando saltos de un lado para otro y contemplando escenas como una turista? El futuro era un joyero repleto de collares enredados y, cada vez que tocaba una cadena, los nudos no hacían más que empeorar.

El camión se alejó.

Y las tres mujeres, de mala gana, abandonaron la calle, tan siniestra como la casa blanca con molduras azules que acababa de quedarse vacía.

Ahora, años antes, la calle tenía el mismo aspecto. Rin, Odette y Mauve observaron con los ojos bien abiertos a los niños de los vecinos jugando con la niña pequeña; era como una de esas tardes de juegos que los críos organizan durante las vacaciones de verano. Rin se imaginó alguna casa robusta en algún árbol, o quizá una buena morera que habían convertido en su hogar antes de que sus padres los llamaran para cenar.

Delante de la casa blanca con molduras azules, la madre estaba podando la fila de arbustos de buen aspecto que bordeaban el acceso a la puerta.

Odette se presentó voluntaria porque, de las tres, era a la que mejor se le daba la gente.

—Espero que, teniendo un primo en Londres, alguien de la familia sepa inglés —dijo Odette—. No sé ningún idioma más.

Rin y Mauve observaron en silencio, mientras Odette se acercaba al borde del césped y hablaba en voz baja con la mujer. Retorcía las manos mientras pronunciaba palabras que Rin apenas podía imaginar. La madre se la quedó mirando, con las tijeras de podar en una mano y los arbustos olvidados.

Entonces, Odette se alejó y dejó a la mujer con la mirada perdida y turbada.

Saber que el final se aproximaba era uno de los peores sentimientos del mundo. Tanto Rin como Mauve y Odette lo habían vivido en sus propias carnes.

—¿Te ha escuchado? —preguntó Rin, desesperada.

Odette se encogió de hombros, a punto de echarse a llorar.

Mauve indagó en el futuro.

—Yo... —dijo—. Veo que el camión ya no viene por aquí. Pero va a otro sitio. Y hay muchos, muchísimos camiones.

—Bueno —añadió Rin—. Tenemos mucho tiempo.

Se quedaron allí paradas, en la calle, perdidas. El cuerpo de Rin bullía por los nervios.

—Tendría más sentido arrancar la planta de raíz —dijo Mauve—. Localizamos la raíz y la arrancamos antes de que crezca siquiera. Tenemos que encontrar una forma de hacerlo.

Quizá así consigamos resurgir de esta pesadilla sin volvernos completamente locas. Si lográramos amasar una ola gigantesca que tocara a todo el mundo... —Se quedaron en silencio, y Rin estaba segura de que las tres se estaban imaginando lo mismo: un millón de viajes más como este. Se sintió aturdida y desamparada, como cuando tratas de aguantar el agua durante mucho tiempo con las manos pero nunca consigues conservarla en ellas por completo, ni un poco.

Rin miró a la mujer que las contemplaba fijamente desde el césped. A continuación, esta salió corriendo a recoger a su hija. Lo sabían, lo habían comprendido. A veces daba la impresión de que, en cuanto superabas al pasado, volvías a tenerlo delante.

«Ahí estás».

—Mauve tiene razón, tenemos que ir a donde empezó —dijo Rin—. Mañana por la noche terminaremos con esto.

EDWARD, 1917

Edward pensaba que el día de su boda se sentiría emocionado. Pero no era más que un matojo de nervios, y los nervios no son lo mismo que la felicidad.

Estaba junto a las dependencias de los juzgados. Se arregló la camisa. Comprobó una vez más su pelo en el cristal de una fotografía enmarcada que había en la zona de trabajo de las secretarias. Jugueteó con su navaja. Esperó.

Llevaba meses aguardando para volver a sacar el tema del matrimonio. Había esperado a que Ruth y él se acostumbraran a su nueva y hermosa vida. Deseaba que ella quisiera esto.

Y parecía que así era.

—¿Ruthie? —dijo una noche en voz baja, y Ruth se estiró a su lado y le sonrió. La luna las iluminaba a ella y a la cama.

—¿Qué ocurre? —respondió—. Tienes esa expresión en la cara de cuando algo te carcome por dentro.

Le conocía. Y él a ella. Había una cúspide en la relación con otro ser humano cuando dos cordeles se enrollaban juntos para producir algo más grande y resistente. Edward le apartó un mechón de pelo de la cara.

—Nada me carcome esta noche —dijo—. Estoy feliz. Creo que hemos vivido increíbles aventuras juntos.

—Así es —respondió Ruth, y le acarició el brazo.

—Cuando duermes por las noches, ¿con qué sueñas?

Ruth se encogió de hombros.

—A veces sueño con nosotros dos —dijo—. Sueño con volar, con luces de colores... Es como si cayéramos por una especie de caleidoscopio.

Sonaba bien. Mucho mejor de lo que él soñaba. Era como si los gases siguieran viniendo a por él después de tanto tiempo. Pero, a veces, Ruth estaba allí para salvarle. Elegía salvarle. A lo mejor es lo que ella siempre había querido, con independencia de lo que él dijera o de la naturaleza de su Chispa.

Edward le acarició la mejilla.

—Eres preciosa —dijo. Ruth era para él. Era su vida. Era todas las partes de él que merecían la pena.

Preparó chocolate para los dos en la cocina de la *suite* presidencial. Ruth sacó un libro de la estantería y Ed trajo las dos tazas a la cama, donde se sentaron y se las bebieron mientras ella leía un guion de teatro sobre el rey Lear y sus tres hijas; fue todo agradable y conmovedor.

—¿Querrías casarte mañana? —le preguntó mientras la miraba a la luz del fuego de la chimenea. Después, añadió—: Si tú quieres, lo haremos. No voy a obligarte.

Ruth arrugó la nariz.

—Pues claro que no. No puedes obligarme a hacer nada.

—Claro —dijo Edward. A lo mejor el matrimonio podía ser un nuevo comienzo. Si se esforzaba por alguien, esa sería Ruth.

Hablaron sobre la logística de cómo podrían casarse. Edward sostuvo que en el juzgado sería lo mejor, aunque Ruth mencionó que quería una miríada de cosas extrañas e imposibles porque eran la tradición.

—No vamos a hacer nada de eso —dijo Edward—. No tiene sentido. No nos representa. No te hacen falta todas esas cosas pasadas de moda. Vamos a dormir.

—Buenas noches, mi príncipe de los francos —dijo Ruth con una sonrisa.

—Buenas noches, mi preciosa Cordelia.* —Edward también le sonrió.

* Con la mención del príncipe de los francos y Cordelia se hace alusión a la obra de *El rey Lear* de William Shakespeare. *(N. de la T.)*

Se tumbaron el uno al lado del otro en la cama de matrimonio gigante. Ruth se durmió primero; Edward se mantuvo despierto. Se quedó mirando la pared, pensando en todas y cada una de las cosas que había hecho desde la guerra y, a veces, su mente iba incluso más lejos. El puño de su padrastro se introdujo con violencia en su consciencia y recordó la vez en que le devolvió el golpe. Se acordó de su madre, gritando. En una ocasión, incluso se acordó de la época antes de su padrastro, cuando los ojos de su madre lo miraron como si fuera un monstruo. Una noche, tras una discusión, había descubierto a Edward en la cocina. Estaba inclinado sobre el fregadero con una cerilla mientras quemaba el único daguerrotipo de sus padres.

Pero, por encima de todo, recordaba la trinchera.

Las noches eran el peor momento para su mente, pues era cuando repasaba frenéticamente los extremos crispados de su consciencia. Por la noche estaba solo. Ruth no estaba despierta para tranquilizarlo. Podría despertarla, pero si quería que estuviera activa al día siguiente, debía dejarla dormir.

Ahora, en los juzgados, Ed aguardó mientras paseaba la mirada por el pasillo con los cuadros baratos enmarcados. Ruth vendría. Por supuesto que vendría. Eran dos llamas que se devoraban la una a la otra, las dos únicas personas del mundo que comprendían el corazón del otro. En una ocasión, oyó la historia de que la luna eran dos conejos pegados, uno oscuro y otro claro. Esos eran Edward y Ruth: incompletos el uno sin el otro.

¿Y si no venía?

Había confiado demasiado en ella y ahora podría salir huyendo. En ese momento, podría estar en otro lugar de mierda de Ohio.

¿Y si no venía?

El pánico se extendió por su pecho como si fuera vómito. La navaja estaba fría y húmeda en la mano que se había metido en el bolsillo.

¿Y si venía? ¿Estaría seguro en algún momento de que lo había hecho porque de verdad quería? ¿Había formulado su petición correctamente? ¿Le había dado opciones?

¿Alguna vez había hecho algo por lo que se mereciera que lo quisiera?

La puerta del juzgado se abrió. Un tipo corpulento, con el aspecto que Edward siempre se había imaginado que tendría un juez, salió a dar un paseo.

—Ah, llega tarde. —Le dio un empujoncito al cuerpo rígido de Edward—. ¡Parece que tenemos a una corredora! —Se rio, pero Edward no.

—Deje de intentar hacerse el gracioso —dijo, aburrido.

El juez puso rostro serio.

Y el pasillo repiqueteó de repente con el sonido de unos tacones caros. Ruth se las había ingeniado para dar con la clase de zapatos que un pretendiente rico podía permitirse, incluso con un solo día de preaviso.

Se había puesto un modesto vestido de seda que le colgaba por los brazos y el pecho como una cascada desde los hombros. Lucía unos rizos apretados, como si hubiera intentado forzarlos para dejárselos a media melena, pero en realidad había creado un nuevo —y más exitoso— estilo desde cero. Sus ojos recorrieron el pasillo y se posaron sobre Edward.

Sonrió, pero él no le devolvió la sonrisa.

Por la forma en que apretaba las flores frescas y la manera en que frunció el ceño con preocupación, no estaba completamente convencida de si quería estar allí.

Esto no era lo que Edward se había imaginado.

Pero Ruth estaba allí. Estaba allí y estaba lista. Él podría encargarse desde este punto, ella solo tendría que decir sí.

—Hola —susurró Ruth, que buscó las manos de Edward y se acercó a él. Le besó y él se permitió recibir el beso.

Le quería. Claro que le quería. Estaban conectados por algo más que las farsas de Edward. Esto iba más allá de la Chispa.

El juez empezó. Dos mujeres que había en el pasillo fueron sus testigos.

Edward dijo «sí quiero», y lo decía en serio.

Entonces le llegó el turno a Ruth. Las palabras salieron apresuradas y después, lentamente: «sí… quiero». Edward trató de interpretarlas, pero todo sucedió en unos segundos y enseguida pasaron al instante siguiente.

Cuando dieron un paso al frente, juntos, ya estaban casados: el señor y la señora de Edward King. Estaba en papel, era legal. Y no había marcha atrás. Ni ahora, ni nunca.

∗

Esa noche, Edward le susurró a un hombre en el bar del hotel:

—Crees que es guapa.

El hombre levantó la vista y miró a la mujer de Edward con su vestido blanco. Dejó el vaso en la barra y fue hacia Ruth. Hablaron un rato. Edward les observó, como un halcón, desde su sitio en la barra.

Ruth fue apartando al hombre hasta que Edward tuvo que intervenir y tumbarlo de un puñetazo. Edward sacó la insignificante navaja y la agitó como si fuera algo. Le dijo al hombre que se largara y que nunca volviera a mirar a Ruth, de lo contrario sentiría que su cuerpo ardía en llamas. El hombre salió corriendo del bar, entre gritos y llantos. Entonces Edward ordenó a todo el mundo del bar —y a Ruth— que olvidaran lo que había pasado. Pero algo seguía rondando tras los ojos de ella. Se seguía sintiendo asustada, aunque no supiera por qué. Era una ansiedad sin nombre. Bien, así aprendería a alejarse de hombres como ese.

Fue una estupidez, Edward lo sabía. Pero, al ver cómo Ruth apartaba al hombre de su lado, se había sentido mejor.

Aun así, no fue suficiente. El miedo regresó en cuanto volvieron a meterse en la cama.

Sus espaldas se tocaban, dos hermosas estatuas colocadas juntas como los amantes en las sepulturas.

—Cuéntame por qué estabas nerviosa esta mañana en el juzgado —soltó Edward.

Ruth lo pensó un minuto.

—A veces me siento como si el mundo entero estuviera ahí fuera y nosotros estuviéramos aquí, apartados. No quiero sentirme apartada.

—Pero ¿me quieres?

—Claro que te quiero.

—¿Te he obligado a casarte conmigo?

Ruth se colocó en una posición más cómoda en la cama.

—No.

—¿Quieres estar casada conmigo?

Ruth volvió a recolocarse; tosió.

—No lo sé.

Edward lanzó la mano sobre la mesilla y la tiró al suelo con estrépito. Ruth chilló. Él salió disparado de la cama, tomó los pantalones, se puso la camisa y se encaminó hacia la puerta.

—¡Ed, por favor! —Ruth se peleó con las pacíficas sábanas para salir de ellas—. Lo siento, por favor, no te vayas. Es nuestra noche de bodas.

—¡Has ido por propia voluntad! —gritó Edward.

—Sí, sí, cariño, pues claro que he ido porque he querido —le rogó—. Por favor, baja la voz, cielo.

—Dime, si me quieres, ¿lo haces de verdad? —preguntó Edward.

El resto de la noche fue un borrón. Él, por fin, volvió a ponerse cómodo en la cama. Ruth hizo lo mismo a su lado mientras sujetaba el pecho de Edward entre sus brazos y con el cuerpo desnudo presionado sobre el suyo.

—No sé qué sería de mí ni qué haría sin ti —dijo Ruth—. Por favor, no te vayas.

Edward le permitió sentir las caricias de su mano en el brazo, arriba y abajo, un gesto de afecto.

—Te quiero —susurró.

—Yo también te quiero —dijo Ruth.

Y así acabó la noche.

✳

Por la mañana, Ruth no estaba feliz. Edward lo percibió, y le estaba causando problemas. Ruth se estaba marchitando como una planta mal cuidada. Puesto que ninguna flor brotaba de su interior, tampoco había flores en la vida de él.

De manera que salió a comprarlas.

Ruth se despertó con un precioso ramo sobre la pequeña mesa de centro de la *suite*. La cortina ya estaba descorrida para dejar entrar la luz del sol de la ciudad a través de las tiznadas ventanas. Edward, ya vestido, la esperaba con el desayuno: un cruasán recién hecho de la pastelería del final de la calle.

Ruth se frotó los ojos.

—Buenos días.

—Buenos días, esposa mía —dijo Edward.

Ruth salió de la cama despacio, sacando las largas y jóvenes piernas de entre las sábanas blancas. Se peleó con el pelo, tomó una bata y se acercó con cautela para sentarse frente a Edward y delante del cruasán.

Estaba preciosa.

Edward esperó a que comiera y se despertara un poco antes de hablar.

—He estado pensando —dijo— que quizá deberíamos hacer algo parecido a una luna de miel, como suele ser costumbre después de las bodas.

Ruth le dio un mordisco al cruasán.

—¿A dónde vamos?

—Bueno, he pensado que podríamos decidirlo juntos.

Ruth tragó y tomó el vaso de leche que Edward le había traído con el desayuno. La bata le colgaba peligrosamente y a punto estuvo de tirar las flores, pero Edward no dijo nada. Esta mañana no diría nada.

—Esperaba que tú propusieras algo.

Ruth se encogió de hombros.

—Quizá me gustaría ver a mi madre —dijo.

La ira le recorrió de arriba abajo.

—No, no te gustaría —soltó, como si volviera a poner un tren de juguete sobre los raíles—. ¿Qué más? ¡Venga! ¿Niágara? ¿Las montañas? ¿El Gran Cañón? ¿París? ¿La Polinesia? ¿Islandia? Cuando vivíamos en Nueva York, tenías imágenes de todos esos sitios en las paredes. Eran los lugares a los que estabas deseando ir, así que, ¿dónde quieres ir?

—¿De verdad me llevarías a todos los sitios de las fotografías? —Parecía que Edward había descubierto lo que Ruth más deseaba—. Cualquiera de esos sitios de las paredes sería maravilloso. Siempre he querido ir —dijo, como si estuviera en trance. Estaba contenta, esto era agradable—. Se te da muy bien escoger esas cosas, ¿y si eliges tú?

Edward sonrió.

—Vale —dijo—. Elegiré una aventura para los dos.

—Gracias —comentó Ruth mientras se comía el cruasán—. Será divertido.

—Y no te preocupes por nada —dijo Edward—. Lo planearé todo. Lo único que tienes que hacer es disfrutar. Cruasanes y chocolate caliente todas las mañanas, cualquier clase de regalo que veas, será tuyo. Y después, por la noche, me aseguraré de meterte en las camas más cómodas de todas. Ruthie, será estupendo.

—Pues sí —contestó ella. Y era como si le creyera. Aún quedaba algo bajo toda esa mugre, como ocurría con la ventana tiznada. En el exterior, seguía brillando el sol. Y en su interior, Ruth todavía quería a Edward.

Tenía que hacerlo.

Y, si no lo hacía, él se aseguraría de que así fuera.

LA JEFA DE PISTA, 1926

Rin estaba sentada sobre una caseta de recreativos. Se miró la muñeca vacía.

Su cuerpo se estremeció. Trató de respirar hondo. Trató de concentrarse en el presente.

Su madre encendía velas los viernes por la noche. Y llevaba un colgante de *Maguén David* alrededor del cuello. Una larga sucesión de mujeres antes que Rin conocían los rezos del Sabbat. Ella había aprendido las oraciones sin ver las anotaciones, solo escuchando. Las cadencias, arriba y abajo, el divertido fraseo del *ha'olam* que, al cantarlo era como una montaña rusa. No conocía otras oraciones que no fueran esas, pero sabía que había muchas. Que llevaban siglos cantándose.

¿Todo eso había muerto en unos pocos años?

A lo mejor, los chispas también morirían. Quizá, hacia la mitad de ese siglo, toda la magia del mundo y todas las personas que iluminaban las noches con sus vidas estarían destruidas o, peor aún, olvidadas.

Rin estaba segura de que era la única persona del mundo que recordaba la voz de su madre al cantar. El recuerdo se encaramaba a su cerebro, tan delicado, tan fácil de olvidar por el tiempo, la enfermedad o una posible conmoción cerebral complicada. Las nanas, las oraciones, las suaves manos sobre su cabeza mientras le retiraban el pelo de la cara y susurraban que todo iría bien.

Tras la aparición de la Chispa, cuando Rin se asustaba, su madre le decía que ojalá pudiera soportarlo todo por ella.

Rin se acordaba del exterior de la antigua sinagoga de su madre. Estaba rodeada de nombres de difuntos, a los que cantaban todos los Sabbat. Cuando alguien moría, los parientes cercanos rasgaban la *kria,* o una prenda de ropa, para recordarles a los vivos que el cuerpo puede irse, pero el alma sigue intacta. Durante las festividades, se celebraban homenajes por los fallecidos. Los muertos siempre estaban presentes en las congregaciones, en los hogares; en eso consistía, en parte, ser judío: en preservar la luz de los que te precedieron y tuvieron que marcharse. Incluso después de que Rin y su madre dejaran de acudir, y Rin se perdiera a sí misma entre las lonas negras, esa sinagoga seguía entonando los nombres de los muertos.

Pero ¿y si todo el mundo desaparecía? ¿Quién los recordaría entonces?

¿Dónde había terminado el colgante de *Maguén David* de su madre? Debió de perderse por el camino, antes del cementerio. Antes de Odette, Mauve y el circo. ¿Lo habían empeñado? ¿Le había obligado él a tirarlo en alguna alcantarilla? Incluso aunque pudiera comprarse otro, no sería el de su madre. Las cosas valiosas se destruían con mucha facilidad y nunca se reemplazaban.

Respiró profundamente. Centrándose. Centrándose en el presente. Centrándose como si rasgara la *kria.*

A veces se le olvidaba que tenía cuerpo. Se dio cuenta de ello un día mientras veía ensayar a Odette. Se puso a pensar en todo lo que tendrían que hacer sus manos, pies, abdomen y muslos para realizar un aéreo, y cayó en la cuenta de que Odette tenía que estar muy concentrada para hacerlo. De alguna forma, Mauve también lo conseguía: mantener un pie en este mundo mientras exploraba los demás. Pero la Jefa de Pista nunca podía. Utilizaba su cuerpo para caminar, dormir, comer… para hablar y viajar en el tiempo. Pero no para celebrar, sentir, rezar o bailar.

De manera que, ahora, Rin estaba sentada sobre las máquinas de recreativos del circo, mientras contemplaba las estrellas sobre el campo, tratando —con todas sus fuerzas— de centrarse en el presente.

Las luces del paseo central estaban apagadas y se abrazó las rodillas, con la cálida brisa de verano rozándole las mejillas.

Se había subido ahí saltando en el tiempo, desde un minuto antes en el suelo a dos minutos después en lo alto de la máquina. Era más rápido y menos doloroso que una escalera. Lo que hace una década era un milagro, ahora era una escalerita de dos peldaños.

Tan cerca de las estrellas, percibía cierta paz. No había ni rastro de la guerra que se avecinaba. Hoy era hoy.

Al día siguiente tendrían su última actuación en Lawrence. Rin le daría las órdenes a Jo —que seguía siendo muy joven, estaba llena de vida y acababa de llegar— para que procediera. La había ayudado a perfeccionar un espejismo para una última persona de aquel pueblo: una mujer que acababa de perder a su perro, uno de sus últimos compañeros en este mundo, y que necesitaba ver nubes brillantes, campos ondulados y a su padre trayéndole a casa su primer cachorro hace setenta años.

Daba la sensación de que la mayoría de las cosas que Jo le mostraba a la gente que salvaba tenía que ver con otras personas. En los momentos de necesidad, la gente no necesitaba ver castillos o maravillosos tronos dorados. Incluso con aquellos que necesitaban dinero, era una forma de ayudarse unos a otros, de curarse unos a otros. Las personas necesitaban a otras personas.

—¿Puedo acompañarte? —preguntó Odette en voz baja, trepando con contoneos por el poste del toldo. Rin se movió y le dejó sitio para sentarse. Odette no ocupaba tanto espacio como Rin, pero era robusta y no tenía que preocuparse por que las rodillas se le cargaran o la espalda le crujiera si se quedaba rígida mucho tiempo. Parecía perfectamente cómoda junto a Rin, la vieja y torpe de Rin con su pierna dolorida.

—¿En qué estás pensando? —preguntó Odette, que le tiró del jersey hacia abajo alrededor de los dedos. Llevaba puesto un modelito de lana gris, con una falda con vuelo que se había subido hasta las rodillas para trepar. Tenía mucho talento. No tenía el pelo rizado ni recogido, sino más bien encrespado, como si se lo hubiera cepillado con el calor seco y se le hubiera apelmazado un poco por la electricidad estática.

Era preciosa.

—Estaba pensando en lo que Mauve me dijo —comentó Rin—. En Chicago.

Habían soportado la embestida de la pandemia de gripe juntas en Chicago en 1918, capeando el temporal en una pensión a la espera de su fin. Si es que tenía un fin. Por aquella época, pasar el resto de sus vidas escondiéndose de una muerte invisible, de un arma en el viento, era una completa posibilidad.

—Mauve sabía que me estaba haciendo daño a mí misma —murmuró Rin, avergonzada. Odette le acarició suavemente el brazo, justo en el mismo sitio en el que ella solía pellizcarse cuando estaba estresada, se emborrachaba o ambas cosas—. Sabía lo que tenía planeado y, una noche, se acercó a mí y me dijo que la gente iba a necesitar mi ayuda, así que debería dejar de hacerme daño. Le contesté que yo era la última persona en la Tierra que debería ayudar a alguien, y me dijo... Me dijo que los que más sufrían eran a los que mejor se les daba proteger a los demás de la oscuridad porque sabían cómo era.

—¿Qué tenías planeado? —preguntó Odette.

—Ya lo sabes —respondió Rin.

—Me alegro de que te frenara.

—No lo consiguió con eso —dijo Rin—. Se plantó en el patio junto a la ventana del baño en el que yo me había encerrado, y empezó a entonar una canción que mi madre me cantaba.

Esa fue la primera noche que Rin saltó en el tiempo. Había renunciado a la Chispa, a sí misma; su cerebro repicaba con una voz que le gritaba que era una inútil, que sin *él* no sería nada. Ya de por sí no lo era.

Pero esa canción... Esa melodía había empezado a trasladarla a través del tiempo, hasta en el cementerio, cuando enterró a su madre, y Rin tuvo que aferrarse a las paredes del baño para detenerla. No, no podía volver allí. Si iba más allá del presente, *él* volvería para encontrarla. Esa se convertiría en una de las primeras reglas, incluso antes de darse cuenta de que su Chispa había crecido esa noche y de que ahora podía viajar en el tiempo.

Con toda esta carga encima, empezó a gritar. Entonces, alguien la trasladó al salón y allí se quedó, sentada, ahogada en sus propias lágrimas, con el pelo apelmazado y sin lavar. A su reducida familia —Mauve, Bernard... Odette—, a la que ella había escogido, le dijo: «¿Siempre he sido así de poderosa?». Porque durante todo ese tiempo se había visto a sí misma como una arpía ajada, algo fea e inútil, y la voz profunda de su cabeza lo había convertido en un hecho. Era débil, ni siquiera sabía hervir bien el agua y, sin embargo, acababa de viajar al día siguiente.

—Sí —le respondió Bernard.

—¿Y qué se supone que debo hacer al respecto? —preguntó, desesperada.

—Pues creértelo —dijo él. Rin nunca olvidó esas palabras, pero tampoco fue capaz de tragárselas.

Ahora, bajo las estrellas, Odette reposaba la cabeza sobre el hombro de Rin.

—Lo superamos —dijo—. La pandemia acabó. Tú mejoraste, nos casamos, montamos un circo. Todo estaba bien. Y todo volverá a estarlo.

—Si somos tan poderosas, ¿por qué no podemos arreglarlo?

—Antes de hacer nada, tienes que descansar —dijo Odette, acariciándole el pelo con cuidado—. Tienes que centrarte. Ahora mismo das la sensación de ser un motor que chirría o una de esas bolas de plasma.

—Las bolas de plasma no pueden dar la sensación de nada —gruñó Rin.

—Bueno, si así fuera, se parecería a la que tú desprendes.

Así que intentó centrarse, enterrando bien los talones y sus raíces en el presente... o más bien en lo alto de una caseta de recreativos. Rin bajó la vista y vio a Mauve, que tarareaba para sí misma, sujetaba una flor y le sonreía como si fuera lo más hermoso que hubiera visto jamás. Como si hubiera olido algún cotilleo, Tina había seguido a Mauve para acompañarla al tren mientras esta se reía de algo entre dientes.

—Parece muy lejano —dijo Mauve, entusiasmada. Estaba hablando lo bastante alto como para que Rin la escuchara desde su sitio, pero solo mientras pasaban por delante—. Pero él vendrá. No tardará en venir.

Rin sonrió levemente. Agradeció estar en el paseo central en ese momento, sintiendo a Odette recostada sobre su hombro.

Hubo una noche, cuando Rin todavía estaba aceptando que era una sáfica inútil y no la chica *normal* que siempre había asumido que era, en la que, de pie en la cocina de la pensión, observó a Odette mientras le daba vueltas a unas tortitas en un gran espectáculo de cena-tardía/desayuno-temprano.

«Esto no está bien», le susurró algo dentro del oído.

«Es demasiado agradable para no estar bien», pensó Rin, conforme. «Pero si no está bien, que así sea y que vivamos enamoradas».

Iba a ser una vida complicada para ambas. Su boda fue un secreto, sin certificado. En los registros del Mundo Exterior, no contaban la una en la vida de la otra. Pero Odette, Mauve y Rin ya habían pasado por cosas difíciles antes, así que podrían con lo que estuviera por llegar. Eran poderosas.

Mauve levantó la mirada y las vio. Saludó con la mano y se unió a ellas con un brinco. Su cuerpo seguía siendo mucho más joven que el de Rin. Pasó una pierna por lo alto de la caseta y se agachó para sentarse.

—Esperemos que no se derrumbe. ¿Qué estamos haciendo?

—Hablar de la pandemia —dijo Rin.

—Qué época tan poco divertida —comentó Mauve—. Aunque echo de menos nuestra pequeña burbuja en la pensión. Con aquella chica, la que cocinaba tan bien, ¿cómo se llamaba? La que podía regurgitar. ¿Era por su Chispa o es que era una tragasables excelente?

Mientras Odette y Mauve rememoraban a la chica de la pensión que Rin no era capaz de recordar, dirigió la mirada más abajo, hacia donde Charles coqueteaba con Esther mientras esta limpiaba el estanque de los patos. Esther era una muchacha callada, alguien que se había unido al circo para desaparecer, pero Charles la estaba haciendo reír.

Rin sintió que otra pequeña sonrisa se abría paso en su mejilla, pero se desvaneció cuando desvió la mirada y vio a Kell, fumando junto a la entrada de uno de los puestos de los pregoneros y apoyado sobre las líneas rojas y blancas. Observaba a Charles y a la chica con los ojos bien abiertos. Sus hombros estaban caídos, derrotados.

Subir y bajar, amor y dolor, guerra y paz. En esto consistía la vida. Y, en ocasiones, esa incómoda discordancia despertaba algo en su interior que salía de forma efervescente a la superficie y que le hacía ir a buscar la petaca escondida. Pero esta noche se limitó a observar y sonreír.

Incluso la tristeza de la escena de abajo estaba iluminada por las estrellas del cielo campestre, animado por la música de las risas.

Cuando el mundo es tan oscuro, existe valentía en las risas.

Y si las tres no eran nada más, al menos eran valientes.

Se escuchó un ruido metálico, con fuerza. Rin se sobresaltó y Odette se irguió, mirando a su alrededor.

—¿Qué demonios...? —balbuceó Odette.

Rin miró hacia abajo, a la izquierda, más allá de Charles, donde las puertas de la entrada seguían en pie, clavadas al suelo. El señor Davidson las atravesó, con su ropa de calle: un mono y un sombrero bonito. Trastabilló, con los ojos fijos al frente, como si un hilo invisible tirara de él hacia delante. Debía de haber tropezado, de haber chocado con algo en la oscuridad.

Levantó la vista más allá de los carteles de los recreativos, directamente hacia Rin.

Rin le saludó alegremente con la mano.

Pero el señor Davidson no contestó.

El señor Davidson sacó un arma.

LA JEFA DE PISTA, 1926

El señor Davidson, con los ojos fijos en Rin, apuntó con el arma a Esther y Charles.

—¡Charles! —exclamó ella.

Charles vio a Davidson y, antes de lo que a Rin le pareció posible, tiró a Esther al suelo y salió a toda prisa hacia el hombre. Davidson disparó una, otra y otra vez. ¡Pum! ¡Pum! ¡Pum! Pero Charles no dejó de correr hacia él.

Davidson se guardó entonces la pistola y empezó a aumentar de tamaño.

¡No, no, no! Rin bajó de un salto de la máquina de recreativos, atravesando a toda prisa una pequeña grieta en el tiempo para aparecer en el otro extremo y correr hacia Davidson. Tenía que derribarlo antes de que fuera demasiado tarde... pero ya lo era. Davidson rugía sobre ella mientras se transformaba en un titán.

Su cuerpo entero se hinchó y salió disparado hacia el cielo, de hombre a gigante. Su Chispa, que había hecho reír a tantos, ahora era una pesadilla que lanzaba una creciente sombra sobre el paseo central a medida que crecía.

—¡Barras y estrellas! —La Jefa de Pista dio la voz de alarma—. ¡Barras y estrellas! —No la veía, pero sabía que la ayuda estaba en camino; sabía que Odette y Mauve estaban a unos pasos detrás de ella—. ¡Retrocede, Charles! ¡Corre! ¡Vete!

Se lanzó de nuevo sobre Davidson, que ya superaba las casetas, las tiendas de lona. Levantó el pie para aplastar la caseta sobre la que Rin, Odette y Mauve habían estado sentadas.

Todo el mundo se precipitó al exterior, algunos con linternas escudriñaban la oscuridad de la noche. Rin escuchó un grito.

—¡Davidson! ¿Qué coño estás haciendo?

Davidson alcanzó el final del paseo central y la gran carpa. Tiró de la lona y la lanzó como si fuera una servilleta. Los aparejos se partieron, formando anclajes afilados como cuchillas. Desde el suelo, se elevaron gritos de dolor y el armazón de la gran carpa se mantuvo en pie a duras penas, como un hueso blanco sobre la luz de la luna. Junto a los pies de Davidson, se escuchó un grito de enfado.

Fue entonces cuando Rin vio a Jo, precipitándose sobre él.

—¡Jo! —exclamó Rin, que extendió los brazos hacia delante—. ¡Jo, no! ¡Aléjate de ahí!

Pero o Jo no la oía o no quería hacerlo. La muchacha se introdujo a toda prisa en el polvo que los restos de la gran carpa levantaban al tiempo que se derrumbaba. La gente se abría paso lo más rápido que podía para apartarse del derribo.

—¡Señor Davidson! —gritó.

Jo levantó bien las manos, respiró hondo y liberó su propia nube. Una nube de dragones, hombres corpulentos, tanques grandes, cualquier cosa que se le ocurriera para detener a Davidson. Pero este siguió adelante. Jo trató entonces de encerrarlo en lo que parecía una caja, pero él la derribó, se dio la vuelta y bajó la vista para mirar a la joven como si fuera el gigante de *Jack y las habichuelas mágicas*.

—Mocosa insoportable... —Davidson empezó a decir algo, pero Rin se lanzó a través del aire como si el espacio fuera agua y pudiera nadar hacia delante, colocándose entre Davidson y Jo.

—¡Davidson! —soltó Rin con seriedad.

Los enormes ojos de Davidson se volvieron hacia ella. Rin empujó a Jo hacia atrás, directamente a los brazos de Odette y la multitud que se había concentrado en la oscuridad, cubiertos de mugre y suciedad.

La Jefa de Pista levantó la vista hacia el titán, sin miedo, como una cazagigantes.

—¿Qué coño te crees que estás haciendo? —rugió—. ¡Deja de utilizar tu Chispa y explícate!

—¡No tengo nada que explicar, mi pequeña Jefa de Pista! —bramó Davidson, pero también tropezó—. ¿Te crees que puedes hacerme quedar como un idiota? ¿Te crees que has ganado? ¡Y una mierda! ¡Jamás te librarás de mí! —Davidson se rio con crueldad.

Una cometa con una cuerda. El cuerpo paralizado de Rin. Su vida pasó por delante de sus ojos, como un fantasma que se aferra a la vida y ruega para quedarse un rato más en ella.

«¿Te crees que has ganado?».

No. No, no, no.

La Jefa de Pista abandonó a Rin, y el circo —su circo— se le escapó de entre los dedos. Todas las personas a las que quería estaban a su espalda, pero los hilos se habían roto entre ellos. Rin flotaba a la deriva en su propio agujero negro.

Este hombre era y no era el señor Davidson. *Él* le había encontrado. *Él* la había encontrado a ella. El Rey del Circo se asomaba a través de los ojos de Davidson. Era su rostro, su sonrisa retorcida que quería comérsela, tragárselo todo y morderlo para salpicar sangre y asustarla. Conocía al Rey del Circo lo suficiente para saber que no estaba allí, pero no debía andar lejos. Quizá incluso en la ciudad. Podría haber encontrado a Davidson en un bar de mala muerte o, a lo mejor, había acudido al espectáculo, delante de las narices de Rin, y había grabado en la mente de Davidson su forma de sonreír, lo que debía pensar, en quién debía convertirse.

—¡Todo esto me pertenece! —masculló el Rey del Circo a través de los labios de Davidson—. Deja esta puta pantomima. ¡Me mentiste! ¡Me convertiste en un idiota! ¡Me robaste mi circo de los chispas! ¡Me lo arrebataste todo!

—Yo no te he arrebatado nada —dijo Rin, hablándole tanto a Davidson como a la voz que este tenía en la cabeza—. Este circo no tiene nada que ver con…

—¡Todo tiene que ver con nosotros! —rugió Davidson—. Voy a hacerme con tu corazón y a arrancártelo del pecho. Te partiré la columna. Y lo sentirás todo.

Se volvió hacia el armazón de la gran carpa y agarró el mástil principal. El resto de mástiles se cayeron o parecían a punto de hacerlo. Todo el mundo retrocedió, asustado. Rin se quedó mirando mientras Davidson se colocaba el mástil principal por encima de la rodilla y lo partía en dos como una ramita. Seis años de trabajo duro, de todas las marcas de posiciones y distintivos que habían grabado en él. Ya no era el mástil principal, sino unas astillas.

Davidson lo dejó caer a un lado, como si fuera un mondadientes, y por fin empezó a encogerse, hundiéndose en el polvo hasta desaparecer, diez metros por encima de Rin y, ahora, en ninguna parte. Todo el mundo se había quedado paralizado. Bernard gritó algo, pero Rin no le oyó. Estaba bajo el agua y, a la vez, en el espacio, ¿seguía respirando? Tenía que hacer algo. «¡Muévete, Rin, haz algo!».

¿Dónde se había metido el Rey del Circo? No podía detenerle si no sabía dónde estaba.

Pero ya era muy tarde. Davidson brotó del suelo como una margarita, justo delante de Rin, apuntándole directamente con la pistola a la cabeza, como un fantasma que sale de repente de una sombra.

—Voy a arruinarte. —Las palabras de Davidson parecían reptar a pocos centímetros del rostro de Rin, que percibió el olor a *whisky*—. Te haré lo mismo que tú a mí: quemarte desde dentro sin ponerte un dedo encima. —Se tocó el pecho con las manos cálidas y sudadas. Las manos de Davidson... Rin las notaba en el cuello, demasiado cerca, demasiado familiares.

—No voy a hablar con él, Davidson. Hablaré contigo, pero no con él.

—¡Yo soy el! —masculló Davidson con ímpetu—. El cabrón del payaso me lo ha contado todo. Sé la vida que llevas. Sé lo de tu mujer.

Se le encogió el estómago. Odette. Vio a Odette en su mente, manchada de rojo, desenrollándose en hilos hasta desaparecer, y apartó la imagen de su mente. En lugar de miedo, una furia empezó a crecer en su interior. Sentía calor, como si una llama la recorriera de arriba abajo. Haría pedazos al Rey del Circo.

—¿Cariño? —La voz de una mujer se elevó entre la multitud—. ¡Oscar! —La señora Davidson apareció enseguida a la derecha, entre los restos de los recreativos—. ¡Para ahora mismo! ¿Qué le estás haciendo? ¡Apártate de él!

Davidson recitó un mensaje, fría y tranquilamente, como si fuera un telegrama.

—El juego no ha estado mal, pero estoy perdiendo la paciencia y nos estamos haciendo mayores, así que ha llegado el momento de acabar con esta estupidez. Sé a dónde estás yendo. Sé cómo funciona tu circo. Y pienso destrozarte. Tengo tu corazón en mis manos y lo estrujaré hasta que no quieras seguir viviendo, a no ser que te presentes ante mí ahora mismo.

Entonces estalló en carcajadas, muchísimas, y no cesaban. Odette dio un salto hacia delante con las manos desnudas. Tocó a Davidson y este se desplomó. Odette retrocedió de un brinco como si hubiera tocado un fogón ardiendo.

O peor aún, como si hubiera visto algo horrendo.

Nadie dijo nada bajo la agotadora luz de la luna. Rin trató de estabilizarse cuando los músculos de la pierna se le agarrotaron, temblando del cansancio. Se volvió hacia los demás. Jo contemplaba, aterrada como si acabara de ver una ejecución pública, al hombre que se había derrumbado sobre el suelo. Rin vio la carpa rota a su espalda. Un silencio espeluznante recorría el circo.

La Jefa de Pista no podía asustarse. Era lo bastante fuerte para apartarlos a todos del camino del Rey del Circo.

De pie, inmóvil en la oscuridad, le dijo a la compañía en voz baja pero con palabras firmes:

—Metedlo todo en los vagones. Odette, ayuda a los heridos. Nos vamos. Ya.

EDWARD, 1917

Edward sabía lo afortunado que era de tener a Ruth en su vida. No todo el mundo lograba conocer a su alma gemela; alguien a quien claramente conocías desde antes de encontrarlo, alguien que coincidiera contigo de tal forma que nadie pudiera explicarlo.

A veces, por la noche, mientras dormitaba, se contraía del miedo, temeroso de haber forzado ese amor entre ellos. Pero daba igual cómo hubiera empezado —en Francia, en Nueva York...— porque ahora eran una parte inextricable de la vida del otro.

Se había esforzado más en ver si Ruth lo seguía amando cuando controlaba sus palabras. Y así era. Pasaban buenos momentos juntos. Cuando se montaron en un tren de primera clase hacia las Montañas Rocosas para su luna de miel, Ruth le enseñó a Edward una canción de un musical y le hizo reír.

Los dos, unos críos en su propio mundo, observaron el paso de los árboles desnudos a los pinos a través de la ventana de su vagón, mientras Edward envolvía a Ruth en sus brazos y le acariciaba la mano.

—Dos contra el mundo —murmuró Ruth con un ligero tono de broma en la voz—. Mi gran bruto y yo.

—Yo no soy grande —dijo Edward.

—Bueno, lo eres en carácter —añadió Ruth.

Incluso sus acentos se habían acompasado: el de Edward se volvió más de Nueva York, y el de Ruth un poco británico. Y, tras entrelazar sus mundos pasados, ambos habían adquirido un dialecto del Medio Oeste cada vez más marcado que no paraba de ir y venir como las nubes en un cielo despejado.

Su historia era una. Esa era la belleza de su matrimonio.

—Mira —dijo Ruth, señalando el río Mississippi mientras se introducían en el Oeste—. El río más grande del país. ¿Alguna vez has leído a Mark Twain?

—No —respondió Edward.

—Utiliza ese río como símbolo de nuestro país —explicó Ruth—. Para lo bueno y lo malo. Nunca lo había visto. —Abrió los ojos como un niño en Navidad.

Edward sonrió con cariño. Le apartó el pelo de la cara.

—Cada vez que pienso que tengo tu rostro memorizado —dijo, mientras ella seguía mirando por la ventana—, encuentro un nuevo ángulo. Veo una nueva luz. Eres fascinante, Ruth King.

Ruth le sonrió ampliamente y sus ojos se encontraron con los suyos. Le besó.

—Y yo te quiero, Edward King —dijo—. Gracias por esta aventura.

Y lo decía en serio.

—Tengo una idea —añadió Ruth, casi rebotando en su asiento—. Te va a parecer una locura, pero escúchame. Tengo otro sueño… de algo que quiero ver.

—Lo que quieras —dijo.

✴

Edward se sentó junto a Ruth en el circo, como parte de un público cubierto de polvo en unas gradas también llenas de polvo. Los artistas volaban por el aire, cantaban y bailaban.

Ruth le mostró todas las clases de luces que usaban, le indicó cómo funcionaban los contrapesos y soltó hipótesis sobre cómo montaban y desmontaban la carpa con tanta rapidez.

—A mi madre le habría encantado —le susurró. Edward se puso tenso, pero no le pidió que dejara de hablar.

«Mi madre, mi madre...». Las palabras repicaron en sus oídos y se clavaron en el interior de su cráneo como un *crescendo* de timbales. «Mi madre...».

Esa noche, Ruth los llevó de un salto a Florida, a otro circo. Después, se fueron a Georgia a ver otro. Y, a continuación, a Vancouver. Vieron cuatro circos y Ruth se enamoró.

—Unámonos a un circo —dijo.

—¿Por qué? —preguntó él.

—Porque son hermosos —respondió Ruth—. ¿No quieres formar parte de algo hermoso?

¿No formaba ya ella parte de algo hermoso?

Edward se bebió la cerveza con estoicismo. No le gustaba mucho beber alcohol, pero algo en esa palabra —«hermoso»— le afectó de lleno. Era como si los sonidos punzantes de la erre y la ese se le clavaran en la espalda como puñales.

«Hermoso...». Se suponía que el mundo lo había sido.

—¿Ed? —dijo Ruth en voz baja.

—¿Recuerdas el día que nos conocimos? —preguntó.

—Sí, en Francia —respondió ella. Lo dijo como si solo fuera un encuentro en el millón de vidas de dos almas gemelas, y Edward deseaba que así fuera. Lo ansiaba con todas sus fuerzas. Quería que Ruth fuera suya y que él fuera de Ruth.

Eso habría sido hermoso.

Pero el puto mundo no era hermoso.

Después de todo este tiempo, la palabra *madre* seguía apareciendo en los labios de Ruth. Un monstruo en el trasfondo de esta felicidad falsa, que daba golpes tras unos barrotes metálicos, deseos de que lo liberen, de matar a Edward. Todo esto era una farsa.

«Madre...».

¿Seguiría Ruth ahí con él si Edward la dejaba marchar?

Conocía la respuesta.

Había visto los entresijos de todo; siempre había una trampa. Y cualquier cosa que mostrara otras verdades, como este circo, mentía. Eran cortinas de humo.

—Francia fue horrible —dijo Ruth.

—¿Alguna vez piensas en lo que viste?

—A veces —respondió ella, y tragó saliva—. Pero tampoco muy a menudo, solo estuve allí unos minutos.

—Entonces te libraste —murmuró Edward.

—¿Necesitas hablar sobre algo? Estás un poco apagado esta noche.

—Nunca me vuelvas a preguntar por la guerra.

—Vale —dijo Ruth y, evidentemente, jamás volvió a hacerlo.

Si le hubiera dicho: «Déjame en paz y no vuelvas nunca», también lo habría hecho. Era todo tan falso como las luces cubiertas con papeles de colores y las imágenes recortadas y cubiertas de polvo de un circo de tres pistas.

—¿Qué te ha parecido el circo? —preguntó Ruth como si ya se hubiera olvidado de la conversación sobre la guerra—. Con tu Chispa de la suerte y mis conocimientos sobre teatro, seguro que sería pan comido. Tú y yo, viajando por las vías del tren y actuando en todas las ciudades bonitas. Sé que no es una vida muy glamurosa, pero no me importaría un poco de suciedad bajo las uñas. ¡Sería una aventura! Nunca he visto...

—¿Por qué mencionas a tu madre? —le preguntó Edward.

Ruth se mordió el labio.

—La echo de menos —respondió.

—¿No soy suficiente para ti?

—Yo no he dicho eso —contestó ella—. Lo siento, no pretendía disgustarte.

Esa noche, después de que Ruth se durmiera en un hotel de Boulder, Edward bajó al bar y se emborrachó. Salió a la calle y descubrió a un montañero esperando a que se hiciera de día para iniciar su caminata. Edward le escuchó hablar de su mujer y sus hijos, que vivían en Denver. Escuchó la historia de un tipo que adoraba estar al aire libre y al que el mundo le parecía hermoso.

—Hermoso —resopló—. ¿Le parece hermoso?

La guerra le había arrebatado la hermosura al mundo y ahora solo quedaba un espantoso cráneo, los tendones, los músculos y la verdad. Y la verdad era que este mundo estaba compuesto de barro, cadáveres y hombres dispuestos a quitarles las máscaras de gas a otros para escapar. Y que Ruth no le quería.

—Arráncate la cara —ordenó Edward.

Sin añadir nada más, el montañero se clavó tranquilamente las uñas en la cara hasta que la piel se despellejó en largas tiras, como si fuera un suelo de madera sucio que se está restaurando. Ni siquiera gritó. No hasta que Edward se alejó y se le empezaron a ver los pómulos.

Entonces, gritó muchísimo.

En algún momento entre los gritos del hombre y la cama, Edward sacó su vieja navaja del bolsillo y la sostuvo en la mano. Era insignificante. Algo inútil. Podría tirarla a la basura o arrojarla al río.

Cuando Ruth se despertó, Edward permanecía de pie a su lado. Estaba borracho. La navaja había desaparecido.

—Claro —dijo—. Nos uniremos al circo. Le enseñaremos a la gente cómo es el mundo.

LA JEFA DE PISTA, 1926

Ninguno había visto al Rey del Circo, ni siquiera Mauve. Pero, de alguna forma, se había acercado demasiado. Así que tocaba huir.

La Jefa de Pista puso en marcha su ruta alternativa en cuanto se escabulleron de Lawrence. Tenían dos lugares seguros: uno en Estes Park, en Colorado, y otro en los terrenos feriales contratados con antelación de Missouri Valley, en Iowa. Davidson se pensaba que iban al oeste, así que eso debió de decirle al Rey del Circo. Por tanto, se dirigieron al norte, a Missouri Valley.

Lo segundo de lo que debían encargarse era de conseguir un nuevo mástil principal. Mauve encontró uno en 1928 que estaba en buenas condiciones. Tomaron algo de dinero, lo compraron en la liquidación de otro circo, volvieron al presente y lo dejaron en el borde del terreno para que Maynard lo arrastrara y lo cargara con el resto de la carpa.

Lo tercero era hablar con el circo, al completo.

Se reunieron junto al tren, que ahora descansaba fuera de las vías, en un campo embarrado de Iowa. La Jefa de Pista se colocó en las escaleras que conducían al vagón restaurante. Le recordó a todo el mundo que, según sus contratos, podían marcharse cuando quisieran. Cuando en su momento se unieron al circo, les avisó de que esto podría ocurrir cualquier día, y ahora les informaba de que ese día había llegado. Cualquiera que necesitara irse podría hacerlo, después de prevenir a alguna de las tres dueñas del final del contrato y de recoger sus efectos personales hasta el miércoles por la mañana. Recibirían su dinero por la estancia en Missouri Valley y un billete de tren hasta Des Moines, donde podrían conectar con otras rutas. Si se quedaban, tendrían hasta el viernes para descansar y después reanudarían el espectáculo.

Lo cuarto que la Jefa de Pista debía hacer era hablar con Odette.

—No pienso irme a ninguna parte —dijo ella, serena. Se mostraba mucho más calmada que Rin, quien permanecía temblorosa en una esquina de la habitación de ambas, mirando por la ventana como si el Rey del Circo estuviera a punto de aparecer con otra pistola.

Pero ahora mismo Rin no tenía miedo. Temblaba de rabia. Estaba ardiendo por dentro.

—Viene a por ti —dijo—. Le conozco. Ha dicho que iba a quitarme el corazón. No estaba hablando del mástil principal, Odette. Va a atraparte para herirme.

—Déjale —contestó ella—. Me gustaría verle intentarlo.

—No —dijo Rin, alto y claro. Giró sobre sus talones—. No, Odette, tú no le conoces. Si se acerca a ti, se acabó. No pienso dejar que eso ocurra. Tienes que marcharte.

—Ni de broma —replicó Odette.

—Tuve que enterrar a mi madre. —Rin se acercó y se clavó su propio dedo en el pecho—. La vi morir. Su luz se apagó, Odette. No me pidas que te vea morir a ti también.

—Ese idiota no puede quitarme mi luz —dijo Odette con una seriedad aplastante. Rin casi se tragó la forma en que su mujer se reía del diablo.

Rin apretó los labios en una fina línea.

—Sí que puede, cariño mío. Estuvo a punto de arrebatarme la mía. Y le he visto acabar con hombres poderosos de un soplido como si fueran velas de cumpleaños. Descubre aquello que hace que te levantes por la mañana y lo destroza. Tienes que marcharte.

—Soy una mujer adulta, no te corresponde a ti tomar esa decisión.

—¡No pienso perderte! —bramó Rin.

—¡Sabía en lo que me metía cuando me casé contigo! —Odette se irguió para parecer más alta y levantó la voz tanto como Rin—. ¿Te crees que voy a largarme porque las cosas se ponen feas y que te voy a dejar sola con todo esto? Para ya, Rin. No, no digas ni una sola palabra más. Estamos juntas en esto. Y si él viene a por mí, entonces será porque yo lo he elegido.

Rin se quedó mirando a Odette, que parecía hecha de acero. La trapecista se mostraba impasible, con los puños enguantados cerrados como si fuera a partir en dos el mundo. Ese fuego dentro de Rin también estaba dentro de ella. Odette era delicada, pero no débil. Rin jamás permitiría que el Rey del Circo la tocara. Y su mujer nunca permitiría que él llegara hasta Rin.

La Jefa de Pista cerró los ojos. Respiró hondo. Sintió la muñeca encima de sus dedos, vacía y delgada, el hueso de la articulación, la piel arrugada y seca.

—Si viene a por mí —dijo—, déjame marchar. No me sigas, ¿comprendes?

—Rin, no voy a dejar que...

—Si viene a por mí, déjame marchar —repitió, en voz más alta.

Odette se quedó callada, como si la orden de Rin fuera un muro que no pudiera atravesar. No dijo nada, pero Rin sabía que esa era la mejor promesa que conseguiría de ella.

—Y si viene a por mí... —dijo Odette, en voz baja, como el sonido de las alas de un pájaro cantor listo para posarse—. Tú me dejarás ir.

Rin dejó caer con fuerza la mano sobre el escritorio de madera. Levantó el puño americano, se lo puso en la mano como protección y abrió la puerta del vestíbulo.

—Voy a ver a Davidson —gruñó.

—Rin, para —dijo Odette—. ¿Puedes parar dos segundos?

Rin se detuvo en el umbral de la puerta y observó el campo con la espalda tensa.

—Voy contigo —anunció la trapecista, que se quitó los guantes. Sus manos eran más peligrosas que cualquier arma que Rin pudiera empuñar.

✳

224

Las dos caminaron por el lateral del tren a través de la hierba recién cortada, Odette con sus zapatillas y Rin con las botas, tensa y con un propósito. A Rin le gustaba pensar que parecían intimidantes, pero seguramente solo parecían exhaustas.

Odette se subió de un salto a las escaleras del vagón litera, se enrolló la falda en la mano y después agarró a Rin para levantarla. Abrieron la puerta. El sol abandonó por completo sus rostros y las recibió el polvo. Un pasillo largo de metal y madera que se bifurcaba en literas cerradas. Todo el mundo se había trasladado al segundo vagón con habitaciones para darle espacio a Davidson.

El hombre estaba tumbado en una de las camas de las literas, atado, con su mujer a su lado, que velaba por él. La Jefa de Pista se apretujó junto a la señora Davidson en el estrecho pasillo. Cuando él reconoció a Rin, en su rostro apareció una sonrisa malévola que se extendió como un trapo sucio y se rio.

—Sigo aquí, estornino.

Rin quería pegarle, pero sabía que no era Davidson.

—Odette —dijo Rin. La Jefa de Pista empujó a la señora Davidson con cuidado hacia la derecha, mientras Odette extendía su mano desnuda y se la colocaba a él en la frente sudada. El hombre se calmó. Pero Odette volvió a dar un salto, como la noche anterior, y retrocedió torpemente hacia la pared que tenía detrás.

—¿Odette? —dijo Rin.

—Estoy bien —respondió esta—. Creo que... no tengo que quitarle nada. No puedo. Davidson es el único ahí dentro. ¿Cómo es posible? —Miró a Rin con sus ojos grandes y vidriosos. Tenía miedo. Por Davidson, sí, pero también por la Jefa de Pista.

Rin se había sentido igual en una ocasión. Y los ojos de Odette lo decían todo, como si por fin hubiera atravesado la superficie y entendiera los horrores del Rey del Circo.

«¿Fue así para ti?» es lo que preguntaban en silencio los ojos de Odette. Rin asintió.

—Cuando escucho su voz en mi cabeza —explicó Rin—, no es su voz. Es la mía, mi voz.

—Pero… sabes que es él, ¿no? —dijo Odette.

Rin negó con la cabeza.

—No es él —respondió—. Nunca es él. Es algo que consigue sacar de tu interior.

—¡No, no, no! —dijo Odette—. Sabes que eso no es verdad, Rin. Sabes que te hace pensar que eres tú…

—Bueno, ¿podéis hacer algo para ayudarle? —suplicó la señora Davidson—. Oscar, por favor, sal de ahí ya.

—¡Cállate, vieja arpía! —replicó el señor Davidson.

—¿Hola? —dijo una nueva voz.

Rin se volvió hacia la puerta, con el puño americano fuera y las mangas ya enrolladas. Pero solo era Jo con la luz a su espalda y el rostro oculto por el oscuro pasillo.

—Jefa de Pista, ¿qué demonios le ha pasado al señor Davidson? —dijo Jo, que se adentró en el ambiente polvoriento del compartimento. Desprendía el desparpajo de un gerente de producción que preguntaba por qué Davidson no había salido cuando le correspondía al escenario.

—Espérame en el campo —indicó la Jefa de Pista—. Nadie debería estar aquí.

—¡Eh, que os ayudé anoche! —Jo dio un paso adelante—. Si vais a estar aquí de fiesta, creo que puedo echar una mano.

—Cielo, necesitamos que te vayas —le pidió Odette con frialdad.

—¿Dónde está tu hermano? —preguntó Rin.

—Me ha dicho que no meta las narices en asuntos que no sean nuestros —respondió Jo—. Así que se ha ido a la cantina con Kell.

—Tu hermano es más listo que tú —dijo Rin con sarcasmo.

—No pienso dejaros solas hasta que me digáis una cosa.

—Oh, vaya, ¿el qué? —espetó Rin.

—«¿Habéis probado-o-o-o los Wheaties?» —entonó Jo, fuera de tono. Rin se encaminó hacia ella con paso decidido—. «Están hechos de trigo-o-o-o y contienen todo el salvado-o-o-o. ¿Habéis probado-o-o-o los Wheat…?»* —La Jefa de Pista le tapó la boca con la mano a Jo—. «Mmm mmm mmm mm…mmm».

* Canción publicitaria de los cereales Wheaties. Apareció en 1926 y los expertos la consideran la primera de la historia en este género. *(N. de la T.)*

La Jefa de Pista entrecerró los ojos. Jo le devolvió la mirada y sacó la lengua para chuparle la palma de la mano. Rin retrocedió de un salto y se secó la mano en la chaqueta con una exclamación de asco.

Odette y la señora Davidson permanecieron calladas a la espera de ver si a la niña se le permitía entrar en el mundo de las mujeres adultas. El señor Davidson, trastornado, solo se reía para sí mismo.

—Ahora volvemos —dijo Rin. Empujó a Jo para que saliera al vestíbulo de hierro. La puerta se cerró detrás de ellas. Rin suspiró, se frotó las manos en los pantalones y, después, miró a cualquier cosa que no fuera a Jo.

Habían prevenido sobre el Rey del Circo a todos los integrantes del circo y, aun así, no había sido suficiente para proteger a Davidson. Con Jo, tan poderosa como era, Rin tenía miedo.

—El Rey del Circo se ha hecho con él —dijo Rin al fin.

—¿Y el tipo ese le ofreció un trato tan bueno que ha intentado dispararnos y cargarse nuestra carpa?

—No —respondió la Jefa de Pista, que sacó un mondadientes y se lo metió en la boca. Lo mordió con nerviosismo. Era mejor que un cigarrillo... o que una botella—. No, esa fue la Chispa del Rey del Circo. Debe de haber conseguido que Davidson piense como él, le habrá metido ideas en la cabeza como si fueran bombas.

—¿En eso consiste su Chispa?

La Jefa de Pista se frotó los ojos. No había dormido nada. Pero sí, era cierto, Jo había ayudado la noche anterior. Había sido muy valiente. Si era lo bastante mayor para estar en el circo, lo era para saber las cosas.

—¿Viste lo rápido que recogimos anoche y nos largamos? —preguntó Rin.

Jo asintió.

—Ajá.

—Si el Rey del Circo se acerca a ti —empezó Rin—, puede obligarte a hacer cualquier cosa sin que ni siquiera lo sepas. Si escuchas su voz, si puede verte, puede trastocar todo lo que ves, escuchas e incluso lo que piensas.

—Jo con la rivalidad circense —dijo Jo.

—Los hermanos Ringling quemaron los trenes de Barnum y Bailey —señaló Rin—. Y eso sin ninguna Chispa y sin controlar las mentes.

—¿Entonces huimos sin más? —preguntó Jo—. ¿No le plantamos cara? ¡Es un matón!

La Jefa de Pista respiró por la nariz y mordió con fuerza el palillo. Llamar matón al Rey del Circo era como tachar de brisa un tornado. Rin había visto uno desde el tren y el exterior de la carpa. En una ocasión tuvieron que detener una actuación porque el cielo se oscureció completamente y las nubes, sobre sus cabezas, descendieron como bloques y empezaron a agitarse como un remolino. Nunca tocó el suelo, pero a Rin le sorprendió la cantidad de gente que no había salido corriendo en busca de un refugio. Gran parte de la multitud se quedó junto a la tienda en el paseo central, con la vista levantada hacia algo que podría matarlos como un león en el zoo.

Ninguno de los chispas podía detener un tornado, absolutamente ninguno. Sin embargo, cuando aparecía alguno peligroso, sí que podían detener el granizo o la lluvia. Por lo demás, se limitaban a esconderse en zanjas y esperar.

—Una cosa es plantarle cara a las injusticias del mundo en el día a día —dijo Rin—, y otra... hay cosas... personas... que son inasequibles.

—Imagino que tenemos suerte de que solo quiera recorrer las vías del tren y no dominar el mundo o algo parecido. —Jo encogió sus esqueléticos hombros y metió las manos en los bolsillos de su mono desgastado.

—Un solo hombre puede hacer mucho daño con su destreza, Jo —dijo la Jefa de Pista—. Nosotros tratamos de ayudar a la gente, de mostrarles cosas buenas. Él asegura que su circo muestra «la verdad», pero en realidad solo es una puñetera forma de considerarla y de dejar a un lado el resto de posibilidades. Impacta a su público mientras trata de convertir nuestras vidas en un infierno.

—¿Es malvado?

—Los chispas son como cualquier persona. Los hay buenos y malos, y los hay que todavía se están decidiendo —explicó la Jefa de Pista—. Él ya ha elegido.

—¿Entonces por qué no le detenemos?

—Hemos hecho lo que hemos podido al salvar de él a toda la gente posible. Algunas de las chicas que trabajan en el paseo central vienen de los manicomios y otras de su circo. Paulie McKinley, uno de nuestros mejores números, estaba en su circo. Pero... si el Rey del Circo se saliera con la suya... —Rin se quedó callada. Solo veía un gran agujero negro—. Imagina lo que podría hacer con todos nosotros y nuestra Chispa. Por eso, la única forma de estar a salvo es alejándonos de él todo lo posible, ¿comprendes?

—Está bien... —Jo pronunció las palabras como si se le cayeran de los hombros.

—No, Jo —dijo la Jefa de Pista, completamente seria—. Si supiera lo de tu Chispa, mataría por incluirla en su espectáculo. Y anoche... no pude protegerte. —Las palabras se atascaron entre sus dientes como una pesadilla. Se dio cuenta de que eran ciertas según salían de su boca. Si Davidson hubiera querido apretar el gatillo, lo habría hecho. Si hubiera querido que alguno de ellos muriera, habrían muerto.

Lo que significaba que el Rey del Circo estaba jugando con ellos.

No.

—¿A mí? —dijo Jo—. Yo solo soy una ilusionista. No puedo controlar mentes, ni curar a la gente...

La Jefa de Pista negó con la cabeza.

—Puedes mostrarle a la gente cómo podría ser el mundo. El mundo que se merecen. Y eso es mucho más poderoso que cualquiera de nuestros numeruchos.

—Me estás creando un complejo. Ni que mi Chispa fuera la mejor del mundo.

—No —dijo la Jefa de Pista—. La magia de tu interior no es tu Chispa, es la forma en que decides usarla.

Jo abrió la boca, pero nada salió de ella.

—Sigues siendo una cría —le dijo la Jefa de Pista en voz baja mientras le colocaba una mano en el hombro—. Tú preocúpate de brillar y yo me ocuparé del resto.

—Davidson no está bien, ¿verdad?

—No —dijo Rin—. No está bien. Y no hay mucho que podamos hacer para curarle, pero ya se nos ocurrirá algo.

Jo pasó junto a la Jefa de Pista, cuyas botas gastadas resbalaron sobre el enrejado, y se coló directamente en el vagón.

—¡Jo! —exclamó la Jefa de Pista.

—Puedo ayudarle —replicó Jo—. Dijiste que puedo ayudar a la gente, así que déjame hacerlo.

—No es tu responsabilidad arreglar las cosas, niña —dijo la Jefa de Pista, que agarró la puerta antes de cerrarla—. Yo me encargaré.

—¡Déjame ayudar! —chilló Jo.

Rin siguió a Jo dentro del vagón. La oscuridad era más pronunciada que antes, y unas motas le nublaron la vista. La señora Davidson estaba sollozando; Odette estaba observando, pensativa, y el señor Davidson seguía riéndose de ellas como un demonio trastornado.

—Nunca recuperarás a tu marido —dijo él—. Nunca te he querido. Me alegro de que nuestro hijo muriera, maldita harpía rechoncha.

—¡Para! —soltó Jo con dureza.

El señor Davidson la miró y, después, se rio con esa risa que no era suya. Abrió la boca, pero Jo levantó las manos.

Sin mediar palabra, Jo lanzó una imagen en espiral que se enroscó como el fuego de una chimenea y ocupó la estancia. La música del coche de payaso de Davidson resonó desde el polvo. El semblante de su mujer apareció entre los colores. Era joven e iba vestida de novia. Empezó a reírse mientras alguien la perseguía por una vieja casa que habían convertido en un hogar, y esa risa no se parecía en nada a la que había llenado el vagón de las literas unos instantes antes. La imagen de la señora Davidson envejeció; la belleza de una historia empezó a revelarse.

El señor Davidson dejó de sonreír y apretó los dientes. Se sacudió, como si luchara con algo en su interior. Se puso rojo; parecía estar sufriendo. Entonces se echó a llorar.

Rin vio que las imágenes flotaban en el aire como si fueran pompas, retazos de los sueños. Estaban ensamblados por un comentario hecho de pasada: «cincuenta años juntos, solíamos bailar…». Jo había prestado atención y lo había hilado hasta convertirlo en realidad.

—Te has acordado de que bailaban —le susurró Rin a Jo. Los espejismos habían desaparecido y, ahora, los dos ancianos estaban en los brazos del otro. El señor Davidson temblaba y lloraba, tratando de escapar a rastras de ese infierno que Rin conocía muy bien.

Rin colocó una mano sobre el hombro de Jo, asombrada. La niña la miró.

—Lo siento —dijo—. No podía quedarme sin hacer nada.

—Lo sé —contestó Rin. Por supuesto que lo sabía.

Rin, Odette y Jo se quedaron con los Davidson unos minutos más y después les dejaron dormir, con la señora Davidson acurrucada junto a su marido, todavía atado. Las tres volvieron a salir a la luz del día.

—Esperaba que... si conseguía que recordara algo que no fuera el Rey del Circo y sus... —dijo Jo.

—Muy lista —añadió Rin, que recordaba la noche en que por fin logró escapar del embrujo del Rey del Circo. Apenas... apenas lo logró. Era algo mucho más profundo que recordar. Era mucho más complicado que las imágenes de alguien bailando. E incluso después de que Rin escapara, no estaba bien. Aún le sentía corriendo por sus venas, agarrándose a sus pulmones... La única forma de luchar contra el Rey del Circo era saliendo con uñas y dientes del profundo agujero de oscuridad y rezando para conseguirlo.

Algunos días, Rin todavía no estaba convencida de haber escapado.

—Te estás poniendo blanda conmigo —bromeó Jo—. Mírate, tontaina. Vuelve a decirme lo lista que soy, venga, no pares. Me gustan los cumplidos.

La Jefa de Pista se vio a obligada a reírse. Sus risas eran tan escasas que sonaban como si las cubrieran telarañas.

—Has prestado atención a los pequeños detalles de la vida de los Davidson; eso es especial.

—Bueno —dijo Jo, y se encogió de hombros—. Cuando me presentaste a todo el mundo, me contaste un montón de particularidades sobre ellos. Así que... a lo mejor tu costumbre de tener buena predisposición con los hombres se me está pegando. —Jo le guiñó un ojo.

Rin ni siquiera se había dado cuenta de que se comportara así. Su cerebro se quedó pillado con el cumplido. Se imaginó que debía tener el aspecto de una bombilla fundida, cortocircuitada en una pausa elocuente mientras su mujer y su discípula esperaban a que dijera algo.

—Parece que siempre tratas de arreglar las cosas por tu cuenta —comentó Jo por fin.

—Correcto —dijo Odette, y le acarició la espalda a Rin, de nuevo con los guantes puestos.

—Todos tenemos nuestra función —comentó la Jefa de Pista—. La mía no es más importante que la del resto de integrantes de este circo, pero es mi función. Y es una que no todo el mundo puede hacer. Como le ocurre a Odette, que es sanadora y un consuelo. Y también a Mauve, que ve cosas, planifica y es buena con las finanzas.

—Y tú eres una líder —dijo Jo.

—Como tú —añadió la Jefa de Pista.

Esperaba que la joven se diera cuenta de que se lo decía en serio.

—Bueno, pues… mi trabajo aquí está hecho —dijo Jo, que retrocedió y se ahuecó la camisa como si dispusiera del cuello de una chaqueta para subírselo.

—Ni de lejos —se dijo la Jefa de Pista a sí misma mientras Jo se alejaba a toda prisa y Odette le volvía a frotar la espalda.

—Tengo que contarte lo que la señora Davidson me dijo sobre Jo mientras las dos estabais en el vestíbulo —le contó Odette. Su tono de voz, que sonó como otra advertencia, quebró la luz del sol.

Rin la miró.

Odette ya se había fijado en su mujer.

—El resto de los artistas de su vagón litera le tiene miedo —dijo—. Conjura pesadillas mientras duerme, que flotan en el aire. Charles tiene que despertarla para que pare. Le tuve que asegurar a la señora Davidson que no iba a hacerle daño a su marido, porque estuvo a punto de no dejarla acercarse a la cama.

—Me estás diciendo entonces que la cría es peligrosa. ¿No lo somos todos? —señaló Rin—. Ha hecho algo bueno ahí dentro.

Odette asintió, de acuerdo.

—Digo que la niña es complicada.

Rin desvió la mirada hacia el campo, donde todo el mundo se estaba sentando para comer. Estaba atestado. Maynard se había multiplicado para devorar más de un bocadillo. Tina y Ford hablaban entre susurros, mientras Agnes alardeaba de que podía echar una carrera hasta el estanque del otro lado y nadar la longitud del Canal de la Mancha. Kell, Jo y Charles se habían juntado, y ella negociaba con Kell para quedarse con sus patatas fritas. Jess e Yvanna charlaban sobre algo que parecía relacionado con los disfraces. Ming-Huá garabateaba en su diario. Las mesas estaban llenas y la mostaza volaba por los aires en lugar de ir de una mano a otra de forma educada. De vez en cuando, alguien se aventuraba a mirar hacia el vagón de las literas, como preguntándose si los Davidson estarían bien.

—¿Por qué hay tanta gente? —preguntó Rin—. ¿Por qué no están recogiendo? Les di una fecha límite para finalizar y están remoloneando. Tienen que ponerse en marcha. ¿Están esperando para irse después de comer?

Odette enarcó una ceja, como si Rin le hubiera dicho que creía en Papá Noel.

—Rin, se quedan todos.

—¿Qué?

—¿De verdad te sorprende tanto? —Odette no sonrió cuando se lo preguntó. Le escandalizaba que a Rin le escandalizara.

—¡Pues sí! —dijo Rin—. ¿Acaso no entienden que estamos en verdadero peligro? Que...

—... Somos una familia —dijo Odette, con tristeza en la mirada—. Somos tu familia.

LA JEFA DE PISTA, 1926

Missouri Valley olía a agua sucia, amplias praderas, vacas y al día más cálido del verano. El sol les golpeaba los cuellos mientras Rin y Jo se situaban tranquilamente en el campo al oeste del recinto ferial y el tren. Algunos vecinos se habían acercado a nadar, ver el movimiento de los trenes y tratar de vislumbrar a algún chispa haciendo magia. Pero así de apartada, y tras los trenes y la fila de árboles, nadie podría ver a Jo.

—Esto... ¿nos estamos colando? —preguntó Jo, que miró las líneas del suelo y los pequeños tallos del maizal que les llegaba por debajo de las rodillas.

—No te metas en los cultivos y no habrá problema —dijo Rin. Fijó bien los pies en el suelo y se resbaló un poco con las botas en el barro. Por suerte, se habían perdido la lluvia, pero se habían quedado atascados en el barro por aterrizar fuera de las vías.

—Me he enterado de lo que pasa cuando duermes. ¿Pesadillas?

Jo desvió la mirada hacia el cielo, como si comprobara cuidadosamente dónde se encontraba el sol. Se protegió los ojos con las manos, como si la hubieran pillado. Negó con la cabeza.

—Pensaba que desaparecerían cuando dejáramos Omaha.

—¿Quieres contarme qué ocurre?

—Son puertas —dijo Jo—. Charles dice que son un puñado de puertas y que todas gritan cosas terribles.

La primera predisposición de Rin fue echarse a reír al imaginarse a una mujer adulta como la señora Davidson asustada por unas puertas antropomórficas que rechinaban los dientes en los pomos y aullaban. Pero sabía que no debía hacerlo. Las puertas podían ser de las cosas más aterradoras del mundo: siempre había algo al otro lado.

Jo se encogió de hombros.

—No sé qué decirte. A lo mejor deberías encerrarme en un vagón bonito y privado como el tuyo.

Rin sonrió ligeramente.

—Cuando montes tu propio circo y lleves al día la contabilidad, tendrás tu propio vagón. Hasta entonces, tienes que aprender a controlarte.

Jo puso los ojos en blanco.

—Oh, así de fácil, ¿eh?

La Jefa de Pista levantó las manos delante de ella, como si tocara la luz de la mañana. Cerró los ojos, tomó una profunda bocanada de aire y la soltó.

—Si estás muy tranquila, sentirás la electricidad en tu interior. La Chispa que se te ha concedido. Tienes que hacer las paces con ella.

Jo hizo una pedorreta y la Jefa de Pista le dio un codazo.

—¡Ay!

—Extiende las manos.

—Si vamos a enfrentarnos a las puertas, ¿puedo llamar a Charles? —preguntó Jo—. Bueno... no importa. Estoy bien. Voy a... —Cerró los ojos y dejó escapar el aire entre los dientes—. Vale.

—¿Estás segura de que no quieres a tu hermano aquí?

—No, pero tampoco quiero que vea lo que puede salir de ellas... si puedo evitárselo... —Se quedó callada—. Ya ha pasado por suficientes cosas por mi culpa. —Entonces se animó de repente, sacudiendo las manos—. Dime qué tengo que hacer. No siento nada, estoy muy nerviosa.

—Por alguna razón —dijo la Jefa de Pista—, de toda la gente de este planeta, tú has sido la elegida para albergar algo especial.

—Sí, especialísimo —soltó Jo con ironía—. Todo el mundo nos tiene una envidia que te mueres.

—Es frustrante —coincidió la Jefa de Pista—. Lo es. Nuestras vidas serían mucho más sencillas si no tuviéramos la Chispa. Pero podemos considerarla una maldición —la Jefa de Pista tomó a Jo de las manos y las levantó lenta y cuidadosamente—, o utilizarla como un regalo. Justo como lo que hiciste con Davidson.

Jo abrió los ojos para mirar y el sol le iluminó suavemente las pálidas mejillas, la nariz delgada, el ceño fruncido. Rin no la soltó.

—Ahora tú eres la encargada de escribir tu propia historia —dijo la Jefa de Pista.

—¿Escribir mi propia historia? —repitió Jo, sin ningún ademán de apartarse—. El mundo me quiere muerta. Mi padre me vendió. Una vez traté de ponerme unos pantalones y no imaginas cómo me llamó… Te habría considerado una mala influencia, ¿sabes? Habría odiado este circo.

—Bueno, este circo tampoco le habría querido —dijo Rin con rotundidad. Colocó las manos de Jo hacia arriba con calma—. Tu padre parecía estar equivocado con respecto a muchas cosas, así que, ¿no crees que también se equivocaba contigo?

Jo apartó la vista, pero no se alejó.

—¿Qué necesitas ver para que las puertas desaparezcan? —preguntó la Jefa de Pista.

Jo tragó saliva.

—No necesito ver nada, estoy bien.

La Jefa de Pista no la soltó.

—No tienes que hacerte la dura delante de mí, soy tu profesora. Ahora, sea lo que sea lo que necesites ver, libéralo.

Jo entrecerró los ojos azules, probablemente evaluando a Rin para ver si valía como profesora. Ella trató de recordar lo que se sentía a esa edad, lo que era admirar a su madre. Era como estar debajo de un roble que dejaba caer algo sobre ti, te asentaba en el mundo y te daba sus raíces.

Bueno, quizá Rin no fuera un roble, pero estaba aquí.

Jo asintió.

—Vale —dijo—. No huyas.

—Por supuesto que no.

Jo se miró las puntas de los dedos, levantadas y sujetas. Respiró hondo. Los colores del cielo pasaron de un brillante amanecer a un oscuro apartamento de Omaha que olía a cerrado. La estancia se derramó y fluyó alrededor de ellas hasta que estuvieron en el viejo salón del que la niña había escapado.

Jo lo contempló, y después miró a la Jefa de Pista.

—Pues ale, hecho. —Sonrió como si pidiera perdón—. «Buen trabajo, niña» —siguió diciendo en una voz que se suponía que era la de la Jefa de Pista—. «Eres una auténtica genio». ¡Maldición, mira la hora!

La Jefa de Pista no sonrió, pero tampoco la soltó.

Jo bajó la vista, incapaz de mirarla a los ojos. En ese instante, la puerta del salón ilusorio que Jo había dibujado empezó a abrirse.

Poco a poco, la puerta osciló hacia dentro y en el vano aparecieron sus padres, que miraban más allá de la muchacha. Jo no era nada, no importaba lo mucho que hubiera deseado tener alguna clase de cadena irrompible que los mantuviera unidos, no había ningún hilo entre ellos. Rin sintió ese tirón, esa necesidad que la hacía tropezar en su interior como si se hubiera saltado un escalón. Solo quería que la quisieran.

Pero Jo había arrastrado con ella algo del exterior, como si supurara una sensiblería tóxica. Sus padres estaban tristes y perdidos, y la miraban con una furia que ella había creado en ellos. Había intentado con todas sus fuerzas no hacerlo; había ido de puntillas cuando le había sido posible; había intentado mejorar. Quería que la abrazaran. Pero no podían; nadie podía hacerlo.

Entonces, la habitación se derritió y la escena se fue transformando en una conversación silenciosa en el exterior del apartamento en el que vivía la familia de Jo, con ella y la Jefa de Pista debajo, contemplando la calle, desde más allá de la puerta. Como si fueran fantasmas, unas fisgonas o ambos.

Rin lo recordaba. De alguna forma. A pesar de que esta no era su vida.

—Una niña con tanto poder —le dijo el padre de Jo a su madre mientras compartían un cigarrillo. Su madre dio una larga calada con los labios apretados.

—Dicen que hay paz —añadió su madre—. Que serán buenos.

—No son buenos. Veo lo que hace por las noches. —Entonces, su padre gruñó—. Ya actuaba como un marimacho antes de todo esto, y ahora...

—Me odiaron desde el principio —dijo Jo—. Era otra boca que alimentar, un desperdicio de hija, un grano en el culo.

—Eras una niña —dijo la Jefa de Pista.

—Bueno, pues a esta niña la odiaron incluso más cuando empezó a cubrir las habitaciones de pesadillas.

—¿Crees que eso es lo que haces? —preguntó la Jefa de Pista—. ¿Crees que eso es lo que eres?

Jo se encogió de hombros. Miró a su madre. Rin sintió que algo se introducía en su interior, un parásito supurante que le revolvía el estómago. Casi podía empatizar con la crueldad del padre de Jo; siempre al margen, siempre demasiado alejado como para poder tocarlo. Pero la madre de Jo... su madre la había dado a luz. Su madre también había sido una niña. Su madre tendría que haberse mantenido a su lado, haberla protegido de las personas como su padre. Y aun así...

Con el resto de la imagen que se desvanecía, el foco se centró en el rostro de la madre de Jo, y un sentimiento hizo que tanto Rin como la niña se sobrecogieran en el campo en el que se encontraban como si fuera una plaga. Era el sentimiento de sentirse traicionado. Era lo que Jo había sentido (y ahora, de alguna manera, Rin recordaba) cuando le había contado a su madre, en confianza, que había sido ella a la que se le había olvidado cerrar la puerta cuando se escaparon los cerdos, solo para ver cómo su madre la delataba ante la furia de su padre.

—Bueno —había dicho su madre sin un ápice de arrepentimiento—, ahora ya sabes que tienes que cerrar la puerta. Eres la cosa más egoísta y tonta que he visto nunca.

Había anhelo por tocar a su madre, pero esta última no sentía nada. Peor que nada. ¿Cómo se le llama a la ausencia de amor? No es odio. Ni siquiera es apatía. La palabra vive en la anticipación de esperar a alguien que nunca regresará a casa.

No, esto solo era un espejismo. La madre de Rin la había querido con todo su corazón. Rin no había conocido esta soledad con su madre. Se había familiarizado con muchas cosas que dolían y había esperado ante muchas puertas sin querer saber lo que había al otro lado, pero nunca con su madre. Tenía que salir de este sueño.

—Jo —dijo la Jefa de Pista de repente—. Jo, concéntrate.

Jo cerró los ojos. Apretó los puños. Rin sabía que Jo estaba intentando devolver el dolor a su interior, que trataba de tragarse todo el que había en el mundo. Pero ahora ya estaba suelto, y volver a comprimirlo era imposible.

—Déjalo —dijo la Jefa de Pista—. No lo absorbas, empújalo. —Le agarró las manos y le abrió poco a poco los puños—. Relaja los dedos.

—¿Por qué no me protegió? —preguntó Jo, aún con los ojos cerrados—. ¿Por qué no me quiso más que a él? ¿Por qué yo no era suficiente? Hice todo lo que pude.

—Claro que lo hiciste —dijo la Jefa de Pista—. Pero ella no.

Jo abrió los ojos. El apartamento y la madre se disiparon.

La Jefa de Pista bajó las manos de Jo, cansada. Sin sentir lástima, sino algo más delicado. O quizá algo más duro. El fuego que había sentido para proteger a Odette o la furia que había intentado expulsar cuando se dio cuenta de que el Rey del Circo nunca debería haberla conocido.

Jo no tendría que haber experimentado esas pesadillas.

—Ese no es el aspecto que debería tener un hogar —dijo Rin—. Y no todos los padres son así.

—Nunca he conocido a nadie con una infancia feliz —aclaró la niña.

—Yo tuve una infancia feliz —dijo Rin—. Y tú te merecías una mejor.

Algo flotó entre ellas.

—Las respuestas no siempre aparecen en un solo día —dijo Rin, y le soltó las manos—. Pero espero que sepas que nosotros… te vemos.

—Genial, supongo, sea lo que sea eso —resopló Jo, y apartó a la Jefa de Pista con la mano.

Rin entrecerró los ojos. Jo quería marcharse, pero ella no se lo permitió.

—Bueno, pues veámoslo, ¿no? —dijo Rin, que se volvió hacia el campo—. Muéstrame quién eres.

Jo se la quedó mirando.

—¿Tachán? —dijo la niña, señalándose.

—Tus manos —dijo Rin con sencillez—. Levántalas y enséñame quién eres.

—Estoy aquí mismo.

—Ya me conozco este numerito de sabelotodo arrogante —soltó Rin—. Y podemos echar a perder todo el ensayo, aquí, de pie, o puedes hacerlo y punto. Levanta las manos y muéstramelo.

Jo las alzó, pero no sucedió nada.

—Venga —dijo Rin.

—¡No me estoy haciendo la difícil! —replicó la pequeña—. ¡No consigo que mi cerebro piense! Yo... —Se quedó callada.

Había sido la hija de su padre. La sombra de su madre. Una pantomima. Un problema. Era la melliza de Charles, la discípula de la Jefa de Pista. Y ahora era artista de circo.

—No lo sé —dijo Jo.

Rin bajó la vista hacia sus propias manos.

—Ojalá tuviera tu Chispa —dijo—. Entonces, al menos podría mostrarte lo que yo veo. Pero, por desgracia, tú eres la única que puede conjurar esa imagen para ti misma. Así que tendrás que hacerlo.

Jo permaneció en silencio y después agregó, con un tono de voz más sumiso:

—¿Puedes decirme qué aspecto tendría? —La Jefa de Pista se volvió hacia ella, confusa—. Es decir, si tuvieras que conjurar una imagen sobre mí, ¿cómo sería?

La Jefa de Pista no esperaba esto de Jo. Se quedó allí de pie, torpemente, como una tartana averiada. Si esperaba que la niña le abriera su corazón, Rin tendría que hacer lo mismo. Pero ¿y si ella se abría demasiado y entonces Jo se quedaba sin la Jefa de Pista? Entonces la niña tendría a una humana con grietas en sus pilares. Y Rin necesitaba ser más humana por Jo, a la que le hacía falta una profesora.

—Por favor —dijo Jo—. ¿Cómo sería? Dices que me ves, pues hazlo. No estoy pasándome de lista, y sé que tengo que verlo por mí misma y todas esas chorradas de quererme primero para que otros también lo hagan y etcétera, etcétera, pero a veces no podemos querernos a nosotros mismos hasta que otra persona...

«Hasta que otra persona nos diga que nos merecemos ese amor».

Una brisa silenciosa agitó la hierba del campo, el océano del Medio Oeste. Y las dos chispas se miraron, la una a la otra, con cautela. ¿Qué diría Odette?

¿Qué diría la madre de Rin?

Había pasado mucho tiempo pensando en la muerte de su madre; gran parte de la vida de esta se había disipado como esas semillas de arce. Pero Rin aún la veía, parada en el parque, mirando a su hija con una sonrisa cariñosa.

Rin se aclaró la garganta.

—Pintaría fuegos artificiales —dijo, con firmeza—. Pondría música. Os pintaría a ti, a tu hermano y a todas las cosas y lugares que adoráis. Remolinos de color por todas partes, que se entienden y curan el mundo. Tú eres tu propia historia, no un personaje en la de otra persona. —Después, añadió—: Te mostraría cómo brillas.

Jo no dijo nada, como si tratara de callarse algo.

—Si brillara, no habría asustado a la gente cuando me volví loca en Omaha. No habría querido... hacerle daño a mi padre cuando nos vendió...

Rin se situó a su lado y le colocó una mano en el hombro.

—Te sientes mal por esas cosas, ¿no?

—Sí...

—Hay gente ahí fuera que nunca se sentiría mal —dijo Rin—. Has aprendido algo. Y seguirás creciendo. Y espero que un día aprendas a perdonarte a ti misma, porque te lo mereces.

Era como si una rueda hidráulica hubiera agitado los contenidos del corazón de Jo hacia su cabeza, inundando sus ojos. La muchacha se tapó el rostro y soltó un pequeño sollozo.

Rin se asustó, pero solo le dijo:

—Suéltalo.

Y así, las lágrimas asomaron de los ojos de Jo, entrelazadas con las muchas cosas que Rin había sentido minutos antes: su madre, su padre, las puertas, el miedo, la ira... No, la ira no, la furia. Por haberse quedado sola con Charles.

No tendrían que haber estado solos.

Rin tiró de ella y la abrazó. A cambio, fue como si la Jefa de Pista aguantara el dolor por ella, en sus brazos. La sostuvo tanto como pudo.

Y Jo se aferró a ella como si llevara buscando ese abrazo quince años.

LA JEFA DE PISTA, 1926

Los días de ensayo precedían a los días de espectáculo. Estaban repletos de repasos de la puesta en escena, de «limpieza» y de ensayos de las peleas, y luego, por la noche, disponían de tiempo para relajarse.

—¡Apaga las luces generales, Maynard! —ordenó Rin.

—¡Apagadas! —respondió él.

—¡Gracias! —entonó la compañía hacia los Maynard que tenían encima.

La extraña luminosidad fluorescente de las luces generales desapareció y se quedaron a oscuras.

—Las posiciones son todas tuyas, May-May —dijo Rin, mientras escarbaba con el dedo del pie en la tierra como un caballo en la línea de salida.

—Posición uno a la espera —anunció uno de los Maynard desde arriba a la izquierda—. ¡Posición uno, adelante!

Se encendió uno de los focos en la pista central.

Rin correteó hacia la luz.

—Y caminamos. Caminamos, caminamos y caminamos majestuosamente… hasta la marca de posición —dijo Rin cuando apareció—. ¿Me estás cubriendo?

—Sí —dijo Maynard.

—Presentación de bienvenidos al circo… etcétera —dijo Rin—. Te doy el aviso, Maynard.

—Estoy en ello, gracias —respondió él—. Posición dos a la espera. Música, posición tres y también a la espera.

—¡El Circo de los Fabulosos! —bramó Rin, moviendo la mano.

—¡Posiciones dos y tres, adelante!

Todas las luces se encendieron. El hombre Calíope prorrumpió en una marcha entusiasta.

Y todos los artistas se apresuraron para empezar el desfile. Como es obvio, tenían un aspecto distinto al de la representación; todos iban vestidos con vaqueros y pantalones de trabajo, partes de su ropa interior y corsés, como si todos hubieran salido a toda prisa de la cama para echar una carrerita por el escenario.

Este era el secreto favorito de Rin sobre las actuaciones en directo: la gente venía de punta en blanco por la noche, tras pagar un precio alto para ver un espectáculo montado por granujas bohemios que, horas antes, habían repasado las posiciones en ropa interior.

—Posición cuatro a la espera —dijo Maynard.

—¿Por qué las posiciones dos y tres van por separado? ¿Por qué no pueden ser la misma? —le preguntó un Maynard a otro.

—¡Esperad un segundo, por favor! —gritó Maynard.

Los peones y los artistas se quedaron inmóviles.

—¡Esperamos, gracias!

✳

Rin había descubierto el bello arte de vivir en el Medio Oeste cuando eres diferente. Había aprendido a vivir entre las grietas de las aceras, a encontrar belleza en las sombras de los callejones y a desaparecer bajo tierra sin que nadie arriba, en el mundo real, supiera que existía un inframundo. Porque sí, existía.

Aquellos que procedían de la costa se sorprendían de que, incluso aquí, en el quinto pino, hubiera zonas felices para los chispas entre las Loess Hills y los campos de soja. Pero los chispas vivían en todas partes, así que su felicidad también se extendía por todos lados. Solo había que buscarla.

Esta noche, un grupo de chispas del circo apareció en el callejón junto a un pequeño teatro azul en Broadway Avenue, Council Bluffs. Siempre era mucho más fácil saltar directamente a donde quiera que fueran, pero hoy había otras razones para transportar de este modo a cualquier chispa. Caminar desde Missouri Valley hasta el Chandelier, en Council Bluffs, sería peligroso. En el mejor de los casos, una preocupación palpable los perseguiría por la calle mientras los ojos se volvían hacia ellos.

El callejón, donde una hierba fuerte de verano y unos dientes de león crecían entre las losas de hormigón, estaba situado entre dos viejos edificios de ladrillo y madera, y estaba impregnado del olor intenso a basura que provenía del contenedor que había en su boca.

Pero más adelante, colgado de una marquesina de hierro, había un farol ornamentado. Rin señaló y Jo levantó la vista, dudosa, con la gorra haciéndole sombra sobre el rostro. El farol no pegaba mucho allí, pero tampoco destacaba tanto como para que alguien reparara en él al pasar. Jo, sin embargo, contemplaba asombrada a todo el mundo que se acercaba a él y se desvanecía en el aire cuando cruzaba bajo las barras de hierro.

—Allí —dijo Rin—. Es la señal de que hay un lugar seguro para nosotros. Si alguna vez estás en algún sitio que te parece inseguro, busca un farol de hierro. Se supone que el hierro mantiene al mal alejado, y el farol representa a los chispas.

—¿Pero cómo va a ser seguro si no todos los chispas son de fiar? —preguntó Jo—. ¿El Rey del Circo no podría entrar como si nada?

—Podría —dijo Rin—. Todos los grupos de personas tienen sus demonios. Incluso cuando estamos en un lugar seguro, hay que estar alerta.

Jo asintió.

—Una sociedad secreta, ¡qué pijo!

—Oh, calla —dijo Rin.

—No, en serio, el no va más —añadió Jo con indiferencia, poniendo los dedos en forma de pistola y dirigiéndolos hacia Rin, que le bajó la visera para cubrirle la cara, con lo que Jo la empujó.

—Vamos —dijo Rin—. Es un encubrimiento bajo las barras de hierro. La gente no ha desaparecido, simplemente está fuera de nuestro campo de visión.

—¡Hola! —gritó Mauve desde el otro lado.

—¡Oh, no! ¡Y yo que pensaba que habían muerto! —dijo Jo—. Mi gozo en un pozo.

—Entra de una vez. —Rin la empujó y levantó algo de polvo con el zapato tras la descarada de Jo.

Mauve, Kell y Charles ya habían cruzado al otro lado. Tras Rin y Jo iban Odette, que hablaba en voz baja con Agnes, Ming-Huá y Jess. Bernard iba después, mientras se reía de forma escandalosa con Maynard, al que había obligado a venir… o al menos parcialmente. Una parte de este se había quedado en el circo, otra estaba trabajando de avanzadilla en alguna parte de las vías y una más reducida trataba de disfrutar de la noche aquí con ellos.

Odette miró a su alrededor para asegurarse de que ningún vecino estuviera mirando, mientras se alejaba de las chicas. Después tomó a Rin de la mano, mordiéndose el labio con picardía, y atravesaron juntas el umbral.

No había ninguna diferencia, salvo el hecho de que ya no se sentían como si estuvieran en un escenario, sino entre bambalinas, fuera del campo de visión, donde podían hacer lo que les diera la real gana. Podían ser quienes quisieran y, para un chispa, eso era lo que siempre habían sido.

Rin sintió que relajaba los hombros.

Delante de ellas había un gigantesco arco de ladrillos y una lámpara de araña colgaba de la dovela del centro. El latón dorado se enrollaba en espirales, como una flor llena de pétalos, y su estilo oscilaba entre el *art decó* y la vieja guardia eduardiana. En lugar de con velas, la araña estaba iluminada con bombillas eléctricas que titilaban. Enormes joyas de todos los colores —rojas y azules, verdes, moradas y naranjas— colgaban como las alhajas de una duquesa rica. Esto era, por supuesto, la entrada al Salón de Baile Chandelier.

Rin rodeó a Odette con un brazo y la acercó hacia ella. Su mujer la besó con pasión, en público, y sin ningún miedo. Aquí, Rin podía olvidarse de la ansiedad que normalmente la acompañaba como una peonza bien apretada. Se permitió soltar una risilla, que después se convirtió en una risa de verdad, y le devolvió el beso a Odette.

Vio a Charles y Kell delante de ellas. Kell le tendió una mano a Charles y este la aceptó.

Mauve y Jess iban del brazo, bailando, mientras Mauve guiaba al grupo hacia el interior del pasillo arqueado de ladrillo. Los recibieron unas escaleras, que descendieron lentamente en la oscuridad hasta encontrar luz más abajo, donde más lámparas de araña iluminaban lo que parecía una antigua bodega abandonada.

Estaba en pleno apogeo, repleto de chispas bailando, riéndose y amontonándose para conseguir algo de comer. En un lado de la taberna había un pequeño escenario en el que la gente hacía gala de su Chispa con orgullo. En ese momento, una *femme,* delgada, con entradas y un bonito vestido de *flapper* estaba sobre él. Sus medias brillaban sobre los zapatos negros con hebillas y sus suaves manos marrón claro estaban extendidas, mientras la electricidad estática chisporroteaba entre sus dedos y dirigía un pequeño espectáculo de fuegos artificiales para el público que se arremolinaba a su alrededor.

En el otro extremo de la cueva de ladrillo había un bar clandestino, y Rin le lanzó una mirada al rostro esperanzado de Jo que decía: «Rotundamente no».

Justo delante, junto a la larga pared, había un grupo de chispas más mayores que interpretaban sonoras y vivaces versiones de canciones de todas las épocas. Uno de ellos debía de tener ojos y oídos en la línea temporal. Rin adoraba el Chandelier de Council Bluffs porque era el único sitio en el mundo en el que podía escuchar esas canciones en 1926. Le recordaba que no estaba loca, que sí que las había escuchado aunque nadie las conocía en el presente.

Kell sacó a Charles a la pista de baile. Rin le dio a Jo otra advertencia —«Ni se te ocurra pensar en acercarte al bar»— y, a continuación, dejó de estar de servicio. Por una sola noche, no sería la Jefa de Pista; sería simplemente la mujer de Odette.

Permanecieron en los brazos la una de la otra mientras la banda tocaba. Las manos de Rin se deslizaron sobre las caderas de Odette, y las de Odette se enroscaron alrededor del cuello de Rin. Odette le sonrió. Cuando el ritmo aumentó, saltaron arriba y abajo porque ninguna de las dos había tenido tiempo de aprender los bailes de la época. Se rieron, dieron vueltas y, aunque Odette no tenía que preocuparse por sus rodillas y Rin se estaba quedando sin energía, mantuvieron el ritmo juntas.

Agnes se subió al escenario, se tumbó en un banco e hizo pesas con un hombre corpulento. Jess se soltó su larga melena y habló animadamente con la gente sobre la última novela barata que había leído.

—¡No cabe duda de que fue la mujer! —gritó por encima del estrépito de fondo—. Lo hizo en la vida real, ¡y eso es en lo que se basa!

Ming-Huá estaba sentada en la esquina, desde donde observaba a todo el mundo a su alrededor y tomaba notas.

Bernard estaba en el bar, contando escandalosamente historias sobre la infancia de Mauve y sobre cómo, en una ocasión, salvó el tren él solo.

—¡Entradas gratis para todo el mundo! —dijo.

—¡Entradas con descuentos parciales para todo el mundo! —le corrigió Maynard, que lo fulminó con la mirada.

—Me alegra verte sonreír —le dijo Odette a Rin con una amplia sonrisa. Rin sintió que su mundo gravitaba hacia casa, hacia el centro de todo: una pequeña trapecista con ojos hechos de estrellas. Y la abrazó con más fuerza hasta que sus caderas se tocaron.

—¿Tienes ganas de volver a empezar con las representaciones? —preguntó Odette.

—Más que ganas —respondió Rin.

Odette le dedicó una pequeña sonrisa, como el beso del que J. M. Barrie hablaba en *Peter Pan*. Esa fue una de las primeras cosas que Rin pensó cuando conoció a Odette: el beso al que las chicas se aferran y que no le dan a nadie salvo a su alma gemela. Odette le había resultado familiar incluso cuando era una desconocida.

—Nunca entenderé por qué me miras de esa manera —murmuró Rin.

—¿Cómo?

—Como si me quisieras.

—Es que te quiero.

—Ya —dijo Rin—. Nunca lo comprenderé.

Odette entrecerró un ojo y estudió a su mujer.

—Bueno —dijo—, para empezar, cuando era pequeña, miraba la luna y pensaba: «Mi posible pareja está ahí fuera, esperándome, y si es la persona correcta para mí, también hará estupideces como contemplar la luna. Así que igual, en este momento, estamos haciendo lo mismo». —Odette alzó los dedos enguantados y le retiró a Rin el pelo de la cara—. Y resulta que tú también estabas mirando la luna.

—Hombre… es bastante grande, es un poco difícil pasarla por al...

—No te desvíes —dijo Odette, y Rin paró y asintió.

—Sí, también la estaba mirando —afirmó Rin como si tuviera un algodón en la boca. Había una parte en su interior que se sentía como una estúpida y, con un gruñido profundo y gutural, le decía que era «estúpida, infantil, no impresionas a nadie».

Pero también había otra que pensaba: «A lo mejor este mundo no es tan frío como me lo parece. Tal vez, quizá, Odette disfruta estando conmigo».

Odette le colocó una mano en la mejilla.

—Amor mío —dijo, en voz baja—. La mujer que levantó un circo por mí para que pudiera volar. Y encima tengo el honor —se acercó, su baile completamente olvidado— de verte brillar, Jefa de Pista.

Tiró de Rin y le dio un largo beso. Presionó sus suaves labios sobre los de Rin y las dos se fundieron la una en la otra. No importaba nada más allá de ese momento. Todo el ruido de las cosas que Rin no había hecho, que necesitaba hacer o que nunca sería… todo desapareció y Rin retornó.

Una palabra volvió a su cerebro desde un rincón lejano de su mente en el que todos los días hacía sol: *teshuvah*. Este baile, para ella, era *teshuvah*, una especie de arrepentimiento, un regreso, una evocación de quién había sido y de quién podría haber sido durante todo este tiempo… de quiénes eran. Odette y ella eran la pista central, el *crescendo* de una orquesta, una sensación desorbitada en los corazones del público, con las bocas abiertas, cuando todos se daban cuenta de que «no va a pasar nada, la magia es real».

Durante un breve instante, Rin habría jurado que el sótano se había quedado en silencio, inmóvil, congelado.

Abrió los ojos. No, la gente seguía moviéndose, todo estaba igual. Personas preciosas con sus bellas chispas iluminaban la noche con sus risas y sus gestos, sus grandes historias y sus maravillosas ideas. Jo chilló mientras bailaba alrededor de Kell y Charles, que daban vueltas juntos. Y había amor.

Pero, durante un instante, le había dado la sensación de que todo se había quedado congelado. Como si todo pudiera fusionarse en una pequeña fotografía, si Rin se aferraba a ello unos segundos más...

—¿Qué pasa? —preguntó Odette.

—¿Has notado algo raro?

—No estaba prestando atención.

Rin se encogió de hombros.

—Vuelva a besarme, señorita —dijo, y eso hizo.

Tras una larga noche, regresaron a casa, al familiar batiburrillo de carromatos de circo, cálidas tiendas de lona y vagones de tren que olían a maquillaje y sudor. El sol se había ocultado y las luciérnagas brillaban de forma intermitente mientras atravesaban en círculos los apacibles fresnos. Las langostas eran el sonido de Iowa en verano.

—¿Cómo está el señor Davidson? —preguntó Rin en voz baja cuando la señora Davidson vio que regresaban al campamento.

—Mejor —respondió la esposa del hombre, asintiendo—. Sigue en la cama, pero está estable.

—¡Eh, jefa! —rio Jo, que saltó sobre la caja de un pregonero e hinchó el pecho de aire—. ¡Mira! ¿Quién soy? ¡*Ra-ra-ra*, todo el mundo es hermoso, *ra-ra-ra*!

—Baja de ahí. —Kell tiró de ella, su risa se mezcló con la de la joven y Charles colocó los brazos alrededor de ambos, su hermana y su nueva pareja de baile.

Jess y Agnes seguían hablando de libros, y la segunda envolvía a Ming-Huá con el brazo para incluirla. Maynard bostezó mientras comprobaba las ataduras de todo lo que iba dejando atrás, como si su cerebro no pudiera descansar. Bernard y Mauve se detuvieron al borde del tren y se dieron un largo abrazo, como si no se hubieran visto en años. Bernard le dio un beso en lo alto de la cabeza y le susurró algo al oído.

«La familia nos encuentra incluso aunque hayamos nacido en lugares o casas diferentes». Ojalá Rin hubiera presenciado una noche como esta cuando era joven y estaba en la calle, sola y asustada, mientras se aferraba a cualquier cosa que hiciera que su mente dejara de gritar. Todos unidos por unos pequeños cordeles que les acercaban al hogar.

Odette se dirigió al último vagón, pero Rin la tomó de la mano mientras los demás se dirigían a los vagones litera. La inauguración en Missouri Valley sería al día siguiente. Algunos dormirían hasta tarde, pero todos estarían listos antes del atardecer. Odette volvió la vista hacia ella, intrigada, y Rin le ofreció un guiño cómplice.

—Nuestra velada no ha terminado —dijo. Tiró de Odette para acercarla, y esta, embelesada, se rio.

—¡Oh, cielos! —dijo—. ¿Qué estás tramando, Jefa de Pista? Tienes esa mirada en los ojos que dice que tienes un plan de los de Rin.

—Tenemos un plan de los de Rin.

Rin volvió a besarla, echó otro vistazo al circo y, después, desvió la mirada para ver cómo el tiempo se abría ante ella. Una cuerda esperaba a que Rin la agarrara para trasladarlas a la aventura de esa noche. Ese último vistazo tendría que haber sido más largo, las despedidas tendrían que haber sido más dulces pero, aunque Rin podía viajar en el tiempo, no podía ver a través de él.

Se agarró con fuerza al hilo dorado, tomó a Odette del brazo y, cual Douglas Fairbanks en *Robin Hood,* un intrépido ladrón con una hermosa doncella entre los brazos, Rin saltó del acantilado de Missouri Valley y cruzó el cosmos, avanzando hacia delante a través de la luz...

… Y el viaje fue espectacular.

Con el paso del tiempo, había aprendido a disminuir la velocidad del teletransporte, así que le dijo a Odette que abriera los ojos.

Odette parpadeó, dio un grito ahogado y se agarró al cuello de Rin.

Era como si, con los destellos de las escenas que se sucedían alrededor de ellas, en explosiones de luces parecidas a los fuegos artificiales, estuvieran en una cueva llena de estrellas. Se escuchaba el eco de trozos de conversaciones, risas, gritos, sollozos, susurros y chillidos. Rojos palpitantes, azules fluyendo… era como si Rin las hubiera colado entre las bambalinas del mayor espectáculo del universo.

Rin y Odette, la Jefa de Pista y la trapecista, planearon por el tiempo y el espacio, abrazadas la una a la otra.

Debajo y a su alrededor estaba su historia. Rin sentía sobre la piel el sol cálido de la tarde de finales de verano del día de su boda. Notaba el sabor del postre favorito de ambas en la lengua: un esponjoso e imperfecto tiramisú que no sabía en absoluto a café. Su pecho borboteaba con la risa de Odette cuando soltó un «¡Buuu!» al escuchar el nombre que no era durante el *Purim,* y cómo, durante meses, cada vez que sucedía cualquier cosa en un momento completamente inoportuno, se gritaban un «¡Buuu!» la una a la otra. Odette mirándola el día que le preguntó a Rin si quería casarse con ella. Los ojos galácticos de Odette, que sabían a la perfección cómo expresar una proposición como esa ante una persona con la clase de cicatrices de Rin. La completa adoración y cómo, durante un minuto, Rin se había olvidado del miedo. Un millar de momentos entre dos personas, girando sin parar, sucediendo a la vez.

Después, volaron hacia una luz que tenían delante y descendieron…

…sobre un suelo de adoquines en el barrio Latino.

Rin nunca había estado en París, pero había visto imágenes y sabía dónde localizarlo en un mapa. De esta manera, se imaginó el globo terráqueo en su cabeza, trazó una línea desde donde estaban hasta donde quería ir, se aferró a ella y la siguió. Y ahora, estaban allí. La mejor agencia de viajes del mundo, sin necesidad de baúles.

Se había imaginado un París que estuviera en la misma línea temporal que Council Bluffs, así que, retrocediendo para compensar la diferencia de hora, Rin diría que eran... ¿las nueve y media?

Sacó la pulsera y se la puso alrededor de la muñeca. Comprobó una bota porque un calcetín parecía habérsele arrugado en los dedos de los pies. Los adoquines eran irregulares, lo que no le iba muy bien a sus rodillas, pero se las apañaría.

—¡Nunca había abierto los ojos! —exclamó Odette—. ¡Normalmente vamos mucho más rápido! ¡Serás fanfarrona! —Y después, añadió—: He sentido la luz del sol del día de nuestra boda.

—Yo también —coincidió Rin.

—Fue un día muy bonito —dijo Odette—. Bueno, Bernard metió el carruaje en el tronco, pero... consiguió sacarlo.

—Fue un buen día, uno de los mejores —Entonces Rin hizo un gesto con la cabeza hacia delante—. Mira donde estamos. Mira el río y todo lo que hay más allá.

Odette se quedó boquiabierta cuando sus ojos notaron las farolas. Pasadas las luces, en la ribera del río que tenían enfrente, se encontraba Notre Dame. No era un cuadro, ni una reproducción en un desfile de Dakota del Sur. Era la de verdad.

—París —dijo Odette sin aliento.

—París —repitió Rin—. Espero que sepas francés porque, por lo que oigo, aquí nadie habla nuestro idioma. Pero he oído que, hace tiempo, una tal Odette Paris solía pensar que alguien le había construido una ciudad al completo. Recuerdo que cierta Odette Paris coleccionaba miniaturas de la Torre Eiffel.

Odette se rio mientras lo asimilaba todo; parecía estar a punto de echarse a llorar.

Rin se encogió de hombros.

—Mi madre me enseñó suficiente francés como para entender *La Bohème,* así que eso tendrá que bastar.

No bastaría.

Dejaron atrás un café a reventar junto a la calle en la que unos tenderos vendían pequeñas Torres Eiffel y dibujos a tiza de los transeúntes. Rin logró comprar una Torre Eiffel para Odette, pero fue más gracias a un juego de mímica que a una conversación fluida. Le preguntaron a una mujer sentada en una cafetería si sabía dónde estaba Le Monocle; Rin había leído sobre él una vez en una guía de viajes. Pero la mujer se la quedó mirando, confundida.

—¿Y Montmartre? —preguntó Rin, que señaló en todas direcciones. La mujer puso los ojos en blanco.

—¿Estados Unidos? —preguntó.

—Londres —mintió Rin.

—¡Estados Unidos! —la reprendió la mujer, y después añadió—: *Montmartre*.

O eso fue lo que Rin creyó escuchar. No sonaba a ninguna pronunciación de la palabra que se le pudiera haber ocurrido al verla escrita, y los labios y la lengua de la mujer se curvaron y enrollaron alrededor de las vocales de una forma que Rin nunca había aprendido, y probablemente nunca sería capaz de dominar, ni siquiera aunque viviera allí mil años. Aun así, trató de pronunciarla bien.

—¿Mont-mar-tra?

—*Montmartre*.

—Mon... mer...

Entonces la mujer las espantó con una mano enguantada en seda y dijo algo despectivo. Rin y Odette, confundidas, siguieron andando por encima del río antes de ver una puerta de hierro con un farolillo solitario que les resultó familiar.

Y luego otro y otro. Los consideraron migas de pan, y los fastidios de la noche se convirtieron en aventuras.

Por fin, encontraron las serpenteantes colinas y los altos muros de Montmartre. Era un lugar de artistas, embutidos en cada nicho y rendija del exuberante ambiente bohemio de las calles. La ciudad entera tenía un aire gótico que a Rin le recordaba al umbral arqueado de ladrillo del Chandelier. Todo parecía salido de un cuadro estilizado. Y no había ningún umbral; todo estaba fuera, en la calle. No podría haber diferido más de las praderas.

—Mira —dijo Odette—, van... tomadas de la mano.

Dos mujeres bajaban la calle con las manos juntas como dos enamoradas. Nadie parpadeó. Rin sonrió y le pasó a Odette un brazo por encima de los hombros. Aquí podía tocarla. Este lugar estaba al aire libre, sin ningún manto que lo protegiera, porque no le hacía falta. Era un barrio entero y, aun así, resultaba seguro.

—Hay un lugar en el mundo en el que podemos ser nosotras mismas —dijo Odette en voz baja—. Oh, Rin, no tenía ni idea.

—Estamos en el epicentro de los marginados —comentó Rin—. Y donde hay marginados, hay chispas.

Doblaron la esquina y entraron en una plaza llena de gente que daba palmas y se animaba mutuamente cuando le tocaba entrar en un círculo. Estaban exhibiendo sus Chispas justo allí, en plena calle. Uno se convirtió en un pájaro. Otro derritió el metal y lo transformó en una copia de la estatua del David de Miguel Ángel. Otro desapareció por completo para reaparecer un instante después. Rin persuadió a Odette para que entrara en la liza, mientras esta última miraba nerviosa a su alrededor.

—No hay hombres del furgón en Montmartre —dijo Rin.

Odette asintió.

—¿Deberíamos contratar a alguien?

—No —contestó Rin—. Bueno, les ofrecería trabajo si alguno lo quisiera, pero esta gente no nos necesita. Tienen un hogar. Les va bien aquí. A nosotras... también podría irnos bien aquí.

Rin se quedó esperando a que Odette la entendiera, pero no lo hizo. Estaba ocupada contemplando a los chispas. O a lo mejor con el jaleo no la había escuchado.

—Digo que, cuando sea seguro, me gustaría venirme aquí a vivir contigo —repitió Rin.

Odette se sorprendió y la miró.

—No juegues conmigo, Jefa de Pista. Sabes que nuestro hogar es el circo.

—Lo es —coincidió Rin—. Pero cuando el circo ya no nos necesite, quiero mudarme aquí. Quiero tener una vida contigo.

A Odette se le llenaron los ojos de lágrimas. Asintió.

—Feliz aniversario —dijo, en voz baja.

Rin sonrió.

—Feliz aniversario, amor mío.

Deambularon por las calles de Montmartre bajo el brillo de las farolas, encendidas por una mujer que hacía que le apareciera fuego en las muñecas. Los bares con alcohol se desparramaban sobre las calles. El cálido aire veraniego les daba en las nucas y allí, en medio de la calle, se besaron.

—Cuando el circo ya no nos necesite... —dijo Odette—. ¿De verdad crees que eso sucederá algún día?

—No lo sé.

—Y lo que es más, ¿crees que llegará el día en el que nosotras no necesitemos el circo?

Rin tenía a Odette entre sus brazos.

—Es nuestro hogar.

Odette se acurrucó en el cuello de Rin.

—Vámonos entonces.

No tenían que ocultarse en un callejón para que no las vieran. Podían desaparecer allí mismo, en mitad de la calle. Y el corazón de Rin palpitó con añoranza por un lugar en el que no tuviera que esconderse en las sombras.

Pero su trabajo no había terminado.

Un instante estaban en Montmartre...

...y al siguiente estaban de vuelta en Iowa.

Si de algo se había dado cuenta Rin con sus saltos desde la parte oculta del mundo, era de que cada persona tenía su historia. Cada individuo estaba unido a distintos hilos, lugares, personas. Y ella seguía los hilos que la conducían de vuelta a la luz artificial de las carpas de ensayo, donde su propia familia de chispas estaría riendo, bailando, calentando y haciendo la mejor representación del mundo. No estaba en París, estaba oculta entre los campos de maíz y, aunque no paraba de trasladarse para evitar las sombras de los furgones y el Rey del Circo, albergaba la misma santidad que Odette y ella habían sentido en Montmartre. Y eso era mágico ya de por sí.

Seguían abrazadas cuando aterrizaron; el olor del perfume y el hachís seguían en su ropa. Rin besó a Odette. Estaban entrelazadas la una a la otra para siempre; el cordel rojo del destino no las aprisionaba, sino que las adornaba. Y nada en el mundo cambiaría ese momento.

Ni siquiera el siguiente.

Que esta noche fuera una carta de amor entre Rin y la mujer a la que amaba. Que este mundo incluyera este baile entre los recuerdos que siempre albergaría alguna persona.

Rin abrió los ojos y se quitó la pulsera. Habían vuelto a casa.

Detrás de Odette, a lo largo del lateral del último vagón, había pegajosos carteles negros que cubrían la superficie morada del tren. Había chisteras rojas en ellos, que goteaban sangre.

¡No! No, no, no...

—No. —Rin empujó a Odette—. ¡Corre! ¡Lárgate de aquí!

Odette se dio la vuelta, confundida; después, soltó un grito ahogado y Rin supo, por sus pisadas, que su mujer la estaba siguiendo hacia el corazón del circo.

A Rin se le nubló la vista. Se sentía como si hubiera entrado en un túnel oscuro. Todo sucedía en acciones, una detrás de otra. Y también en observaciones. La pestilencia de lo que solía ser estaba allí. El pánico en su pecho, la tensión de sus hombros, los ojos siempre alerta, en busca del lobo que la acechaba desde el bosque.

¿Él seguía allí?

—Eres un cobarde —le insultó, como si la escuchara.

Solo había silencio. Todos habían desaparecido. No, se habían escondido. Debían de haberse encerrado en la habitación del pánico que Rin les había acondicionado en uno de los vagones del tren. Se habían preparado. Estarían bien.

La gran carpa estaba intacta. Los puestos de palomitas y todos los carromatos estaban cubiertos de carteles, como cuando una ciudad espera al circo. Chisteras rojas. Rojo sangre.

—Rin. —Odette se había metido corriendo en el último vagón y había salido con una escopeta en los brazos. Nunca había disparado un arma. Terminaría matándose.

—Vete, por favor —dijo Rin.

Odette no se movió.

—Dame el arma —le pidió Rin, y Odette la agarró con más fuerza—. Odette, por favor, disparo mejor que tú. —La trapecista le tendió el arma a regañadientes—. No lo he visto por ninguna parte, pero eso no es prueba de nada.

Rin avanzó hacia el centro del desierto paseo central y amartilló el arma.

—Vamos, Rey —dijo, más alto de lo que le pareció.

Nada. Nada de nada.

La palabra resonó en su cabeza como un latido del corazón: nada.

—Es una trampa —susurró.

—Tenemos que encontrar a los demás —dijo Odette—. Se ha ido. —Odette señaló el suelo bajo sus pies.

Rin bajó la vista. Había un ligero rastro de sangre. Iba desde el paseo central hasta la entrada del parque. Ningún integrante del circo se habría marchado durante un ataque. Tenía que ser del Rey del Circo.

Rin echó a andar y examinó las huellas de bota sobre la tierra. Botas grandes y negras, como las suyas.

—Se ha marchado —dijo Rin, con desdén—. Así que sigue siendo lo bastante humano para sangrar —añadió con una sonrisa.

Tomó la mano enguantada de Odette y ambas saltaron directamente al interior de uno de los vagones del tren, uno con literas, insonorizado y con gruesas cerraduras interiores; su habitación segura. Tenían la esperanza de que todo el mundo estuviera allí.

En el interior encontraron a Mauve, que montaba guardia con una pistola en la mano junto a las puertas cerradas con cerrojo del otro extremo del vagón. Había escoltado a todo el mundo dentro, donde ahora aguardaban; algunos durmiendo en las literas, como Jo, y otros muy despiertos y asustados, como Charles. Todos, sin embargo, estaban a salvo.

Todos menos uno.

—Mauve, ¿dónde está Bernard? —preguntó Odette.

Mauve no las miró. Simplemente negó con la cabeza mientras daba golpecitos con un dedo sobre el panel de la puerta a su espalda. Odette miró a Rin, que se encaminó en silencio hacia la puerta y acercó la mano al primero de los cerrojos. Uno a uno, se abrieron. Mauve seguía de espaldas cuando Rin empujó la puerta.

Allí, sobre el vestíbulo de acero, desplomado entre la barandilla y la pared exterior del vagón, estaba Bernard.

Muerto.

LA JEFA DE PISTA, 1926

Bernard había muerto.

El circo no era seguro. Tenía que llevárselos a todos de allí.

Aunque, ¿acaso habían estado a salvo alguna vez? ¿A dónde podían ir? A cualquier parte que no fuera ese sitio.

Bernard había muerto y Rin no podía respirar.

De un salto, trasladó el tren de vuelta a sus cuarteles de invierno. Les trasladó a una playa rocosa, lejos, pero su mente ya estaba pensando en otra cosa: lo encontraría.

Haría pagar al Rey del Circo.

Rin corrió junto al tren. Gritó, arrancó los carteles, los destrozó uno a uno y estrujó la chistera roja del Rey del Circo con los puños. «Seríamos un conjunto sin parangón», le dijo él en una ocasión.

Despedazó los carteles. Los apretujó contra el barro. No podía hacer nada más.

Los demás bajaron del tren y se adentraron en el frío viento del mar y la noche salada. Rin miró a Mauve cuando esta vio a Bernard, desplomado en un lado del vestíbulo, con sangre a lo largo de la camisa blanca abotonada hasta el cuello. Su arma echaba humo; Bernard le había dado, pero había sido demasiado tarde. A pesar de que su vida había estado repleta de su luz y júbilo, su muerte la había firmado el Rey del Circo.

Mauve se negaba a abandonar el vagón; se negaba a sobrepasar el cuerpo de Bernard. Se agarró al marco de la puerta y gritó por sus padres. Se lamentó y se dejó llevar despacio para dar con Bernard en otras épocas. Rin se fijó en que contemplaba el horizonte, buscando, murmurando, trasladando su mente desde el día en que se conocieron al día en que podrían morir, pero también a los días anteriores, posteriores y a algún punto intermedio.

Rin trató de sujetarla, abrazarla, hacer que la mirara a los ojos y le dijera que estaba bien.

Pero Mauve se sacudía y gritaba. Odette la agarró y trató de quitarse torpemente los guantes. Su amiga la detuvo.

—¡No! Ni se te ocurra arrebatarme esto.

Porque la pena está intrínseca y dolorosamente unida al amor.

Rin salió del vagón hecha una furia, con el cuerpo tenso como el acero, los dedos alrededor del cañón de la escopeta, el corazón latiendo al ritmo de los tambores de guerra. Odette la llamó. No la escuchó.

Dio un paso en el aire y…

…aterrizó de nuevo en Missouri Valley, unas horas antes, con la escopeta todavía en las manos. Siguió andando sin perder el ritmo mientras desfilaba por el circo, su circo. La gente y las cosas que se suponía que debía proteger. Odette y ella ya se habían marchado a París, pero ahora estaba allí, y nadie iba a tocar ese lugar. Cabronazo…

«Cuando uno es parte de mi circo, nunca deja de serlo», le había dicho él en una ocasión. «Nadie huye de mí, todo el mundo corre hacia mí. Incluso aunque no lo sepan».

La hierba embarrada se hundía bajo sus duras botas. Tina y Kell la vieron pasar.

—¡Eh, cielo! —dijo Tina—. Pensaba que te habías ido con Odette. ¿Qué ocurre?

Rin la ignoró. No tenía tiempo. El Rey del Circo no tardaría en aparecer.

Y esta vez estaría preparada…

Unas manos la agarraron desde alguna parte y la arrastraron entre dos tiendas de lona. Se quedó sin respiración y apartó a empujones al atacante desconocido, pero entonces se dio cuenta de que era Bernard.

¡Bernard! ¡Bernard vivo! Aunque tenía el aspecto de saber que pronto iba a morir. Parecía tan gris, tan mayor… Hasta ese momento Rin no se había dado cuenta de lo que había envejecido cuidando de todos ellos a lo largo de los años. No se había fijado en las arrugas nuevas, en las canas que se le extendían por las sienes. Bernard era el hombre más fuerte que conocía, y Rin solo le había visto lleno de vida. Ahora lo agarró y enterró su rostro en su abrigo, en su robusto y viejo cuerpo, que olía a desván antiguo. Rin no iba a dejarle ir.

—Vete —dijo Bernard—. Sé lo que estás haciendo.

—Te aseguro que no tienes ni idea —gruñó la Jefa de Pista—. Ahora escúchame, vas…

—Lo sé —dijo Bernard. Le temblaron las manos alrededor de Rin—. Lo sé, tesoro. Ya hemos mantenido esta conversación esta noche.

¿Lo sabía? ¿Cómo? Rin tartamudeó entre sus brazos.

—¿Qué? ¿Cómo…? No, no hemos hablado.

—Mauve.

—No, nunca comentó nada. Ahora estoy aquí, voy a enfrentarme a él y vamos a salir de esta. Todos.

—No, eso no es lo que va a pasar —dijo Bernard—. Mauve y yo hemos estado mirando todas las distintas telas de araña, recovecos y rendijas, y la forma en la que sucedió es la mejor. Era la menos dolorosa para todo el mundo.

—No, yo… —empezó a decir Rin.

—Volverás miles de veces, probarás miles de combinaciones para salvarme y terminarás perdiéndote en un bucle, Rin —dijo Bernard—. No serás capaz de seguir el hilo. Por favor, protege tu futuro. Sigue adelante. No pueden perdernos a los dos.

—¡No! —respondió Rin, furiosa—. Te equivocas. No van a perdernos a ninguno de los dos.

—No me equivoco —dijo Bernard—. No puedes impedir todas las cosas malas que ocurren.

—¿Cómo que no? —replicó la Jefa de Pista.

Bernard le agarró las dos manos.

—No, escucha, osita —dijo—. No puedes frenar todas las cosas malas que ocurren, pero puedes elegir qué hacer por la gente que tiene que vivirlas, ¿comprendes? —Le apretó la mano con los ojos llenos de lágrimas, lleno de vida, en el presente—. Tienes que estar ahí para Mauve, por mí, ¿vale? Necesita a sus hermanas. Confía en mí. Confía en ella.

En ese momento fue cuando los faroles se apagaron y todo se sumió en la oscuridad.

—Ya está aquí —dijo Bernard—. No puedes con él, sabes que no puedes. Toma el circo, tus chicas pueden protegerlo, y vete.

—No —dijo Rin.

—Despídete de mí, Rin —dijo Bernard.

—No, no pienso hacerlo.

Bernard tiró de ella y le dio un fuerte abrazo, de esos que solo unos brazos viejos pueden darle a un cuerpo joven. Uno de apoyo, de protección, de amor.

Era un abrazo que nunca volvería a sentir.

—Vete —ordenó Bernard—. Mauve lo sabía. Yo lo sabía. Te quiero.

Las carcajadas de un loco resonaron desde la entrada del circo. El sonido de un arma.

Rin volvió a agarrar a Bernard. Se aferró a él sabiendo que esa sería la última vez que sentiría su abrigo de *tweed*, su barba rasposa. Era culpa de Rin. El Rey del Circo la quería a ella, no a la gente a la que haría daño para atraparla.

—No es culpa tuya —dijo Bernard—. Él no es tu responsabilidad. Por favor, recuérdalo. Ahora, mi niña, céntrate en el tren. Vuelve a casa.

Estuvo a punto de llevarse a Bernard con ella de vuelta. Pero él la apartó, como si supiera en lo que estaba pensando. Antes de conseguir que el tiempo dejara de doblegarse a su voluntad, sucumbió al espacio intermedio y...

…supo que, desde ese momento en adelante, Bernard formaba parte del pasado. Nunca volvería a ver el presente. ¡Con qué rapidez se transforman los hombres fuertes en fantasmas! Rin vio que el hilo entre los dos crepitaba, se desintegraba, se convertía en polvo de estrellas. Y Bernard volvió a morir.

—¡No! —rugió.

Y volvió a lanzarse hacia delante. El hilo se rompió, la cabeza le dio vueltas, la muñeca, desnuda, no llevaba nada que la atara… Odette, Mauve y el tren en la solitaria playa rocosa… Rin…

… volvió a aterrizar en Missouri Valley unas horas antes, con la escopeta aún en las manos. Siguió andando sin perder el ritmo mientras desfilaba por el circo, su circo.

Un segundo.

El mareo se asentó en forma de vértigo en su cuerpo. ¿No había estado ya aquí? Era como poner la misma película una y otra vez, o leer la misma página de un libro hasta que las palabras parecen garabatos negros sobre blanco. El mismo dibujo trazado una y otra vez, línea sobre línea, distinto, pero igual.

—¡Eh, cielo! —dijo Tina—. Pensaba que te habías ido con Odette. ¿Qué ocurre?

Rin la ignoró. No tenía tiempo. El Rey del Circo no tardaría en aparecer.

Y esta vez estaría preparada…

Unas manos la agarraron desde alguna parte y la arrastraron entre dos tiendas de lona. Se quedó sin respiración y apartó a empujones al atacante desconocido. Pero entonces se dio cuenta de que era Bernard.

—Rin —susurró Bernard, que la agarró por el cuello de la chaqueta. Rin no podía mirarle directamente, le dolía la cabeza y veía doble—. Rin, ¿cuántas veces has saltado esta noche?

—Lo seguiré haciendo hasta que vengas conmigo —se obligó a decir, y buscó la muñeca de Bernard mientras se preparaba. Se tambaleó, pero Bernard la sujetó.

Y no le gritó. No hizo nada más que sujetarla con fuerza.

—Ya me he ido, Rin —susurró, y la sujetó por el cuello de la camisa de Rin. Lo rasgó en el lado izquierdo, junto encima de su corazón.

La madre de Rin había hecho lo mismo cuando murió su padre. Vio a su madre, su padre, el Rey del Circo, Odette, Mauve, los mellizos, todos los circos que había visto, todos los focos que había sentido en las mejillas... como si toda su vida estuviera pasando de golpe por delante de ella.

Entonces Bernard rodeó el rostro caliente de Rin con las manos.

—Mira a Odette y Mauve —dijo—, ¿las ves?

Un hilo atado a su corazón.

—Ve con ellas —dijo. Y la empujó y retrocedió más y más atrás hasta...

...aterrizar sobre su espalda, en la arena, donde alzó la vista hacia donde tendría que estar Bernard. Pero era tarde, por la noche, en la otra punta del país, cerca del mar; demasiado tarde y demasiado lejos para salvar a nadie. Su cerebro se tranquilizó. Las olas susurraban a su alrededor, le lamían los dedos de las manos. Notó el cuello de la camisa. Seguía roto. Ella estaba viva y él muerto.

El mundo había cambiado de maneras que nunca podría cambiar.

EDWARD, 1917

Edward no era muy aficionado a los circos, pero igualmente se quedó en el interior de esta pobre gran carpa de Misuri.

Era un joven con un impresionante potencial, así que, ¿por qué estaba allí?

Bueno, ¿por qué hacen los hombres las cosas? Las hacen en nombre del mejor personaje de su historia; no ellos mismos, sino la chica a la que quieren.

La señora Dover dijo que Edward desdibujaba a Ruth, pero ella le había seguido a lo largo de este mundo y él la había traído hasta la hoguera más potente de todas. Cuando entraron en la tienda del jefe de pista, Ruth resplandecía como el sol.

—Dios mío —susurró ella, y correteó hacia la pista central—. ¡Edward, mira las lonas que forman las paredes!

—Eso de ahí —dijo el jefe de pista, que alzó el bastón para señalar el punto más alto de la tienda—, se llama mástil principal. Formas parte del desfile inicial, pero quiero que ayudes en lo que puedas. Será mejor que conozcas a los terminólogos.

Terminología.

Ruth se rio, dando vueltas con su corto vestido azul y con los rizos rebotando y brillando. Un ángel con un halo de luz; irradiaba una felicidad que iluminaba la carpa entera.

—Esta joven. —El jefe de pista le dio una palmada a Edward en la espalda, lo que debió de parecer raro porque era un tipo bajito, grueso y peludo al que el cuerpo largo y desgarbado de Edward le sacaba, al menos, sesenta centímetros—. Cautivará a todo el mundo solo con estar presente.

—Tiene mucho que ofrecer —dijo Edward.

—Eso me parece —coincidió el jefe de pista, y saludó a Ruth con la mano—. Una auténtica chica liberada...

—No hables así de ella —dijo Edward.

El jefe de pista se quedó callado a mitad de frase.

—Aquí tenemos tres pistas. Arriba están los aros para nuestro número de acrobacias y...

Pero Edward no estaba escuchando. Estaba viendo cómo Ruth sonreía.

Por fin había encontrado un hogar para los dos.

Edward nunca quería actuar al mismo tiempo que Ruth porque quería contemplar la alegría que sentía la joven.

Ruth era la *«Des Fantômes»*, es decir, «Los fantasmas» en una versión incoherente del francés al estilo del Medio Oeste. Se aparecía en la carpa entre las sombras, se deslizaba entre los espectadores y les asustaba. Estaba en un sitio y, de inmediato, aparecía en otro.

Edward era el Hipnotizador. Podía conseguir que cualquiera hiciera cualquier cosa por pura suerte. Compró libros sobre hipnosis y demasiados relojes de bolsillo para volcarse en su papel ante la paranoia de que alguien se diera cuenta de que la suerte o las habilidades no tenían nada que ver. Le cogió cariño al reloj de bolsillo de obsidiana negra que compró en un pequeño mercadillo de segunda mano, cerca de Indianápolis y empezó a ponérselo en el cinturón. No marcaba la hora, pero era un objeto magnífico.

El resto del circo no tenía ni idea de qué eran Ruth y Edward en realidad. No era un circo de chispas, porque no existía nada semejante. Aquí, la magia se lograba con bombas de humo y juegos de manos. Salvo por Ruth y Edward; ellos la hacían de verdad.

Que nadie se diera cuenta probablemente era lo mejor, porque entonces habrían tenido problemas si se dirigían a ellos.

—La convertirás en la atracción principal —le dijo Edward al jefe de pista, y este estuvo de acuerdo.

—Se lo merece con creces, es nuestro número más potente.

—Estamos aquí por ella —dijo Edward—. Y sé cómo hacer que eso sea la mejor experiencia. ¿Qué te parece inclinarte hacia un papel más discreto? ¿Dar la oportunidad de ser jefe de pista a caras nuevas y más jóvenes?

—¿Te interesa, Eddie?

Al principio, Edward pensó que sería divertido fingir que el jefe de pista tenía voz y voto en todo esto. Como es evidente, podría haberse plantado delante de él y haberle dicho que quería ser el jefe, pero le gustaba el juego de la manipulación, el poder de la elección de las palabras y hacer que alguien creyera que su opinión contaba. La idea de que Edward fuera lo bastante espabilado para manejarse en una negociación de verdad con este vejestorio resultaba tentadora. Pero se cansó enseguida de tirar de los hilos. Significaba rebajarse, y no había razones para negociar. Al fin y al cabo, tenía la sartén por el mango.

—Yo seré el jefe de pista, y también yo recogeré el dinero —dijo Edward—. Tú te encargarás de las cosas que no me gusten, llevarás la taquilla y atraerás al público. Pero después, el público será todo mío.

El jefe de pista asintió.

—¡Por supuesto!

—Y no repararás en gastos —dijo Edward—. Si tienes que vender un brazo o robar un banco para conseguirnos mejores alojamientos y carpas más grandes, lo harás.

El jefe de pista soltó una risita.

—¡Mi brazo! Por supuesto, Edward, cualquier cosa por vosotros. Ruth y tú sois el corazón de este circo. Estamos encantados de contar con vosotros.

Este sería su hogar, de acuerdo con las condiciones de Edward.

Una tarde, Ruth le pidió pasar una noche en la ciudad, de manera que Edward la acompañó a la feria condal de Maryville.

El ayuntamiento estaba en lo alto de una amplia colina, justo en medio de la plaza principal. Pequeños negocios familiares rodeaban el edificio con su torre del reloj, como si fuera una fortaleza. Las calles eran de ladrillo y las farolas negras, y tenía el mismo aspecto que cualquier otra ciudad pequeña de la zona de los cinco estados.*

Pero esa noche, con la feria en la plaza, Maryville destacaba como un planeta brillante en un cielo cubierto de estrellas. Sazonaba este diminuto mundo con titilantes bombillas, música de órgano, gritos de adolescentes y una noria que se imponía por encima de todo.

Ruth le suplicó a Edward que le comprara algodón de azúcar y él accedió.

—¡Tenemos que subir a la cima del mundo! —Ruth corrió hacia la noria con la boca llena de color rosa.

Se acurrucaron el uno al lado del otro mientras el asiento se balanceaba y el feriante cerraba el pestillo. La noria los lanzó hacia delante y hacia arriba. Ruth se columpió en su sitio.

—Vamos a… digo, tengo miedo de que muramos si haces eso —soltó Edward. Pero no le dijo que parara ni se lo ordenó. Esa noche no. Y quizá nunca más.

Lo estaba intentando. Al menos con Ruth.

La señora Dover se había equivocado con él.

Se escuchó el disparo de unas pistolas de juguete.

Edward se sobresaltó, y Ruth un poco también. La muchacha miró hacia abajo y Edward se mareó.

—Por favor, sién… Sería más seguro si te sentaras —dijo.

—No entiendo por qué hay pistolas de juguete en estas ferias —comentó Ruth, que seguía de pie. El asiento se balanceó—. Hay personas a las que les afecta.

—Creía haber dicho que no habláramos de la guerra —respondió Edward—. ¿No lo dije?

—No —respondió Ruth en voz baja—. Me dijiste que no te preguntara.

Edward se quedó callado.

—Por lo visto, a los estadounidenses les gusta olvidar que la miseria existe —gruñó. Ahora, la década estaba repleta de coches, luces rápidas, dados incluso más veloces, casas grandes

* Hace referencia a la zona sureste de los Estados Unidos, en la que se incluyen los siguientes cinco estados: Alabama, Florida, Georgia, Carolina del Norte y Carolina del Sur. *(N. de la T.)*

y atracciones de feria. Todo el mundo trataba de seguir adelante y pasar por alto la realidad que se había descubierto en las trincheras.

—No estoy de acuerdo —dijo Ruth—. Creo que los estadounidenses tienen la guerra muy presente, por eso hacen falta las norias.

—Para olvidar.

—No, para sobrevivir.

—Para sobrevivir... —bufó Edward.

—Sí. —Ruth se volvió para mirarle. El asiento se sacudió y Edward se agarró a la barandilla—. ¿Qué sentido tiene vivir la vida contemplando todas las cosas malas, Ed? ¿Para qué hemos luchado en la guerra si no vamos a montarnos en las norias?

—¿Hemos?

Ruth se encogió sobre sí misma. La noria se detuvo. Se quedaron colgando en el aire y después llegó la paz. Edward se miró los nudillos.

—Lo siento —dijo.

—No, tienes razón. Yo no estuve allí.

—No quería...

—Lo sé.

Edward suspiró. No debería... No debía... No podía.

Pero lo hizo.

—Olvida lo que he dicho sobre la guerra —dijo—. Olvida todo lo que ha sucedido en el último minuto. Imagino que no he sido lo bastante claro y necesito serlo más. Te dije que no quería que me preguntaras por la guerra, pero no quiero que me hables de ella. En absoluto.

Los ojos de Ruth se llenaron de entusiasmo por haberse subido a una noria. Sonrió y se inclinó hacia delante.

—¡Hala! Mira lo altos que estamos. ¡Casi tanto como la Torre Eiffel!

—Sí, un poco menos —murmuró Edward. Había vuelto a hacerlo. Ni siquiera podía superar una sola noche.

Ruth se volvió hacia él una vez más, y a punto estuvo de rebotar en su sitio.

—El jefe de pista me ha contado lo de que le vas a sustituir y quería comentarte... bueno, una idea que he tenido. —Estuvo a punto de gritarlo a los cuatro vientos—. ¿Y si utilizáramos tu suerte y mi impecable sentido de la ubicación y reclutáramos caras nuevas?

—¿Qué?

—¡Hagamos que más chispas se unan al circo! —dijo con una amplia sonrisa. Edward se la quedó mirando—. Podría superar lo que es ahora. ¡Y nosotros también! ¡El único en su especie! ¡Piensa en toda la magia que podríamos albergar! ¡En todas las proezas temerarias y elegantes destinos reunidos bajo una sola carpa! A no ser que te parezca que alguien ya lo ha pensado, un circo de chispas...

—Agotaríamos todas las entradas, noche tras noche —murmuró Edward. Sobre todo con su «suerte». Y con todas esas personas, podría obligarles a hacer lo que fuera. Podría hacer cualquier cosa. Podría construir una preciosa casa de muñecas para su hermosa bailarina de *ballet*.

—Seríamos la cuna del asombro y la sorpresa —siguió Ruth. En ese instante, no era una niñita sumisa montada en la noria y declarando su amor por un sueño. Era algo más grande. Algo mucho más parecido a su madre—. El público nos adoraría. Y, con tu suerte, ¡podrías mantenernos a salvo!

—¡Deja de hablar de mi suerte! —bramó.

Ruth se quedó callada.

¡Maldita sea!

Edward forzó una sonrisa.

—Podrías ser cabeza de cartel, e imagino que podríamos encontrar a... otros chispas y deshacernos de la gente normal. Formar el circo como a nosotros nos gustaría. ¿Es eso lo que quieres? ¿Eso te haría feliz?

—¿Qué quieres decir con deshacernos de la gente normal? —preguntó Ruth.

—Ya lo pensaré —respondió él—. No te preocupes por eso. Tú solo tienes que encargarte de ser mi atracción principal.

—Siempre lo he sido.

Edward la tomó de la mano.

—Los dos tenemos la misma idea: hacer nuestro el circo. Trabajamos muy bien juntos, Ruth. Este circo apolillado será nuestro. Y lo haremos a nuestra manera, por los dos.

—¿En serio?

Edward asintió.

—Yo puedo compensar tu inmadurez, y tú puedes ayudarme a mantener los pies en la tierra. Me encargaré de que lo consigamos.

Ruth le besó.

A Edward no le gustaban los circos, pero amaba a Ruth. Quería sentir la felicidad que ella irradiaba.

De esta manera, cuando Ruth se quedó dormida, Edward se aventuró en la noche y descubrió a dos trabajadores del circo en el paseo central. Los despedazó con sus palabras y los dio por muertos cuando los dejó con las manos cubiertas de sangre mientras se enterraban a sí mismos en el fértil suelo de Misuri. Porque podía hacerlo. Porque era mejor que hacerse pedazos a sí mismo por lo que le había hecho a Ruth.

Dos menos. Solo quedaba el resto de estas polvorientas ratas de circo.

—¿Edward?

Se volvió rápidamente y ahí estaba Ruth, mirándole fijamente, y también a las personas que perecían bajo tierra. No gritaban, y tal vez eso fuera peor. ¿Debería hacerles gritar?

A los ojos de Ruth, era una escena cruenta e irredimible.

—Ruth… —susurró—. ¿Qué… qué hemos hecho?

Ruth abrió los ojos de par en par.

—¿Cómo? —hiperventiló.

—Están muertos, Ruth —dijo Edward—. No pasa nada. Nadie sabrá lo que hemos hecho si guardamos el secreto.

—No recuerdo…

—Ruth, yo te protegeré. Diga lo que diga la gente, de cualquier forma en la que vengan a por nosotros, te protegeré —continuó—. Entiendo que, a veces, tu genio puede contigo, pero hay otras formas de librarse de los que están por debajo de nosotros.

—Que yo… ¡¿qué?! —Ruth no podía respirar. Corrió hacia las tumbas poco profundas, pero Edward la agarró de la cintura y la retuvo en sus brazos. Ella le dio una patada.

—Ruth, para, ¡para! —Y ella le obedeció. Se quedó quieta, envuelta en sus brazos, con la mirada fija como un fantasma, como si esas tumbas fueran la suya—. Ruth, entiendo que quisieras esto. Tú y yo somos iguales, lo comprendo. Estamos bien. Estamos a salvo. Te quiero. Vamos a estar bien.

Ruth no dijo nada.

—Ahora toma aire, sigue respirando y vuelve a la cama —dijo Edward—. Si no se lo cuentas a nadie, estaremos bien. Pero si abres la boca, estamos perdidos. El mundo se acabará.

Ruth estaba horrorizada, Edward lo veía en sus ojos. Esto la volvería loca; no podría soportarlo.

—No hace falta que sepas lo que hemos hecho —añadió Edward entonces—, solo tienes que saber que ha sido algo que nos ha dado poder a ambos. No pasará nada mientras permanezcamos unidos. Ahora vete a la cama.

Ruth, conmocionada o simplemente en un sueño, siguió sus instrucciones.

Edward podría incendiar Maryville y salirse con la suya, podría ser quien quisiera y lo que fuera que se le ocurriera, y Ruth no dejaría de comprenderle. Podría acercarse a la noria, lanzarle una cerilla y, cuando los hombres vinieran a apagarla, decirles que la dejaran arder.

Pero no incendió la noria, sino al jefe de pista.

Edward era el autor de esta historia. Era un poder que nunca se había permitido utilizar. No tenía que jugar según las insignificantes reglas de un mundo oprimido, así que se liberó a sí mismo.

Hubo un momento en este acceso en el que el atisbo de un pensamiento pasó por su cabeza. Tiraba de él en un último intento de hacerle saltar por el precipicio. Estaba hecho del hombre que habría podido ser si su Chispa no le hubiera envenenado. Si su Chispa no le hubiera poseído, no le hubiera dado más opción sobre su propio destino, no le hubiera apartado del espejismo de la normalidad. ¿En quién se habría convertido? ¿Dónde estaría? A lo mejor ese Edward King estaría en alguna parte lejos de los circos, los incendios y estas calles. A lo mejor era feliz en algún otro sitio.

A lo mejor todavía podía ser esa persona.

Se marchó al bar y bebió alcohol fuerte. Después, le dijo a alguien, a cualquiera, quizá a todo el bar:

—Decidme quién es el chispa más aterrador del que hayáis oído hablar y señaladme hacia donde debo dirigirme.

Tenía un circo entero que reclutar.

LA JEFA DE PISTA, 1926

La gente del circo nunca se despide. Solo dice: «Nos vemos al final del camino» a pesar de que sepan jodidamente bien que nunca sucederá.

Mientras todos se preparaban para el funeral, el polvo que levantó la muerte de Bernard, provocado por una corriente de incertidumbre, se fue asentando. Rin se sentía perturbada por ese hilo deshilachado, por el barullo que tenía en la cabeza mientras Bernard se aferraba a ella. Se sentía inútil contra las idas y venidas del tiempo. No se atrevía a confesarles a Odette y a Mauve que se había perdido.

Ninguna de las tres habló sobre nada de esto. Rin nunca sabría lo que sucedió realmente fuera del tren insonorizado. Nunca comprendería por qué Mauve no se lo contó, por qué Bernard y su hija fueron al Chandelier esa noche y por qué Mauve no... ella lo sabía. Pero Rin no le pediría que lo reviviera. Se sentía muy pequeña e inútil. Pero tenía que confiar en Mauve, en Bernard.

En quien no confiaba ni de broma era en el Rey del Circo.

Si hubiera querido, podría haberlos matado a todos. Podría haber dejado con vida a Bernard, como hizo con el señor Davidson. Pero el primero le había plantado cara y había protegido a los demás. Así que Bernard había muerto.

El Rey del Circo lo había orquestado todo. Estaba jugando con ella como un gato que te ronda y saca las uñas, pero permanece oculto hasta que se cansa de la diversión y le entra hambre. Rin llevaba mucho tiempo escondiéndose de él, le había engañado con una tumba vacía y una lápida grabada con el nombre con el que él la había conocido. Y ahora ella, y todo el mundo a su alrededor, debían pagar. El Rey del Circo había puesto el nombre de Bernard en una tumba, tal y como había hecho con muchos otros antes. Como habían hecho... No, no había sido culpa de Rin.

Sí que lo era.

Pero a lo mejor Bernard le había dado un buen viaje al Rey del Circo, y le había mostrado a esa sombra oscura un momento de miedo, de mortalidad. Esa era la historia a la que Rin se aferraría el tiempo suficiente como para superar el funeral y no venirse abajo por completo.

Apartó de su mente el grimoso recuerdo de haberse perdido. Atenuó la rabia y el miedo. El día no estaba dedicado al Rey del Circo ni tampoco a cómo Bernard se había convertido en su víctima. No, algo tan mortal y oscuro como un asesinato no sería lo que definiera a un hombre como Bernard. Su vida había sido un desfile inaugural, un hermoso circo y, por ello, levantaron la carpa en su honor.

Lo enterraron en los cuarteles de invierno en Florida. Era lo más parecido que el circo tenía a una parcela propia, sólida y estable. Rin había aprendido con los años que los hogares eran temporales. No era más que un conjunto de personas que se aferraban desesperadamente unas a otras y fingían que su amor convertía un lugar en un espacio sagrado. Pero los hogares solo están hechos de madera, acero y cortos periodos de tiempo antes de que las cosas empiecen a pudrirse. Todo puede derrumbarse.

Celebraron el funeral dentro de la carpa. Estaba oscuro y la luz era tenue, salvo por las velas que todos portaban alrededor del ataúd situado en la pista y cubierto de flores. La gente de Sarasota les había ayudado a cambio de algunos «milagros». Mauve cantó para Bernard, de pie a su lado, con una mano sobre la madera pulida y la otra sobre su diafragma. Cantó una canción del futuro, una que Bernard nunca habría vivido para escuchar, pero que su hija le trajo antes de su época y que a su padre le había encantado.

Mauve mantuvo la compostura, con el vestido más largo y oscuro que tenía cubriéndole las piernas y envolviéndole los brazos y el torso como un fuerte abrazo. Llevaba el pelo recogido en trenzas, que le resaltaban los ojos. A la luz de las velas tenía un aspecto fantasmagórico, sin nada de colorete, sombra de ojos ni pintalabios, como si fuera a desvanecerse en cualquier momento y marcharse al otro mundo con su padre.

Era costumbre que el jefe de pista hablara en los funerales circenses, pero Mauve hizo los honores y tuvo mucho más sentido. Se situó delante de los peones y los artistas, todos sus amigos, todas las manos que habían agitado las de Bernard, y dijo:

—He estado pensando en el primer deseo que concedimos. Cuando fundamos el circo y empezamos a contratar gente. Había un chico cuyo hermano estaba intentando vendérnoslo. ¿Lo recordáis, Odette? ¿Rin?

La Jefa de Pista asintió; los dedos enguantados de Odette estaban entrelazados con los suyos. Estaban sentadas entre el público para esta representación.

Mauve alargó el brazo para tocar el ataúd junto a ella. Parecía muy joven. Sus dedos no podían moverse, estaba allí atascada, tocándolo, incapaz de dejarlo marchar.

—Fue entonces cuando a Rin se le ocurrieron las preguntas —prosiguió, en voz baja—: ¿De verdad quieres estar aquí? ¿De verdad quieres hacer esto? ¿Existe cualquier otra cosa en el mundo que podamos darte? Y dijo que sí, que quería recuperar a su madre...

Hizo una pausa.

Rin vio que Tina bajaba la cabeza, interrumpiendo el contacto con el incómodo silencio producido por la pena.

Pero Mauve se recompuso lo suficiente para seguir.

—Odette —pronunció el nombre como si le estuviera pidiendo ayuda—. Odette, a ti te preocupaba que si lo hacíamos, si traíamos de vuelta a su madre, habría consecuencias, pero yo dije que así no es como funciona el tiempo. No es un toma y daca. No es la pata de mono.* Bueno... salvamos a su madre. Volvimos al presente, y él y su hermano ni siquiera estaban en la

---

* Se refiere al relato de W. W. Jacobs. *(N. de la T.)*.

fábrica en la que nos habían dicho que estarían, a pesar de haberlos visto esa misma mañana. Nunca habían estado allí. Estaban en casa, con su madre. Como debería haber sido siempre.

Otra pausa.

Una más larga.

Rin tragó para no decir nada.

Porque sabía lo que era despedirse. Una despedida era una colcha de retales hecha con el crujido de las hojas, la lluvia cayendo, el viento empujando las nubes... todos los pequeños espectáculos que formaban la representación de la vida. Y el abatimiento, el tiempo que se detenía junto a una tumba, era el hilo tejido entremedias que lo hilvanaba todo con una nueva configuración. Porque daba igual cuántos días más viviera Mauve DesChamps, Bernard no estaría en ninguno de ellos.

Ojalá pudieran dejar el pasado atrás, pero ahí era dónde moraban algunas de las mejores personas.

—Esa noche... —continúo Mauve—... me pregunté si podría retroceder y salvar a mi padre, el amor verdadero de Bernard. Todos tenemos razones para estar en el circo, y la mía..., mi padre, murió, y Bernard y yo tuvimos que huir. Pensé, oye, trajiste de vuelta a la madre de aquel muchacho, podrías hacer lo mismo con tu padre. Podrías dejar de huir.

Mauve miró el ataúd.

Rin recordaba esa conversación, esa noche, años atrás. Mauve estaba junto al lavabo, pero se había detenido para decir:

—Si mi padre no hubiera muerto, nunca me hubiera unido al circo. Así que, ¿qué opción es la egoísta? ¿Dejar morir a mi padre o... hacerle daño a otra persona?

—Podemos retroceder y salvarle —había dicho Rin sin titubear. No había nada en el mundo que no hiciera por su amiga.

—Te queremos —se hizo eco Odette—, pero si tienes que volver a casa, lo entendemos perfectamente.

—Creéis que solo estoy aquí por vosotras, ¿eh? —Mauve les tomó el pelo, como si fuera un chiste entre hermanas—. Dentro de diez años conoceré a Clyde Parker. Es clavadito a Jackie Robinson.

—¿A quién?

—Ah, cierto. —Rio Mauve, porque ese día estuvo repleto de risas—. Un jugador de béisbol de dentro de treinta años.

—¿Te vas a casar con un jugador de béisbol?

—¡No! —respondió ella—. Me casaré con un malabarista. Se unirá a nosotras en algún momento y nos enamoraremos perdidamente. Almas gemelas. Un amor de esos que ocurren una vez cada mil años. Y si vuelvo a salvar a mi padre, no seguiré adelante y no lo conoceré. Ahora mismo voy por el camino señalado y no puedo desviarme, ya no. Así que supongo que... el universo sí que puede ser un poco como el toma y daca o la pata del mono. Imagino que puede ser todo lo que quiera.

—Siempre me había parecido que solo tenías ojos para Rin —confesó Odette—. O para mí. O... bueno... Siempre pensé que terminaríamos todas juntas.

—¡Oh, por favor! ¡Ya quisierais!

—Ja... ¡superadas por un jugador de béisbol malabarista!

—¡Que no es un jugador de béisbol! —Mauve las salpicó con el agua.

Agua por todas partes.

Odette agarró a Rin del brazo y la devolvió al presente, a ese terrible lugar con el ataúd en una pista que tendría que haber albergado a personas vivas, bailes, música, purpurina y chispas. Rin sintió el velo de malla negro sobre su rostro. Los ojos le ardían. Hoy no había risas.

Mauve estaba mirando a la nada, con la vista al frente, quizá fija en el fondo de la carpa, o tal vez sobre las caras de todos, entremezcladas como sucede con el público cuando lo contemplas desde la lejanía de la pista. Parecía estar meciéndose al ritmo de algo, como si las lágrimas de su interior cantaran una canción que no dejaba de sentir. Golpeó suavemente con el puño el ataúd y dijo:

—Me lo estoy replanteando todo, papá.

✳

Enterraron a Bernard bajo el cielo, en la parcela del circo, bajo un poste colocado sobre la fresca hierba verde del sur. Estaba cerca de su hogar, Nueva Orleans, y más aún del corazón de Mauve.

Rin permaneció callada mientras veía a Mauve alejarse de la multitud, su familia, con una vieja manta de bebé en la mano que Bernard había guardado. Se arrodilló junto a la pequeña piedra que habían grabado con el nombre de su padre. La tocó con cuidado con la mano, colocó la manta debajo y susurró algo hacia la tumba.

Rin trató de recordar que las familias no podían romperse. Los hogares sí, las casas pueden derrumbarse y los cuerpos pueden convertirse en cenizas, pero una familia puede estar en distintos lugares, épocas, realidades y, aun así, seguir unida.

La madre de Rin había susurrado algo entre dientes antes de morir: «Siempre tenemos una forma de volver a estar juntas».

Era un recuerdo que trasladó la mente de Rin de nuevo a esa habitación, a volver a ver morir a su madre, a Rin junto a la puerta, desde donde contemplaba un cuerpo sin vida por última vez antes de que lo sacaran de la cama. Esperar a ver morir a alguien era como el último tramo de un viaje largo; la historia se acaba, pero todavía no estás en casa. Todavía no puedes recordar todas las cosas buenas porque aún están sucediendo, y no hay esperanzas. Es un final que llega demasiado rápido y, a la vez, demasiado lento.

El momento de la muerte en sí, cuando el cuerpo está presente pero la persona no, los instantes de los que se componen los funerales, son incómodos. Es lo que tienen los momentos importantes: son tristes cuando terminan, pero también están repletos de viento, pelo en la cara y pies dolorosos. Existe un sentimiento de querer marcharse y no querer alejarse jamás.

No debería haber dejado a Bernard.

El viento le agitaba el pelo y se lo recogió en una coleta despeinada. El señor Calíope empezó a interpretar su canción para Bernard, y Rin sabía que el funeral llegaba a su fin. Pronto sería la hora de marcharse.

Pero ¿dónde estaría Bernard cuando se alejaran de la tumba? ¿Les seguiría su olor, su roce, su recuerdo, su espíritu? ¿O de verdad esto era el final? Después del funeral llega el verdadero duelo. Rin conocía los pasos de este baile y no le gustaban.

—Enterré a mi madre el día que nos conocimos —dijo Rin.

—Lo sé —respondió Odette en voz baja.

—Era judía —siguió Rin—. Y me esfuerzo por recordar más cosas sobre lo que trató de enseñarme. Encender velas... las bendiciones que contenían tantas cosas bonitas sobre alguien a quien no veíamos... Recuerdo que siempre me besaba una mejilla y luego la otra cuando llegaba el Sabbat. Decía una pequeña bendición por mí. Y yo quise decir una por ella, o una oración, cuando murió, pero... no fui capaz. No recordaba ninguna y, aunque lo hubiera hecho, no habría podido.

Se quedaron en silencio unos instantes.

—Yo fui el motivo por el que murió —dijo Rin al fin—. Al igual que Bernard.

Rin no añadió nada más. Se acercó a Mauve mientras la multitud se dispersaba. Jo se encaminó hacia ellas, pero la Jefa de Pista levantó la mano con firmeza.

—Hablaremos después —consiguió decir.

Rin se situó tras Mauve para darle espacio pero, a su vez, manteniéndose a su lado por si la necesitaba. Vio el montículo donde habían apartado la hierba para devolver a Bernard a la tierra.

Estaba ahí debajo, y nunca volvería a estar en ninguna otra parte. Apartado de la vista, para siempre.

«Vuelve», deseó, aunque no iba dirigido a ninguno de los presentes. Cuando alguien querido desaparece, no hay cierre, ni siquiera aunque hubiera una despedida, pues esta nunca dura lo suficiente.

—Ahora me toca a mí cargar con esto —dijo Mauve, aún arrodillada—. No va a volver.

Y dejaron que el silencio se extendiera por la tumba de Bernard.

La multitud se dispersó, pero Mauve y Rin siguieron como dos centinelas hasta que la primera se levantó, se dio la vuelta con los ojos llenos de rabia y dijo:

—¿Estás dispuesta a romper unas cuantas reglas?

LA JEFA DE PISTA, 1926

Las tres mujeres se reunieron en la habitación de Mauve. Odette miró a Rin y a Mauve con poco entusiasmo.

—¿A dónde vamos esta noche? —preguntó.

Mauve le tomó la mano.

—Hemos hablado de cortarlo de raíz —dijo—, así que vamos a ir más allá, al principio.

A Rin y Mauve se les había ocurrido un plan al que Rin se había lanzado sin pensar. O a lo mejor sí que lo había pensado, demasiado, pero solo lo había interiorizado en su cerebro.

—Nos vamos a Bosnia, a 1914 —explicó Rin.

Odette sacudió la cabeza como si se hubiera electrocutado.

—¿Perdona?

—La Gran Guerra comenzó con el asesinato del archiduque Fernando —respondió Mauve, que se valió de los hechos para impulsarse hacia delante, como si las palabras fueran barandillas y ella se estuviera arrastrando por el suelo bocabajo para tratar de seguir avanzando—. Así que vamos a salvarlo.

—¿Qué? No —dijo Odette—. No, estáis hablando de ir más allá del cementerio, de la Chispa. ¿Y si hacemos algo que acabe con la Chispa? ¿Seremos capaces de volver? ¿Estaríamos allí, para empezar? Esto es absurdo.

Mauve entrecerró los ojos.

—Cuando vimos a esa familia montándose en el camión, las tres estuvimos de acuerdo. Las tres dijimos que iríamos a la raíz del problema, y eso vamos a hacer.

—Y cuando volvamos a 1926, ¿qué ocurrirá si la Chispa ha desaparecido? —preguntó Odette—. ¿Y si no podemos regresar a 1926 porque ya no tenemos la Chispa?

—Me niego a pensar que conseguimos nuestra Chispa por una trinchera en Francia —dijo Mauve—. Habría pasado de todas formas.

—No lo sabes.

—¡Ni tú tampoco! —replicó.

—¡Es demasiado arriesgado! Si perdemos la Chispa, perdemos el circo, ¡y perdemos la oportunidad de hacer el bien! —insistió Odette—. Cuando empezamos, las tres estuvimos de acuerdo en que la Chispa era un regalo. ¡No tenemos derecho a arrebatarle ese regalo al mundo!

—¿Pero tenemos el derecho de permitir que estalle la guerra? —preguntó Mauve—. A lo mejor todo consiste en hacer del mundo un lugar en el que la Chispa no sea necesaria.

—¡Tenemos reglas!

—¡No lo sabemos, Odette! —intervino Rin, bramando y con la mandíbula tensa—. Lo estamos intentando y esto es lo que se nos ha ocurrido.

Odette miró a Rin, después a Mauve y de nuevo a Rin. No dijo nada.

—Tu trabajo —le dijo Rin a Odette, con calma— es convencerle de que no vuelva por la carretera que se ha establecido en la ruta, sino por otra. Si no lo hace, morirá. Tendrás que ser muchísimo más persuasiva que con la madre de Alemania.

Odette se la quedó mirando.

—¿Sabes lo que me estás pidiendo?

—Sí —dijo la Jefa de Pista—. Y lo siento.

El cuerpo de Odette se tensó como si estuviera a punto de precipitarse hacia la oscuridad desde la cuerda floja. Pero tomó las manos de Mauve y Rin. Siempre lo haría. Rin sintió una punzada de culpabilidad.

Tendría que merecer la pena, al final del todo.

LA JEFA DE PISTA, 1914

Diez minutos después —o, en realidad, más de una década antes—, las tres mujeres aparecieron en una calle, repleta hasta la bandera, de gente empujando y abriéndose paso hacia el lateral de la carretera, como si un desfile estuviera a punto de comenzar.

—Habéis perdido el norte por completo —dijo Odette, mirándose las manos enguantadas—. Mi Chispa no es para esta clase de cosas.

—Después de tocarle, tendrás que decirle a dónde ir, una ruta distinta —le explicó Rin—. Es para ayudarle.

—Es para controlarle —replicó Odette, que se estaba encendiendo como una cerilla—. Igual que hicieron contigo en una ocasión.

Era un comentario gratuito que Rin sabía que se merecía. Le dolió, lo aceptó y dejó que le golpeara en lo más profundo.

«Odette está dándose cuenta de quién eres en realidad, ¿eh?».

—¿Acaso el plan funciona? —le preguntó Odette a Mauve.

—Veo que puedes hacerlo y que cambias su itinerario —respondió ella.

—Sáltate tus reglas, solo esta vez —dijo la Jefa de Pista.

—Mis reglas… —repitió Odette, mirándolas a las dos— Mías solo, ¿no? De nadie más. Me las inventé yo sola para convertirme en un incordio, ¿verdad? Escuchadme bien: yo curo a las personas, las tranquilizo. No hago estas cosas.

—Lo sé —dijo Rin.

—¿Ah, sí? —dijo Odette—. No lo sabes porque me estás pidiendo que lo haga. La única razón por la que me pediste que me pusiera guantes: para que no lo hiciera contigo.

Rin sintió que se le erizaban los pelos de la nuca. No era una amenaza, lo sabía, pero su cuerpo sintió como si lo fuera. Como si Odette estuviera alargando el brazo, dispuesta a tocarla, a llevarse sus pensamientos...

Y, como si esta pudiera interpretar su expresión, se apresuró a decir:

—No te estoy amenazando, Rin, te quiero. Lo que estoy diciendo es que no quiero...

—¿Prefieres que él muera? —espetó Rin—. O te saltas las reglas o muere.

Sonó más ansiosa de lo que le hubiera gustado. O quizá no había otra forma de expresar algo tan terrible y manipulador. Escuchó la voz del Rey del Circo en su tono de voz, la forma en que siempre sabía encontrar algo que te diera miedo y utilizarlo en su propio beneficio. Había aprendido esos trucos de él, ¿y seguía usándolos?

Pero antes de que Rin pudiera retractarse... o quizá ni quisiera hacerlo, a lo mejor necesitaba dejar el comentario flotando en el aire y no preocuparse tanto sobre lo buena persona que era o no si tenían que detener una guerra. A lo mejor el Rey del Circo le había enseñado un par de cosas sobre la crueldad porque era efectiva.

Antes de que Rin pudiera excusarse, Odette dijo:

—Esta vez. Solo por esta vez, nunca más.

Odette se quitó los guantes blancos para mostrar unas manos finas y suaves que Rin nunca se atrevería a tocar.

La trapecista miró con esos grandes ojos a Mauve y después a Rin, y el dolor reflejado en su rostro...

La Jefa de Pista la observó mientras desfilaba por la calle llena de barricadas y tocaba el hombro del guardia más cercano con la piel descubierta. El guardia suspiró profundamente, sonrió y la escoltó embobado hacia dentro.

La Jefa de Pista y Mauve se quedaron en la acera, esperando. Rin miró los rostros a su alrededor, todos de personas que ya habían muerto.

O quizá ahora vivirían. A lo mejor los muchachos podrían crecer.

—Ese hombre de allí se parece a mi padre —dijo Mauve, de repente, como si el pensamiento le hubiera dado de pleno entre los ojos—. No es él. Se le parece. —No añadió nada más. Simplemente dejó que el comentario se asentara, un pensamiento que no quería digerir.

Rin tampoco dijo nada. Apretó los dientes con más fuerza.

—Siempre había pensado que la Chispa me dio lo que tengo porque estaba cansada de tener miedo —dijo Mauve—. Pero ahora veo todo lo que sucede y es peor que no saberlo.

Rin la tomó de la mano. Se la apretó y su amiga la correspondió.

Odette no tardó en aparecer con paso tranquilo por una puerta lateral y les hizo una señal para que se encontraran con ella en la esquina. Rin y Mauve se abrieron paso entre el mar de extremidades y olor a sudor, y se reagruparon bajo un árbol de la manzana siguiente.

—Le he dicho que vaya a ver a sus hombres heridos en el hospital —dijo Odette—. Con un poco de suerte, eso le llevará por una ruta mejor y menos fatídica.

La Jefa de Pista levantó la vista hacia el árbol. Era como si formara parte de uno de los espejismos de Jo: ni estaba allí realmente ni pertenecía a Rin ni a su época. O a lo mejor la propia Rin era el espejismo, lo que no se suponía que debía estar allí.

El año 1914 quedaba muy lejos. No olía a rancio, pero estaba pasado de moda. A lo mejor el tiempo se movía hacia delante porque no había sitio para que las cosas del pasado vivieran en el presente. Pero entonces, ¿qué? ¿Todo y todos caían en el olvido? No, ella se acordaría de esto. Seguía importando tanto como cualquier otra época.

Odette se alejó de donde estaba con paso airado.

—¿Odette? —gritó la Jefa de Pista.

Odette se detuvo en la esquina de la calle y se dio la vuelta, escondiendo su rostro. Entonces giró sobre los talones, enfadada, y volvió junto a Rin.

—No soy esa clase de chispa —dijo, pero las palabras no salieron con suavidad ni con enfado, sino con el delicado temblor de un sollozo—. No sé qué es peor, que hayamos vuelto tan atrás en el tiempo y hayamos hecho un daño irreparable, o que tú... me hayas obligado a tocarle y a hacerle cosas como... —Odette se vino abajo—... como las que hace el Rey del Circo. Yo toco a la gente para calmarla, para curarla, no para... controlarla. ¡Las dos lo sabéis! ¿Ha sido idea de ambas?

Rin se sentía fatal.

—Las dos os estáis olvidando de quiénes sois —prosiguió Odette—. Esto se trata de mantenernos fieles a nosotras mismas mientras...

—¡Bernard ha muerto, Odette! —dijo Mauve—. Si no hacemos esto, todo el mundo morirá. ¡Como él! No lo entiendes... ¡Está por todas partes! Pero si retrocedemos lo suficiente, podemos arreglarlo todo.

—Estoy de acuerdo —dijo Rin—. Ser precavidas no nos ha funcionado con el futuro. Era una buena idea y se nos ocurrió a todas juntas.

—Entonces, ¿qué, Mauve? ¿Lo siguiente que haremos en nuestro viaje relámpago contra el mal es salvar a Bernard? —preguntó Odette. Mauve no respondió, pero sus ojos encendidos lo hicieron por ella. Rin sintió que un escalofrío le recorría todo el cuerpo.

—No podemos salvarlo —susurró Rin—. No podemos; ya lo he intentado.

Mauve apretó la mandíbula.

—Sé que no podemos —dijo.

Odette dio un paso al frente.

—Sé que estás alterada, pero Mauve, siempre hablas de Clyde y vuestro futuro. Esto no es...

—Deja de decirme lo que es y lo que no —dijo Mauve.

Se escucharon dos disparos.

«Pum». «Pum».

La Jefa de Pista y Mauve se tiraron al suelo y se cubrieron la cabeza. Odette las tapó con sus brazos, como una manta.

Gritos.

«¿Puedes hacer que ocurra cualquier cosa?», le había preguntado Jo. «¿Como que nunca estallara la guerra?».

Mauve las agarró a las dos por las muñecas.

—¡Vamos, vamos, vamos! —gritó. Rin movió el pie hacia un lado y arrastró a las demás con ella.

Las tres desaparecieron en el destello de la luz.

Se escuchó una respuesta en el silencio, incluso aunque fue un silencio incierto.

«Entonces no puedes hacer que ocurra cualquier cosa», dijo Jo.

LA JEFA DE PISTA, 1941

Aparecieron bajo la luz del sol. En una playa, avanzado el futuro y al otro lado del mundo del archiduque y los disparos. La selva trepaba por las montañas que tenían a la espalda, el océano Pacífico arrullaba bajo sus pies. Rin respiró la profunda brisa marina salada, aún inafectada por la tierra firme. Todavía inafectada por la guerra.

Rin había estado aquí de joven. Había leído sobre lugares como este en los libros y, cuando lo vio por primera vez y descubrió que era real, apenas podía creerse que existiera de verdad.

El día que recibió su Chispa, este fue uno de los primeros sitios a los que saltó. Un lugar seguro, lejos de la guerra. Un lugar al que siempre había querido ir.

Mauve cerró los ojos y se sentó en la arena con las piernas cruzadas.

—El chófer del archiduque no se enteró de que tenían que ir al hospital. El archiduque ha muerto.

—Pues volvamos e intentémoslo de nuevo —dijo la Jefa de Pista, pero se arrepintió de inmediato. No podía. Había visto que no podía. Los mareos, perderse en la línea temporal... no podía...

Rin no era más que un disco rayado.

Mauve estaba en silencio. Algo había cambiado desde sus firmes palabras en Bosnia. Algo en los disparos del arma, algo en la forma en la que las tres se habían tirado al suelo, la había conducido a un lugar al que Rin no podía seguirla: una mente crítica y amueblada.

Mauve respiró hondo, como si lanzara el aire hacia la brisa marina que movía las olas desde allí al horizonte. Después, abrió los ojos.

—Vi que había una oportunidad de cambiar el itinerario del archiduque. Por eso os dije que lo intentáramos, pero ahora lo entiendo. Incluso aunque le salvemos, muere asesinado al día siguiente. O al siguiente. Y si no entonces, una semana después, en un balcón. La Mano Negra es el grupo que le quiere muerto, y así es como acabará. —Mauve se frotó los ojos—. ¿Por qué no puede vivir y ya está? —Y entonces se echó a llorar.

Rin estaba segura de que Mauve no hablaba solo del archiduque. Su amiga, sentada en la arena, parecía literalmente hundida mientras contemplaba un atardecer del futuro que se suponía que no debían ver. La Chispa las había llevado hasta allí y la Chispa volvería a llevarlas al frente de la nueva guerra. Pero no podía salvarlas.

—Esto es demasiado —dijo Odette—. Rin, no podemos retroceder antes de que la Chispa aparezca. Cambiaría demasiadas cosas. No podemos... ¿Rin? Rin, ¿me estás escuchando?

Rin la estaba escuchando, pero su cerebro no dejaba de pensar.

—A lo mejor podríamos ir a cuando se crea la Mano Negra.

—Y si eso no funciona, ¿entonces qué? —preguntó Odette—. ¿La Peste Negra? A lo mejor deberíamos retroceder hasta Moisés y ver qué mariposa pisa para que todo esto dé comienzo. Y tú te haces mayor, maldita cabezota, y el circo disfruta menos de ti.

—El circo está perfectamente, ¡y no vamos a hablar otra vez sobre mi envejecimiento! Céntrate.

—¡El circo no está perfectamente! ¡Y tú tampoco! ¿Qué narices te pasa? ¿Qué narices os pasa a las dos?

—No somos nosotras mismas —musitó Mauve—. No podemos perdernos las unas a las otras, y menos aquí... —Mauve dejó de hablar, como si un cable suelto le hubiera dado un chispazo—. Oh, no... —murmuró.

—¿Qué pasa ahora? —preguntó Odette.

—También está aquí —dijo Mauve.

En ese momento, un ruido sordo cayó desde el despejado cielo azul cristalino.

Como si fueran cuervos negros, demasiado tiesos para ser pájaros, demasiado reales para ser un sueño, el estruendo apareció ante sus ojos. Rin levantó la vista más allá de la playa, la preciosa playa, hacia los aviones negros. No, verdes. Con grandes círculos rojos, como la marca negra de *La isla del tesoro;* piratas que se acercaban a reclamar su deuda de sangre. Se trataba de una maquinaria que su mundo de 1926 no había conocido; ni 1926 ni ningún otro mundo anterior. Eran segadoras mortales: perfectamente adecuadas para el cielo, metódicamente diseñadas para matar.

Los aviones desaparecieron tan pronto como habían llegado por encima de las montañas en el este. Luego, llegaron las explosiones. Las altas nubes de humo negro. Un humo denso. Como el de una hoguera.

La Jefa de Pista agarró a Mauve y Odette de las manos. Dieron un paso al frente para alejarse de la playa y...

... aterrizaron en una colina de Honolulu, a unos pocos kilómetros de allí.

Sin mediar palabra, las tres permanecieron juntas sobre la alta colina, mientras el amanecer trataba de atravesar el humo de los edificios caídos y los chirriantes buques de guerra que se estaban hundiendo. Rin se sentía atrapada en una tela de araña, ahogándose en los hilos pegajosos que se movían y cambiaban constantemente cada vez que tocaba uno solo de ellos. Era imposible. Estaba por todas partes. Incluso aquí.

En mitad del silencio que mantenían, la Jefa de Pista logró escuchar el estruendo de una segunda oleada de aviones, lejos, en el horizonte.

Mauve tragó saliva y dirigió la vista hacia los sonidos que se acercaban.

—Asegurémonos de lavar los calcetines, de dormir bien, de desayunar. Nunca volveremos a retroceder tanto. Nunca entraremos en bucle. Seguiremos nuestras reglas y se lo pondremos difícil a este futuro. —Sus grandes ojos marrones examinaron el rostro de Rin como si trataran de leerlo y ver si estaba de acuerdo—. Pero no nos olvidaremos de quiénes somos. De lo contrario, esto ya está perdido, Rin. Odette... —Resopló—. Mauve —se recordó a sí misma, y miró hacia el cielo—. Me niego a que la gente solo pueda ser de esta manera. Que solo puede ocurrir así. Las personas son fuerzas testarudas, odiosas, peligrosas, pero yo no pienso irme en silencio.

Rin asintió, y Odette también, pero sus dedos enguantados se entrelazaron con los de su mujer como si no creyera que esta fuera a quedarse quieta. Rin la miró y vio que Odette irradiaba algo parecido a la preocupación. No, al amor.

Así es como era el amor.

—Lo siento —dijo Rin en voz baja.

—Yo no me disculparé por esto —dijo Mauve—, pero lo siento.

—No podemos perder nuestras almas para salvar al mundo —añadió Odette—. No podemos olvidarnos de quiénes somos y no podemos quedarnos vacías por dentro. No lo permitiré.

Rin desconectó de la conversación. Había pedido perdón, era todo lo que podía hacer. Todo iría bien. Solo debía mantener la cordura. Era la Jefa de Pista, así que encontraría el camino de vuelta a casa.

—Rin —dijo Odette—. Respira, mírame.

Rin, abotargada, lo hizo.

Odette seguía con los brazos cruzados sobre el pecho, como si tratara de tranquilizarse a sí misma. Pero tenía los ojos fijos en su esposa con esa valiente combinación desprovista de miedo e ira. Porque no tener miedo ni estar enfadado demostraba valentía. Y era más de lo que Rin se merecía.

Rin podría haber dicho algo. Podría haberse permitido compartir este momento con su mujer. Podría haber conectado con ella.

Pero los aviones se acercaron. Otro zumbido, otra ronda de sirenas... El humo negro del último ataque aún se elevaba hacia el cielo azul.

Los aviones pasaron por encima de sus cabezas, dando a luz torpedos desde sus vientres que caían y caían...

La isla se llenó de humo y sirenas, como en todos los sitios que habían visitado.

EDWARD, 1917

La señora Dover les había encontrado.

Edward la reconoció de inmediato. Parecía más mayor, más demacrada, pero seguía vistiendo la chaqueta roja de terciopelo que la hacía destacar entre la deslucida multitud de Red Cloud, en Nebraska.

Estaba sentada en la primera fila.

Edward sabía que la señora Dover no podía verlos a ninguno de los dos. El cerebro de la mujer pasó por encima de sus rostros durante el desfile, pero su mente rellenó los huecos cuando él asumió el papel de jefe de pista y realizó su número de hipnotismo, y sus ojos vacilaron cuando Ruth resplandeció en la pista central.

Todo esto era obra de Edward.

Observó a la mujer, que era incapaz de verlos a pesar de que eran las mismas personas, y cayó en la cuenta de que nadie, nunca, había cruzado el mundo para ir a buscarlo. En su momento, pensó que eso era exactamente lo que Ruth había hecho: había sido un crío ingenuo.

Pero esta noche, la sombra de las penurias vividas no le colmó de furia. La sintió como un peso.

Vio a Ruth brillar como mil soles bajo el foco que incidía sobre sus leotardos de lentejuelas doradas, mientras revoloteaba por la carpa.

Era especial. Se la había guardado para sí mismo y, en alguna parte bajo toda esa admiración, se sintió culpable.

De manera que, cuando Edward y Ruth estaban el uno al lado del otro en la parte de atrás, esperando el gran final, él le preguntó en voz baja:

—¿Cómo estás?

—Hay algo terrorífico en la primera fila —respondió Ruth—. No soy capaz de saber qué es, tiene manchas en los ojos... Creo que me estoy volviendo loca, Ed.

En efecto. En una ocasión le dijo que su madre era un monstruo.

—Ruth —dijo Edward—. Tu madre no es un monstruo.

—¿Qué? —Ruth le miró, atónita.

—Tu madre te quiere tanto como yo —dijo, con los dientes apretados y los ojos ardiendo—. Ha venido hasta aquí para verte.

Ruth miró fuera a través del polvo, las cáscaras de cacahuete y las brillantes luces que daban vueltas. Edward vio que se iluminaba cuando sus ojos por fin conectaron con el rostro de la señora Dover.

—¡Dios santo! —dijo—. Ed, está aquí.

Tras el final, Ruth salió corriendo de la carpa de vestuario para buscarla entre la multitud. Edward la siguió, apagado.

Echó un último vistazo al mundo que había construido para ella. Las caras carpas en pie, las máscaras de los chispas sin rostro que formaban parte del espectáculo. Los había contratado en todas partes para que el circo fuera lo más movible posible. Y todo giraba alrededor de Ruth. Pero ¿qué tenía de bueno sin ella?

Iban a recorrer las vías del tren juntos para siempre, Ruth feliz, Edward feliz... y ahora todo iba a acabar.

No, no podía dejar que se marchara.

Pero ¿cómo podría volver a mirarse en el espejo si la retenía allí contra con su voluntad?

No, Ruth lo entendería. No le abandonaría. Era su marido.

Sucedió como en una película muda: Edward miraba desde la distancia, a través de la multitud, mientras Ruth corría hacia la señora Dover y se lanzaba sobre ella, abrazándola, besándola, llorando… pero la señora Dover no hizo nada. No la veía.

Edward tragó saliva. Solo necesita una palabra. Una palabra para deshacerlo todo. Para dejarla marchar.

Ruth apartó lentamente las manos de su madre. Edward vio su rostro. Incluso a través de la multitud, vio el horror que reflejaba.

Había un velo entre ellas.

La señora Dover no sentía a Ruth ni escuchaba las palabras que le estaba diciendo.

Edward podía parar aquello, pero dejó que Ruth gritara y chillara. Dejó que la señora Dover se alejara como en un sueño, con las manos vacías, aún ataviada con su chaqueta de terciopelo rojo.

Se retiró despacio al interior de la carpa y encontró algo para beber.

Y se lo bebió en grandes cantidades.

En algún momento, Ruth fue a reunirse con él. Edward estaba completamente dedicado a la botella; el licor más fuerte de los payasos con cabeza de calabaza ahora descansaba en su gaznate, y sus furiosos ojos estaban cubiertos de lágrimas y fuego.

Ruth estaba preciosa en aquella trinchera. Ojalá hubiera querido salvarle de verdad.

—¿Quieres saber en qué consiste mi Chispa? —preguntó Edward lentamente. Ruth, con el maquillaje para las actuaciones corrido, levantó la barbilla con ojos inquisidores—. Te dije que era suerte; mentí.

Edward no recordaba mucho más después de aquellas palabras. La verdad se precipitó desde su boca como si fuera vómito. Como dagas que rajaron a Ruth en millones de pequeños cortes.

Ruth lo miró, enfurecida, y se dio la vuelta; un borrón para los ojos de Edward. Después, en algún momento, Edward la empujó y ella se cayó.

Los perros del circo, unos chuchos grandes y negros, salieron corriendo de la tienda cual cancerberos presagiadores del final.

Ese fue el instante en el que Edward abrió la boca y desveló la verdad. Le contó a Ruth la historia a voces: su Chispa era algo oscuro, algo que la había alejado de su madre y que la había acompañado durante el día de su boda. Probablemente también fuera la razón por la que le salvó en su día.

Edward extendió los brazos y le dijo a Ruth que le matara si quería.

Fue un error, un cálculo erróneo, porque podría haber significado su muerte.

Pero Ruth no podía hacerlo. Incluso con su permiso y con una libertad absoluta, no podía matarle.

—Te crees mucho mejor que yo —le espetó Edward—. ¡Tú fuiste la que me dijo que te alejara de ella! ¡Esto también es culpa tuya! Niña estúpida, tú eres tan culpable como yo.

Ruth rompió a llorar.

Edward le dijo que se marchara a la cama.

Y así quedaron las cosas.

LA JEFA DE PISTA, 1926

Charles, Jo y Kell regresaron a los terrenos de Sarasota después de un día en las playas de Florida, cansados y morenos, con el aspecto de unos adolescentes normales y corrientes. Rin les había preparado comida para llevar y ahora les veía caminar juntos, de vuelta al revoltijo de tiendas y vagones del circo. Charles llevaba los zapatos en la mano; Kell le envolvía los hombros con los brazos. Josephine caminaba al lado de ambos, sujetando la cesta que Rin les había dado. Estaban intentando reír, olvidar que habían crecido demasiado rápido.

La Jefa de Pista pasó por delante de ellos en su paseo solitario por la parcela del circo.

—Dormid un poco esta noche y no os perdáis el desayuno —les dijo mientras le atusaba el pelo a Jo.

—¿Volveremos pronto a la carretera? —preguntó Charles, mientras Kell lo miraba con una gran sonrisa.

La Jefa de Pista asintió.

—Sí, no tardaremos mucho —dijo.

Se despidieron y cuando Rin les dio la espalda, su rostro se ensombreció. Todo volvió a su sitio: la Jefa de Pista se esfumó y Rin reapareció, cansada, vieja, acabada.

El problema con el plan de Odette y Mauve era que Rin quería olvidar quién era.

Quería olvidar, aunque fuera por un instante, que Bernard y su madre habían muerto y que era culpa suya. Olvidar, aunque fuera por un solo día, la luz azul del futuro, una cuenta atrás hacia un final en el que todos resultarían heridos, en el que todos serían eliminados.

Quería hacerse tanto daño como para no ser capaz de pensar en otra cosa. A lo mejor podría desaparecer por completo de una vez por todas. Su plan se asentó en su garganta como una gruesa piedra negra y redonda.

Se aseguró de que los chicos no estuvieran mirando cuando sus hombros se hundieron, y siguió atravesando la hierba de Florida. Era un verano denso e insufriblemente tropical. Cruzó los cuarteles de invierno. Tenían el mismo aspecto que cuando paraban en cualquier ciudad, salvo por la ausencia del paseo central. No había público, así que no era necesario. Solo estaban la gran carpa y el patio trasero. Pero no era ese su destino. Atravesó el campo minado de holas y manos que la saludaban, agitando la mano y la cabeza de forma tranquilizadora, como lo haría la Jefa de Pista.

—¿Cómo se encuentra, señora Davidson? —preguntó. La señora Davidson asintió, incapaz de encontrar las palabras, pero con algo de color de nuevo en el rostro.

—¡Maynard se ha marchado, Jefa! —gritó Agnes desde su caseta, donde estaba entrenando—. Acaba de irse para tomar el tren de las nueve. Dijo que enviaría un telegrama si había peligro, pero que de momento nadie ha oído nada sobre las carpas negras.

La Jefa de Pista asintió.

—Bien —dijo—. ¿Qué tal te encuentras?

Agnes levantó sus pesas como si eso fuera la respuesta.

—La mente no puede gritar si el que grita es el cuerpo.

—Cierto —coincidió la Jefa de Pista.

Vio a Mauve, sentada con el señor Weathers en la taquilla, repasando los viejos papeles de Bernard bajo la solitaria luz eléctrica de la pequeña caseta. Aunque no sostenían los papeles con las manos, se miraban a los ojos y sus bocas hablaban en susurros. Mauve tenía los ojos rojos; había vuelto a llorar. El señor Weathers parecía aviejado.

Daba la impresión de que estaban manteniendo la clase de conversación que no necesitaba a otra persona. La Jefa de Pista sacó del bolsillo una pequeña mandarina que había tomado de la cantina, se encaminó hacia el pequeño mostrador de la caseta, la dejó allí para Mauve y siguió andando. A su amiga le gustaban las mandarinas. Cada vez que bajaban a Florida, se comía tantas como pudiera guardarse en las faldas. En esta ocasión, no habían hecho una competición para buscarlas, pero Cherry había localizado algunas y Mauve se había saltado la cena.

Rin dejó a todo el mundo atrás mientras se alejaba de las luces de la zona principal y se introdujo a hurtadillas de nuevo en el tren. Todavía no eran fantasmas, pero algún día lo serían. Lo había visto. Y Bernard ya no estaba. El Rey del Circo se acercaba. La guerra se aproximaba. ¿Cómo iba el cerebro a guardar luto, tener miedo, enfurecerse, hacer cualquier cosa, cuando había tantos fuegos ardiendo a la vez? ¿Cómo podía el mundo mantener el equilibrio con tantas tragedias sin morir en el intento? ¿Cómo podía nada de esto ser justo? ¿Cómo iba siquiera a solucionarse? ¿Se suponía que debían ser capaces de seguir aceptándolo sin más?

Nadie vio a Rin mientras se introducía en las sombras de los vagones plataforma.

Saltó sobre las escaleras laterales de la plataforma que sostenía los carromatos. Alzó su viejo cuerpo sobre la tarima de madera; sus brazos, el pecho y las caderas protestaron. Encontró el carromato verde en el que guardaban el juego de los patos. Lanzó la pierna mala, la derecha, mientras utilizaba la más fuerte para bajar hasta el suelo y tumbarse sobre el abdomen. Ahí debajo estaba el compartimento que buscaba, como una caja de puros de madera con la misma decoración del carromato. Tiró de ella y cedió.

Dentro había una botella.

Una botella vieja con una etiqueta indefinida, de los comienzos de la época de la Prohibición, cuando las compañías vendían alcohol y lo denominaban *limpiador del hogar* para sortear a los federales. La tenía para emergencias.

Notar el cristal en su piel era un consuelo; una opción. Una opción que sostenía en la mano y que se guardó en el bolsillo.

De forma metódica, devolvió la caja de puros a su escondite en el carromato dorado sobre el vagón plataforma. Le dijo a su mente: «Llévame lejos y despiértame cuando lleguemos». Pero sabía de sobra dónde estaba ese lugar perfecto. La oscura y puntiaguda silueta de una montaña en el extremo de la parcela: la gran carpa.

Sus quejumbrosas extremidades se movieron cuidadosamente para levantarse, le crujió la columna, y los tobillos y empeines localizaron el suelo. Entonces se alejó lo suficiente para que no la pillaran, pero no lo bastante como para que la infernal plétora de la fauna de Florida se la comiera. Se escabulló poco a poco entre las sombras hasta encontrarse a los pies de la gran carpa. Y, entonces, entró.

De pie, junto a la luz fantasma, recorrió el titánico mástil principal con la mirada. Sus nombres ya no estaban tallados en él, los habían tapado de forma apresurada con pintura. El día que Rin lo recuperó, se aseguró de que todo el mundo cogiera pintura y marcara el mástil, como tradición. La única pintura que había disponible era morada, y algunas de las brochas eran demasiado grandes para firmar con ellas. Fue incómodo, patético, pero lo hicieron y ahora todos sus nombres habitaban, en brillantes colores, en el corazón del hogar que compartían.

Tener tradiciones era importante. Rin se había dado cuenta de ello cuando reunió a un montón de extraños bajo el mismo tejado. Las tradiciones significaban que había una historia; la historia, que había estabilidad, y la estabilidad, que estaban a salvo.

La carpa estaba vacía. Llevaba días y noches vacía, desde que permanecían estancados en aquel campo entre una marisma y el océano. Los focos sobre su cabeza aún tenían los filtros de colores de cuando habían dejado Missouri Valley. Los azules a su izquierda seguían quemados, enrollados desde el gran agujero negro del centro. Maynard no había tenido tiempo de cambiarlos, ni siquiera cuando lo recogió todo y lo volvió a montar en los cuarteles de invierno.

Se sentó en el bordillo de la pista, con las piernas cansadas, agotadas. Cogió la botella. Se sentía tan pequeña allí dentro como una niña que pisa un escenario vacío por primera vez.

Abrió la botella y le dio un trago.

El alcohol le proporcionó la sensación de liberación. Ningún vértigo, ni dolor de cabeza; al menos, no de momento. Solo flotaba.

Hay algo espeluznante y sagrado en el lugar en el que actúan los artistas, en el que se escucha el eco de las cosas que han pasado. El teatro suponía una de las magias más poderosas, capaz de conjurar lágrimas y risas, haciendo volar a cientos de extraños por encima de sus asientos hacia un mundo alejado que imaginaban juntos. Un mundo con los días que más duelen, en los que hay más oportunidades y todo lo que incluya ese intervalo.

Cuando a Rin le llegó el turno de cambiar el mundo, pensó que podría hacerlo con magia.

Pero él también.

Rin notó el cuello roto de la camisa. Una oleada de miedo, dolor, culpabilidad y pena le recorrió los tensos músculos de la nuca.

Dio otro sorbo a la botella.

✳

Después de tanto ruido, el mundo se quedó por fin en silencio. Cerró los ojos y se balanceó adelante y atrás como si estuviera bajo el agua. Allí, en la oscuridad, simuló que no era nadie. Soltó todos los hilos de cometa que llevaba enrollados en los dedos y que conducían a los corazones de las personas que la amaban, que la habían obligado a amarlas y a las que realmente amaba. Era simplemente Rin, sin futuro ni pasado, solo en el presente, y quizá ni eso.

Pero este estado no duró mucho. Sintió que su cuerpo se acaloraba, que volvía a conectar con todas las preocupaciones, como si fueran rayos que le caían encima al mismo tiempo. Soltó un ligero sollozo.

«Siempre has sido patética», le susurró la voz enfadada, que resonaba en sus costillas, orejas y en las raíces del pelo. «Si alguien entrara y viera lo verdaderamente inútil que eres...».

Dejó que la voz la envolviera, la sacudiera por dentro, casi tan profundamente como la primera vez que sintió que el tiempo cedía ante las puntas de sus dedos. Su cuerpo entero vibró. No era más que una Chispita idiota a la que habían mordido y escupido, y que ahora se pasaba las horas tratando de suavizar, inútilmente, las viejas arrugas producidas por el sol. Si la gente supiera quién era, las cosas que había hecho, todo el peso que cargaba sobre los hombros... no era ninguna jefa de pista. Era un fraude.

Se escuchó un ligero aleteo cuando alguien atravesó la entrada de vinilo. Era Odette.

La trapecista entró en la carpa, con el pelo alborotado y sin los rulos. Iba ataviada con su bata rosa favorita y sus grandes botas de trabajo, y parecía que acababa de despertarla una pesadilla.

En presencia de cualquier otra persona, Rin se habría levantado, fingiendo que estaba centrada y que tenía una fuerte columna vertebral que la hacía mantener los pies bien asentados en la tierra. Pero con Odette, se quedó en el suelo. Ni siquiera ocultó la botella que tenía entre las rodillas, cuya boca recorría con los pulgares.

Odette se detuvo sobre la arena sin decir nada. Aguardando. Pero Rin no levantó la vista. Sabía qué clase de expresión vería en el rostro de su mujer. O tal vez no quisiera saberlo. ¿Estaba Odette enfadada, decepcionada, dolida? A lo mejor, seguía pensando que Rin tenía arreglo. Aunque no lo tuviera. Pero con la bebida, su mente se calmaba, podía respirar y no tenía que contar los latidos del corazón en la garganta o tras los ojos.

Si se alejaba de su cuerpo, si fingía que estaba flotando...

Ahora Odette estaba agachada delante de ella, apoyada en las rodillas.

Le tomó una mano, y Rin sintió la suave seda de los guantes sobre su arrugada y áspera piel.

—Oye —dijo Odette—. Deja de hundirte. Mírame.

Rin se obligó volver la vista hacia el rostro de su esposa, pero su mente se negaba a enfocar.

—Va a matarte —dijo Rin, que se atragantó.

—Está tratando de asustarte.

—Es culpa mía —dijo Rin—. Se ha hecho más fuerte, lo sé.

—Y como tú has dicho, lo sabemos porque nosotras también somos más fuertes —le recordó Odette.

—No puedo… No puedo dejar que toque el circo —dijo Rin—. Va a matarte. Y no puedo con él. No puedo volver. No puedo perderte. No puedo…. No puedo…

—Shh —dijo Odette, que le acercó una mano. Rin se alejó de un brinco.

Él solía tocarla. Y la obligaba a hacer cosas. Odette podría hacer lo mismo. Rin no dijo nada, solo sentía frío. Era como si se estuviera hundiendo tras su cráneo y flotara en algo sin ojos, sin tiempo.

—Quédate conmigo —dijo Odette—. No te vayas. Por favor, Rin.

Rin rompió a llorar.

—Una vez me dijo que no tenía corazón —sollozó, y se llevó la mano al pecho. Había huesos, costillas, podía sentir el bombeo de la sangre, pero… —. No siento mi corazón. Se ha calcificado. Se ha convertido en piedra, o a lo mejor ya lo era desde el principio.

—Tienes corazón —dijo Odette—. ¿Cómo puedes pensar lo contrario?

A Rin le costaba respirar.

—Quería morirme, pero si lo hacía y él vivía, el mundo sería suyo. Y me dieron esta estúpida Chispa y no entendía la razón, pero… si moría, la Chispa desaparecería conmigo y entonces habría una persona menos para mejorar las cosas. Sin embargo, estoy cansada. Estoy terriblemente exhausta.

—¿Llevas algo más encima? —preguntó Odette. Rin vio cómo le recorría la chaqueta con la mirada en busca de bultos—. ¿Estás a salvo?

Rin se echó a llorar.

—Odette, tú crees que tengo corazón, pero yo no. Yo no. —Se dio unos golpes en el pecho, con los dedos todavía alrededor de la botella.

Odette se la quitó. Después, colocó su mano enguantada sobre el cuello rasgado de la camisa de Rin, junto a los fríos botones delanteros. Rin se estremeció, pero no se apartó.

—Tienes uno de los corazones más grandes que he tenido el placer de contemplar —dijo Odette en voz baja.

—No, eso no es verdad —negó ella.

—Y duele que no lo veas.

—Soy como él. Hicimos juntos todas esas cosas espantosas. El circo del Rey del Circo también era mío. Yo le di la idea, Odette. Lo fundó porque yo quería.

Sin saber durante cuánto tiempo, Rin siguió llorando. Odette permaneció sentada a su lado. Sin más. A pesar de que la Jefa de Pista no quería que lo hiciera, porque sabía que la había herido profundamente con lo de la botella. Pero ignoraba cómo sobreviviría hasta el siguiente minuto, hora, día, verano o década si no era capaz de respirar, beber en silencio y rezar para que durara lo suficiente para dejar de escuchar la maldita voz del Rey del Circo en la suya.

—¿Esa es la razón por la que no me dejas devolverte tu juventud? —preguntó Odette en un susurro.

Rin clavó la mirada en el suelo.

«Merezco morir».

«Fue culpa mía, lo que hizo. Lo que hicimos».

—¿De dónde has sacado la botella? —preguntó Odette.

—La tenía escondida en un carromato —balbuceó Rin.

—Espera, ¿qué?

En una ocasión, Rin escuchó hablar de una Chispa a dos pueblos de distancia. Era algo sin igual: capaz de comunicarse con los muertos. Aseguraba que podía hablar a través del velo, encontrar la esencia de los fallecidos y canalizar fantasmas. A Mauve le pareció una sarta de tonterías. Odette dijo que era posible, aunque improbable, pero Rin pensó que podía ser real.

—Rin, ¿tienes alguna más escondida? —preguntó Odette—. Rin, contéstame.

Sin embargo, la noche en que las chicas y ella habían quedado en viajar para ver a esa Chispa, Rin se echó atrás.

Les dijo que sería un desperdicio de dinero.

Pero en su interior, en ese lugar profundo que ni la propia Rin podía siempre ver bien, sabía cuál era la verdadera razón: si efectivamente era real, tendría que enfrentarse a su madre. ¿Y cómo sería capaz de semejante cosa?

«¿Por qué dices que lo sientes cuando es culpa tuya que muriera?».

«¿Cuándo cargarás con la muerte de Odette?».

—Rin, mírame ahora mismo. Mírame y céntrate.

«Te dejará», siseó la voz en su interior. «Nadie te quiere».

La voz estaba callada cuando el circo rugía. Cuando se ponía la chaqueta de terciopelo, cuando todo el mundo la llamaba Jefa de Pista, cuando surcaba el alboroto de las vías del tren, las aventuras, la magia... En esos momentos, él no era ni un sordo zumbido.

Pero ahora, esta noche, le oía, alto y claro, desde alguna parte de su interior. Rin sabía que no era realmente él; su Chispa no podía hacer eso. Era algo peor, algo que formaba parte de su interior.

Si hubiera logrado verle por lo que era, si no hubiera entrelazado su vida con la suya, nadie habría resultado herido.

«Ella te dejará y yo te encontraré», dijo.

—No —murmuró para sí misma—. Sigo aquí. No ganarás.

—¿Qué? —dijo Odette. Pero el mundo de Rin estaba patas arriba.

«Todavía puedo cambiar las cosas», pensó Rin. «Sigo aquí y, si estoy pasando por este mal trago, es que todavía puedo arreglar las cosas».

Odette volvió a ponerle el tapón a la botella. Se levantó y caminó hacia el cubo de basura de la entrada. Rin se puso en pie con un estrépito.

—Intentamos acabar con esto yendo al principio. —A Rin le costaba tanto articular las palabras que Odette se volvió para mirarla, más preocupada que enfadada o cualquier otra cosa. Pero Rin trató de ignorarlo—. ¿Y si fuéramos al final?

—Eso no tiene sentido, Rin.

—No, no, ¿cómo termina todo? —Rin se tambaleó hacia atrás. Para ella, el mundo era un océano y el futuro y el pasado, las olas que chocaban contra sus muslos, como cuando era pequeña y trataba de mantenerse recta en las playas poco profundas de su hogar—. Puedo... puedo ir al final.

¿Qué aspecto tendría? Trató de localizar el hilo de la guerra, con toda la sangre goteando desde el cordel dorado, los gritos y el hedor a muerte que vibraba a su alrededor. Lo vio; se dirigía a alguna parte en el otro extremo de la tierra. No estaba del todo segura, porque Mauve no estaba allí para navegar con ella. El final estaba muy lejos y, aun así, parecía que si alargaba los brazos, podría estrujarlo con sus manos.

Sonó una sirena. Algo rojo.

¿Por qué era todo de color rojo?

—¿Rin? —dijo Odette, que se encaminó hacia ella.

—No volveré a entrar en un bucle, lo prometo —dijo Rin, arrastrando las palabras.

—Entrar en un bucle... —murmuró Odette—. ¿Entrar en bucle? —repitió, más alto, cuando se dio cuenta de lo que ocurría—. Rin, ¿qué quieres decir?

Rin sintió que una sonrisa tonta se extendía por su rostro ardiendo y dio un paso hacia Odette. Extendió la mano para agarrarla, pero...

LA JEFA DE PISTA, 1945

...aterrizó sobre el hormigón.

Sintió que su cuerpo se extendía por la acera como un pez muerto. La gente a su alrededor se escandalizó, gritó y chilló de la sorpresa. Acababa de aparecer en una calle con el aspecto de la muerte; una mujer con pantalones y una brillante chaqueta roja que olía a alcohol. «Qué sutil», pensó.

La gente le hablaba en otro idioma y veía borroso. Gateó hasta el borde de la acera, se agarró a una barandilla para erguirse y vio el río que atravesaba la ciudad en la que había aterrizado, fuera la que fuera. Tenía ganas de vomitar.

Miró a su alrededor con la cabeza embotada. ¿Dónde demonios estaba?

Una ciudad con un río. Los pájaros volaban sobre su cabeza y cantaban. Algunas personas seguían hablando a su espalda, mientras que otras gritaban como si estuvieran llamando a un coche... o a un policía. No, a un soldado. Un automóvil estruendoso, que definitivamente no era de 1926, se detuvo cerca de Rin con un chirrido.

Estudió a la multitud que se arremolinaba, el idioma que escuchaba, los edificios que los rodeaban. No podía centrarse por el alcohol, el salto repentino en el tiempo, o por ambos.

No debería estar allí. Debería volver a... «¡flash!».

Blanco.

Silencio.

Vio el interior de los cuerpos que la rodeaban como una máquina de rayos X de una feria.

El sol explotó, el mundo se acabó.

No había pájaros. Ni voces. Ni nada.

Después surgió una oleada de ruido, humo y calor, como un fantasma en llamas que empujaba por salir de su piel, de los vasos sanguíneos y los huesos.

A Rin le ardía todo el cuerpo y lo notaba descosido, como una prenda deshilachada. Algo iba mal. No veía ni oía nada. Todo estaba en llamas, como si cada nervio estuviera en carne viva, todo al descubierto. Se estaba convirtiendo lentamente en cenizas.

Era como si se hubiera tragado una supernova.

Los hilos de su vida se fueron quebrando poco a poco, rompiéndose, volando hacia los agujeros negros de la nada. Lo sentía. Era como si todo se alejara de ella. Estaba perdiendo la vida, así que alargó el brazo para agarrar un solo hilo: el que la conducía hasta Odette.

LA JEFA DE PISTA, 1926

Morirse duele, pero después ya no. La primera parte de la muerte se produce cuando el cuerpo trata de mantenerse con vida, nadando a contracorriente, sacudiéndose una última vez. Pero entonces el dolor y la pérdida son tan inmensos como navegar sobre una ola que rompe más allá del arrecife. Al final, el cuerpo deja de luchar y es cuando no se pasa tan mal. Se asemeja menos a los gritos y más a quedarse dormido tras un día largo.

Rin había vivido mucho. Había vivido más de lo que la mayoría de las personas debería vivir. Había visto muchas películas, había nadado en el océano, había permanecido bajo los focos, había entonado canciones y probado comidas de todo el mundo. Nunca había muerto.

Ahora, su cuerpo había optado por lo contrario de lo que siempre había conocido. A pesar de que Rin aullaba, sus pulmones no funcionaban. Tampoco lo hacían sus ojos, aunque Rin veía una luz cegadora. Todo se estaba apagando.

No pensó en todas las cosas que podría haber hecho o en todas las cosas que todavía le quedaban por hacer. Un solo pensamiento cruzaba su mente: Odette.

Eso es lo que la salvó. Así fue como su Chispa la llevó de vuelta a casa.

Apenas se dio cuenta de que el aire había cambiado. Su cuerpo cayó sobre algo… ¿un mueble? No veía. Sentía humedad en los ojos, pero lo que podrían haber sido lágrimas que fluían poco a poco, de repente eran borbotones, y se percató, con verdadero espanto, de que sus ojos se habían derretido. Gritó y gritó, pero no oía nada. Alguien la envolvió en sus brazos. Lo sabía porque, hasta que se volvió insensible —y probablemente se desmayara—, sintió pura agonía cada vez que le rozaban la carne al rojo vivo que le quedaba en los huesos.

Se preguntó si su madre la estaría esperando al otro lado.

Tendría que haber estado ahí para Odette. Tendría que haberse quedado con ella para siempre y el resto de sus vidas; habría sido mucho mejor. Habían tratado de encontrarle sentido a las sombras y habían estado a punto de conseguirlo, tan, tan cerca...

Pero entonces empezó a notar alivio. Como una ola que se retira de la playa o una presión terriblemente fuerte que se libera. Ya no se estaba muriendo. Podía sentir. Podía pensar. Podía escuchar su propia voz, gimiendo y rogando sin labios, y después, sintió que sus labios volvían. Alguien la estaba recomponiendo.

Una luz incidió en su cerebro a través de unos ojos curados y vio a Odette. Rin se dio cuenta de que se encontraban en el último vagón del tren y de que ella estaba tumbada en el suelo, envuelta en los brazos de su mujer, en su regazo. Rin tenía la piel en carne viva, enrojecida, y se estaba librando rápidamente de las heridas, quemaduras, arañazos y pedazos de carne desprendida, que estaban pasando directamente a Odette. Era como si el sol le hubiera arañado la piel del brazo y hubiera seguido adelante. Había partes que parecían estar a punto de resbalarse, como un guante.

Rin trató de apartarse.

—No. No puedes con esto.

—Ni tú tampoco. —Odette la sujetó con firmeza.

—Yo no...

—Has hecho tu trabajo —dijo Odette—. Ahora déjame a mí hacer el mío, ¡demonios!

Odette agarró a Rin del brazo con la mano descubierta y Rin la vio retorcerse, como si algo la golpeara por dentro de la piel. Odette contraatacó y se sujetó su propio brazo. Algo la asfixió. Se le derritieron los ojos por las mejillas. Rin era incapaz de apartar la mirada. Alargó el brazo para sostenerla, pero Odette irradiaba mucho calor y se separó de los brazos de Rin.

—¡Tendré que volver a curarte! —replicó, mientras Rin corría hacia ella.

Odette empezó a gritar. Pronto acabaría, pero era un dolor que nunca desaparecería del todo. Era lo más cerca que había estado nunca de la muerte, y estaba suponiendo casi demasiado para su Chispa. Todo lo que Rin había sentido, ahora lo absorbía Odette.

No moriría, pero se estaba muriendo. Era un dolor sin consuelo.

Rin quería recuperarlo, volver a guardarlo en su interior. Notaba una presión en el pecho; su corazón estaba listo para desplomarse sobre el suelo. Era como si el mundo se hubiera parado alrededor de ambas y lo único que importara fuera escuchar la costosa respiración de Odette.

«Por favor, no. No, no, no. Odette, por favor, aguanta…».

Y entonces se acabó. Los brazos de Odette se curaron. Sus ojos volvieron. Los brazos de Rin estaban completos, y volvía a tener los ojos en la cabeza. Pero la preciosa chaqueta de terciopelo de Rin seguía destrozada. Había un gran desgarro sobre la tela roja. Y Odette lloraba. Ahora, las manos de Rin temblaban al intentar tocarla.

—Odette…

—Ni se te ocurra —sollozó—. No me toques. —Al final, rompió a llorar y se hizo un ovillo. Esta hermosa melodía de persona se estaba resquebrajando, sufriendo con algo más caliente que el núcleo de la Tierra. A estas alturas, ya tendría que haberse curado, su piel estaba perfecta, sus ojos habían vuelto. Pero no todo se puede sanar, ¿verdad?

Cuando nos hacemos daño a nosotros mismos, herimos a aquellos que están a nuestro alrededor.

Rin descubrió sus propias piernas. Las toxinas habían desaparecido, y en el vagón se respiraba una sobriedad aplastante. Alcanzó la jarra de agua y un vaso; fue lo único que se le ocurrió. Odette los apartó de un manotazo y el agua salpicó por todas partes. Entonces, su mujer se volvió hacia ella para mirarla.

—¿Qué puñetas has hecho? —exigió saber.

—Yo... he ido al final... al final de la guerra —dijo Rin. Tenía la garganta seca y las palabras se quebraron—. Estaba en una ciudad con un río. Se produjo un destello de luz y, de repente, me estaba muriendo. De alguna forma yo... yo... ¿qué hacemos en el último vagón?

—Cuando te pierdes en el futuro, sigues el camino de vuelta al tren —dijo Odette.

—Yo... —empezó Rin—. Seguí el... Seguí el camino hasta ti.

—¡Vaya! Quizá deberías hacerlo más a menudo —dijo Odette, desesperada, y por fin rompió el muro que las separaba. Se sujetaba la tripa, jadeando profundamente entre sollozos. Rin dejó el vaso a un lado y le tendió un pañuelo—. No sé qué demonios has... —Se interrumpió y soltó lágrimas en vez de palabras.

Rin volvió a intentarlo.

—¿Puedo...? —«Abrazarte», quería decir Rin, pero sabía que ninguna de las dos se lo merecía—. ¿Puedo ayudarte a ir a la cama? —preguntó en su lugar.

—¡Que te den! —replicó Odette. Y agarró a Rin con todas sus fuerzas y la abrazó como si fuera a escabullirse de nuevo tras el velo y a desaparecer para siempre. Ella la abrazó aún más fuerte, con la cabeza de Odette apoyada en su hombro mientras esta lloraba.

—Lo siento mucho —murmuró Rin.

—¡Te piensas que esto es un mitzvá! —rugió Odette—. ¿Cómo va a estar bien hacerse daño a uno mismo? Te estabas consumiendo literalmente, desapareciendo gota a gota. ¡Y entonces, no habría habido más Rin! Ni más Jefa de Pista, ni más mi mujer. Ningún mitzvá te pediría nunca que...

La puerta se abrió de golpe, como si alguien le hubiera dado una patada. Mauve entró con un farol.

—¿Qué narices está pasando? ¿Ha vuelto?

Odette y Rin no dijeron nada, solo se miraron. Rin levantó la vista hacia Mauve, que tenía los ojos vidriosos, hundidos y muy abiertos. Era como si, por la expresión de la Jefa de Pista, viera lo que había ocurrido.

—Madre mía —soltó—. Dime que no.

Y la puerta volvió a abrirse. Un escuálido espantapájaros irrumpió con los ojos bien abiertos y el pelo alborotado, como si alguien le hubiera despertado para que entrara en acción. Tenía las manos extendidas, listas para pelear. Era una cría.

—¿Dónde está el tipo ese? ¿Qué ha ocurrido? ¿Quién gritaba? —preguntó Jo.

Rin palideció. Sabía que los ojos de Jo habían descubierto su aspecto desaliñado y aterrado, su chaqueta desgarrada y las manchas de sangre por todas partes.

—¿Qué haces aquí? —exigió saber. Su voz no se parecía en nada a la de la profesora tranquila y sabia que Jo conocía. La muchacha dio un paso atrás sin saber qué decir. El rostro de la niña estaba blanco, como si fuera un fantasma. Apretó la mandíbula y los puños para no ponerse a temblar. Los acontecimientos de esa noche no eran su responsabilidad; no tenía que formar parte de aquello.

—Tiene que irse. —La Jefa de Pista se dio la vuelta y, por alguna razón, eso hizo enfadar a Jo.

—No podéis poneros a gritar en mitad de la noche como si os estuvierais muriendo para luego decirme que me vaya. Te he mostrado quién soy —dijo Jo con los puños cerrados, hecha una furia—. No pienso irme. No estás bien. Ninguna lo estáis.

—Ahora ya sí, cielo. —Odette dio un paso adelante, pero Jo se apartó.

—Conozco el poder de tu Chispa —dijo Jo—. No necesito que me tranquilices ni que me cures. No quiero calmarme y no quiero que me curen. Quiero saber qué ha pasado.

Odette dejó caer las manos sobre la bata rosa manchada de sangre, y su rostro se hundió. Se sentó en la cama, con la mirada perdida, no del todo presente.

Rin trató de encontrar el valor para volverse hacia Jo, pero no pudo. Sus hombros se hundieron en la chaqueta de terciopelo rasgado, echada a perder, y su pelo de leona le cubrió el rostro mientras contemplaba con la mirada turbada más allá del final del vagón.

Mauve golpeó el farol contra un mostrador con la clase de rabia controlada que no puede desatarse por completo delante de una adolescente de quince años.

—Era el final de la guerra —dijo Mauve con voz firme—. Un destello más grande que cualquier luz azul, que cualquier cosa de la Gran Guerra. Era una pesadilla.

—¿Ha sido alguno de nosotros? —preguntó Rin en un susurro. Jo todavía no se había marchado. «Por favor, Jo, lárgate».

—No —respondió Mauve—. No ha sido ninguna Chispa. Lo construyó el hombre en un laboratorio, o en un... campo de pruebas en el desierto. Una bomba.

—Eso no era una bomba —dijo Rin.

—Sí que lo era —afirmó Mauve.

—Nos tienen mucho miedo —susurró Odette—. Y todo este tiempo solo han sido capaces de convertirse en monstruos.

Rin miró a Odette a la luz de la luna, sin cicatrices, con su perfecta piel suave brillando sin ningún rasguño. Pero el dolor seguía en sus ojos. Y Rin no sabía si alguna vez desaparecería.

—La lanzan en una ciudad de Japón —dijo Mauve—. Sabían lo que estaban haciendo, estaba planeado.

—¿Quién haría algo así a propósito? —preguntó Odette con un hilo de voz. Tan pequeña, tan derrotada. Rin iba a vomitar. El olor a piel quemada seguía en la habitación, podía saborearlo—. Dios santo...

—¿Qué narices está pasando? —dijo Jo, pero, por la forma en que lo preguntó, era como si realmente no quisiera saberlo. Rin no podía mirarla.

—Deberíamos contárselo ya a la gente —le susurró Mauve a la Jefa de Pista—. Dijiste que cuando llegara el momento..., cuando supiéramos que no podíamos... que se lo contaríamos a todos. Y Jo está aquí y debería saberlo. Después se lo explicaremos a todos los demás.

La Jefa de Pista puso una mueca y se tocó el brazo curado.

—Está bien —dijo en voz baja. Pero el acuerdo no se resumía a dos palabras; algo había cambiado en la vida de Rin. Les había fallado a todos.

Se dio la vuelta despacio y vio a la niña, tan pequeña, que la miraba como si Rin pudiera cargar todo el peso del mundo por ella. Y Rin deseó con todas sus fuerzas que así fuera.

—No podemos detener la guerra —dijo Rin.

—Lo sé —dijo Jo—. Pero no pasa nada, ya se ha terminado. Es como lo que dijiste, jefa: nos estamos asegurando de que la gente sea mejor, más lista y que vea el bien en... ¿Jefa?

—No. —Rin se vino abajo. Jo no era tonta, sin duda notaba las claras y abruptas lágrimas que se intuían en su voz—. No podemos parar la próxima guerra.

Jo no dijo nada.

—Yo puedo ver el futuro —dijo Mauve—. Miro hacia delante, hacia donde vamos, y normalmente la jefa nos lleva hasta allí y Odette nos mantiene a salvo. Pero esta noche, Rin... ha ido a un sitio y un momento muy lejanos. Y ha visto que el futuro está cubierto de cenizas.

Jo seguía callada. Rin vio que la niña fruncía el ceño y se tensó. Las tres mujeres habían estado dando saltos de un lado a otro y tratando de cambiar las cosas, conceder deseos, curar a la gente, hacerlos mejores... Nada importaba.

La Jefa de Pista rascó el marco de madera de la ventana con la uña; la pintura se peló sobre sus manos. No había ninguna pulsera en su gruesa muñeca. No se la había puesto. No había tenido tiempo. Había sido un fallo de borracho, un fallo de Rin, y Odette había salido perjudicada. Rin había elegido la botella, había fingido encontrar alivio en un sitio en el que sabía que solo la esperaba el dolor. Rin le estaba haciendo daño a Odette, les estaba haciendo daño a todos, con su incesante necesidad de meter el dedo en la llaga del futuro.

—¿Jefa? —dijo por fin Jo con tono débil. Su voz sonaba joven e insignificante.

—Lo siento —respondió la Jefa de Pista en un murmullo, pero eso no era suficiente—. Lo que sucedió cuando eras pequeña, Jo, no era la guerra que terminaría con todas las guerras —prosiguió—. Estamos en el ojo del huracán.

—¿En qué año ocurre? —preguntó Jo.

—¿La nube con el destello? —dijo Mauve—. Creo que dentro de unos veinte años. Pero la gente empieza a desaparecer en once años. Desaparecen muchos... Erradican a muchos de la Tierra... antes de la nube. —Mauve levantó la cabeza y leyó las estrellas que nadie salvo ella podía ver.

—Dentro de tres años, el país colapsará —prosiguió—. Todo lo que tenemos, todo lo que conocemos, se vendrá abajo. Después, todo lo que ves ahí fuera se cubrirá de polvo. Grandes tormentas de polvo arrasarán los cultivos. La gente se morirá de hambre. En once años desaparecerá mucha gente, pero serán muchos más los que mueran asesinados. Hay batallas por todas partes, en muchos países. La gente huye de Francia, marcha sobre carreteras embarradas de Filipinas, y además... nos reclutarán para esta guerra.

¿Qué sentido tenía seguir adelante si sabían que se avecinaba todo esto? No, Rin no podía pensar así.

—¿Nos reclutan? —dijo Jo.

—Esta noche no —respondió Rin, que detuvo a Mauve—. Jo, por favor, vete.

—No pienso irme.

—Estás temblando y tienes mala cara —dijo Rin—. Yo me encargaré de esto, vete.

—¡Que no me voy, coño! —replicó Jo—. Formo parte de este circo. También es mi futuro. ¿Qué quieres decir con que nos reclutan, Mauve?

Mauve miró a Jo y después a Rin.

—La Ley Prince —dijo—. Nuestro armisticio con los humanos sin Chispa. La ley dictamina que acudiremos en su ayuda cuando la necesiten, así que nos llamarán a filas. —Los ojos de Mauve saltaron de Odette a Jo y a Rin, como si ya estuvieran en una trinchera que se estaba llenando de gas—. Todos iremos a la guerra.

Sus palabras fueron como un pico de fiebre: primero un escalofrío y sudores fuertes y, después, el entendimiento y una sentencia final. Algo que Rin no había conseguido arreglar.

El futuro de todos seguía siendo la muerte.

Presenciarían la guerra. Las familias que acudían a ver sus espectáculos verían la guerra, tanto los chispas como la gente corriente. Todo el circo luciría un uniforme. Las personas que Rin veía en las gradas y en la pista serían llamadas a filas y enviadas a sitios en los que terminarían ensangrentadas y en carne viva, arrancada de sus huesos. O no, eso no era cierto. Las personas que vieran lo que Rin acababa de ver... ¿quién se sentiría como Odette y ella ahora mismo? Los soldados no. Serían los niños, las mujeres y todas las personas que se quedaran en casa y que se vieran arrojadas a las luces azules y los camiones negros. Y los que lograran sobrevivir más tiempo morirían a causa de los bombardeos de Londres o de las estrellas explosivas de Japón...

Morir enterrado en una trinchera diez años antes, ahora parecía un acto de gentileza.

—¿Y qué vamos a hacer? —exigió saber Jo.

La Jefa de Pista arregló la cola de su chaqué roto. Se aclaró la garganta. Se dio la vuelta mientras se mentalizaba poco a poco para parecer la mujer que Jo veía cada noche en la pista central: fuerte, robusta, capaz de aguantar cualquier cosa.

Pero ahora Rin sabía que Jo había visto que la Jefa de Pista no existía. Era un componente más del espectáculo.

—Seguimos adelante con el circo —dijo. Odette la miró, incrédula. ¿Sorprendida? Quizá algo aliviada.

—Nos prepararemos para el final y haremos lo que podamos por la gente —añadió Odette, asintiendo—. Pero hemos trabajado durante años y no podemos... no puedes volver al futuro.

—¡Pero la nube! ¡La ceniza! —protestó Jo—. ¿¡Vamos a rendirnos sin más!?

—No —replicó la Jefa de Pista—. No, no pienso rendirme. Ninguna lo haremos. Tal vez parezca que pendemos de un hilo, pero cada día podemos elegir ser amables, emplear lo que tenemos para influir desde nuestra posición. No podemos frenar la nube, pero podemos combatirla desde aquí con pequeños gestos. Y esas pequeñas elecciones son las...

—¡Qué tontería! —lanzó Jo—. ¡Es un puñetero circo! ¡¿Se acerca el fin del mundo y me estás diciendo que el hecho de que unos donnadies en Denver vean mariposas y a un payaso va a cambiar algo!?

—Josephine, para —dijo Odette—. No sabes de lo que estás hablando.

Pero Jo no se calló.

—Tenemos que salir ahí fuera, ¡a luchar! ¡Llamad al presidente! Llamad a la reina o al... puñetero papa, ¡yo qué sé!

—Eso no servirá de nada —murmuró Mauve, como si lo supiera. Al igual que supo que no podían salvar a Bernard—. Hemos viajado a través de toda la historia. A veces, hemos intentado cambiar cosas importantes y han ocurrido otras peores. Si conseguimos matar a un hombre de rango alto en uno de los ejércitos, lo sustituye otro peor. El arma no deja de disparar, solo da en otro sitio, o ellos encuentran otra arma con la que contraatacar. Es una fuerza imparable. Las mariposas son mucho más fáciles de mover que los tanques.

—No nos corresponde cambiar el curso completo del río —murmuró Odette.

—Pero es vuestro trabajo arreglar las cosas, si tenéis la habilidad para ello —replicó Jo.

El tren entero parecía estar atascado. Descansaba como un muerto sobre las vías, como un tren normal. No había magia. El rostro de la Jefa de Pista se mostraba impasible.

—Por favor —dijo—: Por favor, Jo, necesitamos dormir. Hablaremos de esto por la mañana.

A la niña le ardían los ojos por las lágrimas.

—No permitiré que te rindas.

—¡Entonces confía en mí y haz lo que te digo! —rugió la Jefa de Pista.

Con eso bastó. Era como si Jo hubiera recibido una descarga eléctrica en el cuello, directa al corazón, y se le tensaron los hombros.

—Si nos reclutan —dijo Jo, imperturbable—, ¿quién muere?

Mauve se quedó callada, demasiado callada.

Todos perderían a alguien.

—Pero Charles no morirá —dijo Jo—. No puede morir.

Mauve siguió sin decir nada.

Hermanos, padres, hermanas, madres. Ya se habían perdido antes y podrían volver a perderse.

—Mauve, Charles estará a salvo, ¿verdad?

Mauve seguía en silencio y, al fin, dijo:

—El chico puede arder, pero no puede tragar fuego. No puede ir a la batalla pensando que es inmortal. Los hilos de todo el mundo acabarán algún día, Jo. Incluso los de Odette. Incluso los de Charles.

—No tiene que escuchar eso —intervino Odette.

—Lo siento, pero dijimos que les avisaríamos —dijo Mauve.

—¿Entonces, muere? —insistió Jo—. ¿De qué? ¿De una enfermedad? ¿Cómo es posible? No enfermó de gripe.

—Entonces tuvo suerte —dijo Mauve—. Durante las pandemias, una granja es menos peligrosa que una ciudad.

—Parece que sabes un montón sobre la mortalidad de Charles —dijo Jo—. Así que muere, ¿no?

Mauve no respondió, lo que a veces puede parecer el sí más rotundo del mundo.

—Pero no pasa nada, porque las tres tratáis de cambiar el futuro —siguió Jo—. Lo hacéis todos los días. ¡Así que cambiémoslo!

—Jo, no nos escuchas —añadió la Jefa de Pista.

Pero la niña salió corriendo y atravesó velozmente la puerta del vagón.

Sin pensarlo, Rin echó a correr detrás de ella.

La siguió entre los vagones, a lo largo del campo de tierra, más allá de la carpa, hasta que solo había estrellas sobre sus cabezas y una hierba cenagosa.

—¡No vayas más lejos! —le advirtió Rin con las rodillas doloridas. Se llevó una mano al pecho mientras Jo se detenía—. Hay caimanes y Hashem sabe qué más.

El ojo del huracán, había dicho la Jefa de Pista.

Jo cerró los ojos y trató de ver el futuro; a lo mejor lograba ver algo… Pero no apareció nada y se puso a gritar. Rin vio en su mente las imágenes de los ojos de Odette rodando por sus mejillas.

Algo salió del interior de Jo, un humo negro iluminado por una odiosa y dolorosa luz azul. Dejó que se liberara de su cuerpo con un punzante grito alto y desatado.

—¡Jo, para! —exclamó Rin, pero sus palabras se las llevó un viento completamente real que se había manifestado con la imagen que Jo estaba desatando: una gran bestia que surgía del aire, algo hecho de sombras, cristal roto y árboles retorcidos.

El rostro de Jo se parecía demasiado a los monstruos de su espejismo.

Pero la Jefa de Pista no se quedó paralizada. Avanzó con dificultad y atravesó la imagen falsa para agarrar a Jo por los hombros y abrazarla con fuerza.

Rin quería marcharse de allí. Quería que Jo fuera con ella. Que no tuviera ese monstruo dentro de ella y que no sintiera la necesidad de convertirse en uno para sobrevivir.

Respiró hondo. La Chispa de Rin resquebrajó el mundo como un látigo cortante, y se extendió como un suelo sólido y cálido mientras sus cabezas se esforzaban por dejar de dar vueltas. El mundo iba a acabarse, y Rin ni siquiera era capaz de pensar qué significaba eso. Ahora, tenía a la pequeña Jo entre sus fuertes brazos, envuelta en un abrazo.

Entonces se hizo el silencio, salvo por los sollozos de Jo y la respiración entrecortada de Rin.

Florida se había quedado en calma, lo que no era habitual. No había sonidos en la noche, los árboles no se movían, no había viento, nada.

Todo estaba en calma. Todo lo que las rodeaba estaba inmóvil, absolutamente todo. Rin había detenido el tiempo.

Así que tenía razón... en el Chandelier... algo estaba creciendo, cambiando en su interior.

O sea, que aún le quedaban cosas por cambiar.

Jo estaba entre sus brazos, temblando mientras ambas asimilaban un mundo que se parecía a las estatuas del jardín de Medusa. Jo jadeó. Su pelo cubierto de sudor se movió cuando se estiró para contemplar el panorama que las rodeaba. Pero Rin se limitó a seguir abrazándola con fuerza.

No la dejaría soltarse.

Jo le clavó las uñas en la chaqueta y Rin enterró la cabeza de la niña en su hombro. Jo sollozó con breves chillidos agudos, como un cachorro perdido. Rin le frotó los brazos y la abrazó incluso más.

—Venga —dijo Rin—. Vámonos de aquí.

EDWARD, 1917

Edward observó a Ruth mientras esta guardaba sus cosas en una mochila. Lo último que metió fue un colgante de su madre. A Edward se le cayó el alma a los pies. Sabía a dónde iba... y por qué se marchaba.

Ruth abrió la puerta del vagón que compartían y...

—¡Para! —dijo Edward. Tenía que hacerlo porque se lo había ordenado—. Me quieres.

Ruth no respondió. Se quedó en la puerta contemplando los escalones de metal que terminaban en el suelo. Algo se debatía en su interior.

Edward tenía que seguir hablando.

—No puedes tirar por la borda todo lo que hemos construido —dijo—. Tú y yo vamos a dominar el mundo.

—Detente. —Ruth lo miró fijamente con sus grandes ojos negros, retándole. Genial, por fin le estaba mirando.

—Tú me quieres —dijo Edward en voz baja.

—Sí —respondió Ruth en un susurro.

—Y no quieres marcharte.

—¡Y no quiero marcharme! —gritó.

Pero algo en sus palabras se estremeció.

«Que tiemble...». Pronto recordaría lo mucho que compartían. La coaccionó para que se metiera en la cama y se abrazaron el uno al otro en silencio.

—Te perdono —dijo Edward.

—Lo siento.

—Tus nervios están empeorando —dijo—. Tienes que tranquilizarte.

—Lo sé —contestó ella. Le abrazó con fuerza. La mochila estaba olvidada.

Hasta que Edward se despertó la mañana siguiente y vio que la mochila seguía allí..., pero ella se había marchado.

Traidora.

Se levantó como un resorte de la cama. Agarró furioso la mochila y la sujetó con la mano, como si la estrangulara. Sus pies descalzos golpearon el suelo de madera; después, los escalones de acero y, finalmente, el barro blando. Arrastró su cuerpo hacia el paseo central y le gritó a cualquiera que le escuchara: «¡Decidme a dónde ha ido!». Y el circo entero, como fantasmas, señaló el camino, que iluminó su senda de caza.

Cuando la alcanzara, cuando acabara con ella, Ruth comprendería cuál era su papel.

Edward había intentado confiar en ella. Había intentado ser amable. Incluso había intentado hacerlo todo como le habían contado, siguiendo las reglas, pero las normas no eran nada salvo una correa alrededor de su cuello. No era un hombre cualquiera; era un hombre con el mundo en la punta de la lengua.

Estaban unidos, Ruth y él, predestinados. Si tenía que emplear su Chispa para que ella lo viera, que así fuera.

Que así fuera.

Siempre conseguía lo que quería. No se conformaba con menos porque no era un hombre insignificante.

El mundo ardería entre sus labios. Lo reduciría a escombros y ella sería suya. Se la ataría a la cintura como si fuera su propia sombra. Le arrebataría las alas y las destrozaría hasta que el vuelo de Ruth no fuera más que un recuerdo.

Ninguna mujer se atrevería jamás a volver a partirle el corazón.

Ningún hombre le enviaría de vuelta a otra trinchera.

Corría desatado por la ciudad para darle alcance a Ruth.

Que así fuera. ¿Este era él? Que así fuera. Lanzó la mochila al suelo. La pisoteó con toda la fuerza de su talón, como si quisiera convertirla en polvo. Ruth se había desvanecido, así que Edward se lanzó hacia delante; de lo contrario, todas las cosas favoritas de ella también se perderían para siempre.

Pero incluso con toda esa ira, un pequeño atisbo de esperanza se encendió en el interior de sus costillas. Si la encontraba, si la amaba, a lo mejor podría volver a ser humano.

A lo mejor esto todavía podría ser un final feliz para ambos.

LA JEFA DE PISTA, 1926

Rin recordaba la festividad del *Yom Kippur* de cuando era muy pequeña, de cuando en lugar de ayunar, su madre ya había comido mientras la congregación aguardaba a la cena. A Rin no le parecía justo porque, al igual que todo el mundo, ella sí que ayunaba. Su madre, en lugar de sentirse avergonzada o decirle que se callara durante el oficio, le explicó:

—De pequeña, me mataba de hambre para estar más delgada y así sentirme más guapa. Me puse muy enferma y estuve a punto de no poder tenerte. Así que, en lo concerniente al *Yom Kippur,* yo no ayuno.

—¿Y no pasa nada? —preguntó Rin.

—Hashem jamás permitiría que nos lastimáramos a nosotros mismos —respondió su madre—. Hacernos daño no es mitzvá.

—¿Qué ese so? —preguntó Rin.

Y su madre se lo explicó esa noche, mientras rompían el ayuno y Rin se metía *challah* y dónuts vorazmente en la boca.

—Mitzvá es el trabajo del que somos responsables, siempre que formemos parte del mundo de los vivos —dijo su madre—. Estamos aquí para traer luz a la oscuridad. Y no es por caridad ni por obtener una felicitación especial, sino porque es lo correcto.

Entonces apareció la Chispa.

Ahora estaba en la cantina, frente a toda la compañía del circo, con Mauve y Odette a su lado. Todo el mundo estaba sentado en los largos bancos y miraba a las tres mujeres en un completo silencio, de esos en los que la gente espera a recibir instrucciones porque no saben qué hacer después. Cansada, desesperanzada e inútil, Rin escuchó a Mauve explicarles qué aspecto tendría el futuro.

El cuello de Odette parecía luxado, como si tratara de no respirar muy profundamente. Rin no se sentía las manos. Pero las tres permanecieron firmes como estatuas a los pies de Pompeya.

—Vaya —dijo el señor Weathers—. Qué de cosas.

—Pero todavía queda mucho tiempo —dijo Kell—. Tenemos el tiempo de nuestra parte.

El señor Weathers parecía cansado, pero su hijo era joven y tendría que lidiar con todo esto.

Agnes resopló e hizo crujir la espalda.

—Nos metimos juntos en esto, ¿no? —dijo—. Si pretenden desperdigarnos por antojo de la guerra, será mejor que vayamos juntos.

Maynard, un solitario Maynard, asintió con los brazos cruzados, el cuerpo encorvado y la pierna izquierda sobre la derecha. Miraba fijamente el césped en el centro del círculo.

—Iremos juntos y saldremos juntos —añadió Ming-Huá con voz firme.

Rin miró a Jo, que sostenía la mano de su hermano con mucha fuerza. La señora Davidson temblaba, y el señor Davidson estaba a su lado con el rostro amarillento. Bernard no estaba por ninguna parte.

—Jefa, ¿estás bien? —preguntó Maynard de repente.

Rin se obligó a ponerse la careta sobre todos los círculos oscuros, dolores de cabeza y lágrimas que se había permitido experimentar. La Jefa de Pista se irguió entonces y asintió.

—Sí —dijo—. Estoy pensando en la logística. Quiero asegurarme de que todos sabéis que no tenéis que hacer esto si no queréis.

—Nos encargaremos económicamente de todos —dijo Mauve—. Tenemos ahorros suficientes.

—Eso es —confirmó Rin—. Así que no os sintáis presionados para...

—No se trata de eso —refunfuñó Boom Boom.

Rin no estaba segura de qué quería decir, pero parecía que todo el mundo estaba empecinado en seguir adelante. Así que tenía que estar lista para protegerlos.

—Incluso si os quedáis —siguió—, el Rey del Circo...

—Esto no tiene nada que ver con el Rey del Circo —dijo Agnes—. Este no es su circo. Ni su historia. Seguiremos adelante, ¿verdad, compañeros?

—Hemos trabajado muy duro para que él decida qué hacemos y a dónde vamos —dijo Kell—. Y hay personas que nos necesitan ahí fuera.

Ford asintió. Wally, Jess y Tina se mostraron de acuerdo entre murmullos. Y Maynard se aclaró la garganta.

—En ese caso... —Se inclinó hacia delante—. Creo que todos estamos esperando a que la Jefa de Pista, la Trapecista y el Ruiseñor nos digan a dónde vamos.

$$*$$

A Colorado.

Odette, Mauve y la Jefa de Pista decidieron que había llegado el momento de volver al trabajo. Dieron a los miembros del circo una última advertencia y nadie, salvo un par de bailarinas de *ballet* y Paulie McKinley, dimitió. Paulie recogió sus cosas y, en su último día en el circo, dijo:

—Creo que debería disculparme, pero no puedo. No soy un cobarde. Solo sé a lo que no estoy dispuesto a volver si él nos atrapa.

La guerra era suficiente por si sola. Y el Rey del Circo también. La idea de las dos cosas acechando era suficiente para que cualquiera saliera por patas. De manera que Rin se quedó en la entrada de la carpa de vestuario, mientras Paulie cerraba el último candado de su baúl, y asintió, comprensiva.

—Ha sido un placer trabajar contigo —dijo Paulie—. De verdad, si alguna vez vas al este, avísame.

Se dieron un último abrazo, y él y su baúl desaparecieron.

✳

Empezarían con calma en Estes Park, en Colorado. Era un lugar seguro, más fortificado que Missouri Valley. Aunque Mo Valley pasaba desapercibido, el valle de Estes estaba en lo alto de las montañas y no era de fácil acceso para aquellos incapaces de hacer saltar un tren a cualquier parte del mundo. Los habitantes de Estes siempre les estaban agradecidos porque los circos nunca subían tan arriba. En su mayor parte, eran amables con los chispas, sobre todo con los que les traían algodón de azúcar y hamburguesas con queso.

Recogieron los cuarteles de invierno al completo. Maynard realizó sus prácticas de puntería por diversión. Rin le había dado otro aumento por encargarse de otra tarea. Se había acercado a él con su rifle (ella había encontrado una pistola) y le había dicho: «¿Quieres acabar con una alimaña?».

Maynard se mostró demasiado entusiasmado con su nuevo encargo y compró otro par de armas. Planeó dónde situar a sus duplicados a lo largo del perímetro del circo para estar completamente atento si *él* aparecía.

No era un plan infalible. El Rey del Circo siempre podía echarles el guante de otras maneras. Infiltrar a alguien de cualquier forma. Pero por algún sitio había que empezar. Entre las montañas y Maynard, quizá tenían una oportunidad de estar a salvo.

Rin hizo saltar al tren de un estado a otro a última hora de la tarde, mientras el sol se ponía primero tras las palmeras de Florida y, después, tras la cima de Longs Peak, en Colorado.

✳

Rin se levantó temprano. Había filtros de papel de colores que cambiar y ensayos que organizar. Se sentó en su escritorio, donde garabateó en las agendas y preparó listas de llamadas para realizar a la semana siguiente. Juntó todas las facturas, todas las fechas que tenían reservadas, revisó el recorrido, reorganizó los distintos números de todos los artistas. Tomó los filtros que necesitaba, unos guantes, un destornillador y una llave inglesa, lo metió todo en un cinturón de trabajo que se enganchó a la cintura, y se teletransportó a lo alto de un andamio en la carpa nuevamente montada.

Cuando la cantina abrió, apareció directamente en la cola, buscó todos los platos favoritos de Odette y saltó hacia el último vagón del tren con las tortitas en la mano. Odette seguía con la bata de seda puesta, sentada en la cama y mirando por la ventana. Rin saltó de nuevo y le tendió la comida.

—Asegúrate de darte un baño —le recordó con cariño.

—¿Qué estás haciendo? —preguntó Odette.

Rin le ofreció los nuevos horarios de los ensayos.

—Tenemos un montón de trabajo que hacer si queremos reabrir esta semana.

Odette le echó un vistazo al papel.

—Por la noche no tenemos mucho tiempo. ¿Cómo vamos a...?

—No vamos a hacerlo —respondió Rin—. De momento no.

Le dio a Odette un beso en la frente. La trapecista estudió los horarios y enarcó una ceja, escéptica.

—Solo es medio día —dijo.

—Para que podamos mantenernos alerta —añadió Rin—. Pero me ha parecido que quizá esta noche podamos sacar algo de tiempo. No regresé a la hora cuando salí con Jo el día de su primer ensayo.

—Oh, pero Rin, eso fue hace una eternidad.

—Y no me lo tuviste en cuenta —dijo Rin—. Así que, si quieres pasarte el día durmiendo, adelante. Cerraré las cortinas por ti. Y si quieres ir al lago, sola o con alguien, yo...

Odette le tomó el puño cerrado y Rin vaciló. Entonces empezó a separarle los dedos, unos a uno, para darle un masaje en la palma para que se relajara.

—Siéntate conmigo —dijo.

El día siguió su curso natural al otro lado de la ventana. La tarde se convirtió en una noche repleta de cigarras y luciérnagas. Y el amanecer regresó.

Odette y Rin estaban sentadas en la cama, con la espalda sobre la pared, las rodillas dobladas contra el pecho y las piernas sujetas por sus propios brazos; parecían dos niñas pequeñas en un cuadro, acomodadas en silencio en la impenetrable oscuridad que precede a la salida del sol. Se habían pasado despiertas toda la noche.

—Recoger bayas de los arbustos cuando sales a pasear por el campo y metértelos sin más en la boca —dijo Odette en voz baja.

Rin tenía la mirada fija en la pared de enfrente. Trató de pensar en algo que le hiciera seguir adelante para verlo, escucharlo, tocarlo. Algo que no fuera la nube de humo y que hiciera que todo esto mereciera la pena.

—La música —propuso, al fin.

—Tienes que ser más específica —señaló Odette.

—Me gustan los violines.

—A mí también —dijo Odette—. ¿Y qué hay de las películas habladas? Llegarán en unos años y nos gustan.

—Sí, las películas habladas te hacen mirar hacia delante. —El sentimiento fue como el de un balón desinflado—. Lo siento.

Esperaba que Odette se quedara sentada unos instantes, no dijera nada y después murmurara algo muy significativo. Se le daban muy bien esas cosas. Rin contestaría, soltaría el revoltijo de pensamientos que tenía en la cabeza y añadiría algo como: «No tengo ni puñetera idea de cómo encontrarle el sentido a nada de esto». Entonces, como una experta en resolver puzles, Odette se llevaría un dedo a los labios, torcería la cabeza, lo miraría todo desde un ángulo que Rin era incapaz de ver y, en unos instantes dignos de récord, juntaría todas las piezas y diría: «Toma».

Pero esta noche, Odette soltó un breve sollozo. Fue como si, con un jadeo parecido a una tos, dejara escapar las lágrimas. Después, reposó la cabeza sobre las rodillas y rompió a llorar. Era la cosa más bonita del mundo, el ser humano más resplandeciente por ser capaz de decir que merecía la pena seguir adelante por el mundo, y que no debían dejar de luchar por él, porque en él se podían recoger bayas de los arbustos. Por ello, lloraba sobre su regazo sin ninguna respuesta.

Rin dejó de sujetarse las rodillas y se acercó a ella. Sujetó a su mujer por los hombros con un «shh» y la recostó en su regazo.

—Ya está —dijo—. Estás bien, ya pasó. Ya está.

Odette siguió llorando. Rin le apartó el suave pelo rubio de la mejilla y se lo colocó detrás de las orejas redondas y rosadas. No dejó de acariciárselo, ni de acariciarle la cara, en un esfuerzo por atrapar todas las lágrimas y alejarlas de ella.

Pero Rin ya le había hecho daño. Pensó en las quemaduras que habían pasado de su propia piel a la de Odette, como injertos, deslizándose de la una a la otra como una plaga, una enfermedad.

En una ocasión, el Rey del Circo le dijo: «Vas dejando un rastro de sangre a tu espalda y esperas que yo vaya y lo arregle todo por ti».

Era como un gas tóxico que se enroscaba en el interior de la trapecista, como el Rey del Circo había hecho con tantas personas, Rin entre ellas.

«No», pensó Rin. «Para. Ahora no. Él no, aquí no. Tú no, esto no. Abrázala. Quiérela».

Odette se agarró a sus piernas y la abrazó mientras enterraba su rostro en ella. Rin sintió un nudo en la garganta. No había forma de erradicar las quemaduras de la mente de Odette. Señor, ojalá pudiera absorberlo todo de nuevo en su cuerpo para que sonriera.

—¿Por qué tenías una botella escondida? —preguntó Odette de repente.

Rin tragó saliva. La botella parecía insignificante comparada con el fin del mundo, pero Odette lo había pronunciado como si fueran lo mismo.

—Sabes por qué —respondió Rin—. Y lo lamento.

«Cuando nos hacemos daño a nosotros mismos, herimos a aquellos que están a nuestro alrededor».

Odette se sentó y miró a Rin con dureza.

—Para alguien que piensa a menudo en borrar su existencia del mundo —dijo—, no eres nada consciente de la realidad de tu muerte.

—No creo que eso sea justo —respondió Rin—. Cuando me siento así, estoy en un lugar oscuro y no tiene ningún sentido. Tú...

—Siempre hablas de todos a los que asesinó la luz azul esa noche, en el futuro, en la guerra. Pero nunca hablas de ti misma.

—Yo no estaba allí —dijo Rin.

—Exacto —dijo Odette—. ¿Y nunca te has preguntado por qué todo el mundo se sorprendió al verte?

Rin se quedó inmóvil. Se sintió mareada. No, nunca se lo había preguntado. Pero Odette sí. Ella lo había guardado en su mente durante semanas.

—Nadie se sorprendió al verme a mí —dijo Odette—. Tú no llegarás a la guerra, Rin, pero yo sí. Así que a mí no me preocupa del todo el fin del mundo porque, para mí, llega mucho antes.

Rin la miró. Con Odette solo había habido amor, uno que le soldaba los huesos y le daba calidez. Pero ahora su mujer estaba rodeada de tristeza, ya que había dejado de flotar en el aire el hecho de que Rin moriría antes que ella.

El sol se filtró en la estancia a través de los pequeños agujeros de las cortinas de tela. Rin observó las pequeñas manchas que se desplazaban, como luciérnagas, desde la pared a la cómoda, y después al suelo, a medida que caía el atardecer. Ninguna de las dos se movió.

Odette la tenía abrazada y Rin, que la envolvía en sus propios brazos, se lo permitió. Se quedaron tumbadas en la cama, uniendo sus órbitas, tratando de mantenerse abrazadas hasta el final de los tiempos. Al fin y al cabo, habían hecho cosas mucho más improbables juntas.

Sumando décadas, un millar de actuaciones de la pequeña trapecista que volaba por encima de la Jefa de Pista, con vestidos de boda rojos y coronas de flores... Esas poderosas imágenes acababan con sus fantasmas.

—Nosotras —dijo Rin.

—¿Qué?

—Algo bueno en el mundo —dijo Rin—: nosotras.

LA JEFA DE PISTA, 1926

El valle de Estes Park era pura magia en la Tierra. De los lugares y épocas que Rin había visitado, era su favorito. Tras lavarse la cara en el lavabo, salió en silencio al vestíbulo del último vagón y se sentó en su pequeño asiento de hierro. El espectáculo del sol estaba dando comienzo.

Estes Park era un pueblo dormido en un valle con un río rocoso que atravesaba sus verdes colinas, salpicado del resplandor naranja que irradiaban las acogedoras ventanas de las cabañas y tiendas, y rodeado por todas partes de unas montañas grises y verdes. El nuevo día apareció como una cortina tras las siluetas negras, y su luz cayó en cascada sobre las caras de los picos occidentales, pasando del negro al morado, el rosa, el naranja y el amarillo.

Los colores le recordaron a la Chispa de Jo.

Rin recordaba la primera vez que vio este sitio. Era una niña. Había oído hablar de las montañas neblinosas, de los sólidos titanes grises que montaban guardia. Las había visto en ilustraciones de reinos que no existían y que nunca lo harían. Montones de nieve se congelaban en la roca durante el profundo calor del verano, y los picos los perforaban y jugaban con unas nubes intocables.

No creía que una belleza semejante existiera sin cadenas. Pero aquí estaba, y sin pedir nada a cambio.

Se escuchó el rugido de un *shofar*, proveniente de un wapití con grandes astas al que Rin distinguió caminando como si fuera el espíritu de aquel lugar. El mundo era más grande de lo que le había parecido entonces. Todo era más inmenso que su vida o la de cualquier ser vivo. De manera que, con independencia de lo que le ocurriera al planeta, los colores de esas montañas seguirían ahí todas las mañanas sin excepción.

Bajó del vestíbulo con cuidado. Pequeños guijarros crujieron bajo sus botas mientras recorría el lateral del tren. Unos cuantos vagones más adelante, había una niña embobada en el vestíbulo de su propio vagón litera mientras contemplaba el paisaje. Rin la miró, se metió las manos en los bolsillos e hizo un gesto con la cabeza en dirección a las montañas.

—Bonito, ¿eh? —dijo.

—Sí —respondió Jo, asombrada, a su espalda—. ¡Oye! No digas esas cosas —gruñó—, ¡aún sigo enfadada contigo!

—¡Vaya! —dijo la Jefa de Pista—. Pues abrimos en cuatro horas, así que más nos vale hablar sobre ello.

—¡Vaya contigo! —replicó Jo—. ¿Nos encaminamos al final de los tiempos y a ti te preocupa la actuación de esta noche?

—El espectáculo debe continuar —dijo la Jefa de Pista—. Faltan años hasta la guerra, Jo, pero solo unas horas para que Bruce Sikora entre en nuestra carpa y necesite ver algo hermoso.

—¡Me da igual que falten años! —dijo Jo—. ¡Es mi hermano!

—Lo sé, ya lo sé —respondió Rin—. Pero tienes que mantener tu Chispa bajo control y necesitamos…

—¡Tengo mi Chispa bajo control!

—En Florida no la tenías, cuando te lo contamos —dijo Rin—. Permitiste que tus emociones tomaran las riendas de tu Chispa y te estaba engullendo. No puedes perder el control de tu catarsis, Jo. Puede que al principio te haga sentir bien, pero te tragará entera.

—Ya, bueno, la catarsis no ayuda a proteger a nadie de nada. ¡Me importa una mierda lo que quiera que sea la catarsis!

—La catarsis es lo que hacemos aquí en el circo, Jo —indicó Rin, tratando de permanecer firme y fuerte como un árbol de profundas raíces sobre el que la niña pudiera apoyarse para encontrar el equilibrio. Pero se dio cuenta de que le temblaba la voz. Porque, en el fondo, la Jefa de Pista estaba asustada. No de Jo, sino por Jo—. Son todas las conexiones humanas que establecemos con el público y con nosotros mismos cuando creamos algo. Nos aferramos a ello, lo sentimos y, después, lo soltamos y lo mejoramos. Supone tomar un puñado de virutas humeantes y convertirlas en una hoguera para que podamos...

—Esto es la última cosa del mundo por la que debería preocuparme cuando un fulano desatado nos está persiguiendo y vamos de cabeza a otra guerra.

La Jefa de Pista se pasó la lengua por el borde de los dientes.

—La catarsis puede hacer daño y puede curar —trató de seguir explicando, pero Jo no había terminado.

—Dejaste Missouri Valley en manos del Rey del Circo después de que matara a alguien —dijo—. Le contaste a toda la compañía lo que está ocurriendo, ¿pero qué hay de todos los demás? ¿Y qué estamos haciendo para salvarlos? ¿Para salvar a Charles? ¡No puedes rendirte!

En ese momento, Rin se sentía menos como una leona canosa y más como el cuerpo perdido, chamuscado y agonizante de la noche anterior en el vagón del tren. La careta había desaparecido y, en su lugar, asomaba una mujer vieja.

—No eres la primera jovencita que piensa que puede reparar las sombras de los rincones oscuros. A veces, las sombras se tragan a los niños. —Rin se arregló las mangas a pesar de que no les hacía falta. Pero lo hizo igualmente—. Tenemos una Chispa, pero... —Abrió la boca para hablar, pero no logró terminar. La pena todavía no había aparecido, aunque sentía su peso—. Te olvidaste de quién eras en Florida —agregó—. Con todas las cosas que la vida va a lanzarte, si te pierdes a ti misma, nunca serás capaz de hallar el camino de vuelta.

—Bueno, si tan bala perdida soy, todo el mundo va a morir y el mundo va a acabarse con grandes explosiones del tamaño del sol, ¡a lo mejor perderse no es tan malo!

La Jefa de Pista la miró unos segundos, pero Jo no se movió ni salió huyendo.

—¿Es eso lo que piensas de verdad? —preguntó Rin.

A Jo le tembló el labio.

—No pasa nada por tener miedo —dijo Rin, y le colocó una mano sobre el hombro—. Yo también lo tengo.

La niña se dio la vuelta, pero dejó que su profesora la abrazara.

—Oye —dijo Rin mientras le acariciaba la espalda—. Mira todo esto. ¿Ves las Montañas Rocosas? Llevan aquí millones de años. Nada de lo que hagamos acabará con ellas, y eso me consuela. —Se aferró a Jo con fuerza—. Y da igual lo que ocurra porque hemos estado aquí. Existimos. Nadie puede cambiar eso.

Jo contempló las montañas, todavía apoyada en la chaqueta rota de Rin. Sorbió por la nariz y observó, con ojos vidriosos, cómo el amanecer teñía de colores las caras de aquellos gigantes nevados.

¿Cómo podía existir la nieve en la tierra de los árboles verdes y los vientos cálidos? ¿Cómo dejaban los árboles de crecer llegados a cierta altura? ¿Cómo podía la tierra llegar más arriba que cualquier otra cosa y desafiar la vida? ¿Desafiar las normas?

Rin suponía que eso es lo que eran los chispas: montañas demasiado mágicas para la realidad de los mortales, solitarios, temidos y, aun así, poseedores de la belleza más poderosa. La esperanza de que hubiera algo más en la vida que lo que Rin había planeado. Y, tal vez, si podían mantener esa fuerza, también podrían sobrevivir.

—¿Ves esa pequeña colina de allí? —preguntó—. Esa tiene una manada entera de mapaches encima, y de ardillas listadas. Puedes trepar hasta lo alto y coger unos cacahuetes. Había una señora mayor que se encargaba de cuidar de los animales y hacía el mejor chocolate caliente del mundo.

—Es tu Marceline —dijo Jo, lo que tomó a Rin por sorpresa. Jo se cruzó de brazos y escudriñó las montañas—. ¿Quién te enseñó este lugar?

Rin miró a Jo y, después, de nuevo, a las montañas.

—Mi madre —murmuró—. Vinimos una vez, justo después de que obtuviera mi Chispa. Había muchos sitios que yo quería visitar, quería explorar el mundo. Así que se aferró a mí con fuerza, me dijo que escogiera una de las postales que había ido coleccionando y que nos trasladara allí de un salto. —Fue uno de los últimos momentos que pasaron juntas.

Jo se apartó, pero se mantuvo junto a Rin.

—No sabía que habías tenido una madre. Es decir, todo el mundo la tiene, pero da la impresión de que tú siempre has sido una vieja.

Jo se rio.

—Mi madre y yo nos hospedamos en aquel pequeño hotel blanco de allí, en los límites del pueblo en el valle, ¿lo ves? El que está completamente iluminado.

—Oh, qué bonito.

Rin le dio un codazo.

—Sí, lo es. Me puse un vestido y todo. Nos emperifollamos, escuchamos a brillantes virtuosos en la sala de conciertos, subimos las montañas, nos mantuvimos alejadas de los wapitíes. —Sonrió con cariño—. Pasamos unos buenos días. Hicimos caminatas, a veces subíamos directamente por una de las paredes del cañón y, después, por la noche, nos sentábamos en el porche delantero del hotel y señalábamos la forma en que las montañas asomaban por entre las nubes tras una tormenta.

—Sabía lo de tu Chispa y, aun así, te quería —dijo Jo.

—Sí —afirmó Rin—. Ella… también era de los nuestros y todo el mundo la quería.

Se escuchó un golpeteo. El balido de un wapití. En el horizonte, se alzaba el hotel. Una diminuta conexión entre el pasado y el presente de la Jefa de Pista. Algunos lugares eran así de mágicos.

—Existe algo que pensamos que se llama *teshuvah* —dijo Rin—. Es una especie de arrepentimiento o redención. Aunque *teshuvah* significa, literalmente, «regresar». Volver a casa. Mi madre siempre decía: «Da igual en quién te estés convirtiendo, lo importante es volver a quien fuiste una vez».

—¿A quienes fuimos una vez? —preguntó Jo, que arrugó la nariz con incredulidad—. ¿Y qué hay del crecimiento? ¿Del aprendizaje? ¿No se supone que tenemos que volvernos más listos y mejores?

—Bueno, sí, es cierto —dijo Rin—. Pero yo siempre lo he entendido como… —Hizo una pausa—. *Teshuvah* significa que la persona que siempre hemos sido es más que suficiente. Nos

335

metemos en líos a lo largo del camino, cometemos errores, pero nunca deberíamos huir de nosotros mismos. Solo tenemos que recordar quiénes somos.

Dejó que la idea flotara entre las dos y le causó cierto malestar. Quería volver a meterse esas palabras en la boca, tragárselas, reprenderse por compartir demasiado con alguien que necesitaba que ella fuera un pilar, pero no lo hizo. Dejó que las palabras flotaran libres.

—No perderse a uno mismo —dijo Jo en voz baja.

—Exacto —respondió Rin, y asintió. Después, soltó una carcajada—. La niña escucha de vez en cuando.

Jo también soltó una risita. Rin volvió a abrazarla y le dio unas palmaditas en el brazo con una mano cálida.

«Las montañas son seguras, Jo», pensó Rin. «Siempre estarán aquí. Incluso cuando acaben todas las guerras y todo el mundo haya caído en el olvido, seguirá habiendo montañas».

—No me rendiré. —La Jefa de Pista elevó la voz—. Ninguno lo hará. Vamos a enmendar las cosas.

—¿Me dejarás ayudar? ¿O soy una bala completamente perdida? —preguntó Jo.

La Jefa de Pista respiró hondo, y Jo seguramente sentía los latidos de su corazón en su propio pecho.

—Puedo ayudar —dijo Jo. Se separó de Rin y la miró directamente a los ojos—. De verdad. Por favor, confía en que puedo hacerlo.

Rin asintió despacio.

—Confío en ti —dijo—. Por supuesto que puedes ayudar.

Jo asintió con energía.

—Gracias, gracias.

—Pero empecemos poco a poco. Dejaré que te encargues de los espejismos esta noche —explicó—. Te diré quién es el objetivo que necesita ayuda, el tal Sikora, y tú empezarás a trabajar en tu habilidad de decidir qué puede ayudar más a una persona, ¿vale? Tendrás más independencia.

Jo volvió a asentir. Luego dio un salto hacia un lado y le dio a Rin un gigantesco abrazo final.

—¡Gracias, gracias! ¿Significa esto entonces que yo también puedo volar por el tiempo?

—En eso no nos meteremos —dijo Rin—. Ya tienes las manos bastante ocupadas con el circo.

La careta de leona había vuelto a asentarse en el rostro de la Jefa de Pista, quien tanteó esta nueva actitud.

—Ahora veamos —soltó antes de alejarse de la niña y mirarla a los ojos como si comprobara si tenía manchas de barro antes de que le tomaran las fotografías del colegio—. ¿Has desayunado?

—Sí.

—Mentirosa —dijo la Jefa de Pista—. Vuelve al campamento y cómete tus gachas. Pon a Mauve al día. Yo lo he hecho esta mañana, pero adelántate y cuéntale cómo va a funcionar esto de ahora en adelante. Dile que lo hemos hablado y que yo creo que es una buena idea. Que te dé su opinión y que te cuente lo que sabe de Sikora. ¡Y desayuna de una puñetera vez! —Le dio un golpe en el hombro de broma.

—Sí, madre. —Jo se rio mientras se daba la vuelta para volver a ascender la inclinación del pequeño camino.

Esa risa y esas palabras se clavaron entre los ojos de Rin. Vio a Jo desaparecer hacia el campamento. Eran frágiles incluso con su Chispa. Dos muchachas apaleadas y abandonadas por la vida, pero que habían encontrado su sitio en una colina mientras contemplaban las montañas.

Al tratar de conquistar a Rin, el Rey del Circo había cometido un error: nunca le arrebató sus recuerdos. De manera que sus huesos seguían hechos de montañas, madres y el placer de compartir amaneceres y atardeceres con su familia. Estaba magullada, se resquebrajaba por los bordes, pero no estaba rota.

Y su circo tampoco.

LA JEFA DE PISTA,1926

El sol estaba bajo cuando Rin regresó por fin tras una larga caminata. Le dolía el cuerpo, pero el vigorizante aire fresco de la montaña la rejuveneció como una especie de *mikve*.

El circo resplandecía con sus colores rojo, azul, verde y amarillo. El paseo central con las luces brillantes era como un cielo estrellado que cobraba vida como un arcoíris; un brillo fantasioso en mitad del valle, en contraste con las luces naranjas del pueblo que tenía al lado. Dos horas antes de levantar el telón, cenaron todos juntos en la cantina. Los nervios de una noche de estreno tras una larga pausa hacían que el lugar bullera de energía como si fuera una bombilla eléctrica. La gran carpa volvería a actuar en directo, incluso después de todo lo que habían pasado.

—Menudo verano —dijo Mauve, que recorrió la cantina con la mirada mientras Rin, Odette y ella se sentaban en uno de los bancos con su comida. Se frotó la cara, cansada—. Espero que él esté orgulloso de nosotras. Después de todo, seguimos aquí.

Tras la cena, las tres mujeres se dirigieron a las carpas de vestuario con el resto de la compañía. Rin se inclinó sobre su tocador y se puso un poco de maquillaje sobre las pecas. Todo el mundo tenía que llevar maquillaje bajo esos focos, de lo contrario, parecerían fantasmas. Rin incluida, a pesar de que se sentía como un pavo con pintalabios.

—¿Rin? —dijo Odette a su espalda.

Ella se giró. Su mujer estaba de pie junto a Mauve, apoyada en el fondo de la carpa de vestuario y rodeada de los baúles que descansaban pesadamente sobre la hierba que también había bajo sus pies descalzos. Sujetaban entre ambas algo en alto, un regalo: su chaqueta de terciopelo, limpia y remendada, con un par de parches, pero era su chaqueta al fin y al cabo.

Rin se quedó boquiabierta.

—Pero ¿cómo...?

—Nunca has actuado sin ella —dijo Mauve—. Póntela, vamos.

Los parches de tela eran de la larga bata de seda de Odette y del chal morado de Mauve. Resaltaban sobre el rojo con un hermoso batiburrillo de despuntes. Rin sabía que Mauve había elegido el hilo morado y Odette el rojo. Sus manos habían recompuesto la chaqueta para ella.

Rin sintió que le temblaba el labio.

—Yo... Gracias.

Llegó la hora del espectáculo.

Rin se colocó la chaqueta, el sombrero de copa, la sonrisa. Iba a ser un buen espectáculo, lo sentía. La música del señor Calíope resonó con una obertura en *fortissimo*. Los focos se encendieron con un repiqueteo.

La Jefa de Pista se encaminó con paso decidido hacia los puntos visibles de su palacio. Se situó en el centro. Levantó las manos. Se desprendió de los nervios de la vida real como si fueran una capa y cogió el ritmo de la actuación. En su monólogo de apertura, recurrió a la cadencia habitual en lugar de experimentar con la forma de hablar. El desfile inicial la rodeó como un anillo de fuego. Después, se marcharon y llegó el turno de Odette. Cuando el foco se deslizó hacia la Trapecista, la Jefa de Pista aprovechó esos instantes para respirar.

De nuevo, el foco volvió a ella, mientras la señora Davidson aprovechaba el interludio hasta el final y su marido regresaba a los escenarios. Todo iba a salir bien.

La vuelta de Mauve, flanqueada de bailarines. Después, Boom Boom y los malabaristas, seguidos de Yvanna y Charles.

Para cuando el pequeño ardía en llamas, Odette normalmente ya se encontraba en la parte de atrás del escenario. Pero esta noche se acercó a toda prisa a la Jefa de Pista, en un lado, y le frotó la espalda.

—¿Cómo estás? —le preguntó con la voz llena de energía y el sudor de encontrarse en mitad de una actuación.

La Jefa de Pista asintió.

—Está siendo un buen espectáculo. Una noche de cinco estrellas.

Rin solo disponía de unos instantes para ir tras el escenario y ver a Jo con su disfraz del Oráculo. La muchacha parecía nerviosa.

—¿Estás lista? —le preguntó.

Jo asintió.

—Sí, claro, lo tengo controlado. —Pasaba el peso de un pie al otro, como si estuviera a punto de disputar una carrera.

Rin le colocó una mano en el hombro.

—Recuerda —dijo—: nunca te imagines a nadie en ropa interior. Te distrae, es un cuento de viejas y nadie lo hace.

—Lárgate, llevo todo el verano saliendo ahí fuera —dijo Jo.

—Vale, está bien, número especial, cabeza de cartel —soltó Rin, que levantó las manos en señal de rendición—. Igual preferirías ir a hacer presentaciones en el gran Oráculo de Delfos de Perséfone Josefina.

Una pequeña presentación de la Hiladora de Sueños y la Jefa de Pista se echó a un lado. Esta noche se mantendría cerca, justo en un extremo de la pista, y observaría a Jo desde la oscuridad. Era la Jefa de Pista, así que, por razones teatrales, tendría sentido que no le quitara ojo de encima.

El foco se desvió de la Jefa de Pista y giró hacia el lugar en el que la confiada muchacha ya había ocupado su lugar en el ruedo.

Jo había crecido muchísimo desde el comienzo del verano. Y, durante unos segundos, la Jefa de Pista sonrió.

La joven alzó las manos y empezó a sacar colores. Los volteó y pintó con ellos el polvoriento aire color cacahuete.

Sucedió muy rápido.

Los colores se agruparon en rojos, amarillos y naranjas, y formaron una manchita. ¿Podría el público adivinar lo que estaba pasando?, se preguntó Rin. No se parecía a nada que Jo y ella hubieran ensayado antes. Entonces, Jo alzó la mancha roja sobre su cabeza, la dirigió más allá de las gradas y la elevó hasta el punto de la carpa en el que Kell ya estaba preparado. Los ojos del público la siguieron, emocionados. Jo había conjurado un sol.

A continuación, lo dejó caer, y caer, y caer.

Una explosión.

Se partió en miles de pedazos.

Algo sobrenatural, algo cruel y maligno, salió volando en una onda sísmica que partió el aire.

La Jefa de Pista se quedó sin respiración.

No. No. No.

La luz salió disparada hacia arriba.

Una nube en forma de champiñón llenó la carpa.

La onda recorrió lentamente al público.

Su piel desapareció.

Todos miraron hacia abajo y vieron cómo sus órganos, huesos, ojos se derretían sobre sus regazos.

La Jefa de Pista también se miró a sí misma.

La chaqueta de terciopelo se quebró más allá de las costuras.

Sus manos se deslizaron como guantes.

Sus huesos blancos se convirtieron en cenizas.

Desapareció.

Estaba muerta.

Rin miró a Odette. Sus ojos también se derritieron y desaparecieron. No quedó nada.

El público... Todo el mundo había muerto.

Entonces la carpa despareció; se la llevó un viento de ceniza y polvo. Odette, erradicada de la existencia.

No, era un espejismo. No era real.

La Jefa de Pista trató de gritar, pero un olor rancio y ardiente la ahogó y le obstruyó la garganta como si fuera un puño caliente.

Escuchó algo parecido a su voz rebotando en el viento de las nubes de Jo.

Escuchó los gritos de pánico del público. Creían que se estaban quemando vivos. Veían imágenes de sus hijos reducidos a esqueletos.

La Jefa de Pista trató de lanzarse hacia delante, saltó sobre el bordillo, tropezó mientras la rodilla la mataba de dolor, pero cerró los ojos y corrió hacia Jo. Volvió a abrirlos y derribó a la niña.

Las manos de Jo abandonaron el dibujo y la nube se disipó. La piel del público regresó. Los esqueletos y las cenizas desaparecieron tan rápido como habían llegado.

El corazón y la cabeza de la Jefa de Pista palpitaban, mientras el público se levantaba conmocionado y con gritos sordos. Allí, despatarrada sobre el suelo de tierra de la pista, con Jo debajo de ella, se sentía como si fuera de plomo.

—Pero qué... por qué... —empezó a decir Jo—. ¡Si no he llegado a la catarsis!

La Jefa de Pista la agarró del brazo y utilizó toda la energía que le quedaba para incorporarse. Tenía que estar en pie para el público.

—¡Vaya! ¡El otoño está lo bastante cerca para mostrarles un anticipo de nuestro espectáculo de la Víspera de Todos los Santos! —dijo, y trató de sonreír y de reírse—. Pero ahora les enseñaremos algo más adecuado para todos los públicos...

Sin embargo, la conexión se había roto.

Los padres agarraron a sus hijos y salieron corriendo y gritando de la carpa. Otros entonaron obscenidades desde sus sitios mientras retrocedían. Querían pelea, pero no se atrevían a acercarse.

Acababan de sobrevivir a algo insuperable. Y no sabían que no era real.

El miedo se palpaba en la carpa a medida que se vaciaba.

Pero ahora había algo más aterrador que la chirriante marcha del desastre que provenía del hombre de hojalata: la ausencia de la música del señor Calíope atravesó los oídos de la Jefa de Pista como una navaja.

Odette salió corriendo a escena, tratando de tocar al máximo número posible de trabajadores, pero ahora mismo, tocarles no era lo que había que hacer.

Kell seguía en lo alto.

Maynard trataba de controlar a la multitud a medida que huía.

La Jefa de Pista, que no soltaba el brazo de Jo, regresó a la carpa de vestuario.

—¿Es esto alguna clase de truco para hacerte la sabelotodo? —exigió saber—. ¿Te crees que es un juego?

—No —respondió Jo—. He hecho lo que me dijiste. Les mostré lo que necesitaban ver, ¡y describiste con tanto detalle la noche que ocurrió que he sido capaz de reproducirlo! ¿¡Por qué no me has dejado terminar!?

—¿¡Cómo demonios iba a ser el final!? —preguntó la Jefa de Pista—. ¿En qué coño estabas pensando?

—Les estaba enseñando lo que va a ocurrir, ¡para que no pase!

—¡Eso no es lo que hacemos! ¡No manipulamos a la gente con el miedo!

—¿Entonces les manipulamos con algodón de azúcar y ositos de peluche? —gritó Jo—. ¡Pues hasta ahora no ha funcionado! Es una guerra, no podemos dibujar un par de escenas bonitas porque eso no sirve para nada.

—Estás muy equivocada... ¿¡De dónde narices ha salido esta estupidez de idea!? ¿Eres tonta, Josephine? —Su voz sonaba distinta a la suya, y lo sabía. Sentía que el fuego clamaba por salir de una forma que no lo había hecho en años. De una forma que pensaba que había olvidado, pero el fuego... el fuego, las explosiones, los cuerpos...

—¡Dijiste que confiabas en mí!

—¡Y menudo error he cometido! —replicó la Jefa de Pista, y Jo se zafó de ella—. ¡Serás idiota! ¿Sabes el daño que has hecho?

Las cenizas. Los pequeños esqueletos. Todo el circo había volado por los aires. Los ojos de Rin se habían derretido, aún sentía el rastro incandescente que habían dejado por sus mejillas. Odette se había ido, joder, había desaparecido.

La Jefa de Pista se apartó, e intentó concentrarse y respirar. No era real.

—¡Lo tenía bajo control! —prosiguió Jo.

—No volverás a salir a ese escenario sola —dijo la Jefa de Pista—. De ahora en adelante, harás exactamente lo que te pida.

—¡No soy una niña!

—¡Sí que lo eres! —La Jefa de Pista se quitó la chistera y la lanzó contra el espejo, que retumbó. Jo dio un salto—. ¡Y vas a hacer que nos maten a todos! ¡Tienes suerte de que no te expulse del espectáculo!

Lo había dicho y no podía retirar esas palabras, que golpearon a Jo tan fuerte que fue como si Rin le hubiera cruzado la cara.

No… No, no, no, no.

Jo miró fijamente la chistera y, después, sus ojos azules fulminaron a la Jefa de Pista, que solo quería dar marcha atrás.

Pero la Jefa de Pista ya no oía nada.

Solo sentía cómo sus manos se deslizaban como unos guantes.

Tenía las quemaduras de su cuerpo como si le hubiera dado mucho el sol bajo la piel y ahora salieran todas hirviendo hacia fuera. Explotaban, quemaban…

Odette la abrazó con fuerza y el dolor desapareció.

—Tranquila, cariño —le susurró al oído—. Shh, no es real. Ya se ha terminado.

Pero Jo se había marchado.

EL REY DEL CIRCO, 1926

Los Ilusionarios de la Medianoche del Rey del Circo siempre aparecían en la oscuridad de la noche. Echaban raíces cerca de las vías, normalmente en el corazón de la ciudad. Sus carromatos y coches Ford T eran negros y rojos, fantasmas entre los dedos nudosos de los árboles del Medio Oeste, enredados entre las sombras. Algunos pensaban que el circo era hermoso. Otros, que era una pesadilla. Pero todos lo temían.

Los habitantes de los pueblos se enteraban de que los Ilusionarios de la Medianoche habían llegado por los carteles que descubrían pegados en todas las granjas, ayuntamientos y colegios al despertar. Incluso, aunque nadie lo hubiera contratado, el circo de la Medianoche aparecía. Sus tres carpas negras eran más densas que el cielo nocturno, como agujeros negros entre las estrellas. Los faroles encendidos en lo alto de los mástiles bañaban el paseo central con una luz rojo sangre, como si fueran esqueletos de prisioneros muertos de hambre colgantes. Los tambores redoblaban y persuadían a los vecinos a que se acercaran a las puertas con pinchos, como si fueran arañas que entretejen una peligrosa telaraña. Era mágico.

No, eran chispas.

Cuando los pueblerinos recorrían las filas de faroles, los bañaba una luz roja. Todo era de ese color, salvo las estrellas del cielo, pero, para cuando ponían un pie en el paseo central, la mayoría de las personas se olvidaban de todo menos de la existencia del circo.

La música resonaba, sonoros redobles de tambor conducían a un pelotón de violines e instrumentos de viento de madera. Sonaban como los latidos del corazón de un ejército. Como si algo sobrenatural estuviera a punto de pasar. Todos los pueblerinos sentían ese poder que te da el hecho de estar en el sitio y el momento adecuados y controlarlo todo en tu vida. Ahora mismo no estaban a cargo de nada, era demasiado tarde para ellos, pero todos sonreían embriagados. Era un estupor musical.

Figuras encapuchadas acechaban los terrenos; cuatro patas de araña salían con sigilo de las sombras y se abalanzaban sobre los visitantes. Cuando se acercaban, se quitaban las capuchas y aparecían los rostros robados de aquellos que habían muerto, gente que conocían. Los cuerpos descansaban sobre las patas de araña, como si alguien hubiera desenterrado los cadáveres y los hubiera cosido en esta clase de insecto, y los cuerpos se movieran como marionetas de dedo. Estaban todos muertos, azules y, en lugar de ojos, tenían una piel hinchada y llena de pus.

Daba la impresión de que el poder de los pueblerinos se convertiría en algo más potente que el miedo: la culpabilidad.

«Es culpa tuya que esté muerto», susurraban los cadáveres-araña.

Porque este circo no era un espectáculo. No era una casa encantada. Era una cacería.

Las sombras se arremolinaban alrededor de los pueblerinos, los seguían, se daban la mano con otras sombras, y el mundo real ya no existía. Los pregoneros gritaban desde sus puestos: «¡Vengan de uno en uno! ¡Vengan todos juntos! ¡Vengan a ver la verdad! ¡Contemplen las entrañas bajo la carne! ¡Vean en lo que se ha convertido su mundo y en lo que se convertirá!».

Los perros, enganchados en una larga correa, pasaban por delante de los pueblerinos. Sus rostros estaban estirados hacia atrás, las orejas habían desaparecido y tenían el pelaje cubierto de sarna. Aullaban de dolor cuando la correa les daba una descarga y les hacía clavarse las zarpas, morderse y pelearse entre sí.

—¡Vean el sufrimiento bajo el mundo cubierto de oro del presidente Harding! ¡La apatía del presidente Coolidge! ¡Vean el pus y las ronchas tras el júbilo que les venden los periódicos! ¡No se dejen insensibilizar por las mentiras! ¡Conozcan lo que tienen debajo!

En ese momento, las carpas negras se convertían en el centro de atención. A la izquierda, una luz verde oscura se filtraba por las puertas abiertas de lona. De ella salían gritos y alaridos. A la derecha, una espeluznante luz brillante se encendía y se apagaba con un efecto estroboscópico. Y, en el centro, había un circo con los focos listos para el público.

Dentro de la carpa había oscuras tonalidades de rojo y azul, blanco y negro. Acomodadores ataviados con capuchas oscuras conducían a los pueblerinos hacia las gradas negras como si los escoltaran a una ejecución. Los programas que les entregaban no eran programas, sino obituarios elaborados con los nombres de todas y cada una de las personas que los aceptaban y los tomaban con las manos frías y sudadas, con sus nombres o con los de algún ser querido, lo que despertara más miedo, culpabilidad e ira. Por ejemplo, y solo como ejemplo, uno de los obituarios de esa noche decía:

```
Charles Reed
1911 - 1943
Charles Reed nació en Marceline, Misuri; de padres
separados. Murió por enfermedad el 8 de noviembre
de 1943 mientras servía en el Frente del Pacífico…
```

La multitud entró en fila en la carpa, donde daba la sensación de que la pesada lona se enroscaba a su alrededor con unos dedos largos y gruesos, y los mantenía en su interior. No serían capaces de dar con la salida.

Los tambores retumbaron con más fuerza. Oscuridad. El sonido de una radio se desplazaba lentamente entre canales, sin detenerse en la música; solo emitía interferencias. Los tambores rugieron.

«Pum… Pum pum… Pum pum».

Todo tembló.

«Pum... Pum pum... Pum pum».

El graderío vibró. Sus huesos se sacudieron. Se les erizaron los pelos de las nucas.

Una pálida luz azul se extendió a través de la oscuridad y recorrió el interior de la carpa negra como los dedos de los cadáveres que tratan de salir de las tumbas.

Después, apareció el sonido de los fantasmas.

El grito de una mujer. El chillido de un bebé. El alarido de un animal agonizante. Y, a continuación, el grito de algo que nadie supo identificar; algo con cuernos que habitaba en la profundidad de los maizales a las dos de la mañana.

Un rastro rojo apareció sobre el azul, como si se hubiera producido un degüello.

Incluso aunque los pueblerinos hubieran querido irse, no habrían podido. Se quedaron sentados en las gradas, incapaces de ver las escaleras ni las salidas a través de la oscuridad. Sus pies eran como el plomo. Siempre lo habían sido. ¿Existió algún momento en el que pudieran moverlos? Ya debían de haber estado aquí dentro. Les resultaba familiar... Un circo de cuya existencia siempre habían sabido y al que ahora habían regresado.

—Damas y caballeros —bramó una voz profunda y atractiva en sus oídos, acentuada seguramente por alguna clase de truco acústico—, han esperado toda su vida para encontrar esta carpa. Sienten la anticipación en sus venas, la necesidad de ver el miedo, de ver la verdad. Han vivido en un sueño de falsa comodidad cuando saben que sus cuerpos pueden salpicar como un saco de carne.

Un cuerpo cayó desde el mástil principal y reventó en un estallido de entrañas y huesos.

—Les gusta la violencia —les siseó la voz—. Y esa es la razón por la que sigue existiendo. Esa es la razón por la que estamos aquí, ¿no es verdad?

El público se sintió entusiasmado por dentro. El espectáculo se había estructurado de forma cuidadosa para ello. Algo se concentró en sus corazones y se desplazó por su interior hasta los dedos de los pies. Cuerpos enteros latían con una necesidad, un deseo, profundo y gutural; con un impulso primigenio. El circo les tenía atrapados.

—Podrán ver más allá del velo —murmuró la voz—. Se enfrentarán a terribles proezas, a una gran destrucción, pero se marcharán siendo mucho más fuertes. Más listos. Se marcharán como uno de los míos.

Y las luces se volvieron blancas de golpe.

En ese instante, unos lobos con bozales y collares de pinchos desfilaron hacia la pista central, hombro con hombro, en una larga fila.

Los estroboscopios soltaron destellos en todas direcciones, encendiéndose y apagándose, y la actuación que el público tenía delante se convirtió en el sueño de un demente.

Aparecieron elefantes y gorilas sin ningún adiestrador, que se pisotearon unos a otros. El público gritó de regocijo.

—¡Están en mi mundo! —La voz volvió a proyectarse desde todas partes, incluso quizá desde sus oídos—. ¡Están en el mundo real! Han esperado toda su vida para ver a las bestias. Los monstruos. Dicen que no quieren verlos, pero eso no es cierto. Sí que quieren. Todo el mundo siente una oscura fascinación por algo, ¿no es así?

El público, efectivamente, quería ver monstruos porque ellos mismos lo eran. Y ser un monstruo de vez en cuando era divertido, ¿no?

Hombres con alas de avión rotas planearon sobre sus cabezas, derramando neón por el aire y dibujando filas de calaveras y lápidas. Las interferencias de la radio se volvieron locas, como un pedazo de papel enganchado en la rueda de una bicicleta, mientras emitían una eufórica mezcla de ritmos, cadencias y acordes de charlestón. Este mundo no era más que el que todos habían creado en el exterior de la carpa. Y ahora tenían que verlo.

Payasos sin boca; payasos únicamente con bocas que se lamían los labios; leones con calaveras en vez de cabezas y las venas latiendo, expuestas... todos formaban parte del desfile inicial. El público sintió que algo les recorría de arriba abajo.

Entonces, tras el desfile, apareció un hombre con una chaqueta negra y una chistera rojo sangre.

El Rey del Circo.

No era un monstruo. De hecho, era un hombre bien parecido. Tenía una constitución fuerte y se desplazaba con elegancia, con los hombros erguidos y echados hacia atrás. Desfilaba con unas botas negras. Tenía el pelo salpicado con distinguidas canas. Se movía como un bailarín en una de esas películas mudas con salones de baile. Parecía un bárbaro con la gracia de la reina de Inglaterra. Tenía el aspecto que necesitara en cada momento.

Se quitó la chistera rojo sangre y la hizo rodar por su musculoso brazo. Arrastró los pies de forma vertiginosa y sonrió al público. Era una buena sonrisa. Una que solo aparecía en fantasías oscuras y lujuriosas. Este hombre era una estrella, el mejor amigo de cualquiera, y los tenía a todos en la palma de la mano.

—¡Soy su Rey del Circo! —exclamó la voz que el público había escuchado en el fondo de sus cerebros—. ¡Y ustedes son mi público! Ustedes y yo estamos unidos en esta horrorosa fantasía, y ustedes han venido a ser testigos de ella. Porque, ¿quién de nosotros no ha pecado? ¿Qué hombre no miente en la cama, cuando ya está todo oscuro…?

Las luces se apagaron y echaron humo como si el Rey del Circo hubiera soplado una vela.

La música dejó de escucharse.

—¿… y piensa…? —El Rey del Circo era un espectáculo. Enunciaba cada palabra, bajaba el tono y pronunciaba la ese de «piensa» como una serpiente, nítida y sibilante—: «¿…he hecho algún bien por el mundo? ¿Qué clase de monstruo soy?». ¿Qué hombre no mira a su mujer y piensa: «Algún día morirá o algún día la mataré. ¿Cómo será enrollar los dedos alrededor de su cuello?». Ah, se pensaban que eran los únicos.

Un foco con luz roja sangre siguió a una mujer que se movía como un reloj sobre las cabezas de la multitud en el número de las cintas, que tenían el mismo color que la luz. Entonces, el foco se volvió blanco.

La mujer, pálida, rodó por las cintas como si fueran grilletes.
Entonces se cayó.
Cayó y cayó.
Y se ahorcó.
La cinta se enrolló alrededor de su cuello y forcejeó y pataleó hasta que se quedó en silencio… y volvió la tranquilidad.

—¡Oh! —La voz del Rey del Circo se escuchó de nuevo—. Qué cosa tan terrible. Y aun así, todos ustedes están embelesados en sus asientos sin hacer nada. La han visto morir y no han movido un dedo. ¿A quién más han dejado morir?

La cabeza de la mujer salió disparada, y su columna vertebral se alargó como una escalera de bomberos. Su cuerpo golpeó contra el suelo, pero la cabeza seguía mirando al público a seis metros de altura.

El cuerpo en el extremo de la escalera que brotaba del cuello roto corrió por fuera de la pista. La columna vertebral ahora formaba parte de la cinta, y la mujer se puso a dar vueltas y más vueltas como si estuviera en un columpio en perpetuo movimiento.

La columna se partió.

Su cuerpo se quedó flácido.

Entonces, le creció otra cabeza.

La primera columna vertebral ondeó al viento en la cinta como una pluma perdida.

Y entonces se desintegró.

—O quizá ustedes mismos hayan pensado en estas cosas —dijo.

Siguió hablando, aunque el público sentía que algo, en lo más profundo de su interior, se abría de golpe y caían más y más adentro. Recordaron momentos oscuros en los que sintieron que no podían ofrecer nada más. Sus muchachos jóvenes, sus hermanos, sus hijos o sus padres estaban muertos. Pronto, todos a los que querían morirían y no serían más que granulosas fotografías olvidadas en un desván. ¿Por qué seguir adelante si no había razón para ello?

A lo mejor no había ninguna razón.

Un arma se disparó.

En el círculo, la alfombra se convirtió en unas trincheras...

... mientras los sonidos de las armas rebotaban por todas partes.

La mitad del público vio que una mano invisible les había dibujado una equis roja en el cuerpo.

—¡Guerra! —La palabra se repitió una y otra vez hasta que sonó como los chasquidos de los engranajes de los tanques, los silbidos de los cañones, los «ra-ta-ta-ta-tá» de las ametralladoras.

—Sus peores miedos. —La voz sibilante se superpuso por fin con la palabra *guerra* y el público se agitó en sus asientos cuando, en alguna parte del centro de la pista, aparecieron unos espejos desde el suelo y vieron a sus padres, antiguas parejas, viejos profesores que se reían y burlaban de ellos.

Parecían espíritus malignos.

Se derritieron entre las sombras, y una silueta apareció sigilosamente. Ahora, cada persona se veía a sí misma como un cuerpo viejo, decrépito e inútil atado a su lecho de muerte.

Los espejos se hicieron añicos, pero la imagen permaneció en sus ojos como esquirlas. Las luces resplandecieron.

Los números se sucedieron y se entrelazaron con un terror hipnótico del que el público no podía escapar.

Animales sacrificados. Personas que se molían a golpes hasta que sus huesos se fragmentaban y sus cuerpos desnudos se cubrían de densos y sustanciosos cardenales negros. Gánsteres que acababan los unos con los otros a navajazos. Hombres desgarbados y lascivos siguiendo la mirada de las mujeres del público y acercándose, poco a poco, a ellas con una luz intermitente que no paraba de cambiar de posición. Sombras sin dueño. Pelotones de fusilamiento. Cuerpos con gusanos que se los comían hasta no dejar nada salvo una calavera y un cuello, y cabezas que se inclinaban de forma poco natural. La ilusión de caer miles de metros. La negrura del espacio. Los sonidos susurrantes de pensamientos ansiosos por todas partes.

Y, a continuación, el final.

Un baile. Todas las criaturas regresaban a la pista, la música volvía a escucharse y, en las gradas, el público al completo empezaba a sentir el ritmo en los pies.

Notaban que sus cuerpos se movían. Sentían la música. Una purga de toda la espantosa bilis que habían almacenado en sus feos corazones. Estaban en un lugar de pesadilla, y ahora formaban parte de él. A lo mejor siempre lo habían hecho.

Se pusieron en pie, sintiéndose ligeros, como si sus cuerpos estuvieran borrachos.

Dieron fuertes pisotones, agitaron los brazos, giraron las cabezas, gritaron, rugieron.

El mundo les había traicionado. Sus seres queridos les habían roto los corazones. La verdad era esta oscuridad, e iba a devorarlos.

No había forma de detenerlo.

Todos morirían al final.

Era inevitable tras el día; la oscuridad volvería a aparecer.

Así que daba igual la forma en la que rompieran las normas. Las reglas estaban para convertirlos en seres complacientes, para drogarlos y que hicieran lo que otra persona quisiera hasta el día de su muerte. No, esta noche bailarían. Esta noche tomarían lo que quisieran. ¡A la mierda con el mundo!

Y justo cuando sintieron que sus cuerpos vibrantes iban a explotar con un orgasmo increíble, las luces titilantes se apagaron y las sustituyeron las luces de la sala.

La insuperable sensación de ser invencible... de ser auténtico... se esfumó bajo sus pies como si alguien hubiera abierto una trampilla.

El circo desapareció. Solo quedaba una oscura carpa de lona negra.

Las luces generales se encendieron. El público se había quedado solo, abandonado.

No hubo conclusión ni final. Solo un anhelo que nunca se satisfaría, que nunca se saciaría con un final como es debido. Y la comprensión de que, de todas las cosas que habían visto en la carpa, lo más aterrador era que nunca olvidarían que habían disfrutado.

El Rey del Circo observó todo esto desde la pista central, invisible para el público. La carpa entera se había quedado vacía sin sus palabras. Él y sus monstruosos artistas —su colección de espeluznantes chispas— solo eran visibles los unos para los otros. Les hizo un gesto perezoso con la mano y todos salieron de la carpa, en fila recta y en silencio, hacia el patio trasero.

Los espectadores no fueron conscientes de nada de esto. Incluso aunque tenían delante al Rey del Circo, no eran capaces de verlo. Gimieron o lloriquearon en silencio al darse cuenta de que tendrían que vivir el resto de sus vidas con lo que acababan de ver. ¿Qué les había sucedido? Era delicioso, y el Rey del Circo se alimentó de ese miedo.

—Marchaos —le susurró a la multitud. Todos se levantaron a la vez y se dieron la vuelta para irse como si hubiera sido idea suya.

No sabían que habían escuchado todo lo que les había susurrado. El Rey del Circo había estado en cada paso del camino, en cada momento que les parecía que no podían organizar; como director, había presenciado cada momento en el que creían que tenían el control.

Pero no tenían una mierda.

¡Qué fracaso tan maravilloso!

—Menos vosotros dos —le susurró el Rey del Circo a dos niños que había en la primera fila. Esta noche eran sus invitados especiales.

Vio que salían de la ensoñación.

—¿Dónde...? ¿Qué ha pasado? ¿A dónde ha ido todo? —preguntó el chico, desaliñado.

La chica buscó desesperadamente a su alrededor al hombre de la chistera roja. No estaba allí. No hasta que, en el momento adecuado, estuviera listo para dejarse ver.

—Tenemos que encontrarle —dijo la joven—. ¡Ya!

De un brinco, dejaron las gradas atrás, y arañaron y apartaron a la gente a empujones. Salieron corriendo de la carpa en busca de la entrada de la parte de atrás de la pista. El Rey del Circo los siguió... y ahí estaba, entre las carpas. Se plantó delante de la chica y dejó que lo viera.

—¿Ahora me ves? —preguntó él.

La muchacha se sobresaltó.

—¡Eres tú!

—¿Quieres hablar conmigo? —Su voz era suave y hermosa.

—Sí —respondió la muchacha, asintiendo—. Por favor.

—¿Lo deseas más que cualquier otra cosa?

—Sí.

El Rey del Circo miró al chico, detrás de ella, como si fuera una mosca asquerosa.

—Vete a casa —le ordenó.

—Espera —dijo la chica mientras el chico asentía despacio y se daba la vuelta para marcharse—. No, espera, tú no...

—Deja que se vaya —ordenó el Rey del Circo, y la muchacha se detuvo. Juntos, miraron cómo el chico se alejaba. Entonces ella sonrió con los ojos vidriosos y se giró hacia el atractivo hombre de la chistera rojo sangre.

—Jo —dijo el Rey del Circo—. Qué maravilla conocerte por fin. Bienvenida a mi circo.

EL REY DEL CIRCO, 1926

—Ven a mi despacho —le dijo el Rey del Circo a la muchacha.

La condujo a través del portal de la gran carpa hacia el patio trasero.

—No es muy grande, pero sirve para trabajar —le explicó mientras atravesaban el umbral del portal—. Cuatro paredes, un escritorio con dos tazas y un bonito hervidor humeante. Dos asientos… puedes sentarte en ese de ahí.

Eso es lo que Jo vio y lo que Jo hizo.

El Rey del Circo se quedó delante de ella, consciente de que lo que la joven estaba viendo en realidad era cómo él se sentaba y se servía el té.

—Te pondré un poco de té. ¿Te gusta mi despacho?

—Sí —dijo Jo, que recorrió con la mirada una estancia que solo existía en su mente.

—Entonces quieres unirte al circo, ¿no? —preguntó él.

—Eso ya lo he hecho —respondió Jo.

—¡Por supuesto! —El Rey del Circo se rio. Era una risa amable, no una mofa ni una burla. Ser amable era importante. Era la razón por la que confiaban en él—. Y siento mucho respeto por ti y tu Chispa. He oído hablar mucho de ti. Quería decir que quieres unirte a mi circo.

Sí, eso es lo que Jo quería, con todas sus ganas. El Rey del Circo lo sabía. Su circo era magnífico. No le daba miedo ser triste ni salirse del tiesto. Era un hogar; Jo lo sentía en los dedos entumecidos. Y el Rey del Circo le daría lo que necesitaba: libertad para tocar al mundo como quisiera.

—¿A qué se debe tu visita esta noche? —preguntó el hombre. No tenía que recurrir a su Chispa para saberlo. Solo era una cría; una simple pregunta era suficiente. Había colocado bastantes carteles como para que Jo hallara el camino. Las veces en las que el Rey del Circo había tenido que resultar más convincente nunca tuvieron nada que ver con su Chispa sino con esperar a que la persona tomara la decisión que siempre había querido.

Jo bebió de la nada.

—Se acerca una guerra —dijo—. Mi hermano va a morir. Todas las personas a las que quiero van a morir. Tengo que detenerla y he oído que asustas a la gente para que haga lo que quieres. He preguntado por ahí y te he encontrado. Más cerca de lo que ella se pensaba. Si has logrado encontrarnos es porque te gusta estar cerca, ¿eh? Pues aquí estoy. Has dado conmigo.

¿Una guerra? El Rey del Circo entrecerró los ojos.

—¿Una guerra dices?

—Sí —respondió Jo, como si no le resultara nada sorprendente—. Mauve ha visto que se acerca otra Gran Guerra en unos años. Tengo que impedirla.

El Rey del Circo sintió que el corazón se le paraba durante unos instantes. ¿Podría ser que, después de tantos años y bajo todos sus músculos, aún tuviera miedo?, se preguntó.

No obstante, había dado por sentado que la guerra volvería. Siempre lo hacía. Los idiotas que pensaron que aquella era la guerra que acabaría con todas las guerras no estaban allí, en la guerra; eran unos ingenuos llenos de esperanza, razón por la que siempre habría otra más. Pero ninguna guerra podía herirle ahora, se recordó. Ya no era el crío que la primera había arrastrado consigo. Nadie podía llevárselo, así que esta guerra no tenía relevancia... ¿verdad?

—Parezco preocupado —le dijo a Jo—. Te identificas con mi preocupación. —Entonces, en palabras que no eran acotaciones, soltó el parlamento que le correspondía—: Hay artistas que preferirían que el mundo estuviera cubierto de purpurina

357

y lentejuelas, pero hacer como si nada no evitará que la gente pase hambre, enferme o muera. Mientras ellos saltan de un lado a otro en su Nunca Jamás particular, algunos sabemos que las multitudes no tratan con metáforas. Tienen que ver la realidad tal y como es.

—Y a ti te importa muchísimo marcar la diferencia, ¿no? —dijo Jo—. No lo haces solo por asustar a la gente.

El Rey del Circo sonrió.

—Es una producción magnífica.

—Sí, lo es.

—Bueno, nos encantaría contar contigo, ¿sabes? —dijo el Rey del Circo—. Y podrías mostrarnos lo que quisieras. Por lo que he oído, imagino que doña Jefa de Pista te tenía atada en corto.

—¿Podría mostrar cualquier cosa? —preguntó Jo.

—Sí, por supuesto —le contestó—. Ahora tienes más té en la taza. Venga, bebe antes de que se enfríe.

Jo bebió.

—¿Cómo lo has hecho? Ni siquiera has tocado el hervidor.

—Somos chispas con todo nuestro potencial. No deberíamos reprimirnos porque el mundo tenga miedo —respondió él—. Se nos concedieron estos dones para alcanzar las estrellas, Jo. —Después, añadió—: Bebe. Está caliente, delicioso, justo como a ti te gusta. —Jo bebió y él siguió hablando—. Pero ¿y tu familia circense? ¿Sabes que no es fácil pasar de un circo a otro? Supongo que sobrevivirán sin ti.

—Sí, sobrevivirán.

—¿Tienes familia?

—Tengo un hermano —dijo Jo—. Pero él será feliz en el otro circo. Y yo seré feliz protegiéndole de lo que está por llegar.

—Eres una persona despiadada, Jo —comentó el Rey del Circo, que ahora se reía menos—. Sabes lo que quieres.

—Sé lo que quiero —confirmó ella.

—Lo respeto. Y tú deberías hacer lo mismo —le dijo, enarcando las cejas como un profesor que veía algo en un estudiante que nadie más percibía—. Nunca tuve una hermana mayor que me protegiera —confesó y apretó los dientes—. Pero aquí somos intocables. Somos fuertes. Somos capaces de muchas cosas.

Bueno, o al menos él lo era. Esta muchacha podría tener una buena Chispa, pero se notaba que era demasiado blanda. Lo sentía en su dependencia emocional, en su deseo de ser querida y de pertenecer a algún sitio. Irradiaba de ella como si fuera el calor de un horno. Jo era demasiado sencilla.

Pero, en fin... Todo el mundo, incluso Josephine, tenía su finalidad.

—Quiero estar aquí, señor King —dijo Jo—. Quiero formar parte de tu circo. Ha sido increíble, y tú... —Se interrumpió y él se lo consintió.

—Me conoces —dijo—. Te resulto familiar. Somos familia. Somos iguales, ¿a que sí?

—Empiezo a pensar que sí.

El Rey del Circo asintió, se miró las botas y suspiró profundamente. Se dio una palmada en la rodilla y se puso en pie, aunque nunca se había sentado.

—Muy bien, pues démonos la mano.

Jo se terminó el té de un sorbo y también se levantó. La taza se habría caído al suelo de haber sido real, pero Jo simplemente se olvidó de ella como si estuviera participando de la farsa y se hubiera desvanecido de entre sus dedos. Esa parte de la escena se había acabado.

El Rey del Circo le tendió la mano. Jo se la estrechó y él supo que el calor de su palma le recorrió todo el cuerpo.

—Te quedarás el tiempo que yo quiera tenerte aquí —dijo el Rey del Circo.

—Vale.

—Pero tendrás que enseñarme lo que sabes hacer antes de que te acoja en mi circo. —Le apretó con fuerza las articulaciones de sus pequeñas manos. Podría partírselas si quisiera, pero no lo hizo.

—¿Ahora mismo? —preguntó Jo.

—Sí —respondió él—. Ahora mismo. Llena mi despacho con lo que tengas, con lo que tú quieras. Con las cosas que te ha dado miedo crear. No te reprimas, déjalo salir. Que el condado entero lo vea, que llegue a las estrellas. —Entonces, entre paréntesis, en las acotaciones de su guion, añadió—: Sientes una ola de entusiasmo, desatada por el poder que recorre a toda prisa tu cuerpo. Muéstrame las peores cosas que puedas crear.

Jo dio un brinco, y en su boca se dibujó una sonrisa. No perdió ni un segundo en zafarse del Rey del Circo, levantar las manos vacías y presionar con fuerza hacia abajo, hacia una alfombra que no existía.

El mundo explotó. O, al menos, esa fue la sensación que dio. De las puntas de sus dedos salieron sangre, cuchillas afiladas y cuerpos despedazados, en una oleada de violencia y dolor. Cayeron alrededor de los pies de ambos y cubrieron también la lona de la tienda que tenían a la espalda; los árboles; la tierra; las cajas, manchándolo todo. Se desangró en la noche. La chirriante luz roja de los horrores brilló y salió disparada hacia arriba, hacia el cielo, en un tornado encarnizado, como un coro de *banshees*.

Era el aspecto que tendría el mundo. Era lo que le había arrebatado a su hermano mayor, lo que había intentado llevarse a la Jefa de Pista, lo que se llevaría a Charles y, por lo tanto, era con lo que Jo dibujaría el mundo porque no se merecía otra cosa. Y el Rey del Circo lo sentía todo, ¡vamos que si lo sentía!

Era el miedo que él mismo había conocido a esa edad. Era primitivo, débil. Manejar a Jo sería sencillísimo, y eso le encantaba.

—Para —dijo él.

Jo le obedeció y el espejismo se esfumó de inmediato. Volvía a ser de noche.

Se quedó mirando al señor King, al buenísimo del señor King, que dijo:

—Parece que tengo miedo. Eres poderosa y me has asustado. A lo mejor, la Jefa de Pista te ha dicho que eres asombrosa. Bueno, pues eso no es lo mismo que estar repleta de miedo. No se puede controlar a la gente con el asombro, ¿a qué no?

—No —respondió Jo.

El señor King se aclaró la garganta, se colocó el cuello de la camisa y contempló a la niña escuálida.

—Tienes muchas cosas reprimidas en esa cabecita.

Jo asintió, sin cambiar de postura. Era como si fuera a pelearse contra toda la humanidad.

—¿Te has sentido bien? —preguntó el señor King.

—No —dijo Jo, con sinceridad—. Me ha dado miedo.

—Qué sorpresa —comentó el señor King, que se sentó y le hizo un gesto para que lo imitara. La niña se acomodó—. Pensaba que sería magnífico. Vigorizante. Emocionante. Estimulante. —Sus ojos se desviaron rápida y peligrosamente hacia los de Jo, como la luz de un pabilo que no se ha recortado lo suficiente—. Te ha parecido estimulante, ¿a que sí? Bajo toda esa ira, hay poder. ¿Todo el mundo te tiene miedo? Bueno, pues que lo tengan. —Entonces sonrió—. Fantástico. Adelante, termínate el té y haré que una de mis Novias te acompañe a tu tienda. Dirigen el cotarro de las cosas de las que no me encargo yo como una máquina bien engrasada.

—¿Una tienda entera para mí?

—Por supuesto —respondió el señor King—. Nunca he visto una Chispa como la tuya. Lo digo en serio. He conocido a muchas personas que tienen la Chispa de la belleza, de la curación; los hay a patadas. Pero la tuya... se adapta, es flexible y excepcional. Eres la parte más sensacional de nuestro sensacional espectáculo. Venga.

Vio cómo Jo agarraba la taza de la que se había olvidado por completo y se terminaba el té. Luego, la muchacha lo miró mientras este recogía la mesa con un movimiento del brazo.

—¿Ves? Ha desaparecido —rio él—. ¿No te parece curioso?

—Sí, es curioso.

Era un hombre atractivo. Tenía el pelo negro, salpicado de canas, y unos ojos amables. Sonrió a la pequeña. Desde ese ángulo, el perfil de su mandíbula era perfecto y él lo sabía. Se había aclarado el pelo él solo para poseer el aspecto de un caballero. Se había corregido los dientes. Hacía que su aroma fuera el de la menta. Pero a sus propios ojos, aún se parecía al crío que una vez fue. A ese maldito crío.

Esta muchacha podía crear espejismos cuando él solo podía describirlos con las palabras. Nunca había visto su propio circo ni su propio despacho. Nunca había visto su rostro tal y como le gustaría que fuera. Al menos, no por completo. Podía engañar al mundo, pero no podía engañarse a sí mismo. Sin embargo, con Jo, podía hacerlo todo realidad.

Aun así, nunca había sido un hombre que quisiera el mundo. Sus ojos estaban fijos en algo —en alguien— mucho más pequeño pero mucho más importante.

—¿Te hace ilusión estar aquí, Josephine? —preguntó.

Jo sacudió la cabeza.

—Es como si... toda mi vida comenzara de nuevo y yo tuviera una oportunidad.

—Claro que la tienes —dijo, y sonrió, como San Nicolás. Le guiñó un ojo y añadió—: Ya no tienes que ser la mascota de la Jefa de Pista. Eres libre. Ahora ya no puedes verme. Saldrás de mi despacho y esperarás en el patio a que una de mis Novias venga a buscarte. Espera y no te marches. Y cuando intente agarrarte, no se lo permitas. No dejes que nadie te toque.

Por supuesto, no pasó mucho tiempo.

La muchacha era como un ratón a la espera de la llegada de un halcón en un campo abierto.

Y el halcón apareció.

Con el pelo de una leona. El rostro cubierto de pecas. Una chistera negra. Una chaqueta roja de terciopelo.

—No puedes verme —le susurró el Rey del Circo desde las sombras, donde aguardaba. Para asegurarse, se situó detrás de una llanura y se asomó por el borde para ver la escena de una jefa de pista y una fugitiva.

—Jo —murmuró la recién llegada, que se acercó a toda prisa a la muchacha—. Jo, tenemos que marcharnos ahora mismo. —Alargó el brazo para cogerla por la muñeca.

Jo se apartó, aterrada.

—Jo. —La Jefa de Pista, con las botas atadas hasta las rodillas, se deslizó sobre el barro tratando de envolverla en sus brazos lo más rápido posible. Agarró a Jo de los brazos e intentó abrazarla, pero la chica se revolvió—. ¡Jo, para! —La Jefa de Pista no consiguió atraparla—. Jo, tenemos que irnos, por favor, dame la mano...

—Ahora ya puedes verme —dijo el Rey del Circo—. Me miráis, las dos.

Solo Jo volvió la cabeza para escucharle. El Rey del Circo entrecerró los ojos. Esperó a que la Jefa de Pista la imitara y los mirara, a él y a su sombra, que se extendía sobre las rocas y el suelo de tierra. Ya le veía. El Rey del Circo se llevó entonces la mano a la oreja, como si se sacara algo: una orden.

La Jefa de Pista se rascó los oídos. Se vino abajo delante de él, como un pájaro que pierde todas sus plumas. Bien; ahora ya sabía que los poderes de él habían aumentado. Ahora ya estaba al corriente de que su Chispa iba más allá de las palabras. Como siempre, él iba un paso por delante de ella.

—Josephine —dijo el señor King en voz baja—. Relájate. Nadie utilizará su Chispa mientras hablemos.

Los ojos de Jo encontraron la llama de la lámpara de gas del despacho que no existía. La voz del señor King era firme. La envolvió, borrosa, pero le dio una sensación de seguridad, y Jo sintió que su cuerpo flotaba.

La Jefa de Pista se colocó delante de ella para enfrentarse al Rey del Circo. Se mostró letal.

—Deja que se marche —rugió. Para algunos, habría resultado aterradora; una víbora preparada para atacar. Con la espalda encorvada, los puños como piedras, las botas moliendo el polvo del suelo.

Pero él no tenía miedo. Estaba aliviado.

La sonrisa volvió a aparecer sobre su perfecta mandíbula. Había esperado mucho tiempo…

—Hola, Ruth —dijo.

RUTH, 1917

Cuando se convirtió en el Rey del Circo, Edward dejó de fingir que era amable. Y ella dejó de fingir que no se daba cuenta.

—Te gusta —le dijo.

Y a ella le gustó. Le gustó no tener que pararse a pensar todo el tiempo. Él tomaría las decisiones difíciles y ella se abstraería. Si actuaba de ese modo, no se sentiría triste.

En una ocasión, le replicó. Le dijo que no quería seguir con él.

—Oh, ¿no me digas? —soltó él—. ¡Pues toma, te devuelvo tu dolor!

Los años que había perdido y la muerte de su madre la invadieron y engulleron.

—No, por favor, no —le rogó. Y la pena volvió a desaparecer. No era feliz, pero estaba satisfecha, tranquila.

Él le dijo que le gustaba su vida, así que Ruth siguió adelante con el circo, por Edward.

Cuando él se metía en su cabeza, Ruth se sentía como si se alejara volando. Desconectada, como si su alma pendiera de un hilo y la sobrevolara como una cometa. Era una sensación buena; una que significaba que podía dejar de ser humana durante un rato más. Ya no sería una hija perdida, ya no tenía que pensar en su madre, ni en su padre, ni en Hashem, con el que no recordaba cómo se hablaba. No era nada salvo un cuerpo que ese hombre utilizaba para abrirse camino con sus trucos.

La noche en la que, después de tantos años, vio a su madre —la noche en la que él le contó la verdad—, fue como ver a su mejor amigo y cariñoso marido convirtiéndose lentamente en un monstruo delante de sus narices.

«Recuerda que esto es culpa tuya».

«Podríamos haber sido felices».

«¡Tú también has participado en todas las cosas que he hecho! ¡Hemos sido los dos! ¡Bájate del pedestal, Ruth!»

Esa última noche, él le gritó.

—¿Es esto lo que quieres? —Fue como si ocupara todo el dormitorio. Edward se hizo grande, como el agujero negro de una sombra, que la asfixió y se tragó la habitación entera hasta que no quedó nada. Alargó la mano y fue como si excavara en su interior para clavarle las uñas en la piel, las costillas, el corazón, el espíritu. Tomó aire y, de repente, Ruth se quedó sin respiración.

Se estaba muriendo.

¿Quién sería Ruth cuando él se hubiera apoderado de todas sus respiraciones? O peor, ¿quién sería cuando él hubiera acabado con su alma al completo?

Pero no era real. Edward tenía una Chispa, y había cometido el error de contarle a Ruth en qué consistía.

Así que esa noche, Ruth recuperó su dolor.

Preparó una mochila, pero él consiguió meterla de nuevo en la cama con sus palabras persuasivas y la abrazó con fuerza. Mientras permanecieron tumbados, la noche estuvo tranquila. A veces, las cosas más violentas también son las más silenciosas.

En mitad de la noche, largo rato después de que Ruth se pensara que Edward se había dormido, este siseó:

—Me quieres.

Y Ruth le quiso.

—Crees que puedo mejorar y vas a ayudarme —dijo.

Y Ruth iba a ayudarle.

—Si me abandonas —dijo—, nadie sentirá por ti la pena que yo siento. No te conocen. Les importarás una mierda y estarás sola. Nadie te quiere, no tienes amigos, eres tonta e insignificante. —El silencio surgió de nuevo, prácticamente igual de sofocante que las palabras de enfado. Al final, sin embargo, Ruth se dio cuenta de que por fin se había dormido y se quedó escuchando su profunda y cadenciosa respiración.

Pero también escuchó algo más. Estaba al otro lado de la ventana. Algo imperceptible.

Un músico ambulante. Tocaba el violín. Música.

Ruth cayó en la cuenta de que *él* no escuchaba música. Ni tocaba ningún instrumento. Por primera vez en mucho tiempo, notó la ausencia de la música.

Su madre entonaba oraciones con su hermosa voz. Era algo mucho más profundo que cualquier cosa que *él* pudiera palpar.

En ese momento, la chispa de la música se encendió en su interior.

Y, por fin, Ruth desapareció de su lugar junto a *él*.

LA JEFA DE PISTA, 1926

La Jefa de Pista se dio cuenta de que el Rey del Circo aún tenía una sonrisa infantil. De alguna forma, había conseguido dar una imagen más distinguida, pero era él. El que todavía sabía volver la cabeza contra el movimiento de sus hombros, enarcar una ceja, sonreír con arrugas en las mejillas y mirarla a los ojos como si fuera la única persona que le importaba del mundo.

Y quizá así fuera, para él. A lo mejor, en su mente, la amaba. Ella solía quedarse atrapada en una telaraña tratando de averiguar en qué pensaba él, o tal vez trataba de distinguir qué pensamientos eran de él y cuáles suyos. Pero esta noche no. Ya no era una cría, y sabía que lo que él pensara daba igual; solo importaba lo que dijera.

«Solo sus palabras y sus movimientos», pensó mientras se le hacía un nudo en la garganta.

Le había prometido a Odette que volvería. Tenía que hacerlo.

Cerró los ojos. Se imaginó un hilo entre su mujer y ella, entre su hogar y ella, siguiendo la carretera de Fort Collins, donde había hecho saltar el circo. Había sido allá, a lo lejos, desde donde había visto el ardiente pilar de Jo iluminando las montañas.

Retroceder en el tiempo para evitar acontecimientos no había ayudado a Bernard ni había detenido la guerra, y volver a estar cara a cara con el Rey del Circo sería una guerra ya de por sí. Si no podía salvar a las personas que quería cambiando el pasado o saltando hacia el futuro, haría todo lo que pudiera en el puñetero presente. En ese momento, allí sin su pulsera, sería lo bastante fuerte. No pensaba marcharse sin Jo.

Pero el Rey del Circo estaba allí, con su atractivo, y le sonreía como si supiera que ella ya había perdido.

Volvió a pensar en Odette y reforzó ese hilo resplandeciente en su cabeza. Luego, armada de coraje, dio un paso al frente.

—Deja que se marche —repitió.

El Rey del Circo alzó ahora las dos cejas, como si estuviera sorprendido.

—No era consciente de que me perteneciera y pudiera dejarla ir. Me ha pedido que la incluya en mi espectáculo, Ruth —dijo.

—No me vengas con tonterías —replicó la Jefa de Pista—. Has conseguido traerme hasta aquí. Te veo y tú a mí. Ahora Jo y yo nos marcharemos.

—Yo no me voy —dijo la niña.

—Jo, todo va a ir bien —la tranquilizó la Jefa de Pista.

—Jo, estamos conversando —dijo el Rey del Circo sin apartar los ojos de Rin—. Vayamos todos a mi despacho y hablemos de esto, ¿os parece?

Su despacho estaba a su alrededor, lo que no tenía ningún sentido porque parecía haberse ensamblado con la lógica de los sueños. Era un espacio sin paredes, pero con paredes blancas; sin puerta, pero con una claramente allí.

Una parte de la Jefa de Pista sabía que si entraba en él, quizá no saliera jamás. Pero Jo ya estaba dentro, y no iba a permitir que la joven se adentrara sola en las fauces del Rey del Circo.

Se quedó en la entrada, con los pies en un umbral que sabía que no existía. Edward se había situado de forma indolente tras su elaborado y ornamentado escritorio.

—Danos un momento, Jo. Siéntate calladita.

Jo le obedeció. La Jefa de Pista la vio sentarse en el suelo, sin moverse, con la vista al frente, completamente abstraída. Flotando, como Rin solía hacer.

Tenía que sacarla de allí.

—¿Qué quieres? —preguntó la Jefa de Pista.

—¿Por qué ese tono acusatorio? —Edward se sentó en una silla tras el escritorio imaginario. Hizo un gesto hacia la silla que tenía enfrente. ¿Cuándo había llegado allí?—. Todo es siempre una pelea contigo. Venga, vamos, ponte cómoda.

La Jefa de Pista miró la silla, y después a Edward. ¿Por qué parecía que ese seguía siendo su sitio? Habían pasado años y, aun así, allí estaba su otra mitad.

Pero que él fuera su otra mitad significaba que ella le conocía por completo.

Ya había jugado a este juego. Y esta vez lo ganaría.

Se sentó.

—Vacía el arma y apártala —dijo Edward—. Sé que habrás traído una.

Descubierta, la Jefa de Pista se quitó la pistola de la cintura, sacó las balas y la lanzó al suelo. Parecía lo correcto. Y también lo incorrecto. Pero las armas causaban muchos problemas. A Bernard lo habían matado con una. Y la guerra se luchaba con ellas. Si le ocurría algo, Odette… Si no volvía a casa… Tenía que volver.

—Eso es, se acabaron las armas entre nosotros —dijo Edward, que se sacó una taza de la manga que ya contenía té. No era real; no podía serlo—. Cuéntame, ¿sabe la empalagosa de tu mujer-marido que estás aquí?

—Sí —respondió la Jefa de Pista en voz baja. No tenía ningún sentido mentirle.

—¿Y el resto de tu secta de bichos raros? ¿Lo saben?

—Mauve lo sabe.

—¿Y por qué no están aquí contigo? —preguntó Edward, que le ofreció el té. En sus manos frías, a la Jefa de Pista le pareció real. Y el vapor también. Para sus ojos y su cerebro, era un espejismo perfecto.

—Porque no quería que les hicieran daño —dijo—. Pero me están esperando al borde de nuestro campamento si no regreso.

Habían ideado un plan. Un plan que ya había salido mal.

«Ve a por ella», le había dicho Odette cuando Rin por fin cedió. «Retrocede ahora mismo».

«No dejes que se marche», había dicho Mauve con voz temblorosa.

Pero Rin no había sido capaz de tocar a Jo.

Edward contempló su rostro e intentó leer sus pensamientos. Nunca había podido hacerlo, aunque se pensaba que sí, le había dicho que podía, quizá sí que pudiera.

Edward era su niñez. Contenía capítulos que Rin no había visto en años, pero que ahora estaban delante de sus narices. Como una vieja canción que adorara y hubiera olvidado, o de la que hubiera perdido la grabación, solo para volver a descubrirla décadas después en un desván.

Aunque siempre hay alguna razón por la que las personas no vuelven a buscar las cosas.

—Viste que su Chispa salía disparada hacia el cielo desde mi circo en las montañas, ¿no? —preguntó Edward—. ¿Cuánto tardaste en sumar dos más dos?

—No mucho —respondió la Jefa de Pista.

Edward soltó una risita, como si fuera muy listo.

Este era el hombre que le había enseñado a odiarse a sí misma. Sabía, mejor que nadie, mejor que la propia Rin, cómo era ella de verdad. Si el mundo hablara de ella y se pusiera de acuerdo en que la Jefa de Pista era una buena persona, Edward se reiría y diría: «Os equivocáis, no lo es». Y él sería el que tendría razón.

No tenía ningún sentido, pero había dejado su impronta en el cerebro de Rin. Y ahora que ella podía verle, que veía que no era un monstruo, sino un hombre al que había conocido en su momento, recordó que era humano.

Las líneas se estaban emborronando en su cabeza. Tenía que mantenerse a flote en las aguas en las que Edward la estaba ahogando, tenía que intentarlo.

—Nunca te había tomado por un artista circense de carrera —le dijo, en un intento por darle la vuelta a la conversación. Cuantas más preguntas le hiciera Edward, más tendría que responderle y más profundo caería—. Pensaba que ya habrías dado con un lugar en el mundo que moldear a tu gusto.

—No quería el mundo —dijo el Rey del Circo posando sus ojos en ella—. Te quiero a ti.

Rin sintió que un escalofrío helado le recorría la espalda y se adentraba en sus huesos como un terrible invierno en Chicago.

—Levanté este circo para ti —dijo Edward—. Y, a diferencia de ti, iba en serio con aquello de que soy completamente fiel a nosotros dos. Mantuve el circo por tu espíritu, incluso después de perderte en Chicago. ¿Qué decía la lápida? ¿1918? ¿Qué tal te está funcionando el estar muerta, Ruth?

—¿Sabías que no todos los monstruos van a por el mundo porque son conscientes de que fracasarán? —le cortó Ruth—. Así que se construyen sus propios mundos; mundos que pueden controlar. Nunca levantaste este circo para nadie que no fueras tú mismo.

Edward la fulminó con la mirada.

—Eres el corazón de este circo.

—Este circo no tiene corazón —dijo la Jefa de Pista—. Te gusta ver arder el mundo. Nadie puede ser feliz si Edward King no lo es.

Edward se rio como un niño y se atusó el cabello. Era casi enternecedor.

—Hacía mucho tiempo que no oía mi nombre completo. Y estoy seguro de que a ti te ha ocurrido lo mismo, señora King. —Volvió a sonreír y levantó la mano izquierda para que Rin viera el anillo. Era el mismo de siempre. El de Rin, sin embargo, había cambiado: lo había escogido Odette—. He oído que ahora te haces llamar Jefa de Pista, menuda idiotez.

Tal vez lo fuera. Tal vez todo hubiera sido una farsa absurda.

—Eres mayor de lo que deberías —comentó, y Rin asintió lentamente. El Rey del Circo también asintió y se mofó de ella como si fuera un titiritero—. ¿Cuántos años has envejecido con tanto salto en el tiempo? —¿Cómo lo sabía? La última vez que se vieron, Rin solo podía saltar de un lugar físico a otro. ¿Qué más sabía? Todo este tiempo, Rin se pensaba que Edward iba dos pasos por delante, pero en realidad le sacaba una cabeza entera y había allanado el terreno. Había muchas cosas que no sabía… «No pierdas la cabeza, Rin»—. Oh, ¿no estabas al tanto de que sabía que tu Chispa había aumentado? —Le pareció divertido—. Sé que ahora puedes moverte por el tiempo y el espacio. Que hace tiempo que puedes hacerlo. Me alegra ver que no soy el único que ha evolucionado junto a sus dones. Y da la impresión de que has desperdiciado tu vida transitando por el mañana, pero no por el presente. Dios santo, podrías tener la edad de tu madre. —Bajó la mirada hacia la chaqueta de terciopelo de Rin—. Por lo que veo, debisteis reencontraros en algún momento desde la última vez que hablamos.

—Yo me reencontré con ella —dijo Rin, que apretó los dientes—. Pero ella conmigo no. Después murió y la enterré.

—Ah. —Edward juntó las manos—. O sea, que esa era su tumba con tu nombre. Pobre, pobre Catherine Dover.

—Cállate —dijo Rin—. Ni se te ocurra pronunciar el nombre de mi madre.

—Me niego a asumir toda la responsabilidad de lo que ocurrió —dijo Edward, quizá sincero por primera vez desde que Rin había aparecido—. Era una charlatana egoísta que quería separarnos. Tú querías que yo te alejara de allí. ¡No uses mi Chispa como excusa para mitigar tu propia culpa!

La Jefa de Pista se levantó de repente, le dio la espalda a Edward y se volvió hacia Jo. Pero no podía tocarla. Edward lo había dicho. No... Con las piernas pesadas como el plomo, le tendió la mano.

—Jo, nos vamos.

—No, para nada —dijo Edward, que también se levantó. La Jefa de Pista lo miró, lista para pelear—. Bueno, al menos, las dos no. —Volvió a sentarse y cruzó las piernas como si se estuviera acomodando. Como si estuviera disfrutando—. Hace unos meses, había un chismoso entre tu escuadrón de payasos, Jefa de Pista. Davidson, ¿no? Le pregunté cuál era el punto más débil de la gran carpa y dijo que el mástil principal. No le pregunté quién era el mástil principal de tu circo, sino de tu vida. —Enarcó una ceja, bastante orgulloso, e hizo un gesto con la mano en dirección a Jo—. Y aquí estamos.

Rin lo fulminó con la mirada y rechinó los dientes.

—Desde que descubrí que estabas viva, te he estado observando en cada parada. Los gerentes de los terrenos me telegrafiaban cuando tu *troupe* aparecía.

Edward estaba muy orgulloso de sí mismo...

—¿Y ese perverso mastodonte homosexual que trabajaba para ti? —Edward se rio y el rostro de Bernard apareció de inmediato frente a Rin. Ese amor en su mirada, incluso a sabiendas de que estaba a punto de morir—. Puso resistencia. Se llevó unos cuantos golpes. Pero, a pesar de que no contestara a mis preguntas, en su mirada descubrí dónde estaba tu corazón. —A Rin se le aceleró el pulso y empezó a ver todo de color rojo—. Pensé en arrebatarte a tu zorra, pero esta cría está bajo tu tutela, ¿no? Hay algo especial en los niños a los que queremos: nos hacen cometer tonterías. Como Catherine Dover. Hizo tantas tonterías…

Lo siguiente que ocurrió pasó tan rápido como un disparo a través de una puerta abierta. Rin se lanzó hacia delante, pero Edward le gritó que parara y se sentara.

Y Rin se detuvo. No podía hacerlo… Con Edward siempre se trataba de una lucha de ingenios, y nada de lo que Rin pudiera hacer con sus manos sería suficiente para pararle. Así no conseguiría ganar nada, así que se sentó.

—Hablemos de la niña, ¿te parece? —continuó Edward—. Me encantaría dejar marchar a Jo. Sé que es una de las grandes estrellas en ese festival tuyo de Windy van Hooten paparruchas. Pero la cosa es que se ha unido a mi circo y hemos hecho un trato, ¿sabes? Los niños tontos y sus decisiones precipitadas… Pero no puedo romper un acuerdo comercial, Ruth. No puedo. A no ser que se produzca un intercambio equitativo. —No lo dijo con tono de burla, sino con una mirada confusa y una voz suave. Edward no era más que la víctima de este follón—. Te quiero a ti. Tú y yo, tal y como debería ser. Pero estoy cansado de que finjas que nada de esto es obra tuya. Me querí… —Se detuvo—. Yo… pensaba que me querías. Quiero que vengas por tu propia voluntad.

—Pues buena suerte con eso; preferiría morir.

—¿Por qué siempre tienes que convertirlo todo en un espectáculo tan dramático? —preguntó Edward, que hizo desaparecer las tazas en la nada—. Este no es tu circo, Ruth. Soy yo, y conozco tus tonterías. Aquí no hay ningún foco que te haga brillar ni ninguna orquesta para tu pequeña ópera. ¿Alguna vez has pensado que igual la tóxica y débil eres tú? ¿Que quizá los defectos no fueran de los demás, sino tuyos? ¿O no puedes enfrentarte a ello porque es demasiado duro? Me pediste que te alejara de Nueva York. Pediste estar conmigo; casarte conmigo.

Resplandecías. Y ahora no sé qué han hecho esos bichos raros contigo, pero claramente algo ha salido muy mal durante estos años que hemos estado separados. Creo que, juntos, podemos solucionarlo...

—Sé que tienes razón —respondió Ruth en voz baja—. Porque me has hecho creer que la tienes. Pero, por ese motivo precisamente, sé que estás muy equivocado. —No lo sabía. Cada noche que había pasado alejada de él, había perdido el sueño, sentada inmóvil en la cama, mirando al techo. A veces le hablaba a Odette en voz alta: «Dime que no estoy loca. Dime que él estaba equivocado, por favor». Odette siempre lo hacía. No importaba la cantidad de veces que no lo necesitara. Pero nunca le parecía verdad. Lo único que Ruth podía hacer era seguir huyendo.

Odette estaba a cientos de kilómetros de allí. En otra vida.

Una vida hecha de delicadas noches de hotel, constantemente alerta a la espera de ver si él la acariciaba sobre la bata de seda y la besaba, o si lanzaba un jarrón contra la pared. Esta vida era como la electricidad estática de ir sentada junto a él en un tren e inclinar la cabeza para que la ignorara durante unos instantes más. En una ocasión, una mañana, cuando él estaba muy enfadado, Ruth perdió la voz por completo. Él debió de decirle que no existía, porque se quedó sentada, inmóvil, en una silla, a la espera de que él la devolviera a la vida.

Si volvía a atraparla en esa telaraña, no moriría, pero sí que desaparecería.

Cuando lo comprendió, Edward asintió. Sus dedos acariciaron la mesa y miró a Jo.

—Si no te quedas, no puedo hacer nada. Es mía. Está completamente embelesada, ¿verdad, cariño?

Jo sonrió como una tonta, como si estuviera borracha, y asintió.

—Repítele lo que me has dicho antes sobre unirte a mi circo —dijo Edward.

—Ahora tengo una oportunidad, mi vida comienza de nuevo. —Jo soltó una risita—. Ya no soy la mascota de nadie.

La Jefa de Pista sintió que la tierra se hundía bajo sus pies.

—De alguna forma, ahora eres un monstruo más asqueroso que antes —soltó Rin.

—¿Me encuentras atractivo, Jo?

—Dile una sola palabra más y... —le amenazó la Jefa de Pista.

—Oh, Ruth, me gustaría señalar algo sobre tu pequeña mocosa —dijo Edward—. Si sois un dúo feliz, Charlie Chaplin y Jackie Coogan, ¿por qué se ha marchado de tu circo, Jefa de Pista?

Rin se quedó callada. Aquello la arrastró como si tuviera una cadena alrededor del cuello. Cerró los puños sin nada que decir.

—Bueno, y esto te encantará. Ha venido a buscarme por voluntad propia.

Esas palabras pulverizaron algo en el interior de Rin, algo sagrado, profundo y hermoso. Se apagó como un pabilo a punto de terminarse. Jo había venido por su propia voluntad. Rin ya le había fallado.

—Hay un límite para las cosas que podemos hacer los jefes de pista —dijo Edward, que seguía dibujando círculos con las puntas de los dedos sobre el escritorio. Rin trató de mantenerse firme pero, por la forma en que él la miraba, sabía que Edward era consciente de que ella estaba perdiendo—. Podemos montar el escenario, hacer que suene la música, colocarnos en nuestro sitio y soltar nuestro monólogo. Pero es el público el que decide por su cuenta si viene o no. Mis carteles no son mágicos. Simplemente son anuncios. Y una joven que huía de un circo que la había rechazado por decir la verdad recogió uno de ellos.

Ruth miró a Jo. Y la niña le devolvió el gesto, inerte tras sus ojos. Rin vio que Edward iba borrando poco a poco a la joven, que se quedaba boquiabierta y su expresión iba desapareciendo.

—No soy un monstruo —dijo Edward, que se cruzó de brazos—, solo soy sincero. —Miró a Ruth—. Que es más de lo que tú eres, que esperaste a que me quedara dormido para escabullirte y romperme el corazón. Para que pudieras follarte a una feriante guarrona cualquiera. Yo te quería, Ruth.

Rin supuso que, en algún momento, eso fue verdad. Y ella también le había querido a él. Hubo viajes en tren, bailes, todos los lugares que habían explorado juntos. Esa noche, cuando él le contó, junto a las carpas, lo que le había hecho a su madre, Rin no fue capaz de matarle.

Claro que no habría sido capaz de matar a nadie.

—Quiero que me ames —dijo Edward—, pero no voy a decirte que lo hagas.

—¿Entonces qué harás?

—Podríamos llegar a un acuerdo —propuso Edward—. Si quisieras, podrías actuar en mi circo. Convertirte en la transportadora que eras entonces. Fue idea tuya: un circo compuesto exclusivamente de chispas. Y yo te lo construí.

—Y yo me he construido uno para mí misma —replicó Ruth.

Edward no estaba escuchando.

—Si accedieras a este acuerdo, seríamos marido y mujer de nuevo. Por si no lo recuerdas, seguimos casados. —El escalofrío que le había recorrido la espalda regresó—. Te pediría que no volvieras a marcharte de mi lado hasta que la muerte lo hiciera inevitable.

—¡Vaya! —dijo Ruth—. Menudo acuerdo.

—No estás en posición de mostrarte insolente —señaló Edward, que abrió bien los ojos, dolido—. Siempre te comportas como si yo fuera una china en tu zapato. El pobrecito inglés que no podía permitirse nada, que se partió el espinazo para darte la vida que querías, incluso aunque para mí fuera pésima. ¡Odio los circos! ¡Uf! Un monstruo… ¿es eso lo que le has ido contando a todo el mundo? Sufrías mucho, estabas muy asustada… Bueno, pues Jo no cree que yo sea un monstruo, ¿verdad? —La joven parpadeó y se irguió, cautivada por la atención recibida—. Te gustaría quedarte, ¿a que sí?

—Sí —se estremeció Jo—. Por favor.

—¡Para! —Ruth se colocó delante de ella—. Ya vale. Sabes que voy a ocupar su lugar. No ha hecho nada y tú no formas parte de su historia.

Los dos lo sabían.

De alguna forma, a pesar del odio visceral que había entre ellos, los dos lo comprendían.

—Me gustaría escucharte decirlo —indicó Edward.

—Me quedaré contigo —dijo Ruth.

Edward mostró una amplia sonrisa de alivio. Dejó atrás el escritorio a toda prisa y la abrazó. Rin ansiaba la muerte en cada parte de su cuerpo. Cada uno de sus nervios quería arrugarse y ponerse a gritar al unísono como protesta.

—Gracias —murmuró Edward.

—Pero solo si dejas en paz al resto del circo de Windy, tú y yo nunca le hacemos daño a nadie y tú nunca vuelves a acercarte a Jo. —Rin lo fulminó con la mirada—. Y si le preguntas a todos y cada uno de tus artistas y operarios si quieren estar aquí y dicen que no, les dejarás marchar. Solo me tendrás si dejas al resto del mundo tranquilo.

—Podría parecerme bien —dijo Edward, que le quitó a Rin la chistera y hundió los dedos en su pelo.

Ella le apartó.

—¿Cómo sé que no mientes?

—Me importa una mierda tu estúpido circo —respondió Edward—. Te necesito a ti.

A lo mejor sí que podía confiar en que mantendría su palabra. Era cierto que no le importaba el circo, solo ella. Esto siempre había tenido que ver solo con ella.

Ruth lo miró.

—Me estoy creyendo todo esto porque me estás diciendo que lo haga.

—La forma en que nunca te responsabilizas de nada, en que siempre me culpas a mí, es asombrosa —dijo Edward, y entrecerró los ojos—. Estoy... —Se detuvo para pensar dos segundos—. Me gustaría pensar que te estoy diciendo la verdad. —Lo expresó con más cuidado—. Quiero una vida contigo —dijo—. Quiero dejarlo todo atrás, abrazarte y que me abraces. Ruth, eras el único lugar del mundo al que sentía que pertenecía. Eres mi hogar. —Se detuvo brevemente a recapacitar como si se tratara de un abogado añadiendo notas al pie—. Y diré también que eres libre de creerlo todo o no. ¿Lo ves?

Había sinceridad en su voz. Lo estaba intentando.

Rin estaba cayendo en su trampa, pero eso significaba que los demás fueran a librarse.

Los demás nunca habían conocido al Rey del Circo. Solo podían imaginarse los peligros que acompañaban a Rin si la seguían. Pero todo este tiempo, Rin siempre había sabido en su corazón que, al final, tendría que seguir sola.

Los demás no podrían haber venido con ella. Estarían atrapados.

Había hecho lo que había podido. Lo había intentado. Pero ella sola se lo había buscado cuando, con quince años, le rescató de una trinchera.

—Ruth —dijo Edward, que la tranquilizó y se acercó. Rin sintió algo agradable en su estómago—. Te quiero a ti. No quiero a nadie más. Los mataría a todos por llegar hasta ti. Pero ahora ya eres mía, y eso es todo lo que quiero. Eres una mosca cojonera, pero eres mi mosca cojonera. Así que, por favor, déjame amarte. Es tu decisión. Márchate de aquí ahora mismo si quieres.

Un hilo lejano tiró de su mente: Odette. Era familiar, pero tan débil como el dibujo con tiza de un niño que se lleva la lluvia.

La Jefa de Pista se armó de todo el valor que le quedaba y tragó.

—Una condición más: dame media hora para bajar a Jo de la montaña y llevarla de vuelta al circo. Nos hemos trasladado a Fort Collins para pasar la noche. No hablaré con nadie y nadie me seguirá. Solo quiero asegurarme de que llega a casa sana y salva.

Sí que hablaría con los demás, eso era mentira. Todas las conversaciones entre Edward y ella eran siempre una partida de ajedrez en la que ellos eran los únicos que veían el tablero. En la que solo él lo veía. Y ella había tenido que aprender a protegerse cuando fuera posible.

Edward parecía escéptico, pero le soltó el pelo. Murmuró algo que ella no logró escuchar y el despacho desapareció. Se hizo añicos y volvió a la realidad, al embarrado patio trasero lleno de gente que deambulaba, con la mirada perdida y sin cruzar palabra, mientras se desplazaba simplemente de un lado a otro. No había ningún glamur. Solo cajas, carromatos y unos pocos objetos básicos, como si Edward los utilizara como modelo para pintarlos con sus palabras.

Estaban embrujados.

Edward le hizo un gesto con la mano a Jo.

—Es toda tuya. Tienes cinco minutos.

—Eso no es lo que...

—No necesitas media hora, no soy tan ingenuo. Y si no vuelves, Jo lo hará por ti. Si vas a cualquier otro sitio que no sean tus terrenos de Fort Collins, Jo volverá en tu lugar. Si abandonas esta línea temporal y saltas adelante y atrás, Jo volverá en tu lugar. Si pasas más de un minuto hablando con alguien que no sea Jo, le cuentas a cualquiera a dónde vas o se os ocurre algún plan rocambolesco para tratar de deshacer nuestro acuerdo, matarás a cualquiera con el que hayas hablado y, después, Jo volverá en tu lugar. Y si no regresas, Jo asesinará a todos los integrantes del circo de Windy Van Hooten con sus propias manos. Y seguro que no querrás tener que hacerle daño a tu pequeña aprendiz de hechicera. —Sonrió. Porque la había atrapado—. ¿Estoy en lo cierto, Jo?

Jo asintió tranquilamente desde su sitio.

La Jefa de Pista sintió que algo se removía. Un dolor físico en su corazón. Una necesidad de envolver a esa niña entre sus brazos y no permitir que el mundo la tocara nunca. Una necesidad de sacarla de allí costara lo que costara.

Rin era responsable de ella.

Y lo sabía. Siempre lo había sabido, solo que ahora esa verdad hurgaba en su pecho con el calor del sol.

Era un foco de alegría en ese lugar triste y frío.

—Me parece que estás haciendo lo correcto —comentó Edward mientras la Jefa de Pista se acercaba a Jo—. Por fin. ¿Cuántas mujeres han sufrido porque huiste de mí? Todas mis bailarinas de *ballet*, a las que llamo las Novias, llevan puesta tu vieja ropa, Ruth. Pero ahora que has vuelto a casa, serán libres.

—No soy responsable de lo que has hecho —dijo Ruth en voz baja—. Puede que seas capaz de mentirles a todos los demás, pero no puedes mentirte a ti mismo. Tú sabes lo que eres.

Edward podría haber dicho algo más, y Rin se preparó para recibir sus órdenes, pero ya había ganado. Dio un paso atrás y la observó mientras recogía los despojos de Josephine Reed.

—Vamos a casa —dijo Rin, y le colocó una mano en el hombro.

LA JEFA DE PISTA, 1926

En un instante estaban en una pesadilla y, al siguiente, estaban en el lugar en el que Rin había construido sus sueños. Se deshizo del nombre de Ruth y volvió a ser Rin por última vez.

Fue un viaje rápido, pero sería la noche más larga de su vida.

Tragó saliva con fuerza mientras dirigía a una callada y hechizada Jo por el tranquilo paseo central. Jo estaría bien en cuanto Ruth regresara con Edward. Rin la llevaba de la mano de forma cariñosa mientras la guiaba a través de un sueño.

Las estrellas habían salido esa noche.

Cuando viajaba al futuro y levantaba la vista al cielo, no veía las estrellas. El espectáculo eléctrico del mundo seguiría evolucionando y terminaría borrando las constelaciones de los cielos.

Sin la oscuridad, nada brillaría como era debido.

Dejaron atrás las carpas, los puestos de comida, los preciosos carteles, los vagones de tren. Recordaba a Odette y Mauve pintando los vagones. Recordó cuando alquiló el motor y conoció a la familia Weathers. A pesar de que Maynard podía hacerlo todo, Rin había construido la mayoría de los puestos ella sola. Había instalado su dormitorio en el último vagón, tal y como quería, y no como todo el mundo le había dicho que debía hacerlo. Era la primera cosa verdaderamente suya. Era donde Mauve y ella habían crecido, se habían hecho íntimas y se habían vuelto más valientes. Era donde había amado a Odette.

Pero era un hogar en el que ya no se le permitía la entrada. Ya había desaparecido. Y Rin ya había muerto.

—¡La has encontrado!

Rin se sobresaltó, pero Jo no. La cría apenas respiraba; emitía un sonido áspero reservado para los cuerpos en su lecho de muerte. Era una máquina que tomaba aire y lo expulsaba, que estaba en pausa; el verdadero espíritu sardónico e ingenioso de la pequeña se encontraba escondido y enterrado en alguna otra parte.

Rin se volvió y vio a Odette Paris y a Mauve DesChamps en el camino de tierra del paseo central, con brillantes sonrisas y miradas de preocupación.

—¿Por qué no te has reunido con nosotras al principio del paseo central? —preguntó Mauve—. ¿Estás bien?

Solo podía hablar con cada persona un minuto. Debía tener cuidado.

—Jo —dijo Rin con calma—, ¿puedes sentarte un segundo? Ahora mismo vuelvo, necesito contarles algo a Odette y Mauve. Tengo que asegurarme de que no me seguirán y que no se preocuparán. No hagas nada, por favor.

Jo no dijo nada, solo se quedó mirando a Rin fijamente. Pausada, pero contando los segundos en su cabeza, como una bomba.

—Pronto habrá terminado —le aseguró Rin. La condujo al banco más cercano. La sentó con cuidado y se encaminó lentamente hacia Odette y Mauve. Las piernas le pesaban. El Rey del Circo había pensado en todos los vacíos legales que componían la Chispa de Rin. Sus instrucciones eran un firme alambre de espino alrededor de sus brazos y sus piernas, metido a la fuerza en su boca y que le bajaba por la garganta. Solo disponía de unos minutos. No podía marcharse, no podía quedarse, no podía adelantar ni atrasar el reloj; solo podía despedirse y debía hacerlo en menos de un minuto.

Pero a Edward se le había escapado un detalle.

Tal vez no funcionara, pero alargó las manos para colocarlas sobre los hombros de Odette y Mauve, y…

… no abandonaron el paseo central, sino que se quedó anclado en ese preciso instante. Los grillos enmudecieron. Las estrellas dejaron de brillar en el cielo. El océano del tiempo se detuvo como si se tratara de hielo que avanzaba y atravesaba todo el circo, el pueblo, la cadena montañosa, tal vez la luna. Rin no sabía cómo funcionaba, pero sabía que no duraría para siempre. Ya podía sentir la realidad que tiraba de ella; era como si se encontrara en un mar que lanzaba olas contra su diminuto cuerpo, que quería desequilibrarla y arrastrarla con la corriente, pero Rin se mantuvo firme. Consiguió que las tres permanecieran en su sitio.

Odette parpadeó y miró a su alrededor.

—¿Rin?

—Sospechaba que mi Chispa había vuelto a crecer —comentó Rin.

—Tienes cara de que duele —dijo Mauve.

—Es como si alguien empujara una puerta abierta y yo la estuviera sujetando —explicó Rin—. No puedo sostenerla eternamente, pero…

—¿Por qué lo haces? —preguntó Odette.

«Porque… te mereces unos instantes», quería responder Rin. Las tres se merecían todo el tiempo del universo. Pero Rin no podía concederles más.

La expresión de Mauve se ensombreció.

—No has escapado, ¿verdad?

Odette la observó con la nariz arrugada. Rin tendría que recordar esos pequeños detalles durante el resto de su vida sola. Porque los pequeños detalles eran importantes, ¿no es cierto?

—No —dijo Odette—. ¿Cómo luchamos contra esto? ¿Qué hacemos?

Entonces vino la escena en la que se suponía que se recomponían y aventajaban al Rey del Circo. Debía haber algo más que una silenciosa despedida. Pero no, eso era todo. Un adiós vacuo y apresurado. Era otro intento fallido de cambiar el destino, al igual que todo lo que había ocurrido ese verano.

—Tengo órdenes estrictas —dijo Rin—. Si no las cumplo, pasarán cosas malas. No hay nada que hacer.

—¿Qué leches significa eso? —preguntó Mauve.

Rin se tragó el nudo que tenía en la garganta.

—Voy a mantener este momento todo lo que pueda, pero después tengo que volver.

—No —repitió Odette—. No, no.

—Os quiero —les dijo Rin a las dos. Era algo que los espíritus siempre gritaban desesperados («¡Os quiero, os quiero!») cuando las médiums trataban de conectar con los muertos, porque quizá fuera lo único que atravesara el velo que los separaba. «Os quiero».

—Mauve, no solo eres brillante, eres el cerebro de este circo —dijo Rin—. Por favor, sigue adelante con él.

—¡Por supuesto que voy a seguir adelante con él! ¡Y tú también! —replicó Mauve—. ¿Qué hay de...?

—No, por favor —dijo Rin, apretando los dientes—. Para. Acordamos que si alguna vez... las tres estuvimos de acuerdo. No podemos poner a nadie más en peligro. Él no quiere a ninguno de vosotros, me quiere a mí. No puedo... decir nada más. Por favor, por favor Mauve.

Mauve miró a su alrededor y frunció los labios.

—Te quiero. —Se rindió al fin.

—Hay algo que podemos hacer —dijo Odette—. No pienso dejarte marchar.

—Si digo algo más, os harán daño —repitió Rin, porque era todo lo que podía contarles—. No vengáis a por mí. Déjame marchar, Odette.

—Tenemos que hacerlo —dijo Mauve.

—Estoy harta de que las dos me digáis lo que puede o no puede pasar —les espetó Odette, que se giró hacia Rin—. ¡Si me hubieras escuchado! ¡Te dije que no fueras sin mí!

—¿Para que ahora estuvieras muerta? —dijo Rin—. Odette, no puedo mantener este instante para siempre. Te quiero. Lo siento mucho. Siento el dolor, las comidas que se me olvidaron, el no poder quedarme más tiempo. Lo siento muchísimo.

—Yo también te quiero —dijo Odette, desorientada.

Las tres se quedaron en medio del paseo central, las pancartas, la gran carpa, los recuerdos de una década de días de verano, chillidos infantiles y el olor a sudor y azúcar. La vida de Rin allí había sido una carta de amor.

El circo se tambaleó a su alrededor, como si necesitara tomar aire. Como si Rin estuviera bajo el agua y quisiera quedarse allí para siempre, pero no pudiera porque necesitaba el oxígeno. Los pulmones le estallarían. Su Chispa se desmoronaría como si se hubiera torcido un tobillo, arrastrada por la resaca, y el momento desaparecería.

No importaba lo que pasara de ese momento en adelante; habían sido lo bastante fuertes para levantar su propio hogar. Las tres muchachas se habían convertido en mujeres cuando encontraron un hogar físico y entre ellas.

Rin tendría que dejar ir ese momento pronto. Le dolía la espalda y le iba a estallar la cabeza.

—No volverá a molestar a nadie nunca —dijo Rin.

Odette y Mauve no le soltaron las manos.

—Todo irá bien —susurró Rin.

Y el tiempo volvió a empezar.

Rin le apartó el pelo rubio a Odette de la cara.

Mauve, con mirada de estar pensando en algo profundo, tenía el ceño fruncido. Las matemáticas y los hilos ya resonaban tras sus ojos. Estaba intentado buscar una solución que nunca aparecería.

—No te olvides de quién eres —dijo Mauve.

Pero Rin sabía que lo haría.

—Solo tengo un par de segundos más —les previno—. Después tendré que dejar de hablar.

Odette sacudió la cabeza de un lado a otro, como si pudiera cambiarlo, porque no estaba de acuerdo.

—¿Sabes? Daba igual lo que ocurriera porque, desde que te conocí, nunca he tenido miedo —dijo, en voz baja—. Porque estabas allí. —Le apretó la mano con afecto y se le enrojecieron los ojos mientras trataba de no echarse a llorar—. ¿Ahora qué voy a hacer?

Rin agarró la mano de Odette y le quitó el guante despacio. Le tendió su propia mano a Mauve, y los dedos desnudos de las tres se entrelazaron. Odette se vino abajo; sus hombros se sacudieron y soltó profundos sollozos de pena.

Se abrazaron. Todo el tiempo del mundo no habría sido suficiente.

—No tengo miedo —dijo Rin—. Porque todos vosotros seguís aquí.

*

Solo quedaba una cosa por hacer: asegurarse de que Jo estaba cómoda. Rin ayudó al despojo de Jo a subir las escaleras del vagón litera. Odette y Mauve esperaron fuera, junto a las vías, fingiendo que Rin volvería a salir cuando hubiera terminado.

—Ahora nos vemos —dijo Odette, y Rin asintió. Se había quedado sin tiempo para seguir hablando.

Mauve rodeó a Odette con el brazo, y esta última la abrazó. Mauve no dijo nada, pero contemplaba a Rin como si estuviera trazando un plan en su cabeza. Solo que no había ninguno. Rin no podía consentir que su corazón albergara la esperanza de que se produjera un milagro. Por tanto, se volvió y entró en el vagón oscuro antes de que pudiera percatarse de que esto era una despedida.

Rin condujo a Jo hacia una litera vacía, en cuya cama superior ya estaba durmiendo Charles, que había vuelto al campamento caminando tranquilamente. Charles, sin Jo, no era como la historia debía terminar. Iban juntos, eso es lo que habían dicho.

—Por favor, túmbate y duerme —le susurró Rin a Jo. La muchacha agarró la mano de Rin mientras se metía en la cama y se tumbaba—. Solo es un sueño.

—Estoy cansada —dijo Jo en voz baja.

—Lo sé —contestó Rin, y la tapó—. Pero te sentirás mejor cuando duermas.

—¿Tengo que volver?

—No —respondió Rin—. Nunca. Quédate aquí.

Rin no se marchó hasta que Jo cerró los ojos y se quedó plácidamente dormida. Rin le sostuvo la mano y memorizó su nariz, sus pestañas, su cabello negro y sus delgados brazos enclenques. No quería olvidar la forma en la que Jo llenaba cada habitación con su valor.

Rin había logrado protegerla.

Y tal vez eso fuera suficiente.

—No recuerdo muchas de las cosas que me enseñó mi madre —le susurró mientras le apartaba el pelo de los ojos—. Pero sé que todos los Sabbat entonaba una bendición por mí.

Besó a Jo en una mejilla y después en la otra.

Y se marchó.

Se dejó caer en las sombras como si abriera una mano y la arena se filtrara entre sus dedos. Adiós, paseo central con luces eléctricas. Adiós, colcha de su cama. Adiós, flores pintadas y focos polvorientos. Adiós, mandarinas y chales morados. Praderas ondeantes y océanos que se escapan de las palmas de las manos de las niñas. Medias melenas suaves con naricillas de duende y la promesa de otro baile en Montmartre. Adiós.

Con una ligera ráfaga de viento, la Jefa de Pista desapareció.

EL REY DEL CIRCO, 1926

Era como si hubiera recuperado la vida. Estaba en su tienda de lona, con su mujer, por fin completo. Al fin había vuelto. Solo, el mundo había sido un lugar frío para él, pero empezaba a notar algunos sentimientos bajo todos los fuertes y aristas que había construido dentro y alrededor de sí mismo. Ruth se merecía estar muerta, por todo lo que había hecho, pero allí estaba. Podría redimir a Edward y él, a ella. El circo los redimiría a los dos.

A Ruth siempre le había encantado este circo. Edward encendió la luz fantasma, emocionado por mostrarle lo poco que tenía allí dentro. El interior de la gran carpa negra brilló con un tenue y poco mágico tono amarillento. Todavía no era la hora del espectáculo y Ruth acababa de unirse a ellos.

La verdadera magia surgía cuando no había público. Solo los que estaban al mando veían las luces de trabajo, los remiendos de los disfraces, toda la preparación. Así que solo Edward veía la realidad porque solo él estaba al mando.

—Es grande —dijo, y arrastró la luz fantasma hasta la pista central. Ruth le siguió y miró a su alrededor con escepticismo. Porque eso es precisamente lo que era, escepticismo, y no la sonrisa entusiasta que él había visto menos de diez años atrás.

La joven había envejecido. Edward se sentía como Peter Pan mirando a Wendy a través de la ventana cuando no había logrado encontrarla y ella había seguido adelante y había crecido.

—Estás distinta a cuando te marchaste —comentó—. Pero sé que sigues siendo tú.

Ruth no dijo nada. Levantó la vista hacia el mástil principal, hacia las gradas negras. Llevaba puesta su brillante chaqueta roja y destacaba sobre aquel mundo tan monocromático de Edward. Ahora, para él, el mundo era un lugar lleno de posibilidades, así que sonrió para sí mismo. Paz... Lo había conseguido. Había traído a Ruth de vuelta a casa, y ella volvería a iluminarle.

—Bueno, como ves, hay tres pistas —siguió diciendo—. Con asientos a pie de pista. Bueno, en realidad, amontonados. Y solo en tres de los lados. La tribuna tiene suplemento, y reservar con antelación también. Nuestros empleados son, sobre todo, chispas. ¿Te acuerdas de cuánto utilizábamos a los humanuchos para la pirotecnia? Pues ahora ya sé cómo apañármelas. Y lo cierto es que es una maravilla: el público no nota la diferencia entre nosotros y la realidad. El sector demográfico que conseguimos... probablemente no sea al que estés acostumbrada. —Saltó sobre el separador de la pista central y caminó junto a Ruth—. A nuestro público... le gusta el lado oscuro de las cosas. Y pagan muy bien para verlo.

Ruth no le miró, seguía con la vista fija en lo que les rodeaba. Este sería su palacio, pero a sus ojos era como una prisión.

—Podemos venderlo todo si ya no te interesan los circos —dijo Edward—. Como es evidente, tengo dinero suficiente para que hagamos todo lo que quieras. ¿Ir a ver el mundo? ¿Abrir una tienda de caramelos en San Francisco? Diablos, podríamos ir a la luna.

Ruth seguía callada.

—Bueno, quizá a la luna no —se corrigió Edward, sin dejar de hablar—. Aunque sería fantástico. Como esa antigua película francesa, ¿la recuerdas? Construir un cohete y aterrizar en el centro de la luna. —Rozó el borde de la separación con los dedos de los pies—. La Tierra sigue siendo un poco complicada para mí a veces. —Desvió la vista hacia el público, o hacia donde estaría si hubiera alguien más aparte de ellos dos—. A veces pienso en todos los hombres que querían a la gente como nosotros muerta. Incluso antes de la Chispa, a sus ojos ya estábamos condenados por la razón que fuera: demasiado débiles, demasiado pobres, demasiado idiotas, demasiado diferentes. Recuerdo estar sentado en la trinchera, pensando en los hombres poderosos y en lo que ese poder significaba. Y cuando por fin fue nuestro en vez de suyo, nos odiaron incluso más.

Ruth lo miró. Su boca era una línea recta.

—Cuando me enteré de lo que estabas haciendo, de lo del otro circo —dijo Edward, que le devolvió la mirada desde arriba. Estaban tan cerca y, a la vez, tan lejos—, me sorprendió. Con tu Chispa podrías haber logrado mucho más.

—Ojalá nos hubiéramos conocido en un lugar bonito —dijo Ruth, que lo atravesó con la mirada como si sus ojos fuesen cálidos cuchillos.

Edward se detuvo.

—¿Perdona?

—En algún sitio nuevo y lleno de aventuras. —Ruth dio un paso al frente y Edward retrocedió—. Como la ciudad de Nueva York. A veces imaginaba que eras un actor, como mi madre, uno de los mejores. De los más divertidos. Y que nos conocíamos durante los ensayos y eras feliz. Es difícil creer en la felicidad cuando todo lo que te han enseñado es la oscuridad.

Edward sintió algo detrás del ojo, sus puños se tensaron, sus pulmones querían soltar el aire que tanto tiempo llevaban aguantando, pero no lo hicieron. En su lugar, retorció el cuello.

—No... Me gustaría que no te preocuparas por mí. Creo que estoy bien. Sobre todo ahora. ¡Estás viva! Volvemos a tener todo el tiempo del mundo, amor mío.

—Llevo años concediendo deseos —dijo Ruth en voz baja y sin emoción—. He tenido mucho tiempo para pensar en los que te habría concedido a ti. Ha habido veces en las que he deseado que la Chispa nunca te hubiera escogido. —Él también—. Pero, más que nada, desearía que hubieras podido hacer el bien con tu Chispa. Podrías haber ayudado a las personas. Podrías haberlas convencido para que se comportaran mejor, para que se curaran unas a otras, para que arreglaran el mundo. Tenías elección en todo lo que hacías.

El rostro de Edward se ensombreció.

—Nunca tuve elección. —«Oh, no...», Ruth parpadeó—. Quiero decir que creo fervientemente que nunca tuve elección.

—«Venga», pensó Ruth, «lo estaba intentando. Con todas sus fuerzas».

Ruth negó con la cabeza.

—Sí que la tenías. He conocido a otros veteranos. He conocido a personas a las que dieron por muertas y huyeron; a personas que han sido testigos de un mal mucho mayor del que vimos nosotros. Y eran amables. Con tu poder, tu sonrisa, tenías elección, Edward. —El rostro de Ruth no mostraba enfado, sino pena. ¿Por qué sentía lástima por él?—. Podrías haberme dicho que nunca más tendré que aceptar nada de lo que digas —comentó ella—. Podrías liberarme del todo.

—Concédeme esta oportunidad —dijo Edward.

Ruth dio un paso atrás sin dejar de mirarle a los ojos.

—Te has pasado tanto tiempo consiguiendo lo que querías —dijo—, que te has quedado sin nada.

Edward volvió a sentir esa presión detrás del ojo. La tensión en los pulmones. Sintió un cosquilleo bajo las uñas de las manos. Un recuerdo muy lejano: las sábanas rasposas en los puños de sus manos cuando se cubría con ellas hasta la cabeza; las inmensas praderas que les habían dado la bienvenida a él y a su mujer, y él no sabía ni por dónde empezar ni qué hacer; los sonidos de los insectos en las habitaciones silenciosas cuando estaba solo. Pero ninguno de esos era él. Era alguien que ya no existía, alguien que podría haber sido si hubiera sido débil.

¿Y la persona que le estaba diciendo todas estas cosas? Tampoco era Ruth. Era una desgraciada de la que se habían aprovechado, a la que habían aceptado entre las ratas de alcantarilla. Edward se encargaría de que los dos volvieran a encarrilarse. Todo iría bien.

—No te atrevas a hablar... —Se detuvo y respiró hondo—. Si no te importa, preferiría dejarlo enteramente a tu criterio, que no me hicieras daño. Darlo es tu elección, pero un poco de respeto y amor no vendrían nada mal.

—Sí que me importa. —Ruth se volvió contra él, avanzó y se acercó más y más. Edward se dio la vuelta y se alejó. Ella le persiguió mientras recitaba su lista de injusticias (¡claro que había elaborado una lista!), los nombres de las personas que ya no importaban, y Edward sintió un pinchazo de aburrimiento en su interior. Se volvió y contempló el terrible, retorcido y travestido sentido de la moda de Ruth: debía conseguirle ropa nueva. Llevaba pantalones… eso tendría que cambiar. ¿Y cómo podía caminar tan cerca de él? Ruth se detuvo justo delante de sus narices—. ¿Por qué nos marchamos de Nueva York, Edward?

Edward no supo qué responder. Esta vieja tan agobiante era una extraña. Se había conformado con no ser más que una judía travestida, en vez de llegar a ser lo que habría sido si hubiera seguido en la flor de la vida. ¡Su mujer! ¿Dónde estaba su mujer? Se recitaron unos votos el uno al otro. Él le prometió el mundo y le habría dado cualquier cosa. ¿Quién sería Ruth ahora si nunca se hubiera marchado?

—El día que encontré tu lápida —trató de explicar Edward— fue el día que mi propia vida terminó. Me dolió, y descubrir después que habían pasado todos esos años y que habías querido hacerme daño… Me hiciste de todo, a propósito, mientras te tirabas a una trapecista. Has cometido infidelidad, me has mentido…

—Qué ocurrió la noche que nos marchamos de Nueva York. —No era una pregunta. Ruth le agarró del cuello de la camisa y él se dio cuenta de lo fuerte que era ahora. Abrió la boca para contestar, pero la cerró. No podía confiar en sí mismo. Se había producido un desliz durante las negociaciones, se había sentido tentado, pero no, haría las cosas como es debido—. ¡Habla!

—Desde mi perspectiva —comenzó—, dijiste que querías casarte conmigo. Desde mi perspectiva, decirlo fue tu propia elección, yo no tuve nada que ver.

—Mentiroso.

—¡Lo fue! Al menos eso es lo que me pareció. Tuve cuidado. Recuerdo intentar tener cuidado por ti. Eres libre de albergar tu propia opinión, ¡pero no puedo asegurar que vaya a estar de acuerdo con ella!

Ruth lo fulminó con la mirada y titubeó un segundo.

—Por la forma en que lo has expresado, no sé si dices la verdad. Esto es otro truco.

—Estoy tratando, con todas mis fuerzas, de ser muy sincero contigo, Ruth. —Le agarró las manos—. Estábamos enamorados. Nos casamos.

—No fue cosa mía —dijo Ruth, como si una pesada capa se hubiera deslizado de sus hombros, como si pudiera echar a volar—. ¿Ayudé a matar a aquellas personas en Maryville? ¿Te hice daño? ¿Le hice daño a mi madre? ¿Murió por mi culpa? ¿Por qué nos marchamos de Nueva York?

—Ruth...

—Nos marchamos porque tú nos alejaste. —Tenía el pelo despeinado, alborotado. Había ganado peso. Iba vestida de hombre. El mundo, no él, la había transformado. Él no había hecho nada para convertirla en esta bestial vieja bruja. Había intentado salvarla, darle el mundo, y ella le había abandonado. Se había alejado cuando se suponía que ambos debían...—. Tenías miedo de que mi madre te descubriera y te quedaras solo.

Algo estalló en llamas en su interior, con mucha más fuerza que cualquier cosa que Ruth pudiera sentir en su endeble corazón. La señora Dover, contemplándola desde la chimenea esa noche en Nueva York. Ruth tenía el mismo aspecto que ella en este preciso instante.

¿No quería escucharle? Vale.

Edward la apartó. Seguía siendo más alto que ella. Seguía siendo el más fuerte.

—Este circo es tuyo, Ruth —dijo—. Lo creaste antes de huir con Odette. Sí, sé su nombre. Tú me querías. ¡Me salvaste! ¡Me acogiste! ¡Y yo te protegí! ¡Te lo di todo, mocosa estúpida! ¡Me has destrozado la vida! ¡Y ahora me empujas, cuando soy la única persona de este puto mundo a la que le importas, joder! ¿¡Dónde están todas esas personas!? Odette, Mauve, la niñata de Jo, ¡quién coño sea! ¡No están aquí, Ruth! —Ahora Ruth parecía asustada; bien. Retrocedió y Edward siguió presionándola—. ¡Solo quedamos tú y yo y lo que empezamos a construir juntos! —Ruth trató de taparse las orejas, pero él le atrapó los brazos y la obligó a mantenerlos a los lados. Aunque retorció las muñecas para liberarse, Edward le sujetaba las manos hacia abajo—. Tus amiguitos de Fort Collins, ¿dónde están? Son unos borrachos, como tú. Unos bichos raros, como tú. —Ruth se retorció. Seguía siendo una niña asustada. Él se lo había recordado. ¿Cómo se atrevía a desafiarle? El pánico que él solía sentir por que ella fuera a dejarle, como una cometa que volaba fuera del alcance... él sabía cómo mantenerla atada; lo sabía perfectamente—. ¡Escúchame! Son unos hipócritas y unos mártires engrandecidos, como tú. —Nunca volvería a estar solo—. ¡Te has rodeado de gente que solo sabe decir sí, sí y sí! Así que, ¿cómo vas a ser mejor que yo? ¿Cómo vas a haber mejorado como persona, cuando nadie a tu alrededor se interesa por ti lo suficiente como para decirte que te peines?

Lo había soltado todo como una metralleta y había cubierto a Ruth de cadenas. Lo miró, con los ojos entrecerrados y el cuerpo rígido, como si sus palabras se retorcieran alrededor de sus huesos y reemplazaran el tuétano. «Estupendo, que tiemble», pensó Edward. Ahí estaba, la muchacha que Edward sabía que seguía en su interior, la muchacha que solía ser. Ahora ambos podían curarse.

Aunque Ruth no se alejó, Edward la soltó, y su respiración y los latidos de su corazón se estabilizaron. Ya no estaba al borde de un precipicio, despotricando sin control, cayendo más y más abajo. Controlaba la narración y podía arreglarla.

—Puedo ayudarte, Ruth —dijo—. Te quiero.

El rostro de Ruth se descompuso, y la mujer soltó un ligero sollozo. Por fin le estaba escuchando.

—Yo... —empezó—. No sabía que me querías de verdad.

—Y siento lo de tu madre —dijo Edward—. Pero quería detenernos. Era una señora terrible, cruel. Te hizo daño, y a mí también. Teníamos que marcharnos. —Acarició la chaqueta de terciopelo—. Ahora ya no puede dañarnos; se ha ido. Todos se han ido. Solo quedamos tú y yo: Ruth y Edward.

Le quitó lentamente la chaqueta. Sus manos eran cálidas sobre el cuerpo frío, tembloroso y regordete de Ruth. Los tirantes que surgieron debajo eran ridículos. Ella se quedó allí parada, lo miró y esperó a ver qué más decía.

Siempre había dicho que Edward solo conocía la oscuridad. Pero ahí estaba, haciendo por ella lo que nunca nadie había hecho por él. Había cruzado el universo para encontrarla, para traerla a casa.

—Iremos a la luna, Ruthie —dijo Edward—. Tú y yo; solo tú y yo.

RUTH, 1926

Una mentira solo dura lo que dura.

Ruth había formado parte de los desperdicios de la sociedad y, ahora, como Perséfone, volvía a resurgir con la primavera. Una primavera fría y llena de lluvia, pero ella estaba viva y este lugar era donde se suponía que debía estar. Aquí estaba bien. En los bajos fondos se sufría. Había demonios que juraban que la querían y la adoraban. Le recordaba a las historias en las que las sirenas atraían a los marineros hacia el mar y les dedicaban un festín en un reino mítico, del que estos no lograban regresar hasta cien años después con una larga barba blanca.

Había desperdiciado toda su vida y, aun así, Edward seguía queriéndola.

Había huido de sus responsabilidades, pero Edward la había perdonado. Él solito había cargado con el peso de todo esto durante todos estos años. Sin embargo, ahora que Ruth había regresado a la tierra de los vivos —al mundo real y no a la ilusión en la que ella sola se había metido—, veía la pintura descascarillada, sus lujuriosos deseos de ser infiel, todos los discursos que ella sola se había trenzado en el pelo como guirnaldas de margaritas en descomposición. Ahora que había vuelto a casa, todo fluía como si fuera ayer. Los cuerpos que había visto enterrándose solos en la tierra, la imagen del cuerpo hinchado del viejo jefe de pista, todas las personas que habían desaparecido, todos los rasguños en el rostro sollozante de Edward. Todo ese tiempo, había sido ella la que le había herido. Así que lo mejor era que el resto del mundo se olvidara de ella.

Durante los últimos días en su lecho de muerte, su madre había murmurado: «Tenía muchas esperanzas para ella, ¿por qué permitió que él hiciera esto?».

Años después, Odette le dijo que su madre deliraba por la fiebre, que a veces nos frustramos con nuestros seres queridos cuando vemos que se hacen daño a sí mismos.

Odette siempre le había permitido salirse con la suya, todo a cambio de una cama calentita por la noche. O tal vez, su mujer se odiaba más a sí misma que Rin. A lo mejor Odette pensaba que se merecía el trato de consumirse hasta los tendones, de que se le derritieran los ojos, de escuchar los gritos de los japoneses.

—Debes odiarme —sollozó Ruth, y se dejó caer en los brazos de Edward.

Ruth había ido asfixiando a Odette poco a poco, la había utilizado, y Odette había sido una cobarde por permitírselo.

Pero Edward no era un cobarde. Edward le decía la verdad, le replicaba a voces cuando a ella se le subían los humos. Podían encontrarse a mitad de camino.

Edward le acarició el pelo como lo hacía su madre. Olía igual que el día de su boda: pinos polvorientos, colonia cara y un toque a carne ahumada. Ruth había olvidado que su comida favorita era el jamón cocido y que acostumbraba a prepararle bocadillos. Se le había olvidado.

—No te odio —dijo él—. Eres extenuante, agotas a cualquiera, pero yo soy el único con el que se te permite hacerlo. Confía en mí, Ruth.

—Gracias, Edward —respondió Ruth. El nombre de él en su boca era como el algodón de azúcar.

—Ahora veamos —dijo Edward—. Tenemos un acuerdo, si no lo has olvidado. Puedes marcharte si quieres, volver al arroyo. O puedes quedarte. ¿Ya has entrado en razón? ¿Te quedarás?

Ruth asintió.

—Por favor, no me envíes de vuelta. Por favor, lo siento mucho.

Edward sonrió.

—Tengo un regalo para ti. —Hizo un gesto con la mano y allí, en mitad de la pista central, apareció un bar al completo, lleno de botellas de cristal—. Lo he preparado yo mismo. Recuerdo todas tus bebidas favoritas.

Ruth lo contempló ensimismada; su estómago saltó de la emoción. Las cosas iban a salir bien.

—Pero se supone que no debo...

—No pasa nada —dijo Edward—. Estás bien, confía en mí.

Entonces se escuchó un disparo.

Ruth gritó y retrocedió de un salto. Vio que Edward se sobresaltaba y que se alejaba de ella tropezando y gritando. Ruth quería ir junto a él, parecía joven y asustado, pero no sabía dónde estaba el tirador. El corazón se le aceleró. Tenía que ayudarle; era una cobarde.

Sin embargo, Edward no estaba herido. Había un agujero en la lona detrás de él pero, de alguna manera, se había librado.

Entonces, Ruth vio a la asesina. Mauve DesChamps irrumpió desde las sombras con un rifle, apuntando directamente a Edward, quien repitió el gesto de tirarse de las orejas. Mauve se rascó lentamente los oídos.

—¡No me mates! ¡No me dispares, no me mutiles, no me apuñales! —imploró Edward, como si ya lo hubiera dicho antes, como si este no fuera su primer intento de asesinato. ¡Pobre Edward! Había tenido que enfrentarse a esto él solo durante mucho tiempo.

Mauve no podía apretar el gatillo; estaban a salvo. Mauve era consciente de ello, pero aun así presentaba un aspecto letal.

—Tienes miedo —dijo la mujer—. Perfecto.

—¡No, para! —trató de chillar Ruth, pero era muy pequeña.

Edward le sonrió a Mauve con satisfacción.

—Oh, ya veo —dijo él—. Es la...

Pero entonces una mano le tapó la boca. Una mano blanca, delgada, sin guantes, que salió del espejismo de invisibilidad que había justo detrás de él. De entre esa brecha en la realidad surgió Odette Paris. A su lado, Josephine Reed enrolló la ilusión como una capa y, con las palmas de las manos, absorbió de nuevo los colores que los rodeaban.

Pero Edward señaló a Mauve e hizo un gesto hacia el suelo. La mujer tiró el rifle y soltó un grito ahogado mientras se miraba las manos.

Kell Weathers saltó desde detrás de Jo y agarró a Edward por los hombros. Odette era demasiado débil como para sujetarlo sola. El Rey del Circo se retorció y trató de zafarse de ella, pero Kell le atrapó los brazos y lo inmovilizó antes de tirarlo al suelo y dejarlo sin respiración. Odette se arrodilló junto a ellos como si Edward fuera un caballo de circo obstinado y ella bailara junto a él sin ningún riesgo. Su mano no se separó de la boca de Edward en ningún momento.

—No hagas ni un solo gesto, amigo —gruñó Kell, que enrolló sus alas alrededor de Edward—. Mauve, estás perfectamente. Odette, encárgate de él.

Odette cerró los ojos. Ruth sabía qué significaba eso; sabía que Odette se lo había hecho al archiduque. Odette, que aseguraba que odiaba ser mala, lo estaba siendo.

—Respira —susurró Odette con calma—. Relájate.

Los músculos de Edward se relajaron. Dejó caer los hombros como si hubiera acarreado el peso del mundo sobre ellos y ahora se hubiera librado de él.

Edward se quedó quieto. Ruth estaba indefensa.

Entonces, todos volvieron la vista hacia ella. Ruth era la siguiente. Volvió a gritar.

—Cariño, no pasa nada —dijo Odette, sin moverse del lado de Edward—. Volvemos a casa. Corre.

¿La dejaban escapar? No. Ruth no se movió. Ya había abandonado a Edward una vez y no volvería a ser una cobarde. No, peor que una cobarde. ¿Quién sería ella sin él? Allí, tumbado debajo de ellos, parecía estar sin vida. No sabían lo que hacían al separarlos. Ruth ni siquiera sabía montar en bicicleta. Era inútil, una marioneta vacía, y siempre le había necesitado...

—¿Rin? —dijo Odette débilmente.

Ruth se echó a llorar.

—Dejad de hacerle daño.

Odette se quedó anonadada.

—Le estás haciendo daño —le rogó Ruth—. Por favor, para. Le necesito. ¡Le necesito!

No se sentía los pies. Estaba clavada al suelo.

—Que alguien la atrape —ordenó Mauve—. Tenemos que irnos.

—¡No me toquéis! —exclamó Ruth—. ¡Me resistiré! ¡No os acerquéis a mí!

La carpa estaba inmóvil. Olía a sangre, sudor y colonia demasiado dulce. Ruth estaba sola.

Una muchacha asustada y consumida, atrapada tras el rostro y el atuendo de una mujer mayor. ¿Qué había hecho con su vida? Con sus decisiones, había conducido a estas personas hacia Edward, había reunido a sus enemigos sin saberlo. Se pensaba que estaba buscando el amor cuando, en realidad, siempre lo había tenido. Ed y ella podrían haber sido felices, podrían haber huido juntos y nadie les habría encontrado jamás.

—¿Jefa? —preguntó Jo mientras avanzaba.

—No, Jo, quédate detrás —dijo Odette.

Mauve corrió hacia Jo y saltó por encima de la barrera de separación. Ruth se revolvió y retrocedió.

—¡No! No vuelve a la realidad…. —Jo siguió avanzando. Ruth se notaba el pulso en el pecho—. Jefa, eh, somos nosotros. Hemos venido. Vámonos a casa. Tenemos que… Tenemos que irnos.

Nadie había recogido el arma todavía. Edward había sido bastante inteligente para hacer que la dejaran en el suelo. A lo mejor Ruth sí podía salvar a Ed. Se preparó.

—Sé lo que le estás haciendo, Odette —dijo Ruth—. Lo mismo que me dijiste que él había hecho. Sois iguales, a pesar de lo que digas.

—¿Cuánto tiempo más puedes mantenerle sujeto? —preguntó Kell. Los ojos de Odette estaban clavados en Ruth, como si esta ya le hubiera disparado.

Jo dio otro paso al frente y se situó en el bordillo de la pista central.

—¡Eh, Jefa! ¡Mírame! Nos estamos quedando sin tiempo. No estoy creando ningún espejismo, esto es real. Y te digo que tenemos que irnos a casa. Este no es tu sitio. Este lugar es frío y aterrador, y tu circo es brillante, hermoso, todo lo que siempre habías querido, ¿comprendes? Tenemos que irnos.

El circo era una mentira. Esta niña podría matarla en unos segundos. Volvió la mirada hacia Ed, que yacía soñoliento, contemplando el techo de la carpa que había levantado por ella. Ruth tenía que encontrar el valor para conseguir el arma.

—Dios santo, Edward.

—No le mires, es un cabrón —dijo Jo—. Sé que quieres hacerlo, pero no puedes. Mírame a mí. No tenías ninguna razón para venir hasta aquí y salvarme el culo porque soy idiota, pero lo hiciste. Porque sabes lo que de verdad significa querer a alguien. ¿A que sí? Nunca me lo reconocerás, pero sé que eres una tontorrona.

—Por favor, dejad que me vaya —rogó Ruth.

—Ni hablar —se negó Jo—. No pienso hacerlo.

—Jo —dijo Odette—. No puedo sujetarle eternamente, se va a despertar. Retrocede...

Ed gimió. Los dedos de Jo se crisparon. Ruth sintió que algo se le atascaba en la garganta, pero Jo no se movió. Ed regresaría con ella; no le ocurriría nada.

—Creo que vas a tener que contener a la Jefa hasta que consigamos sacarla de aquí —dijo Kell.

Un escalofrío le recorrió las costillas y la columna vertebral a Ruth, y le produjo dolor de cabeza. No, jamás.

El arma estaba en el suelo, a la derecha. Edward se encontraba delante de ellos. Pero a Ruth no le hacía falta el arma. Si utilizaba su propio cuerpo como escudo y mantenía a Ed cerca de ella, no les dispararían. Para sacarle de allí, solo tenía que acercarse a él.

Ruth no dejaría solo a Edward. Otra vez no.

Ruth se lanzó hacia delante. Mauve, Odette y Kell se prepararon y cerraron los ojos.

Pero Jo se interpuso de golpe entre Ruth y los demás. Levantó las manos y los colores empezaron a manar de ellas. Con un rápido movimiento, la niña abrió las palmas.

De los dedos salieron colores.

Y esas tonalidades giraron en el aire.

Un azul iridiscente que brillaba como las estrellas y se elevaba hasta lo más alto de la carpa. El negro y los tonos de gris salieron flotando para formar galaxias, profundos océanos de morado y rosa, y el sonido de violines y profundos violonchelos junto a la música de un tiovivo.

El olor de las frescas mañanas de verano, el sonido de los pájaros sobrevolando un lago cubierto de neblina matutina, los amaneceres sobre las montañas, la tranquilidad de un maizal, el inmenso cielo azul de Kansas.

Entonces apareció el circo.

La brillante luz de una mujer, rodeada de calidez y resplandeciendo de alegría, de pie, en el centro de una pista. Se rio, su voz resonó y su pelo voló bajo la chistera negra. El desfile de los artistas la rodeaba, marchando, envolviéndola. Jo dibujó a la mujer con pecas, medias sonrisas, unos luminosos ojos negros que reflejaban a todos los que había a su alrededor.

Esta jefa de pista hacía que las estrellas bailaran en el cielo.

—Te veo —dijo Jo—. Todos te vemos.

En alguna parte de su interior, recordaba haber visto a Josephine mostrando al público sus visiones mientras sus ojos se iluminaban. Recordaba el calor de los focos en las mejillas, mientras Odette volaba por encima de su cabeza y Mauve entonaba su canción.

La música nunca había existido con Edward.

Pero con Mauve siempre hubo música, como la canción que flotó por el patio la noche que quiso terminar con todo. Siempre había una pequeña cadencia en alguna nota de su voz suave y confiada. Unos brazos abiertos y acogedores; un coraje que no podía extinguirse.

Y con Odette pasaba lo mismo.

Vio cómo su mujer lo contemplaba todo con ojos suplicantes y el corazón desquebrajado. Odette mantenía a Edward en el suelo, junto a Kell, mientras le cubría la boca y le mantenía la cabeza y la espalda erguidas, prestando atención. Estaba dolida, pero no apartaba los ojos de Rin.

Bailes en adoquinadas calles francesas, abrazos bajo viejas sábanas de segunda mano que, aun así, eran especiales porque eran lo primero que habían comprado con su propio dinero… Pequeños momentos que funcionaban como notas en un pentagrama para cinco cuerdas, que entrelazaban sus dedos y ataban sus hilos hasta convertirlos en uno.

«Tú eres mi música, Odette».

Los colores volaron alrededor de la mujer mayor, la abrazaron y la llenaron de una luz cálida. Se produjo un cambio importante: el puente de una canción hermosa y perfecta la golpeó directamente en el corazón. Una fuerza incondicional y compasiva, colmada de una clase de esperanza que la historia todavía no había conseguido borrar de los humanos: el amor.

Había amor.

Los colores desaparecieron y todos regresaron a la carpa negra y vacía.

Edward, que movía los ojos de un lado a otro, seguía revolviéndose debajo de Odette. Pero aún tenían tiempo de salirse con la suya. Odette miró a Rin con los ojos llenos de lágrimas por el miedo y el agotamiento.

La propia mano de Rin tembló. Trató de encontrar su centro, de sentir su cuerpo, sus entrañas, su corazón. Y entonces vislumbró las cosas que ni siquiera la Hiladora de Sueños podía ver. Su madre, encendiendo unas velas. Con su vestido plisado de cuadros, su orgullosa espalda erguida cuando cruzaba los brazos sobre su estómago y se agachaba, sonriente, para ver a su pequeña. A su hija.

Un recuerdo de esa niña en la playa, que corría descalza sobre la arena que se le metía entre los dedos al pisarla y cuyo sendero recorría velozmente antes de que las olas lo borraran. Sintió el viento en sus mejillas, su pelo ondeando tras las orejas y extendiéndose como un tren. Algún día, pensó, correría tan rápido que volaría alrededor del mundo. Más allá de Nueva York, del mar; se lanzaría al viento y también a la aventura. Se reía porque era valiente. Se reía porque era feliz.

Y se había lanzado al viento, chillando, consciente de que el mundo la recogería.

Ahora se encontraba sobre el suelo de lona de una carpa con la pintura descascarillada. Se llevó las manos al estómago y trató de calmar los temblores.

—¿Rin? —preguntó Jo, y se acercó unos pasos con sumo cuidado.

Rin la estrechó entre sus brazos, y la joven cerró los puños alrededor de su camisa para atraerla hacia sí. Rin respiró hondo; el oxígeno había vuelto a su sitio.

—Vámonos a casa —murmuró la Jefa de Pista.

Pero entonces las manos de Odette se apartaron. Edward escapó con un grito del hechizo de Odette, con el pelo pegado a la frente por el sudor y los ojos inyectados en sangre, y se abalanzó sobre Rin, agarró a Jo y le retorció el brazo. Odette se lanzó hacia delante, pero Edward se dio la vuelta velozmente.

—¡Yo también tengo una Chispa que funciona con la mente, zorra estúpida! ¡Odette, quédate donde estás y no te atrevas a moverte!

Odette se quedó clavada en el suelo como una estatua. Jo forcejeó y su pánico aumentó cuando Edward volvió a centrarse en ella.

—Todos habéis fallado. —Sonrió—. ¿Sabes qué voy a hacerle, Ruth? A la mierda con los buenos modales. Voy a vender a este engendro de mocosa al manicomio y te haré olvidarlo con una sola palabra. No volverás a verla, pero echarás de menos a alguien ¡y ni siquiera sabrás por qué! ¡Al menos tu madre sabía quién eras! Un error por mi parte.

—¡Edward, para! —le rogó Rin.

—¡Tócame, Ruth! —Se rio Edward. Sus ojos eran enormes, su mente parecía estar disipándose, como si por fin supiera que había ganado pero se estuviera resbalando sobre el hielo—. ¡Tócame! Puedes viajar por el tiempo, ¿no? ¡Pues hazme viajar! —Retorció más el brazo de Jo para acercarla y la niña gritó—. ¡Deja de gritar, Jo! ¡Y el resto, alejaos!

Mauve, con el rostro descompuesto y lágrimas en los ojos, se apartó como la carga opuesta de un imán. Kell salió de la pista, también atrapado en un llanto silencioso. La sonrisa de Edward se alimentaba de esas lágrimas, y su risa se convirtió en un canto maníaco y perdido.

Entonces Rin le tocó.

—Ruth —dijo—, sé que confiabas en mí. Sé que hubo una época en la que me querías. Volvamos a ella, sea la que sea. ¡Volvamos a ese último instante en el que te parecía que yo tenía algo que mereciera la puta pena!

—No. —Rin trató de mantener los ojos fijos en Odette, en su mujer inmóvil, por cuyo rostro paralizado aún caían las lágrimas. Pero a Rin ya le parecía buena idea escuchar a Edward. Ya buscaba, a través del tiempo, los hilos que asomaban entre las rendijas.

—¡Llévanos a la última vez que confiaste en mí! ¡Ya! —rugió Edward, que lanzó a Jo a un lado y agarró a Rin por el brazo.

Los hilos se desplegaron. La línea temporal se abrió y cayeron en el espacio.

Pero Rin vio que Jo se impulsaba hacia delante.

—¡No, Jo! —le rogó.

Jo saltó y extendió el brazo. Rozó a Rin con las puntas de los dedos.

La Jefa de Pista desapareció junto con el Rey del Circo y la Hiladora de Sueños.

LA JEFA DE PISTA, 1916

Nadie sabe por qué apareció la Chispa. Pero lo hizo durante la guerra.

Los muros de la trinchera chorreaban de barro, que se deslizaba constantemente hacia los pies y provocaba que los soldados hundieran las botas en la mugre y el agua estancada. Había tanques, a lo lejos. Aviones en lo alto. Todo esto era antinatural. El suelo no debía cavarse de esta manera.

Algo destrozó el mundo cuando lo seccionaron en trincheras.

Algo quedó libre. Algo muy bueno. Algo muy malo. No, algo increíble que les tocaba definir a ellos.

Rin se quedó inmóvil, petrificada, contemplando a los chicos de la trinchera que tenía delante. No tardarían en darse cuenta de que había un grupo de artistas de circo con brillantes disfraces entre el fango.

Pero no lo hicieron.

Edward seguía agarrado a Rin, helado, aturdido. No se movía. Apenas respiraba. A la propia Rin le latía tan fuerte el corazón que creía que iba a morir. Y Jo...

¿Jo?

Rin miró a Jo quien, con una mano en alto, proyectaba imágenes que los protegían como un escudo entre el pasado y el presente.

Jo clavó la mirada en los soldados; después, la desvío hacia Rin.

—¿En qué año estamos? —preguntó la niña—. ¿Esto es el futuro?

—No —respondió Rin con solemnidad—. Es el pasado. —Apretó la mano de Jo con fuerza.

Edward gritó. El horror silencioso se había convertido en realidad. Cayó sobre el suelo embarrado y arrastró a ambas mujeres con él.

Rin le apartó de una patada.

Edward sacudió la cabeza, una y otra vez, mientras resbalaba sobre el barro y la mierda.

—¡No! —dijo—. Ruthie, no.

Rin no respondió. Dio un paso atrás y tiró de Jo.

—Por favor —repitió Edward, una y otra vez, sin dejar de desplomarse en el suelo—. No, no seas cruel. ¡Por favor!

—Lo siento —dijo Rin, e iba en serio. Sentirse así era una bondad.

Una lata de gas cayó detrás de Edward y empezó a soltar humo.

Rin agarró a Jo con fuerza, mientras los colores de esta última se desvanecían a su alrededor. La niña estaba demasiado asustada para concentrarse. A Rin también le costaba. Trató de mantener la cabeza fría, de localizar el hilo y separar el velo de la realidad para localizar el camino a casa. Pero estaba paralizada. Ella también recordaba este infierno.

El humo alcanzó a Edward primero, que tosió, perdió la voz y chilló órdenes que el gas no le permitió terminar. Las llamó a través del humo, clavando las uñas, haciendo gestos inútiles.

El humo se acercaba.

Pero entonces, a su izquierda, Rin vio un destello y escuchó un pequeño estallido.

Giró la cabeza.

Vio a una niña que había aparecido entre los hombres moribundos. Una niña con mejillas sonrosadas, trenzas y un vestido perfectamente planchado. Esta niña, esta joven Ruth Dover, contempló estupefacta todo lo que la rodeada. Rin vio que un joven soldado corría hacia ella dando gritos de socorro. Sabía que bajo la máscara de gas de ese muchacho había un rostro hermoso, una voz clara bendecida con una Chispa. Y se estaba acercando más y más a ella...

La niña, la persona que Rin había sido en una ocasión, no pertenecía a este lugar. Esta no era su historia. Había venido desde Nueva York, era joven, debería estar con su madre. Pero había recibido una Chispa. Encontraría a un chico igual de terrible que este lugar y él la seguiría, la asfixiaría, trataría de destruirla.

Rin no notó ningún hilo deshilachado. Veía a la niña con tanta claridad, sin ninguna sensación de mareo. A lo mejor... sí, la Jefa de Pista podría cogerla. La Chispa lo permitía. Podía salvarla. Tal vez las mujeres crecen para convertirse en las personas que necesitaban cuando estaban solas.

Podría concederse su propio deseo. Como un sueño al fin cumplido, podría correr, alcanzarla, protegerla, cambiarlo todo.

«Cambiarlo todo», pensó. Podría hacerlo. Sin la oscuridad del pasado, el futuro...

Pero a Jo le costaba respirar y trataba de gritar en busca de ayuda mientras se hundía lentamente en el barro y se soltaba de Rin. La Jefa de Pista la agarró con fuerza, tiró de ella hacia sus brazos y sus propios ojos empezaron a humedecerse.

El futuro ya había sucedido. Y estaba iluminado por un circo. Rin debía llevarla a casa.

Edward se levantó del suelo cubierto de mierda una vez más, en un último intento. Extendió los brazos hacia ellas con fuego en la mirada.

Rin sacó la luz de su corazón; una fuerza recóndita que manaba de algún lugar más profundo que sus costillas. Se parecía a la música, a la alegría. Era vida, amor y todos los bailes del mundo, y provenía de la niña que, en una ocasión, atrajo la luz de las velas junto a Catherine Dover. Esa luz revoloteó alrededor de Josephine y de ella como una onda sísmica.

El tiempo se detuvo.

El cuerpo del Rey del Circo se quedó congelado. Justo delante de ella. A unos pocos centímetros.

Rin se reclinó. A su espalda, el tiempo se abrió para Josephine y para ella.

Lo último que vio antes de desaparecer no fue a Edward muriendo en la trinchera con su traje negro mientras gritaba sin palabras.

Era incapaz de ver eso.

Miró a Jo y se aferró a sus hombros. Vio el pequeño rostro de la joven, su densa melena negra, y cómo su cuerpo tembloroso se estremecía. La joven estaría bien.

Con tanta suavidad como cuando tomó la mano del muchacho, Rin dejó marchar la trinchera; el hilo entre ella y el muchacho; el humo, el olor a miedo y los sonidos de los aviones en el cielo. Edward se quedó donde debería haber acabado. Un círculo que se cerraba.

La Chispa de Rin chisporroteó como un látigo de luz blanca alrededor de ambas mujeres. Extendió la mano para encontrar su propia época, agarró a Jo con fuerza y saltó hacia delante. Abandonaron el pasado y se marcharon a casa.

LA JEFA DE PISTA, 1926

El verano siempre parecía convertirse en otoño con demasiada rapidez, sin ningún aviso. Y este año no fue diferente, a pesar de todo lo acontecido durante el estío. Un día hacía un calor abrasador entre la hierba verde y los exuberantes árboles y, al siguiente, se olían las hogueras y se escuchaba el sonido de las hojas crujientes mientras la zona central del país se volvía roja y naranja.

Significaba el final de otra temporada, otro brillante torrente de noches con luciérnagas que se recogía para el año siguiente. El invierno era frío e implacable, razón por la que los circos se escondían en lugares como Florida o Texas durante los meses de temporada baja. Sería el momento de desmontarlo todo, abandonar la rutina de los trenes aparcados junto a las fábricas y al final de las calles de los ayuntamientos y las filas de restaurantes que empezaban a entremezclarse, y regresar a la rutina de los ensayos, la elaboración de los presupuestos y la conceptualización de los nuevos espectáculos. Era un final. Una muerte.

Pero este año, Rin acogió septiembre con los brazos abiertos. No hacía mucho frío, y tenía la bonita y gruesa bufanda que Jess le había tejido para que sus pulmones no enfermaran. Los colores del sur de Wisconsin ardían brillantes como si fueran un fuego cálido que iluminaba la línea de meta del *tour*.

A pesar de todos los inconvenientes, habían tenido una buena venta de entradas en el resto de Colorado. Al principio, la gente se acercaba para ver horrores, pero en su lugar recibían mariposas. La oscuridad fue despareciendo de su reputación local a medida que avanzaban por las vías, incluso con los nuevos artistas con Chispa que se habían unido al circo de Windy Van Hooten tras abandonar el circo de las pesadillas: miembros de la *troupe,* una mujer que podía hacer crecer su cuello y extremidades, un sinfín de payasos. Wisconsin les dio la bienvenida con el cambio de los árboles, enormes montones de hojas para aplastar, colinas que iban de una valla a otra y traspasaban el horizonte, y un lago Míchigan que parecía un océano en mitad del país.

Esa mañana de septiembre, Rin sintió el sol sobre las mejillas mientras permanecía junto a Mauve y Odette en la boca del paseo central. Vieron cómo la gran carpa se alzaba, como un lento bostezo, y las casetas, carromatos y atracciones secundarias encontraban su sitio. El circo se estaba instalando en un pequeño suburbio a las afueras de Milwaukee.

El otoño personificaba la muerte para que las cosas volvieran a crecer. Incluso después de que Rin regresara sin Edward, todavía lo escuchaba como una aparición en las horas de silencio, en los minutos desocupados. A veces se preguntaba cuándo desaparecería su voz, todas esas cosas que había aprendido a pensar. Pero no tenía la respuesta. No obstante, todos los días lo intentaba. Y, en ese sentido, sobrevivía a Edward.

Esperaba que en algún momento… no, sabía que en algún momento los días sin él superarían a los días que él la asfixiaba. Porque Edward no era el dueño de la historia de Rin.

—Me pregunto quiénes seríamos si no hubiéramos recibido la Chispa —dijo Odette de repente—. Tal vez alguien diferente, no nosotras. ¿Qué aspecto tendría esa vida?

Los dedos desnudos de Odette y Mauve se entrelazaron con los de Rin. Se mantenían, las unas a las otras, con los pies en la tierra.

—A mí me gusta esta —dijo Rin.

Mauve asintió.

—La luz incide en los árboles de una forma bonita —dijo—. Y la comida siempre está buena. Y estamos todos aquí. Incluso los que... bueno, me gusta pensar que incluso mi padre. —Mauve sacó una pulsera. La miró y formó una sonrisa—. Me he aferrado a esto.

Rin tomó la pulsera: «Hoy no», decía. Con el follón del final del verano, se le había olvidado por completo. Ahora que volvía a estar en su mano, ligera como una pluma, sintió que un peso volvía a tirar de ella hacia abajo. Volvía a centrarla en el mundo.

Rin se la guardó en el bolsillo.

—No nos rendiremos en el futuro —dijo, y contempló la constelación de colores de los árboles—. Pero tampoco nos rendiremos con todo esto.

✳

Había mucho que hacer el día de la última actuación. Desayunos, libros que cuadrar, cuarteles de invierno que poner a punto, ensayos, el propio final del espectáculo y, bueno, Jo. El desayuno terminaría pronto y Rin se marcharía a ver a su Hiladora de Sueños.

Pero primero, la Jefa de Pista se sentó con Odette, una al lado de la otra en su vieja colcha; Odette con las piernas cruzadas y Rin apoyada en la pared.

Su mujer había estado muy callada desde que habían regresado de las carpas negras. Rin nunca había querido que supiera lo que se sentía cuando el Rey del Circo entraba en tu cabeza. Pero Odette le había dicho que el Rey del Circo no era lo que la había asustado.

—Lo he estado pensando —dijo Rin, ahora, mientras la tomaba de la mano—. Cariño, puedes rebajarme los años que me sobran...

—¿Qué?

—Solo un par de décadas —dijo Rin—. Pero eso significa que tenemos que encontrarnos a medio camino. Viviremos una vida, una de verdad, pero se acabó fingir que no somos viejas. Y que no somos jóvenes. Somos quienes somos.

De manera que Odette tocó a Rin y su rostro volvió a ser joven. El pelo le creció con un castaño rojizo, lleno de rizos

410

elásticos. Las arrugas se suavizaron, el cuerpo se irguió y, allí, con las mismas ropas gastadas, apareció una jefa de pista más joven. Todavía era lo bastante mayor como para lucir algunas canas, pero también lo bastante joven para haber conseguido algunos miles de días más. Rin había olvidado lo que se sentía en la cúspide de la vida.

—¿Me seguirás queriendo cuando tenga arrugas? —preguntó Odette.

Rin la besó.

—Siempre —respondió.

—Y vamos a adoptar un perro —rio Odette.

—¡No!

—¡Un perro, Rin! —dijo Odette—. Uno bien grande.

—Pero si eres alérgica.

—Utilizaré mi Chispa.

—¿Para arreglar constantemente tu sinusitis?

—Si eso significa que tendré un perro, sí. —Odette sonrió con picardía—. Voy a llamarlo Chispitas.

Rin se rio por la nariz y ya no pudo controlarse.

—¡Calla! —dijo—. Señor…

Y las dos se echaron a reír con esa clase de risa que no se puede parar. Y estuvieron así todo el tiempo, hasta la hora de la comida.

※

La Jefa de Pista y Jo se encontraron en otro campo, este rojo y dorado, como si estuviera en llamas. Jo estaba callada y no paraba de lanzarle miradas a Rin, como si tratara de llegar a su corazón a través de la piel y ver si todas las heridas se habían cerrado como debían.

Ojalá Rin pudiera hacer lo mismo con Jo. Día tras día, la trinchera se iba alejando, pero la mujer sabía que, aunque Jo estuviera a salvo de Edward King, un alma había herido a otra, y curarse llevaba tiempo.

Ahora la niña disponía de ese tiempo. Ambas lo tenían.

—¿Sabes qué día es mañana? —le preguntó Rin.

Jo negó con la cabeza.

—Mmm… ¿sábado? ¿Dieciocho de septiembre? ¿La semana de clausura? ¿Algo del pasado? ¿Tu cumpleaños? No, ¿el cumpleaños de Mauve? ¿El de Odette? ¿De quién es el cumpleaños?

—Es una festividad llamada *Yom Kippur* —dijo Rin, que se metió las manos en los bolsillos de la chaqueta de terciopelo. Dos pequeños parches que resaltaban, perfectamente dispares, sobre el color rubí—. Según la tradición judía, el Libro de la Vida se abre en *Rosh Hashanah,* lo que sucedió la semana pasada. Mañana, el Libro de la Vida se cierra durante otro año entero. Y mientras el libro está abierto… puedes cambiar tu historia. Puedes dejar ir las cosas que no quieres, puedes perdonarte a ti mismo y a los demás, y que te perdonen por todas las cosas que salieron mal. Vuelves a ser la persona que desearías ser, a la persona que fuiste una vez.

—*Teshuvah* —dijo Jo, y Rin la miró—. ¿Qué? Te escucho.

Pronto, los largos e inhóspitos kilómetros de abundante pradera se volverían marrones porque su tiempo se agotaba. Los libros se cerrarían. Los finales darían su comienzo. Las luces generales se encenderían mientras el público se marchaba.

Pero Rin no quería que acabara nunca.

—Tenemos una actuación esta noche y eso es en lo que tenemos que centrarnos —siguió Rin, sin perder el ritmo—. Has avanzado muchísimo este mes.

Jo se rascó el brazo e inclinó la cabeza para mirarse los pies. Rin recordaba la primera actuación que habían dado después de volver de la pesadilla que había engullido a Edward King por completo. Antes del espectáculo, había localizado a Jo en el vagón de las literas, no en el vestuario ni en los calentamientos, ni en el patio trasero. Le había preguntado qué demonios hacía allí sin su traje, holgazaneando con una caja de palomitas dulces y leyendo una tira de tebeo. Jo la había mirado como si le hablara en chino.

—¿Quieres que… vuelva a los escenarios? —preguntó la niña, incrédula—. ¿Después de lo que hice?

—¿Quieres volver a los escenarios después de lo que hice yo? —le preguntó Rin a su vez.

Jo había confiado en ella lo suficiente para no volver a intentar lo del espejismo de la bomba. Pero Rin se había mostrado de acuerdo en que Jo emitiera advertencias sobre el futuro con una narración más velada y dramatizada de lo que podría pasar. Eso es lo que hacían las catarsis: alertar, inspirar, pero no asustar. De manera que Jo había mostrado a un único soldado, caminando a través de una nube de polvo con lágrimas en las mejillas. Su ilusión iría creciendo a su alrededor para mostrar un pueblo cualquiera, destrozado por la guerra, aunque sin ningún cadáver a la vista. Que el público se imaginara que era un lugar que conocían en algún sitio que adoraban. A lo mejor, entonces sentirían la necesidad de intentar mantenerlo a salvo. La escena aparecería y desaparecería sobre una hermosa montaña en Nunca Jamás; un «qué habría pasado». Rin lo montó con un discurso sobre las posibilidades del mañana, y después pasaban a lo que fuera que Mauve les hubiera aconsejado.

Ahora, Rin se aclaró la garganta.

—Sé que Mauve y tú habéis dado con la forma de hablar de las cosas y dejarme a mí al margen —reconoció.

—Pero imagino que esta mañana te la has saltado —dijo Jo.

—No creo que ese sea el término adecuado.

—¿Cuál? ¿Saltártelo?

—Vamos a dejarlo —dijo Rin—. Y sí, he ido a hablar con ella y creo que hemos resuelto lo que necesitamos. Lo que quieras mostrar en el espejismo final sigue dependiendo de ti, claro está.

Jo se aclaró la garganta y preparó las manos. Cuando regresaron del viaje de dejar a personas horribles en horribles pasados, Rin sí se había preguntado si Jo querría volver a utilizar su Chispa. Y había querido. Las pesadillas seguían ahí, pero la niña también había aprendido que se podía sobrevivir al miedo. Jo era más fuerte que cualquier persona que quisiera hacerle daño.

—Vale, dispara —dijo Jo.

Rin se alejó unos pasos y cruzó los brazos por encima de los botones de su chaqueta de terciopelo rojo.

—Esta noche vendrá alguien que debe tomar una decisión difícil, y tienes que ayudarle a ver el futuro. Es decir, necesitamos que le muestres el mejor futuro que se te ocurra. ¿Cómo sería el *teshuvah*? Cuando el Libro de la Vida se cierre, ¿qué debería quedar por escrito en él?

—Raro, pero vale —dijo Jo, y cerró los ojos—. Sé exactamente cómo sería.

—¿Ah, sí?

—Sin guerra. Sin más Reyes del Circo. Sin más pesadillas ni más muertes —dijo Jo, y levantó las manos.

—No nos pongamos a la defensiva con lo que no corresponde —dijo Rin—. ¿Qué cosas positivas incluirías?

Jo respiró hondo.

—Paz —dijo—. Familia.

Entonces apareció, veloz, la cosa más fácil de crear del mundo.

Jo conjuró un antiguo granero y sus viejos perros, que hacía tiempo que habían muerto. O tal vez no hubiera sido hace tanto, si se paraban a pensar en lo rápido que parecía avanzar el tiempo cuando todo lo demás se había perdido. Pero Rin notó que solo habían pasado unos años, y que el alivio de volver a verlo era como regresar a casa. Charles y Jo solían dormir en el granero en Marceline. Era su pequeño castillo, y los perros les protegían. El búho del granero era su mayor enemigo. Y también las serpientes. Pero no molestaban a los niños si se mantenían alejados del heno de la esquina.

Era un sitio silencioso. Si se escabullían en mitad de la noche, el cielo entero les pertenecía, con las estrellas y todo.

—Marceline —dijo Rin, que, tras adivinarlo, se adentró en el espejismo del granero que parecía tan real. El sol se filtraba a través de las rendijas de las puertas de madera, iluminando la paja y el polvo. Como los focos del circo.

Este sitio era igual de mágico.

—Charles y yo éramos felices aquí —dijo Jo.

—Eso es el pasado —comentó Rin.

—Espero que algún día deje de serlo —añadió Jo—. No sé, me da la impresión de que todo el mundo tiene un sitio al que trata de volver. Alguien podría decir: ¡*teshuvah*!

Rin le revolvió el pelo a Jo.

—No significa eso exactamente, pero sí.

—Puedo ser muy lista —dijo Jo, que se sentó sobre una bala de heno... en el espejismo.

Rin desvió la vista hacia la viga transversal, donde Jo y Charles habían escrito sus nombres junto al de su hermano desaparecido. Ahí estaba: Jacob. Tan real como lo había sido él en una ocasión.

Rozó las letras, y su mano las tocó de verdad. La madera, las muescas de las líneas talladas, las astillas que le rozaron la piel, eran reales.

—Te estás haciendo más fuerte —dijo Rin—. Ahora puedo tocar tus dibujos.

Jo asintió.

—He tenido una buena profesora, ¿eh?

Rin sonrió, aunque tenía la sensación de estar a miles de kilómetros de distancia.

—Oye —dijo Jo—, ¿puedo preguntar quién es la persona? ¿Qué decisión tiene que tomar exactamente? Porque no creo que mi granero vaya a ayudarla.

—La ayudará —dijo Rin, y dejó caer la mano.

Jo observó a Rin durante unos segundos, y Rin intentó que la expresión de su rostro no se viniera abajo, que no se le notara lo mucho que le dolía todo esto por dentro. Le recordaba al dibujo que Jo le había mostrado la primera vez que practicaron, cuando Charles y ella se quedaron mirando a su hermano mientras este se marchaba por la puerta. La inevitabilidad. El dolor. Nadie sabe realmente lo que duele el amor hasta que la puerta se cierra detrás de alguien para siempre. Jo había querido tanto a su hermano que sentía un dolor en el pecho.

Y Rin también lo notaba.

—Oh —dijo Jo, desanimada—. Yo soy esa persona, ¿verdad?

Rin asintió sin mirarla. Volvió a tocar la viga que tenía delante.

—Bueno, pues a la mierda —dijo Jo, y se levantó—. No pienso irme, acabo de llegar. Me necesitas. Me esforcé mucho con el asunto de las carpas negras.

—Tal vez te necesitemos —respondió Rin, que dejó atrás los nombres grabados y bajó la mano. Sus ojos negros se centraron en los de Jo— pero, ahora mismo, tienes que mantenerte a salvo. Lo hemos intentado todo para evitar la guerra. Pero ni lo hemos conseguido, ni lo conseguiremos.

Jo se quedó inmóvil.

—Y tu hermano…, pero eso ya lo sabes —dijo Rin. Bajó la mirada hacia la paja sobre las botas—. Entiendo por qué hiciste lo que hiciste esa noche. Es la razón por la que, ahora, yo tengo que hacer lo que tengo que hacer.

—Vamos, que te rindes —agregó Jo—. No puedes rendirte.

—No me estoy rindiendo —dijo Rin—. Seguiremos intentándolo aunque eso me mate. Pero vamos a intentarlo desde aquí, desde el presente. Trataremos de conseguir un cambio positivo de la forma en que los humanos y las sociedades lo hacían antes de la Chispa. Pero eso no significa que vayamos a conseguir detener la guerra. Tal vez no cambiemos lo suficiente.

—¡Eso no lo sabes! ¡Las cosas pueden cambiar!

—Así es —dijo Rin—. La cosa es que no sé si puedo salvar al mundo, pero estoy segura de que puedo salvarte a ti.

El silencio resonó a través de la luz del sol del granero.

Pero el espejismo no desapareció. Jo lo necesitaba. Necesitaba sentir su calor, necesitaba recordar cómo era tener un hogar.

—Es tu decisión —dijo Rin en voz baja. Su estruendoso rugido había desaparecido y su voz estaba llena de grietas—. Si quieres quedarte con nosotros, puedes hacerlo, pero nos encantaría trasladaros a ti y a Charles a un tiempo en el que estéis a salvo.

—¿Después de la guerra?

—Después de esta guerra —dijo Rin—, habrá otra. Y otra, y otra. Pero también hay… momentos de paz. —Levantó la vista hacia el techo, hacia donde Jo había colocado un nido en una viga—. Volvimos a esa ciudad, a Hiroshima. Décadas tras la guerra. Volvía a haber edificios, aire limpio, niños, familias. Las tres paseamos por el río, tomamos una comida rica y… todo iba bien. —Rin se encogió de hombros—. Al menos, en ese momento. A veces es lo único que podemos hacer: buscar esos momentos. Además de desear que se repitan cada vez más a medida que avanzamos. —Rin sonrió con tristeza—. A mí me consuela pensarlo; no me queda otra.

Jo, exhausta y con cara de estar mareada, apretó los dientes.

—Vamos, que vas a mandarme al Japón del futuro a hacer turismo, mientras tú y el circo seguís adelante, ¿no? —dijo—. No me quieres, ¿es eso? ¿Y por qué no nos vendes a los hombres de los furgones? ¡Al menos así te sacarías un dinero!

—Te prometo que nunca terminarás en los furgones —dijo Rin—. En el futuro no existen; están prohibidos. Habrá otros horrores, pero algo es algo. Es un comienzo; todo esto lo es.

Se produjo otra pausa entre la niña y la mujer leona.

—No quiero que te vayas —dijo Rin.

—¿Entonces por qué tengo que irme?

—Porque en todos los años y futuros que hemos visitado, si te quedas, Charles no sobrevive nunca y, a veces, tú tampoco —explicó Rin—. Te vi morir incluso antes de conocerte. Las cosas pueden curarse tras las guerras, pero no todo el mundo sobrevive para verlo. Lo más importante, sin embargo…, escúchame, por favor, no me interrumpas… lo más importante es que deberías irte porque quieres. —Señaló el hermoso granero que les rodeaba con un gesto de las manos—. Porque este es el futuro que quieres y, si tienes el poder de convertirlo en realidad en el presente, no deberías esperar a que aparezca. —Pensó en la dulce sonrisa de Odette, nada más despertarse en la cama que compartían con la colcha gastada. Pensó en sus suaves brazos desnudos, en sus ojos brillantes, en todo el júbilo que ya no se retrasaría más.

—No —respondió Jo, y sacudió la cabeza con furia.

—No te obligaré a irte —dijo Rin—. Pero cuanto más tiempo te quedes, más duro será marcharse. Y este sitio es un viaje para ti, no es el destino al que quieres llegar. Mira a tu alrededor, Jo, mira lo que has creado.

—Nunca volveré a veros a ninguno.

—Podrías volver de vez en cuando para hacer un número especial, si quieres. Y, evidentemente, yo iré a visitarte.

—Hasta el día que dejes de hacerlo —insistió Jo—. Hasta el día en que la guerra te mate y yo no esté allí para evitarlo.

Rin avanzó hacia ella. Levantó una mano y la posó sobre su mejilla. Unas lágrimas calientes recorrían el rostro de la niña y caían sobre las arrugas de los dedos de Rin. Y cuando Jo levantó la mirada hacia ella, debió de ver unas lágrimas, incluso más silenciosas, que recorrían lentamente el rostro de la Jefa de Pista.

Rin deseó que todo esto no tuviera que doler tanto.

—Tu hermano vivirá —dijo Rin—. Y tú también. Y, por lo tanto, todo irá bien.

Soltó a Jo y se desabrochó la chaqueta. Se descubrió los hombros, después los brazos y finalmente las manos.

Sujetó el terciopelo rojo entre los dedos y, a continuación, le pidió a Jo que se diera la vuelta.

La niña la obedeció. La nariz de Rin estaba atascada; su corazón se estaba rompiendo, justo cuando pensaba que no le quedaban más cosas que romper.

Rin deslizó con delicadeza la suave seda de la chaqueta impermeable por la muñeca de Jo y después le envolvió el cuerpo con ella. Casi como en un sueño, le abrochó los brillantes botones negros y le arregló las mangas.

Jo se dio la vuelta con la chaqueta de terciopelo en su sitio.

Rin la miró como si llevara un vestido largo y le dedicó una sonrisa de puro orgullo.

—Eso es —dijo, y le colocó las manos sobre los hombros—. No te queda mal. Consigue un poco más de carne para esos huesos y te sentará de maravilla.

El espectáculo debía continuar.

✳

La última actuación de la Hiladora de Sueños se aderezó con iridiscentes mariposas azules. Mauve entonó una canción nueva, una hermosa historia sobre el encuentro con un viejo amigo tras un largo viaje. Los payasos volvieron con sus zancadas y Tina clavó su número. Jess resplandecía mientras montaba sobre Tina a lo largo de la pista. La risa de Agnes, las llamas de Yvanna, el recital de Ming-Huá, los chistes bruscos de Boom Boom, todo el conjunto con sus saltos y piruetas… que culminó con la música del señor Calíope y el trabajo técnico de Maynard, en los que Rin vio un alma entera compuesta de pequeñas partes; una orquesta que sonaba a través de miles de notas. Todos juntos componían el circo.

Odette, la Trapecista, voló por lo alto, enrollando su cuerpo y alargando las manos a través del aire mientras relucía a la luz de los focos.

Rin la sujetó cuando descendió y le acarició la mejilla en el momento en que Odette la abrazó por la cintura. Nadie del público dijo nada. Era un comienzo, un pequeño acto de valentía.

Entonces se terminó. El final llegó y se fue como una fiebre. Los grandes momentos a veces lo son tanto que el cerebro no puede comprenderlos. Aparecen y desaparecen como una sacudida para el sistema. Todo el trabajo del verano había finalizado; ahora solo era un recuerdo en algunos carteles de regalo, y el polvo se asentaba en el suelo mientras el público se marchaba despacio bajo las luces del paseo central.

Rin contempló cómo la multitud se disipaba; todas esas personas que se encaminaban hacia el futuro. Quería echarse a llorar. La vida seguiría adelante, incluso cien años después. Pero no todo el mundo estaría en ella. Las sombras de los fallecidos seguirían cubriendo a los vivos, como siempre. No tenía sentido la cantidad de vidas que iban a perderse.

La gente del circo se quedó sola en la pista, bajo las luces refrescantes, la luz fantasma aún encendida y sin rastro de los espectadores, salvo por el reguero de cubos de palomitas abandonados.

Mauve era la única que sonreía con una taza de café en la mano.

—He decidido que hoy es el día para intentar esto —dijo, alegre—. Estaba cansada de esperar. —Nadie más se unió a su alegría, así que suspiró—. Me gusta no esperar a la felicidad.

Todo el mundo se abrazó, se firmaron los carteles los unos de los otros y se atusaron mutuamente el cabello. Normalmente, la clausura, el golpe de la última actuación de la temporada, era un día feliz. Pero este año había sido distinto, y los dos niños que habían conseguido que este sitio brillara se marchaban. Por el momento.

A pesar de que Charles no lo aceptaba.

—Ya te lo he dicho —le repitió Charles a la Jefa de Pista con lágrimas en el rostro—. No pienso irme. He venido a despedirme de mi hermana, pero yo no me voy.

Jo lo miró fijamente.

—Charles, ¿qué leches? Tenemos que irnos. Morirás si no nos vamos.

—¡Pues me muero!

Odette se acercó a ella y a Mauve.

—Esto... —murmuró por la comisura de la boca—, tal vez deberías echar a perder tu sorpresa para que se vaya.

Mauve le dio un codazo a Odette.

—No, no estropees la sorpresa. He trabajo un montón en ella.

—Quiero dar mi opinión sobre lo que me ocurra —dijo Charles—. Te he dedicado mi vida, Jo. Eres mi hermana y siempre te querré. Pero tengo que vivir mi vida. —Miró a Kell y se agarró a su brazo—. Jo, aquí soy feliz.

Rin sabía que esto formaba parte de hacerse mayor, pero miró al señor Weathers que, a su vez, tenía la vista fija en su hijo.

—¿Kell? —preguntó el señor Weathers, como si no se hubiera percatado del chico que se había agarrado al brazo de su hijo hasta ese mismo momento.

Kell negó con la cabeza.

—No, no, no —dijo—. Yo también puedo dar mi opinión, ¿verdad? —Sujetó a Charles por los hombros y le miró fijamente a los ojos—. No. Si te quedas, morirás.

—Y tú también —dijo Charles.

—Su muerte no está escrita en piedra —dijo Mauve—. No como la tuya.

—¡Eso no es justo! —protestó Charles.

—Confío en ellas —dijo Kell—. ¿Confías tú en mí?

Rin miró a Jo. La joven observaba cuidadosamente a su hermano, como si contemplara un cuadro que ya había visto miles de veces pero que seguía sin comprender. Charles era estoico. Solo veía a Kell, nada más. Asintió y su melena abundante le cayó sobre los ojos. ¿No era un crío apenas unos meses antes? Ahora, por cómo miraba a Kell, se sentía como si hubiera crecido un millar de años en un solo verano.

Claro que no era el único.

—Esto no es el final —dijo Kell—. Regresaré a por ti. Iré a visitarte. Pero necesito que estés vivo, Charles.

A lo mejor, Rin debería estropear la sorpresa. Pero, sinceramente, daría lo mismo. Charles amaba a Kell, y Rin sabía que nada podría alejarlo de Kell.

El señor Weathers observó a su hijo de cerca. Rin vio a Bernard en los dulces ojos del hombre; vio el dolor de su madre en la forma en que retorcía las manos.

—¿Estarán a salvo, allá a donde vayan? —preguntó el señor Weathers en un susurro, con la voz tan áspera como la gravilla—. ¿Podrán estar todos juntos sin que nadie les moleste?

Mauve asintió.

—Estarán a salvo.

—Ve con él —dijo el señor Weathers. Esas palabras provenían de un corazón abierto—. Vete, hijo. Ve con ellos.

Kell miró a su padre, perplejo.

—Papá…

—Los tres os haréis falta mutuamente —dijo su padre—. Vete, Kell. Por favor.

Kell tomó a Charles de la mano. Sus ojos cálidos reprimieron algo: las lágrimas. De alegría, tristeza o ambas, Jo no lo sabía. Pero Charles no estaría solo y Kell tampoco. Ese era el sacrificio que el señor Weathers haría por ellos.

Lo más difícil de querer a un niño era dejarlo volar del nido. Pero, al fin y al cabo, esa era la cuestión: que llegara el momento en el que ya no te necesiten más.

Jo les rodeó los hombros a Charles y Kell, que no se soltaban las manos. Odette y Mauve hicieron lo mismo con la niña. Y después, la Trapecista le tendió la mano a Rin.

LA JEFA DE PISTA

Estaban en un campo verde, bajo el cielo azul. Había un gran lago junto a una granja. Un granero, en el otro extremo del campo, al final de un camino de piedra, se erigía robusto frente al amanecer, con girasoles plantados alrededor de toda la estructura.

—Kell —susurró Charles. En su voz, Rin notó que su corazón había aligerado un poco la carga—. Conozco este sitio.

A Rin no le gustaban los finales.

—Jo —dijo Charles—, se parece a Marceline.

No habían disfrutado del tiempo suficiente con ellos. Solo unos pocos meses, que habían pasado demasiado deprisa.

—Es Marceline, y es vuestro —añadió Mauve—. Hemos comprado la escritura de los terrenos.

—¡Cielo santo! ¡El lago es nuestro! —Asombrado, Charles avanzó con torpeza por la hierba y corrió hacia el lago. Kell le siguió y extendió las alas sobre las ondas de hierba de la pradera.

Jo se quedó atrás y Rin la miró. La niña estaba sonriendo, pero no se movía.

—Más te vale volver —le dijo Jo a la mujer que tenía al lado.

—Volveré —dijo Rin—. Mientras siga en este mundo.

—Te espero para el desayuno, entonces —dijo Jo.

Rin se rio.

—Siempre te peleas conmigo en el desayuno.

—Pues entonces para la cena —dijo Jo.

—Mejor —contestó Rin. Mauve se alejó del grupo por el camino de piedra para explorar el granero. Odette le apretó a su mujer la mano con cariño y también se marchó. Jo vio cómo se alejaban, pero Rin se acercó más a ella.

—Ahora veamos —dijo, mientras Jo se apartaba el pelo de la cara y miraba, expectante, a la Jefa de Pista a los ojos. Rin quería recordar para siempre el aspecto de Jo en ese momento, una niña pequeña y bajita... no, ya no era una niña... estaba creciendo. Era una Hiladora de Sueños—. Veamos —repitió, en un nuevo intento, y se aclaró la garganta—. Tengo tres preguntas antes de marcharme.

—¿Tres preguntas? Vale...

Rin vio que Charles saltaba al lago y que soltaba un chillido de alegría.

—¿Estás aquí por voluntad propia?

—Sí —respondió Jo, y asintió.

—¿Entiendes que, ahora, esta es tu vida y que no siempre será fácil trabajar en una granja en el Medio Oeste?

—Sí —respondió Jo, asintiendo.

—Muy bien —dijo Rin, y sus ojos vagaron de nuevo hacia la joven. La chaqueta de Rin le quedaba enorme sobre los hombros. Jo debía tener un aspecto absurdo, pero la Jefa de Pista sentía mucho orgullo y cariño, por la forma en que la llevaba puesta.

—Algún día —dijo—, Mauve, Odette y yo no seremos capaces de seguir dirigiendo el circo. Y quizá todavía no sea seguro para nadie. Ese día, los enviaré a todos aquí. ¿Los mantendrás a salvo por mí?

Jo soltó una risita. Ahora parecía que la chaqueta se la había tragado entera. Pero por la forma en que Rin la miraba, estas palabras no eran una posibilidad o una estimación. Eran una realidad.

—No estarás sola —dijo Rin—. Kell y Charles estarán a tu lado. Y darás con más personas a lo largo del camino que necesitan que las encuentren. Aun así...

—Sí —respondió Jo. Lo dijo rápido y con convicción; lo dijo porque iba en serio.

Con esa palabra, Rin sintió que sus preocupaciones se disipaban. Sus hombros se relajaron, descruzó los brazos y un breve momento de paz flotó en el ambiente entre ella y Jo.

Un momento en el que podía permanecer allí, bajo el sol, sin más.

—Sigue utilizando tu Chispa y nunca olvides lo oscura que era —añadió Rin—. Nunca dejes de caminar hacia la luz. Nunca olvides que seguimos luchando. Pero sobre todo —dijo—, nunca olvides que te mereces la felicidad y esperanza que ahora sientes.

—¿Harás tú lo mismo? —preguntó Jo, e hizo un gesto con la cabeza en dirección a Mauve y Odette.

Rin miró a las dos mujeres que la estaban esperando y sonrió. Era una sonrisa de verdad.

—Nos vemos en unas horas.

—Eso será para ti, yo te veré en unos años —dijo Jo—. Pero esto no es una despedida.

—Pues claro que no —respondió Rin—. La gente del circo nunca se despide.

—Cierto —dijo Jo. Hizo una pausa y añadió—: ¿Nos vemos al final del camino?

Rin le revolvió el pelo y Jo saltó a sus brazos para un último abrazo. El corazón de Rin se derritió. No quería dejarla ir. Nunca la dejaría ir.

La mañana fue pasando. El sol se elevó. Odette y Rin estaban una al lado de la otra en el borde del campo, viendo a los niños chapotear, nadar, gritar y reírse. Estaban tomadas de la mano, y Odette descansaba la cabeza sobre el fuerte hombro de Rin.

—¿Lista para irte a casa? —le preguntó Rin a Mauve en voz alta cuando esta se acercó.

Mauve, con unas moras silvestres en la mano, se encaminó tranquilamente hacia Rin y Odette mientras se metía un par de ellas en la boca.

—Me alegro de que sea el futuro que encontramos. Me gusta. Asusta y es complicado, pero es mi favorito.

Rin tragó saliva y abrazó a Mauve con su brazo libre. Se quedaron allí, como en un cuadro con tres mujeres, unas al lado de las otras, rodeadas de girasoles, una frondosa pradera y el cielo azul. ¡Ese cielo! Seguía siendo de un tono claro, como un océano que extiende la mano para dar la bienvenida a tierra a los barcos de vela.

—Entonces, ¿es un futuro feliz? —preguntó Rin.

—No lo sé —respondió Mauve—. Pero me gusta que lo estemos intentando.

Odette les tomó las manos.

—Este momento —dijo—. Este momento es feliz; este instante.

Jo no las vería marcharse. Lo harían en silencio, dentro y fuera, de un sitio a otro, con discreción, como siempre. Un instante estarían allí y al siguiente sería como si nunca lo hubieran pisado. Rin sabía que era algo natural. Se habían mantenido firmes detrás de Jo y ahora ella se mantenía en pie a solas.

Que saltara desde la orilla al lago, que flotara sobre su espalda en el agua fría. Que viera el cielo y pensara en todas las cosas que podría hacer ahora.

Que dibujara fuegos artificiales durante el verano y velas encendidas durante el invierno. Esas cosas no eran glamurosas ni llamativas, pero sí poderosas.

En ese intervalo entre el allí y el aquí, el entonces y el ahora, Rin y su familia viajaron a través del tiempo. Algún día, Jo abandonaría la granja. Algún día, el Circo de Rin viviría momentos terribles. Algún día, existirían lugares más oscuros, espacios aterradores, días en los que sentirían el peso del mundo sobre sus hombros, en los que estirarían el cuello para ver la luz más adelante.

Cuando las sombras de la Trapecista, el Ruiseñor y la Jefa de Pista dejaran atrás los carteles de propaganda, el Demonio Indestructible, el Ángel y la Hiladora de Sueños saldrían a la pista. En un futuro que Rin no vería, Jo sería la que luciría la chaqueta, la que lideraría el desfile.

El verdadero valor surge cuando no hay nada que podamos hacer para frenar la oscuridad, pero nos seguimos aferrando a la antorcha por aquellos que deben recorrer los senderos más complicados. ¿A qué sí, Bernard?

Pero hoy, cuando Rin, Odette y Mauve aterrizaron de nuevo en el presente, el crepúsculo dio paso a las estrellas, unas luces constantes y brillantes en la noche. El circo situado bajo ellas bullía con el alboroto de la última actuación de la temporada.

Allí estaba la felicidad.

—Vale —dijo Rin—. Terminamos y nos vamos.

Las tres chispas caminaron sobre el paseo central y, juntas, se dirigieron a casa.

AGRADECIMIENTOS

Este libro está compuesto de pequeños gestos de amor y un millón de deseos. De manera que mis primeros agradecimientos van a ser más largos de lo que la mayoría suele soportar.

Para empezar, la razón por la que este libro surgió se debe por completo a J. Eres mi corazón, un amor de los de una vez cada mil años. Eres la persona que creyó en mí, que descubrió Stonecoast, pagó la tasa de inscripción, revisó todas mis cartas de presentación, me abrazó todas las veces que me sentaba en la cama contemplando el portátil y me decía que podía hacerlo. Este libro, y los que estén por llegar, son historias entrelazadas con el amor que me profesas. Espero que te guste el circo que he creado para los dos.

Gracias a Rena Rossner, la mejor agente del mundo, que vio este estrafalario libro sobre el circo y creyó en él. ¡Eres increíblemente paciente, amable e inteligente! Me has enseñado un montón y me siento honrada de trabajar contigo.

Gracias a Lindsey Hall, que es una editora increíble y un excelente ser humano. Nuestras conversaciones fueron de mis preferidas durante la pandemia; coincidimos en nuestra visión del mundo, las rarezas que nos parecen divertidas y esta historia. Lindsey, fuiste capaz de ver lo que este libro podría ser y seguiste enseñándome e impulsándome hasta que yo también lo vi. Siempre te estaré agradecida, y tengo mucha suerte de trabajar contigo.

Muchísimas gracias a todo el mundo que ha trabajado en este libro: Caro Perny y Jocelyn Bright, las publicistas; Isa Caban, la genio del *marketing;* Katie Klimowicz, la diseñadora de portada y artista con una increíble visión de lo que podría ser el circo mágico de Rin; Shelby Rodeffer, diseñadora; Jeff LaSala, editor de producción; Ed Chapman, corrector de estilo; Aislyn Fredsall, asistente editorial; Mary Louise Mooney, correctora, y Lauren Hougen, última correctora. La sensibilidad de los lectores, entre ellos Anah y Ennis. Y todas las personas de Tor que creyeron en esta historia. Gracias a Rachael, por ser mi hermana de escritura en este proyecto. A Bryanna, mi mejor amiga, a la que cuando llamé para darle la noticia, me preguntó si estaba embarazada y le dije que no, que era lo otro, y gritó: «¡Un libro! ¡Vamos ya!». A Emlyn, Cy, Peter, Karen, Erin, AJ, Celeste, Charlotte y todos los integrantes del retiro para escritores de Wonder Woman Dumpster Fire y Estes Park. Sois mi familia y mi hogar en un mundo turbulento. Gracias a Ted y Annie Deppe por su poesía y su amabilidad genuina. Os interesasteis por mí y me tratasteis como a una profesional. Gracias a Guy on Bike y al resto de mi familia de Stonecoast, que recogieron a una joven completamente perdida y destrozada, y le dijeron: «¡Ánimo! Nosotros te apoyamos». Por lo que le debo un profundo agradecimiento a nuestros profesores, sobre todo a Nancy Holder y a James Patrick Kelly, que me ofrecieron su tiempo y su cariño mucho después de que me graduara. Stonecoast ha sido mi circo de Windy Van Hooten.

Gracias, mamá, por comprarme aquel cuaderno cuando tenía nueve años y decirme que lo llenara de historias. Todavía lo conservo; está debajo de mi cama. Mi madre también estuvo ahí para contestar a todas mis dudas sobre el agrario Medio Oeste. Gracias, papá, por llevarme en coche a Colorado Springs, mantenerme en Chicago y mostrarme Estes Park. Gracias, abuela; sé que, desde el otro lado, puedes ver este libro y saber que se debe a ti. Gracias, Bob, un Bernard de carne y hueso, por todo lo que nos has dado. Gracias a Dylan y Dominic, por escuchar mi primer relato largo noche tras noche. A mi primo Alex, por comprarme aquel cómic de *The Walking Dead* y ser la primera persona que me llamó «autora». A la amiga más antigua que conservo, Becca Savoie. A Sawyer e Indi, dos criaturas maravillosas de las que me siento orgullosa de ser su tía. A Andy, Lilly, Oliver, Rowan, Asher, Aiden, Nora y Quentin, mis hermosos sobrinitos y sobrinitas. Y gracias a Jo, a la que todavía no he conocido pero, cielo, como llegaste a tiempo, este libro está escrito porque me perdí tu nacimiento y ya tenías mi corazón antes incluso de que te viera.

Gracias a Jen Finstrom, por ser una constante cuando nada más lo era, por leerse mis mierdas más espantosas durante diez años y porque, como no sé estructurar bien los correos electrónicos que le mando, me dio una idea para un importante giro argumental. Gracias a Heather, Michael, Laura, Patrick, Gabi, Gabby, Dani, Lenya y a todos mis amigos de Chicago. A mis compañeros de dormitorio en la universidad, que trataron mi escritura como si fuera algo real, sobre todo Paige, que se pasó todo el primer año sentada en cafeterías, patios universitarios y vagones de tren enseñándome a escribir un libro.

Gracias a Wil, por enseñarme lo que son la bondad y la valentía. Fue como si lo vieras todo mientras los demás estábamos completamente perdidos y te adentraste en las carpas negras del circo para que yo no estuviera sola en ellas. Una Chispa se apagó en el mundo cuando te perdimos.

Gracias a mis profesores de lengua del instituto, y a la señorita Armstrong, que fue la primera persona que me tomó en serio el primer año de secundaria. A mis profesores de la facultad de teatro de la Universidad de DePaul y al departamento de filología, sobre todo al doctor Rinehard y a Don Ilko. A Matt, Gina, Zedeka y al Nebraska Writers Collective, por ser una obra de bien en un mundo cansado y por creer siempre en que este libro llegaría algún día. Gracias a Fran Sillau y al Circle Theatre por apoyar e inspirar tantas chispas en tanta gente. A Tracy Iwersen y al Rose Theatre de mi infancia por ser mi lugar seguro, un hogar para inadaptados como yo. Y gracias a mis alumnos. Espero que me entendáis un poco más gracias a este libro y que sepáis que estoy muy orgullosa de todos vosotros.

Gracias a Sarah Pinsker por creer en mí. A Sally Weiner Grotta por ser como un miembro de mi familia desde tan lejos y por estar siempre dispuesta a pasarse la noche hablando de religión, la vida y tantas otras cosas. A John Wiswell, a todos los Zoom Players y a los integrantes de la comunidad de ciencia ficción y fantasía a los que busqué y dedicaron su tiempo a enseñarme cosas importantes. Incluso aunque fueran insignificantes y no las recordéis, yo sí lo hago. A veces, las cosas insignificantes que se dicen en las conferencias, o los gestos de bondad, significan mucho para las personas.

Gracias a Charlie Finlay, que fue la primera persona que me dio una oportunidad.

A K. A. Applegate, por mostrarme lo maravillosos que pueden ser los libros. A Stephen Chbosky, por tomarse la molestia de hablar conmigo en 2008 (¡lo conseguí, señor Chbosky!). Y a James Horner, al que nunca llegué a conocer ni podré hacerlo ya; escucho tu música mientras escribo. Que tu recuerdo sea una bendición.

Gracias, Crystal, por verme.

Gracias a la comunidad y al clero de mi sinagoga, una congregación de la que me enorgullece formar parte. A Katie, Emmy, Jamie, Bryan y Dani Howell por abrirnos las puertas de vuestra casa (y gracias especialmente a Dani por tomarme de la mano las dos últimas semanas del borrador final). Gracias a mis queridos amigos Ada, Tiffany, Carson, Mardra, Marcus, Cecilia, Joey, Brandi, Jeremy, Isa, Annette, Alan, Beau, Caulene, Hayley, Caitlin, Melissa y tantos otros que, a lo largo de los años, nos han apoyado a J. y a mí, han pagado alguna comida y alguna compra, y nos han ayudado a mantenernos a flote mientras nos atrevíamos a intentar algo ridículo. Y muchas gracias a Drew Dillon, que nos llevó al circo cuando vino a la ciudad.

Gracias a Mary Fan por ayudarme a comprender la danza aérea. A CY Ballard, por tu ayuda con los disfraces. Gracias a Alisan Funk, de la Universidad de Bellas Artes de Estocolmo, y a Ken Hill, de la Omaha Circus Arts, que se tomaron la molestia de hablar conmigo sobre el circo, su historia y su cultura. Muchísimas gracias al Museo de Historia Watkins de Lawrence (Kansas), por responder a tantas preguntas sobre el mundo del circo y guiarme hacia la explanada en la que se habría levantado el circo. Mis agradecimientos al Museo Durham de Omaha (Nebraska), por la conservación de los vagones y por permitir que una niña de cinco años se metiera por todos los rincones del último vagón. Gracias al Museo de las Ciencias e Industria de Chicago por vuestra antiquísima exposición sobre circos que, de alguna manera, no se ha convertido en polvo. Gracias a Mike Ziemba y al Watson Steam Train and Depot de Missouri Valley (Iowa). Muchas gracias a Denise Chapman, que es la mejor directora de la que he tenido el placer de aprender, y me respondió el teléfono mientras volvía a casa del trabajo para que le preguntara sobre el círculo de energía que ella misma me enseñó. Un aplauso para Beaufield Berry por su obra de teatro *Red Summer* y toda la historia de la que escribe en sus obras. Y gracias a los archivos LGBTQIA+ de la Universidad de Nebraska en Omaha, que conservaban una vieja lámpara de araña que colgaba dentro de uno de los primeros bares gay de la ciudad.

En lo referente a las lecturas, algunos de los maravillosos libros de historia que leí incluyen los destacados *Women of the American Circus, 1880–1940,* de Katherine H. Adams y Michael L. Keene, y *1927: Un verano que cambió el mundo,* de Bill Bryson. Para mi sorpresa, el libro de investigación que más me impactó no tenía nada que ver con el circo o con la década de 1920. *Real Queer America,* de Samantha Allen, me impulsó a través de la última revisión y también me ayudó a no sentirme tan sola en Nebraska.

Y, finalmente, gracias a la trapecista de Iowa, en mitad del abrasador calor de julio, en algún momento de principios del siglo XXI. Era un diminuto circo polvoriento en una pequeña carpa roja y blanca entre dos montañas rusas. El foco os iluminó a ti y al polvo mientras te balanceabas en lo alto como algo sacado de otro mundo. Sabía que algún día escribiría sobre ti porque estabas hecha de magia.

Sigue a Wonderbooks
en www.wonderbooks.es
en nuestras redes sociales
y suscríbete a nuestra *newsletter*.

Acerca tu teléfono móvil a los códigos QR
y empieza a disfrutar de información anti-
cipada sobre nuestras novedades, contenidos y ofertas exclusivas.